ANJA SEEFELD

Herzfischer

STRANDTRÄUME
IN GREETSIEL

W0291149

Lübbe

Cradle to Cradle Certified® ist eine eingetragene Marke
des Cradle to Cradle Products Innovation Institute.

MIX
Papier | Fördert
gute Waldnutzung
FSC® C014496

Vollständige Taschenbuchausgabe
der bei Bastei Lübbe erschienenen E-Book-Ausgabe

Copyright © 2025 by
Bastei Lübbe AG, Schanzenstraße 6 – 20, 51063 Köln, Deutschland

Bei Fragen zur Produktsicherheit wenden Sie sich bitte an:
produktsicherheit@bastei-luebbe.de

Vervielfältigungen dieses Werkes für das Text- und Data-Mining bleiben vorbehalten. Die Verwendung des Werkes oder Teilen davon zum Training künstlicher Intelligenz-Technologien oder -Systeme ist untersagt.

Umschlaggestaltung: Christin Wilhelm, www.grafic4u.de
Einband-/Umschlagmotiv: © shutterstock: Charcompix | Iryna Zaichenko
Dneprstok | Julia August | New Africa | St_range Elena Platova |
Navenzeless | Kaprawtord | Evgenia_art_art
Satz: 3w+p GmbH, Rimpar
Gesetzt aus der Minion
Druck und Verarbeitung: GGP Media GmbH, Pößneck

Printed in Germany
ISBN 978-3-404-19481-0

5 4 3 2 1

Sie finden uns im Internet unter luebbe.de
Bitte beachten Sie auch: lesejury.de

1

Ich versuchte, dieses leise Prickeln zu ignorieren, das seine zarten Küsse auf meinem Nacken hervorriefen. »Paul, ich muss wirklich aufstehen.«

Kleine Staubpartikel flirrten in den Strahlen der Vormittagssonne, die durch das Schlafzimmerfenster meines Appartements auf mein Gesicht schien. Die Bettdecke raschelte, als Paul sich unter ihr näher an mich heranschob.

»Lass dich nicht aufhalten«, flüsterte er mir ins Ohr. Sein Atem wehte leicht über meine Haut. Er schmiegte sich an meinen Rücken, und seine Lippen wanderten weiter zu meinen Schultern.

Halbherzig versuchte ich, ein wohliges Stöhnen zu unterdrücken, das mein Körper wie von selbst erzeugte. Mit diesem wohlbekannten Kribbeln signalisierte mein Bauchgefühl Einverständnis.

Obwohl sich die feinen Härchen auf der Haut unter Pauls Berührungen aufstellten und mir ein angenehmer Schauer den Rücken hinablief, gelang es meinem Kopf, die Oberhand zu behalten. Ich befreite mich aus Pauls Umarmung und rutschte samt Decke in Richtung Bettkante. »Bitte, hör auf jetzt«, sagte ich lachend. »Meine Eltern erwarten mich zum Mittagessen. Ich darf nicht wieder zu spät kommen.«

Sein frustriertes Schnauben zeigte mir, was er davon hielt. Ich schwang die Beine auf den Boden. Mein Blick glitt über das King-Size-Bett, in dessen Mitte er jetzt bewegungslos und mit eingefrorener Miene lag, wie eine Figur aus Madame Tussauds Wachsfigurenkabinett. Er gab einen lausigen Verlierer ab.

Ich hatte an einem Sonntagvormittag keine Lust auf Streit. Ohne auf Paul einzugehen, warf ich das Oberbett in seine Richtung und tappte barfuß ins Bad nebenan und unter die Regendusche. Eine der Annehmlichkeiten dieses Appartements, vorausgesetzt man wurde gerne nass. Was vermutlich auf die meisten Menschen zutraf, außer eben auf mich. Ich schloss die Glastür hinter mir, drehte den Hebel der Armatur auf eine erträgliche Temperatur und wappnete mich gegen den bevorstehenden Platzregen.

Zuerst hatte ich die Wohnung damals gar nicht anschauen wollen, als mein Vater mir das Hochglanz-Exposé gezeigt hatte. Doch er hatte nicht lockergelassen, wie immer. Die unverbaute Aussicht von der Dachterrasse über die Düsseldorfer Innenstadt und die zentrale und gleichzeitig ruhige Lage hatten ihm dabei in die Karten gespielt. Schließlich übernahm er die Verhandlung mit dem Verkäufer, und ich gab nach, ebenfalls wie immer.

Inzwischen hatte ich diesen komfortablen Rückzugsort am Ende eines anstrengenden Arbeitstages zu schätzen gelernt. Bis auf die Regendusche.

In dem Moment, als ich die Glastür öffnete, um nach dem Badetuch auf dem Handtuchwärmer zu greifen, klingelte im Schlafzimmer mein Handy. Verdammter Mist. Ich hasste es, wenn ich einen Anruf verpasste. Darum übernachtete das Telefon immer auf dem Nachttisch neben dem Bett.

»Hallo?«

Mein Entsetzen wurde noch größer, als ich Paul reden hörte. Was, wenn unser Chef am anderen Ende der Leitung war? Immerhin waren wir in derselben Kanzlei beschäftigt. Für uns beide fast zeitgleich der erste Job nach dem juristischen Staatsexamen. Ich arbeitete daran, mir dort einen Namen zu machen; die Affäre mit einem Kollegen hatte sich außerplanmäßig entwickelt.

Unter Einsatz meines Lebens schlitterte ich auf nassen Füßen über das Parkett zurück ins Schlafzimmer.

»Paul …«

Ehe er seinen Nachnamen aussprechen konnte, riss ich ihm das Handy aus der Hand. »Katharina König«, meldete ich mich, bemüht, meinen Atem unter Kontrolle zu bekommen. »Äh, hallo, Papa.«

Ich bedachte Paul mit einem Todesblick. Es hatte aber nicht den Anschein, als wollte er tot umfallen. Vielmehr saß er auf der Bettkante und taxierte meinen frisch geduschten Körper mit wachsendem Interesse. In Gedanken erstellte ich nicht zum ersten Mal eine Notiz an mich selbst, unbedingt an meinem Killerinstinkt zu arbeiten.

»Wie schön, dass man von dir auch mal wieder etwas hört, mein Kind«, klang es aus dem Handy.

Ich erschrak. »Warum? Ist was passiert?«

»Muss denn erst etwas passieren, wenn ich mit meiner einzigen Tochter sprechen möchte? Von alleine gibst du ja kein Lebenszeichen von dir. Es geht ja nicht nur um mich. Denk doch mal an deine Mutter. Du weißt doch, wie schnell sie sich sorgt …«

»Ja, Papa, ich weiß«, fiel ich ihm ins Wort. »Aber ich kann dich beruhigen, es geht mir gut.« Ein weiterer Blick auf Paul zeigte mir, dass sich nicht nur die Pfütze zu meinen Füßen zusehends vergrößerte.

»Wie schön für dich. Daran wird dieser Herr Paul Wie-auch-Immer wohl einen nicht ganz unmaßgeblichen Anteil tragen. Ich hoffe, mein Anruf kommt nicht zu einem ungünstigen Zeitpunkt?«

Gott sei Dank verweigerte mein Vater nach wie vor Videoanrufe. An der seit Jahrzehnten bewährten Verständigung über das Telefon gab es aus seiner Sicht jedoch nichts auszusetzen. »Nein, natürlich nicht, Papa. Was kann ich denn nun für dich tun? Wir sehen uns doch gleich.«

»Eben drum. Ich wollte nur noch mal kurz nachhören, ob du unser Essen heute Mittag nicht wieder vergessen hast?«

Wie könnte ich, wo dieser Termin doch seit meinem Auszug an nahezu jedem Sonntag stattfand? »Wieso ›wieder‹? Ich habe das Essen letzte Woche nicht vergessen, ich war nur zu spät.«

»Du weißt, wie wichtig uns diese Tradition ist«, erinnerte mich mein Vater.

»Natürlich, Papa.« Mein ganzes Leben folgte Traditionen. Bis auf die Affäre mit Paul.

»Und, Katharina …« Wir näherten uns dem Schlussplädoyer.

»Ja?«

»Bitte bemühe dich, dieses Mal pünktlich zu sein. Nicht, dass das Essen wieder verkocht, für das deine Mutter den ganzen Vormittag in der Küche steht.«

»Versprochen. Bis später, Papa. Und grüß Mama von mir.« Ich ersparte mir den Hinweis, dass nicht Trödelei, sondern eine Autopanne für die letzte Verspätung gesorgt hatte. Mein Vater behielt ohnehin immer recht.

Ich wischte über das Display, beugte mich zum Nachttisch hinunter und legte das Handy zurück.

Paul nutzte die Gelegenheit. Mit beiden Händen umschlang er meine Taille und versuchte, mich auf sich zu ziehen.

»Lass mich.« Flink wie eine Katze entwischte ich seinem Griff. »Erklär mir lieber, seit wann du ungefragt an das Handy anderer Leute gehst?«

»Mache ich ja gar nicht, oder bist du vielleicht ›andere Leute‹?« Er grinste mich an.

»Und wenn die Kanzlei dran gewesen wäre?«

»Ach, daher weht der Wind … War sie aber nicht. Hast du etwa Angst, das mit uns könnte deiner Karriere schaden? Du bist immer so verdammt vernünftig, Katharina. Für dich gibt es nur Verpflichtungen und Ziele. Ständig willst du perfekt sein. Lass doch mal locker.«

Ich schluckte ein »So wie du« herunter, das mir auf der Zunge lag. »Dann brauche ich ja jetzt nur noch meinem Vater zu erklären, wer hier mit meinem Handy telefoniert«, gab ich schnippisch zurück.

»Die Welt wird weder untergehen, wenn du nicht um Punkt zwölf Uhr auf die königliche Klingel des heimischen Schlosses drückst, noch wenn dein Vater erfährt, dass seine Tochter Männerbesuch hat, obwohl sie doch erst nächstes Jahr dreißig Jahre alt wird. Ich hätte da schon eine Idee, wie wir die Zeit bis dahin nutzen.« Er ließ sich mit einer einladenden Handbewegung zurück aufs Bett fallen.

»Das ist nicht lustig, Paul. Du weißt, dass mir meine Eltern wichtig sind und dass sie nur das Beste für mich wollen.«

»Na bitte, trifft sich doch, das Beste für dich liegt vor dir auf dem Bett«, sagte er.

Ich verdrehte die Augen.

»Schon klar, das Beste ist natürlich, wenn du in die Fußstapfen deines ach so erfolgreichen Vaters trittst. Schließlich ist der auch schon seinem alten Herrn auf den Kanzlei-Thron gefolgt. Und das geht nur, wenn du vierundzwanzig Stunden am Tag in Gesetzestexten blätterst.« Er warf einen schnellen Blick auf einen Stapel Akten am Boden, die ich zu Hause bearbeitet hatte.

»Während du dich vierundzwanzig Stunden am Tag auf deine Ausstrahlung verlässt«, erwiderte ich. Ich versuchte, mit Ehrgeiz und Disziplin zu überzeugen, er mit Charme. Leider musste ich zugeben, dass er damit ebenfalls erfolgreich war, vor Gericht und bei mir.

»Viele Wege führen zum Ziel«, stellte Paul fest. »Und gemeinsam sind wir das perfekte Team.«

»Vorausgesetzt, wir hätten irgendeine ernsthafte Art von Beziehung, Paul. Haben wir aber nicht.«

»Noch nicht ...« Seine Mundwinkel verzogen sich zu seinem typischen Gewinnerlächeln.

Bis zu dem einen abendlichen Treffen unter Kollegen hatte ich seiner Anziehungskraft erfolgreich standgehalten. Dann hatte er mich, ganz Gentleman, nach Hause begleitet und war am Ende über Nacht geblieben. Aus diesem One-Night-Stand hatte sich eine lockere Affäre entwickelt, bei der ich mir ab und an erlaubte, tatsächlich mal loszulassen. Mehr war mit meinem Ziel nicht vereinbar, das hatte ich von Anfang an klargestellt.

Ich ließ die dunkelgraue Schiebetür des begehbaren Kleiderschranks gegenüber dem Bett zur Seite gleiten und suchte nach einem Outfit, das der Kleiderordnung meines Vaters entsprechen würde. Mit einer Hand strich ich über die Bügel, auf denen sich Anzüge und Kostüme in gedeckten Farben und weiße Blusen aneinanderreihten.

Wortlos griff ich zu einem schlichten, dunkelblauen Etui-Kleid und verschwand erneut im Bad. Das Abtrocknen hatte sich inzwischen von selbst erledigt. Ich zog mich an und nahm das Glätteisen, das immer griffbereit auf der Ablage über dem Waschbecken lag. Es brachte nicht nur Ordnung in meine Haare, die sich sonst bei dem leisesten Hauch von Feuchtigkeit um das Gesicht lockten, sondern auch in meine Gedanken.

Ich war nicht auf der Suche nach einem Mann, bei dem ich entweder als Siegerpokal in der Wohnzimmervitrine oder als Kochlöffel in der Küche enden würde. Ich würde die Kanzlei König fortführen. Punkt.

Zurück im Schlafzimmer, wo Paul inzwischen aufgestanden war und missmutig seine Hose anzog, empfand ich mit einem Mal Mitleid mit ihm. Er hatte seine Brille mit dem dunklen Rahmen aufgesetzt, für die er im Büro zu eitel war. Zusammen mit seinen verwuschelten braunen Haaren gab ihm das genau dieses gewisse Etwas, das mich immer wieder anzog.

»Sehen wir uns heute noch?«

Eines musste man ihm lassen, er gab nicht auf.

»Eher nicht«, antwortete ich. »Ich möchte mich heute Abend noch auf das Meeting mit Goldbach morgen früh vorbereiten. Das Mandat, das er einem von uns übertragen will, ist eine einmalige Chance, Paul. Und die muss ich auf jeden Fall nutzen.« Das könnte ihm so passen, ein abendliches Ablenkungsmanöver, um am nächsten Tag in der Kanzlei selbst als Sieger hervorzugehen.

Er zuckte mit den Schultern. »Dann eben nicht. Wer nicht will, der hat schon.« Schmollend schob er die Unterlippe vor, schnappte sich seine restlichen Sachen und verschwand aus dem Schlafzimmer.

Kurze Zeit später hörte ich die Wohnungstür ins Schloss fallen. »Ich wünsche dir auch noch einen schönen Sonntag«, murmelte ich vor mich hin.

2

Um exakt drei Minuten vor zwölf bog ich in das Wohnviertel ein, in dem mein Elternhaus stand. Ich würde pünktlich zum optimalen Sonntagsbraten-Garpunkt eintreffen und hatte damit die erste Klippe schon mal umschifft. Blieb bloß noch die Frage, wie ich Pauls Anwesenheit in meiner Wohnung erklären sollte, ohne dass mein Vater für mich Schutzhaft beantragen oder meine Mutter heute noch damit beginnen würde, eine Hochzeitstorte zu backen.

Ich fuhr vorbei an hohen Hecken und Mauern, über die Dächer und Bäume ragten. Dahinter duckten sich die dazugehörigen Einfamilienhäuser, um sich vor unliebsamen Beobachtern zu verstecken. Angermund, die kostbare Idylle inmitten weitläufiger Wiesen und Felder am Stadtrand von Düsseldorf. Gestört nur vom Lärm der startenden und landenden Maschinen des nahe gelegenen Flughafens. Dafür gab es Straßenschilder aus Holz.

Als ich vor dem Haus meiner Eltern ankam, öffnete sich das dunkelgrüne Tor wie von Zauberhand. Natürlich war der Zauberer mein Vater, der mich hinter dem Bildschirm des Kameraauges erwartete.

Die Fassade strahlte schneeweiß, ursprünglich passend zu der Mauer, die nach all den Jahren von Efeu umrankt war. Moosgrüne Fensterläden rahmten die Sprossenfenster ein, so passte das Haus dann doch wieder zur Mauer. Davor leuchteten die letzten Rosenblüten dieses Spätsommers farbenprächtig in ihren frisch geharkten Beeten. Das Werk meiner Mutter. Willkommen im Hause König!

Der Kies auf dem Vorplatz knirschte unter den Reifen

meines Firmenwagens, als ich in einer Reihe neben Papas Geländewagen und Mamas Mini parkte. Wir öffneten gleichzeitig die Tür: mein Vater die des Hauses, ich die des Autos.

»Katharina, wie schön, dass du da bist!«

»Hallo, Papa.« Mit den akkuraten Bügelfalten seiner Sonntagshose verleitete er mich dazu, mit den Händen noch mal mein Kleid glatt zu streichen. Er behauptete stets, die grauen Haare hätte ich ihm beschert. Passend zu meinem Auszug hatten sie sich darüber hinaus auch noch gelichtet. Seinem würdevollen Aussehen tat das aber keinen Abbruch.

Er legte die Hände auf meine Schultern und betrachtete mich aus der Entfernung einer Armeslänge. Wie früher, bevor wir zum Weihnachtsgottesdienst aufgebrochen sind. Als hätte die heilige Agnes, Namenspatronin unserer Pfarrkirche, eine schief gebundene Schleife an meinem Samtkleid jemals gestört. Dann nickte er zustimmend. »Gut siehst du aus. Komm rein. Deine Mutter bringt das Essen gleich auf den Tisch.«

Glück gehabt. Und er hat nicht mal nach Paul gefragt.

Ich betrat das Haus, schloss die Tür und folgte ihm geradeaus durch den weitläufigen Flur ins Esszimmer. Meine Absätze klackerten bei jedem Schritt auf den Fliesen, in denen sich das Licht spiegelte, das durch die bodentiefen Fenster in den Raum fiel. Durch die Scheiben hatte ich einen freien Blick in den Garten, in dem kein Halm aus der Reihe tanzte.

Die Wand zu meiner Linken mit seinen überbordenden Bücherregalen vermittelte den Anschein, sich in der Städtischen Bibliothek aufzuhalten. Gegenüber stand das schwarz glänzende Klavier, bei dessen Anblick ich heimlich die Finger bewegte, nur um sicherzugehen, dass sie sich vom jahrelangen Klavierunterricht vollständig erholt hatten.

Mein Vater war das Fundament dieses Hauses, meine Mutter das Herz. Beide hatten sie auf ihre Art stets das Beste für mich gewollt. Privileg und Verpflichtung. Im Gegenzug war ich bemüht, nicht nur meinen Vater, sondern auch meinen Opa mit Stolz zu erfüllen – auch, wenn er es nicht mehr erleben konnte. Trotzdem hätte ich ab und zu gerne mit meiner Freundin getauscht. Der quirligen Jule, bei der zu Hause – neben ihr – die Geschwister, der Hund und das Chaos regiert hatten.

Ich zählte vier Gedecke. »Oh, habt ihr heute noch jemanden eingeladen?« Noch bevor ich die Frage beendet hatte, überfiel mich schlagartig die Erkenntnis, dass ich frontal auf die nächste Klippe zusteuerte. »Ich schaue schnell, ob ich Mama noch was helfen kann«, murmelte ich mehr zu mir selbst als zu meinem Vater. Ohne seine Antwort abzuwarten, rettete ich mich in die Küche, aus der das Klappern von Geschirr und ein einladender Duft drangen.

Meine Mutter wandte mir den Rücken zu und beugte sich über die Töpfe auf dem Herd.

»Hallo, Mama. Das riecht ja wunderbar.«

»Katharina, wie schön!« Mit dem Kochlöffel in der Hand drehte sie sich um, die Wangen vom Dampf gerötet. Sie drückte mich an ihre Brust, die sie unter einer Kochschürze versteckt hatte.

Für einen Augenblick war ich wieder Kind, ihr Kind. Dann rührte sie weiter in der Bratensauce.

»Ich bin gleich fertig, setz dich doch schon rüber. Hoffentlich hast du deinen neuen Freund mitgebracht, damit wir ihn auch mal kennenlernen.« Sie strahlte mich über die Schulter mit ihrem Mama-Lächeln an.

Im Geiste verfluchte ich Paul … und ein klitzekleines bisschen auch mich selbst, für meine naive Hoffnung, einen Bogen um dieses Thema schlagen zu können. »Nein, Mama, ich habe niemanden mitgebracht. Wie kommst du bloß darauf?«

»Na ja, ich dachte nur wegen des Gesprächs mit deinem Vater«, wiegelte meine Mutter ab, während sie mich zur Seite schob, um freien Zugang zur Arbeitsplatte zu haben. »Aber das war wohl zu kurzfristig. Der junge Mann hatte sicher noch andere Termine.« Sie drückte mir die Kartoffelschüssel in die rechte und die Gemüseschüssel in die linke Hand. Das gute Geschirr mit dem Goldrand, in dem schon meine Oma sonntags das Essen serviert hatte.

»Sicher. Wir waren ja nur zu einem Arbeitsfrühstück verabredet«, stellte ich klar und trat den Rückweg ins Esszimmer an.

Dort saß der Herr des Hauses inzwischen am Kopf des Mahagonitisches, der mit seiner faltenfreien weißen Tischdecke einem Staatsbankett zur Ehre gereicht hätte. Mit der Serviette auf dem Schoß beobachtete er mich.

Geräuschvoller als nötig stellte ich die dampfende Fracht auf dem Tisch ab.

Mein Vater sah mich an und hob die rechte Augenbraue. Wie früher. Hatte er eigentlich jemals die linke Augenbraue bewegt?

Hinter mir balancierte meine Mutter die Bratenplatte herein, und wir setzten uns. Das unbenutzte Gedeck stand zwischen uns wie eine stumme Anklage.

»Mama, das hat wirklich wieder sehr lecker geschmeckt«, versuchte ich nach dem Essen, das Gespräch in belanglose Bahnen zu lenken, und legte mein Besteck auf dem Teller ab.

»Das freut mich. Dein Bekannter wäre sicher auch noch satt geworden, so viel, wie noch von dem Braten übrig ist«, erwiderte sie.

Es hätte ja klappen können …

»Kein Wunder, dass du immer schmaler wirst. Möchtest du wirklich nichts mehr?« Sie schob die Platte mit dem Fleisch ein Stückchen in meine Richtung.

»Es passt ehrlich nichts mehr rein. Vielleicht möchte Papa noch einen Nachschlag?« Demonstrativ legte ich die Serviette auf dem Teller ab und schob die Bratenplatte näher an meinen Vater heran.

»Papa hat gesagt, dein Besuch hörte sich sehr nett an. Nicht wahr, Wolfgang?«

»Ob der nett war, konnte ich ja gar nicht feststellen Susanne, so schnell wie deine Tochter ihm den Hörer aus der Hand gerissen hat. Er hatte ja nicht mal Zeit, seinen vollständigen Namen zu nennen«, brummte mein Vater dazwischen. »Und Schluss jetzt mit der Bratenschieberei.«

Mit einem energischen Schubs landete die Fleischplatte wieder bei meiner Mutter.

Jetzt war es an mir, eine Augenbraue in seine Richtung zu heben. Sah aber vermutlich nur halb so beeindruckend aus wie bei ihm.

»Woher kennt ihr euch denn?«, bohrte meine Mutter weiter nach.

Ich rutschte auf der Stuhlkante herum und entwickelte ein spontanes Mitgefühl für die Angeklagten im Gerichtssaal. »Der junge Mann heißt Paul, ist nicht mein Freund, aber tatsächlich nett. Wir kennen uns aus dem Arbeitskreis ›Wirtschaftsrecht‹, und er hat mir heute bei einem Arbeitsfrühstück bei der Recherche für ein komplexes Problem geholfen.« Ich hasste es zutiefst, meine Eltern zu belügen, doch alles andere hätte in diesem Fall nur zu Schwierigkeiten geführt.

»Am Sonntag? Hast du denn dafür in der Woche keine Zeit?«

Mamas »Du-arbeitest-zu-viel«-Ton.

»Aus dem Arbeitskreis? Ist der denn auch kompetent genug?«

Papas »Warum-hast-du-denn-nicht-mich-gefragt«-Ton.

Die Mundwinkel meiner Mutter hoben sich fast unmerklich, bevor sie aufstand, um den Tisch abzuräumen. Gedankenlesen war vermutlich eine der Grunddisziplinen in der Mütterausbildung.

Ich stapelte von meinem Platz aus die Teller übereinander und versuchte erneut, das Gespräch in sicheres Fahrwasser zu lenken. Bei Vaters Lieblingsthema, meiner Karriere, konnte praktisch nichts schieflaufen. Hoffte ich zumindest. »Der Chef hat mich und zwei weitere junge Anwaltskollegen für morgen früh zu einem Meeting in sein Büro eingeladen. Es geht um die Bearbeitung eines neuen internationalen Mandates. Er wird einem von uns die Betreuung übertragen. Derjenige hätte dann gute Chancen auf eine Beförderung zum Junior Partner. In meinem Fall zur Junior Partnerin.« Gespannt warf ich den Köder aus und wartete darauf, dass er anbiss.

»Hm. Und?«

»Und was?«, fragte ich.

»Wie stehen deine Chancen? Der alte Goldbach ist ein harter Hund. Das war er schon damals, als wir noch gemeinsam studiert haben.« Er untermalte seine Worte, indem er mit den Fingern auf die Tischplatte klopfte. »Bei Goldbach werden nur die Besten Partner. Nicht umsonst gilt das als Ritterschlag in der Branche. Also die ideale Ausgangsposition für deinen Wechsel zu mir. Ich gehe davon aus, dass du die Beste für das Mandat bist? Du weißt, was dein Opa immer gesagt hat.«

»›Adel verpflichtet.‹« Ich seufzte. Opa hatte die Anspielung auf unseren Nachnamen geliebt. »Papa, natürlich bin ich perfekt vorbereitet, wie immer. Ich denke, dass ich gute Chancen habe.«

»Claus Goldbach und ich, wir treffen uns nach wie vor einmal im Monat beim Juristen-Stammtisch, aber was der da so erzählt von den Nachwuchsanwälten …« Er winkte ab. »Lass dir bloß nicht von irgend so einem mittelmäßigen Kollegen die Butter vom Brot nehmen! Hörst du? Hat dir dieser Paul etwa bei genau der Vorbereitung geholfen? Denk an meinen Rat, niemals Berufliches und Privates zu vermischen.« Er hob einen Zeigefinger und heftete den Blick auf mich.

Meine Mutter kehrte mit drei Tassen Kaffee aus der Küche

zurück, von denen sie zwei an uns verteilte, bevor sie sich mit der dritten wieder setzte.

»Aber, sag mal …«, fuhr mein Vater fort. Er pustete kleine Wellen über die Oberfläche der tiefbraunen Flüssigkeit, ehe er an der Tasse nippte. »Um noch mal auf diesen Paul zurückzukommen. Die Stimme kam mir am Telefon irgendwie bekannt vor. Wir hatten da in einer meiner Gastvorlesungen an der Uni diesen Studenten. Paul … Hofmann … Hausmann … oder so ähnlich. Ein Spitzbube, der immer versucht hat, sich durchzumogeln, indem er alle um den Finger gewickelt hat. Und seine Ohren hatte der überall.«

So musste sich ein plötzlicher Herztod anfühlen. Warum hatte Paul mir nicht erzählt, dass er meinen Vater persönlich kannte?

»Also bei mir ist er damit selbstverständlich nicht durchgekommen«, stellte mein Vater sicherheitshalber fest.

»War das nicht auch dieser schreckliche Frauenheld, von dem du immer erzählt hast, dass er hinter jedem Rock her war?« Nun wurde das Gespräch auch für meine Mutter interessant.

Was hätte ich jetzt für ein Loch im Boden gegeben! Da war aber keines. Ich griff erst mal zu meiner Kaffeetasse. Mit vollem Mund brauchte ich nichts zu sagen.

»Genau der, Susanne«, antwortete mein Vater. »Wenn ich mich recht erinnere, hat der sich damals auch für Wirtschaftsrecht entschieden. So wie du, Katharina.«

Die Entscheidung war in meinem Fall nicht sonderlich schwergefallen, angesichts der wartenden Kronprinzessinnenstellung in der väterlichen Wirtschaftskanzlei.

»Und ich meine mich sogar zu erinnern, dass er ebenfalls zu *Goldbach & Partner* wollte.« Mein Vater setzte seinen Gerichtsblick auf, mit dem er normalerweise die Zeugen der gegnerischen Partei durchbohrte.

Ich verschluckte mich vor Schreck an dem heißen Kaffee, hustete und schnappte nach Luft.

Meine Mutter sprang auf. Mit einer Hand bearbeitete sie meinen Rücken wie mit einem Teppichklopfer, während sie mich mit der anderen umfasste, als machte sie sich bereit, mir bei Bedarf mit dem Heimlich-Griff das Leben zu retten. Prompt fiel mir die Kaffeetasse aus der Hand. Der Inhalt schwappte wie eine Springflut über den Tisch, sodass mein Vater hastig seinen Stuhl nach hinten rückte. Eine klassische Verkettung unglücklicher Umstände, die einer göttlichen Fügung gleichkam.

»Es tut mir leid. Bleibt sitzen, ich mache das schon.« Ich sprang auf, um einen Lappen aus der Küche zu holen.

In dem Moment, als ich mit dem Tuch zurückkehrte, klingelte es an der Haustür.

»Ach, das ist sicher nur Brigitte von nebenan. Sie wollte sich doch noch die Stecklinge von meinen Rosen abholen, die ich extra für sie vorgezogen habe. Ich bin gleich wieder da.« Meine Mutter sauste hinaus in den Flur.

Ich wischte das Malheur von der Tischdecke auf. Das war vermutlich das erste Mal in meinem Leben, dass ich froh war, Frau Lichtenbergers schrille Stimme zu hören. Sicher war sie weder zufällig noch wegen der Rosenstecklinge hier.

»Hallo, Susanne. Ich störe doch hoffentlich nicht. Ich habe Katharinas Auto gesehen.« Sie erhöhte den Lautstärkepegel noch ein bisschen mehr, sofern das überhaupt möglich war. »Hallo, Katharina, dich habe ich ja schon lange nicht mehr gesehen.«

Genau genommen sah sie mich auch jetzt nicht; das war unmöglich von der Tür aus, an der sie noch stand. »Hallo, Frau Lichtenberger«, rief ich in der gleichen Lautstärke zurück in den Flur, bevor die Haustür unüberhörbar wieder zuklappte.

»Sind denn jetzt hier alle verrückt geworden, oder was?

Kann man nicht mal mehr am Sonntag in Ruhe seinen Kaffee trinken?«, polterte mein Vater über den Tisch.

Ich floh mit dem vollgesogenen Lappen in die Küche. Schnell trocknete ich mir die Hände an dem herumliegenden Küchenhandtuch ab und huschte zurück ins Esszimmer. »Also, ich muss dann jetzt auch los. Du weißt ja, das Meeting morgen früh …«, murmelte ich und drückte meinen Vater zum Abschied.

»Ja, ja, lasst mich jetzt nur alle hier alleine. Und, Katharina … über diesen Paul reden wir noch mal«, grummelte er, blieb aber sitzen.

»In Ordnung, Papa. Wir sehen uns.« Ich spürte, wie sich seine Blicke in meinen Rücken bohrten. Wenn ich in den letzten neunundzwanzig Jahren eins gelernt hatte, dann war es, dass aufgeschoben für ihn noch lange nicht aufgehoben war.

Vor dem Haus hatte meine Mutter inzwischen ihren Rosenhandel beendet und kam mir entgegen. »Katharina, du gehst schon? Wie schade!«

»Ich muss leider, Mama. Ich will mich noch ein bisschen auf morgen vorbereiten. Wir sehen uns ja bald wieder.« Ich nahm sie in den Arm und drückte ihr einen Kuss auf die Wange. »Danke für das leckere Essen!« Als ich mit offenem Fenster von der Auffahrt fuhr, hörte ich sie rufen:

»Und bring doch nächstes Mal gern den jungen Mann mit.«

3

Am Montagmorgen bog ich in die Tiefgarage des Bürogebäudes im Medienhafen ein. Das Auto spiegelte sich bei der Einfahrt in der Glasfront der Fassade. Ich war früh dran. In der letzten Nacht hatten sich die Zweifel an der perfekten Vorbereitung und mein Schlafbedürfnis einen erbitterten Kampf geliefert.

Sobald der Wagen auf dem reservierten Parkplatz stand, schnappte ich mir die Präsentationsunterlagen vom Rücksitz und hastete in Richtung Fahrstuhl. Ich drückte mehrmals nacheinander auf den Knopf mit dem Pfeil nach oben.

In Gedanken schon bei meinem Termin, schob ich mich durch die sich öffnenden Türen. Mit dem Gegenverkehr, der, offenbar ebenso eilig, aus dem Aufzug herausschoss, hatte ich nicht gerechnet. Wir prallten zusammen.

»Entschuldigung, meine Schuld«, murmelte ich und versuchte, mich an dem Mann vorbeizudrücken. Dabei streifte mein Blick sein Gesicht. »Papa, was um alles in der Welt machst du hier?« Vor Schreck ließ ich meine Unterlagen fallen.

»Katharina, das … Ja … Ähm … Heute schon so früh im Büro?« An seinem Hals krochen hektische Flecken hinauf. Er lockerte den Knoten der Krawatte.

»Ich glaub es ja wohl nicht. Spionierst du mir etwa nach?«

»Nein … nein, natürlich nicht. Ein geschäftlicher Termin bei dem Kollegen Goldbach. Hatte ich das gestern nicht erwähnt?« Er beugte sich hinunter und reichte mir meine Papiere. Damit gab er die Lichtschranke wieder frei, und die Türen schlossen sich zwischen uns.

Hatte er das? Nachdenklich betrachtete ich mich in der verspiegelten Rückwand und steckte eine vorwitzige Haarsträhne zurück an ihren Platz, die sich aus dem strengen Knoten befreit hatte. Schon öffneten sich die Türen mit einem hellen »Pling«.

Hinter dem halbrunden Tresen saß unsere Empfangssekretärin wie immer vor ihrem Bildschirm, auf den Lippen ihr eigens antrainiertes Begrüßungslächeln. Eine ihrer Kernkompetenzen. Genau genommen war meine Suche nach weiteren Kompetenzen bislang erfolglos verlaufen. Vor dem Tresen wartete die Sitzgruppe aus dunklem Leder auf Mandanten. Ohne anzuhalten, warf ich der Empfangsdame ein freundliches »Guten Morgen, Frau Schmidt« zu.

Sie säuselte mir hinterher: »Guten Morgen, Frau König. Das Meeting mit Herrn Goldbach findet heute im kleinen Konferenzraum statt.«

Ich winkte mit meiner freien Hand ein Dankeschön und eilte weiter über den dicken Teppich, der alle Geräusche verschluckte. Das Großraumbüro, das wir Nachwuchsanwälte uns zu dritt teilten, war leer. Ich atmete tief ein und wieder aus. Drehte mich einmal um die eigene Achse. Ein ganzes Büro für mich alleine. Nur eines der Privilegien, die einer Junior-Partnerin zustünden.

Bewaffnet mit meinen Aufzeichnungen, erreichte ich den Konferenzraum, in dem meine Kollegin Laura bereits an dem auf Hochglanz polierten Glastisch Platz genommen hatte. Eine kurze Begrüßung, dann setzte ich mich ihr gegenüber und legte meine Unterlagen auf dem Tisch ab. Sie hockte auf der Stuhlkante und knetete die Hände. Wir schwiegen gemeinsam. Was man eben so tat, wenn man auf die Urteilsverkündung des hohen Gerichts wartete.

Paul schneite wie üblich auf die letzte Minute herein und ließ sich neben Laura nieder. Er lehnte lässig auf dem Stuhl und zwinkerte mir zu.

Ich hielt seinem Blick stand. Heute würde ich mit meiner exzellenten Vorbereitung punkten. Alles andere wäre nicht gerecht.

»Guten Morgen, die Damen, Herr Hartmann! Bitte bleiben Sie sitzen.« Der Chef betrat den Raum, schloss die Tür hinter sich und steuerte das Kopfende des Tisches an.

»Guten Morgen, Herr Goldbach«, erwiderten wir dreistimmig.

Er beäugte uns über den Rand seiner Lesebrille hinweg.

Täuschte ich mich, oder blieb sein Blick länger als nötig an mir hängen? Ich deutete das als positives Zeichen und witterte die Chance, mit meiner Präsentation die Messlatte gleich zu Beginn hoch anzulegen. Nicht umsonst hatte ich alle Punkte sorgfältig recherchiert und versucht, jede mögliche Gegenfrage vorherzusehen. Ich erhob mich, räusperte mich kurz und setzte mein vor Gericht mehrfach erprobtes Überzeugungsgesicht auf.

Leider verfehlte dessen Wirkung den Chef, wie es schien, denn er hob die Hand, bevor ich ein einziges Wort gesagt hatte.

»Da Sie alle im Bilde sind, warum ich Sie heute zu mir gebeten habe, möchte ich es kurz machen und auf Ihre Präsentationen verzichten.«

Ich klappte den Mund zu und schaute unschlüssig in die Runde. Laura zuckte fast unmerklich mit den Schultern. Paul starrte gebannt auf unseren Chef. Da Goldbach sich seinerseits erhob, um seine Ausführungen fortzusetzen, nahm ich unverrichteter Dinge wieder Platz. Mein Herz hämmerte so laut, dass ich befürchtete, jeder im Raum könne es hören.

»Ich bin sicher, dass Sie alle fundierte Präsentationen vorbereitet haben, aber meine Entscheidung ist bereits gefallen. Aufgrund Ihrer bisherigen Leistungen habe ich mich entschieden, das neue Mandat Herrn Hartmann zu übertragen.«

Er pausierte kurz, bevor er fortfuhr: »Ich brauche Ihnen

nicht zu sagen, welche Verantwortung mit der Betreuung der Rechtsgeschäfte eines international agierenden Baukonzerns einhergeht. Und welche Chance das für Sie bedeutet. Aber ich bin mir sicher, dass Sie mit Ihrem unbestrittenen Charisma und Ihrem Händchen für den Umgang mit unseren Mandanten genau die richtige Wahl sind.«

Paul sprang auf. »Herr Goldbach, vielen Dank für Ihr Vertrauen! Ich bin mir sicher, Sie werden es nicht bereuen.«

Sie reichten sich die Hand.

Laura erhob sich ebenfalls und gratulierte Paul. Sie wirkte fast ein bisschen erleichtert und schenkte ihm ein Lächeln, das in meinen Augen auffällig strahlend ausfiel.

Ich hätte auch gerne etwas gesagt, aber ich wusste nicht, was. Stattdessen starrte ich auf meine nutzlosen Unterlagen.

Goldmann richtete das Wort an mich. »Frau König, Sie würde ich bitten, noch kurz hierzubleiben.«

Das kam mir entgegen, verhielten sich mein Stuhl und ich doch in diesem Augenblick wie zwei Magnete, die sich gegenseitig anzogen. Ich war mir sicher, am Tiefpunkt angelangt zu sein.

Paul verließ mit Laura den Konferenzraum, nicht ohne mir noch mal sein Gewinnerlächeln zuzuwerfen.

»Ich hätte da ganz aktuell noch einen Spezialauftrag, und ich denke, dass Sie dafür genau das richtige Fingerspitzengefühl haben.« Mein Chef legte die Hände zur Merkelraute zusammen.

Bei dem Wort »Spezialauftrag« glomm ein Funken Hoffnung in mir auf. Ich räusperte mich. »Und über welche Art von Auftrag sprechen wir hier?«

»Unsere Kanzlei soll für einen Mandanten vor Ort einen Grundstückskauf vorbereiten.«

Ein Grundstückskauf gegen die Betreuung eines internationalen Baukonzerns? Das hörte sich eher nach einem Abstellgleis als nach einem Schnellzug für meine Karriere an. Es sei denn, das Grundstück lag in Dubai.

»Es handelt sich konkret um ein Baugrundstück in Norddeutschland. Unser Mandant möchte dort ein Ferienquartier errichten. Urlaub in der Heimat, wo es am schönsten ist, direkt vor der Haustür und so weiter. Sie wissen schon …« Goldbach versuchte offenbar, die Stimmung zu heben, indem er über seinen eigenen Witz lachte.

»Vielleicht könnten Sie Norddeutschland noch ein bisschen weiter eingrenzen?«, hakte ich wenig hoffnungsvoll nach.

»Greetsiel, ein kleines Fischerdorf in Ostfriesland. Sehr beliebt bei den Urlaubern.«

Der glimmende Funken in mir erlosch.

»Unser Mandant möchte bei den Kaufverhandlungen namentlich nicht gleich in Erscheinung treten. Außerdem vertraut er auf die fachliche Kompetenz unserer Mitarbeiter in der Abwicklung von Immobiliengeschäften.«

Ich schaute hinüber zu der Glasfront, durch die man einen Ausblick bis auf den Rhein hatte. Ich beabsichtigte nicht, dem Fluss bis zu seiner Mündung in die Nordsee zu folgen. Und nicht mal der Rhein floss bis nach Ostfriesland, sondern bog vorher in Richtung Niederlande ab.

»Ich weiß Ihr Angebot sehr zu schätzen, Herr Goldbach. Allerdings kommt das jetzt ein bisschen plötzlich, und da wären ja dann auch noch meine anderen laufenden Verfahren«, wandte ich ein. Meine eigene Stimme klang fremd in meinen Ohren.

»Machen Sie sich darüber keine Gedanken.« Er winkte ab. »Selbstverständlich hätte dieser Auftrag absolute Priorität. Das Grundstück gehört wohl einer ortsansässigen Familie namens … Wo habe ich es gleich notiert …?« Das Rascheln des Papiers war das einzige Geräusch im Raum. »Da haben wir es: Familie Jensen. Wie mir zugetragen wurde, könnte das Grundstück für die Zwangsversteigerung vorgesehen sein.«

Claus Goldbach senkte die Stimme, obwohl die Glastür zwar durchsichtig, doch absolut schalldicht war. »Finanzielle Probleme, aber das bleibt unter uns. Sie würden das natürlich vorab mit einer Grundbucheinsicht vor Ort verifizieren.« Das Zwinkern sollte womöglich vertraulich wirken, sah jedoch eher aus, als wäre ihm etwas ins Auge geflogen.

»Um Ihre anderen Mandanten kann sich Herr Hartmann während Ihrer Abwesenheit kümmern«, sagte er.

Das würde Paul gefallen. Und überhaupt, seit wann hatte *Goldbach & Partner* es denn nötig, Hausmannskost in der ostfriesischen Gerüchteküche zu kochen? Mit einer Grundbucheinsicht vor Ort im Zeitalter der Digitalisierung? Mich beschlich das Gefühl, dass hier irgendetwas nicht mit rechten Dingen zuging.

Er federte mit der Rückenlehne seines Stuhls nach hinten. »Schlafen Sie eine Nacht darüber, Frau König. Anderenfalls müsste ich Sie leider damit betrauen, dem Kollegen Hartmann mit vorbereitenden Tätigkeiten zur Hand zu gehen.«

Ich raffte meine Unterlagen zusammen, nickte, schob den Stuhl zurück und schritt so hoheitsvoll wie möglich in Richtung Tür. Dabei schlugen die Gedanken in meinem Kopf Purzelbäume.

»Ich höre dann morgen von Ihnen«, tönte es hinter mir.

»Ja. Bis morgen«, murmelte ich, sammelte mich kurz auf dem Flur und kehrte in unser Büro zurück.

Paul saß auf Lauras Schreibtischkante. Er hatte sein Gewinnerlächeln immer noch nicht abgelegt und sonnte sich in ihrer Aufmerksamkeit.

Geräuschvoll knallte ich diese bescheuerte Präsentation, die ich den ganzen Morgen bei mir getragen hatte, auf die Tischplatte. *Alles umsonst.*

Paul zuckte zusammen und drehte sich zu mir um. »Na, na, wer wird denn da gleich schlechte Laune haben? Mein Reden: Du siehst das viel zu verbissen. Dieses Mal war ich einfach der Bessere.« Sein Lächeln verbreiterte sich zu einem frechen Grinsen. »Lust auf Mittagessen unten am Hafen, die Damen? Ich gebe zur Feier des Tages eine Runde aus.« Mit einem Blick in meine Richtung fügte er hinzu: »Gutes Essen soll ja bekanntlich auch die Stimmung heben.«

»Nein danke.« Auf keinen Fall würde ich mich mitten im Büro provozieren lassen. Das könnte ihm so passen! So verlockend die Mittagspause in einem der kleinen Bistros im Medienhafen auch zu sein schien mit ihrem Ausblick auf die Gebäudemischung aus modernem Glas und alten Fabrikgebäuden und die meist spiegelglatte Wasseroberfläche vor der Tür. Heute hatte ich die Nase voll von Wasser – und von Paul sowieso.

Es gab nur einen einzigen Menschen, auf den in solchen ausweglosen Fällen immer Verlass war. Sobald die beiden außer Sichtweite waren, kramte ich mein Handy aus der Tasche hervor und schrieb eine Nachricht an meine Freundin Jule.

Mädelsabend? Heute nach Feierabend?

Die Antwort kam prompt:

Geht klar. Komm vorbei, ich koche uns was :-).

Sollte der Rhein doch fließen, wohin er wollte, aber sicher ohne mich.

4

Ich drückte auf die Klingel an dem gelb gestrichenen Altbau. *Julia Wiedemann,* stand auf dem Schild darüber. Sie passte perfekt in dieses Viertel. Bunt, kreativ, unkonventionell – einfach Jule. Der Öffner brummte, und ich lehnte mich gegen die schwere Holztür. Der Flur war unter dem Treppenaufgang wie gewöhnlich vollgestellt mit Fahrrädern und Kinderwagen, auf den Fußmatten sammelten sich Schuhe in allen Größen und Farben.

Ich stieg die Treppe hinauf. Unter meinen Füßen knarzten die Holzstufen. Auf halbem Weg trat ich ans Geländer und richtete den Blick durch die Mitte nach oben, wo ich den roten Lockenkopf meiner Freundin entdeckte.

»Hallo, Kathi, komm rauf! Pizza ist gleich fertig«, rief sie aus dem dritten Stock durch den Flur nach unten. Das störte hier niemanden. Im schlimmsten Fall klingelte es später an ihrer Tür, und ein hungriger Nachbar lud sich selbst ein. Auch das war in diesem Haus normal.

Oben angekommen duftete es schon durch die angelehnte Wohnungstür. Jules Kochkünste waren bisweilen so unkonventionell wie sie selbst, aber ihre Pizza-Kreationen schmeckten himmlisch. Ich schob die Tür auf und trat ein. Im Flur ließ ich meine Tasche auf den Boden gleiten und streifte mir die Pumps von den Füßen. Mit ein bisschen Glück fiel damit gleichzeitig ein Teil der Sorgen von mir ab.

Ein leises Summen drang an mein Ohr. Ich folgte der Melodie in die Küche. Sicher einer der Songs, die Jule im Gospelchor der Kirchengemeinde sang, dem sie seit Kurzem angehörte. Auf meinem Weg durch das bunt zusammengewürfelte

Mobiliar umrundete ich einige Kartons. Ein Charaktermerkmal, das alle Wiedemanns einte: Sie sammelten Gegenstände, die man nicht mehr brauchte, aber durchaus in ferner Zukunft mal wieder brauchen könnte.

»Hallo, Jule.« Ich drückte ihr einen Kuss auf die pausbackige Wange. »Wie schön, dass du heute Zeit für mich hast!«

»Immer gerne zu deinen Diensten.« Sie salutierte mit dem dicken Topfhandschuh an ihrer Stirn und balancierte mit der anderen Hand das heiße Blech mit der bereits in Stücke zerteilten Pizza zum wackeligen Holztisch, an dem wir schon so manche vermeintliche Lebenskrise bewältigt hatten.

Halbherzig zog ich meine Mundwinkel nach oben, um ihr Lachen zu erwidern. Es gelang mir offenbar nicht besonders, denn sie nahm mich wortlos in die Arme und drückte mich auf einen der bunten Holzstühle, die um den Tisch standen.

»Es hat nicht geklappt, oder? Du hast das Mandat nicht bekommen?«

Ich schüttelte den Kopf. »Nein.«

Sie setzte sich und griff nach einem Stück Pizza. Als ich mich nicht rührte, um ebenfalls zuzugreifen, verdrehte sie die Augen, stand noch mal auf und reichte mir mit ihrer freien Hand einen Teller und Besteck aus dem Schrank.

Wir waren wie Yin und Yang, grundverschieden und doch wie zwei perfekt ineinandergreifende Puzzle-Teile.

»Was soll das heißen? Nein? Du warst dir so sicher und warst so gut vorbereitet. Was ist schiefgelaufen?« Sie ließ die Hand mit der angebissenen Pizza sinken.

Ich hatte mir inzwischen den Teller gefüllt und zögerte meine Antwort hinaus wie die langen Käsefäden, die ich mit der Gabel produzierte.

»Wer hat dir den Krieg erklärt? Paul, der Schleimer, dein allwissender Vater oder etwa der alte Goldbach höchstpersönlich? Nun spuck es schon aus.« Ihre Gesichtsfarbe hatte sich mittlerweile dem Ton ihrer Haare angepasst. Sie stopfte sich den Rest ihres Pizzastücks in den Mund.

Bevor sie sich weiter in ihre Empörung hineinsteigerte, erzählte ich ihr die ganze Geschichte. »Der Tag hat schon so merkwürdig begonnen. In der Tiefgarage bin ich vor dem Aufzug mit meinem Vater zusammengestoßen.«

»Nur, dass ich das richtig verstehe … In der Tiefgarage von deinem Büro? Mit deinem Vater?« Ungläubig richtete sie den Blick auf mich.

Ich ignorierte die Fragen und sprach weiter. Über Goldbachs plötzlichen Verzicht auf die Präsentationen, Pauls unverdienten Sieg und meinen Trostpreis, eine Reise nach Ostfriesland. Und über die Aufgabe, für den großen Unbekannten die finanzielle Notlage irgendeiner Familie aus diesem Dorf auszuspähen. Dann war die Pizza aufgegessen.

»Ach, Jule, irgendwas stimmt doch da nicht. Die ganze Vorbereitung umsonst. Stattdessen zaubert der Chef plötzlich ein Grundstück in Ostfriesland aus dem Hut?« Ein paar Tränen rollten mir die Wangen hinab.

»Und jetzt? Was willst du tun?«, fragte Jule, ergriff über den Tisch meine Hände und drückte sie.

»Eins weiß ich sicher. Ich lasse mich auf keinen Fall an den Arsch der Welt abschieben, während Paul hier die Lorbeeren erntet.«

»Gibt es denn eine Alternative?« Sie ließ mich los und hatte offenbar beschlossen, dass dies ein Fall für den Schokoladen-Notvorrat war. Ihr Allheilmittel. Manchmal half es sogar. Aber ob das heute klappen würde?

»Goldbach kann wen anders nach Ostfriesland schicken, und ich helfe Paul bei dem neuen Mandat. Dann habe ich wenigstens alles unter Kontrolle.« Mit etwas Schokolade schob ich den Kloß in meinem Hals hinunter.

Entrüstet sprang Jule auf und baute sich mit in die Hüfte gestemmten Armen vor mir auf.

Vor Schreck vergaß ich, weiter zu kauen.

»Katharina König. Das. Ist. Nicht. Dein. Ernst.« Sie blitzte mich aus ihren grünen Augen an. »Was ist denn los mit dir? Das ist doch unter Garantie ein abgekartetes Spiel. Glaubst du echt an dieses plötzlich aufgetauchte Grundstück? Vielleicht auch gleich noch an den Weihnachtsmann?«

Ihre Stimme überschlug sich beinahe. Sie sah mich an, atmete einige Male ein und aus und fuhr dann in ruhigerem Ton fort: »Ganz ehrlich, Kathi. Was um alles in der Welt sollte dein Vater denn zufällig bei Goldbach zu tun haben? Und erst dieser schleimige Paul … Steigt mit dir ins Bett und jetzt hat er die Nase vorn. Der nutzt dich doch nur aus.«

Die Schokolade war inzwischen von alleine in meinem Mund geschmolzen. Ich schluckte. »Das glaube ich nicht, Jule. Mein Vater war doch immer für mich da und hat mich noch nie angelogen. Und Paul …«, ich dachte an seine verwuschelten braunen Haare gestern Morgen in meinem Schlafzimmer, »… der ist in Wirklichkeit gar nicht so, wie er auf den ersten Blick zu sein scheint«, verteidigte ich die Verdächtigen und irgendwie auch mich selbst.

Jule gab ein verächtliches Grunzen von sich. »Natürlich nicht. Der ist auf den zweiten Blick noch schlimmer.« Sie setzte sich wieder hin. »Dann ist es ja kein Problem, sie zur Rede zu stellen.«

»Wen?«

Jule warf die Arme in die Luft. »Na, Paul? Deinen Vater?«

»Wie soll das gehen?«

»Du setzt dich in dein Auto, fährst hin, klingelst und erhebst Anklage. Wer von uns ist denn hier die Anwältin?«

»Jetzt? Sofort?« Ich schaute Jule an, und mir war klar, sie meinte das ernst.

»Nein, nächste Woche.« Sie schüttelte ihre Locken. »Natürlich jetzt. Ich denke, du musst dich bis morgen entscheiden?«

Das war nicht ganz das, was ich mir von dem Abend erhofft hatte. Aber es wäre nicht das erste Mal, dass sie mich mit einem freundlichen Tritt in den Allerwertesten auf den richtigen Weg beförderte.

»Wenn du meinst …«, gab ich nachdenklich zurück. Mit etwas Glück stellte sich das alles bloß als harmloses Missverständnis heraus, und meine Welt wäre wieder in Ordnung.

»Meine ich.«

Damit war die Sache beschlossen.

Keine zehn Minuten später saß ich in meinem Firmenwagen und steuerte diesen in Richtung Paul. Wenn überhaupt, dann steckte er dahinter. An der Ehrlichkeit meines Vaters wollte ich auf keinen Fall zweifeln.

Um diese Zeit herrschte kaum Verkehr. Ich erreichte die Straße, in der Paul wohnte, ehe ich dazu kam, es mir anders zu überlegen. Die Dämmerung wurde nur von den Straßenlaternen und vereinzelt erleuchteten Fenstern durchbrochen. Als ich um die Ecke bog, erspähte ich einen freien Parkplatz fast genau vor seinem Haus. Wenn das kein Zeichen war!

Ich drückte das Gaspedal durch und schoss auf die Lücke zu. Ein kurzer lauter Knall, dann war es still. Nachdem ich den Schock so weit verdaut hatte, dass mein Körper mir wieder gehorchte, öffnete ich erst das eine, dann das andere Auge und wagte einen Blick durch die Windschutzscheibe.

Der rechte Kotflügel bildete eine Einheit mit der Motorhaube eines anderen Fahrzeuges. Wie ein U-Boot im Meer war es aus einer Tiefgaragenausfahrt aufgetaucht. Ein dunkler Audi, der meinem Wagen verdammt ähnlich sah. Mit zitternden Fingern schnallte ich mich ab. Der Pulsschlag rauschte in meinen Ohren.

Langsam öffnete ich die Fahrertür und stieg aus. Ich schlich auf wackeligen Beinen um die Front meines Autos herum und bückte mich, um einen Blick auf das gegnerische

Nummernschild zu werfen. *D-GP*, Goldbach und Partner. Offenbar hatte das Schicksal die Sache mit dem Treffen wörtlich genommen. Ich richtete mich wieder auf.

Aus dem anderen Fahrzeug stieg niemand Geringerer als Paul Hartmann. »Katharina, um Gottes willen, ist dir was passiert?« Er umrundete unsere Autos mit schnellen Schritten und starrte mich ungläubig an.

»Nein … nein … alles in Ordnung«, stotterte ich. Das bezog sich aber genau genommen nur auf mögliche körperliche Schäden, denn ansonsten war gerade gar nichts in Ordnung.

»Was um alles in der Welt machst du hier?«

»Einen Parkplatz suchen.« Bescheuerte Antwort.

»Und warum wolltest du hier parken?« Noch bescheuertere Frage.

»Mensch, Paul, stell dich doch nicht dümmer, als du bist. Ich wollte zu dir.«

»Zu mir? Habe ich irgendetwas verpasst? Also … nicht, dass du denkst, ich würde mich nicht freuen, aber waren wir denn verabredet?«

Entgegen seiner sonstigen Selbstsicherheit wirkte er merkwürdig nervös auf mich. Ob er den Grund meines Besuches ahnte? Vielleicht hatte ihn auch nur der Unfall geschockt.

»Ich dachte, du bereitest dich auf deine Dienstreise vor? So wie sonst auch immer«, sagte er.

In diesem Augenblick schwappte meine Wut über den Deich, der sie bislang zurückgehalten hatte. Ich funkelte ihn an. »Moment mal, Paul, ich hatte die Reise dir gegenüber mit keinem Wort erwähnt. Woher weißt du überhaupt davon? Steckst du also doch dahinter! Das hätte ich mir ja denken können. Ich hoffe, du hattest deinen Spaß mit mir.« Meine Stimme hallte durch die Häuserfronten der menschenleeren Straße.

»Wohinter stecke ich?«, fragte er, und es klang ehrlich erstaunt. Wenn ich nur nicht schon mehr als einmal Zeuge seiner Schauspielkünste geworden wäre.

»Jetzt tu doch nicht so! Hinter diesem ominösen Immobiliengeschäft natürlich, das unbedingt von mir erledigt werden muss.« Meine Lautstärke hatte sich kein bisschen vermindert.

Über uns erstrahlte ein Lichtschein. Ein Fenster wurde geöffnet. »Hallo, was ist denn da unten los? Brauchen Sie Hilfe? Soll ich die Polizei rufen?«

»Nein, nein. Alles in Ordnung. Wir wickeln das unter uns ab. Vielen Dank.« Paul bemühte sich, den Anwohner zu beschwichtigen, der sein Fenster daraufhin tatsächlich wieder schloss. »Katharina, jetzt beruhige dich doch mal. Du weckst noch die ganze Straße auf.«

»Ich soll mich beruhigen? Nicht, bevor du mir hier und jetzt erklärst, was du mit dieser plötzlichen Dienstreise zu tun hast. Ich höre …«

Im selben Moment glomm die Innenbeleuchtung seines Fahrzeugs auf. Jemand hatte die Beifahrertür geöffnet und versuchte, sich aus dem Auto zu schleichen. Und dieser Jemand war mir nicht unbekannt.

»Ach, sieh mal einer an, Laura. Da bin ich ja gerade richtig gekommen.« Mein bis dato stetig steigender Wutpegel wich schlagartig der Fassungslosigkeit. Jule hatte mal wieder recht behalten. Ich ärgerte mich über mich selbst. Paul war offenbar doch genauso intrigant, wie er auf den ersten Blick wirkte. Und obendrein ein Frauenheld. Zwei Affären gleichzeitig waren eine zu viel.

Laura steckte nach wie vor halb in der nur einen Spaltbreit geöffneten Beifahrertür und piepste heraus: »Darf ich auch mal was sagen?«

»Bitte, setz dich wieder in den Wagen«, flehte Paul sie an.

»Halt einfach die Klappe.« Ich schluckte. »Haltet beide einfach die Klappe. Weißt du was, Paul?« Inzwischen war Ruhe eingekehrt, und ich rang um Fassung. »Du kannst das

Mandat dieses Baukonzerns geschenkt haben und Laura gleich dazu. Ich hoffe, du beißt dir die Zähne aus, an beiden. Ich werde an diese verfluchte Nordseeküste fahren, und was immer mich da erwartet: Ich kriege das hin. Du wirst schon sehen, und dann kannst du dich warm anziehen.«

Würdevoll baute ich mich zu meiner vollen Größe von immerhin einem Meter fünfundsechzig auf. Die Schuhe nicht mitgerechnet.

»Katharina, bitte, so glaub mir doch, ich war genauso überrascht von Goldbachs Entscheidung wie du …« Ein letzter kläglicher Rettungsversuch.

Eigenwillige Strategie, um mich von einer Beziehung mit ihm zu überzeugen, für die wir aus seiner Sicht erst gestern noch das perfekte Team waren. Ich hatte genug gehört.

»In der Zwischenzeit darfst du dich gerne um die beiden Firmenwagen kümmern. Die Straßenverkehrsordnung dürfte dir bekannt sein, damit wäre die Schuldfrage wohl geklärt.« Ich drehte mich um, räumte ein paar persönliche Dinge aus dem Auto in meine Handtasche, hängte sie mir über die Schulter und warf ihm die Schlüssel vor die Füße.

Zum ersten Mal, seit ich ihn kannte, war keine Spur von einem Gewinnerlächeln in seinem Gesicht zu erkennen. Stattdessen stand er da wie ein begossener Pudel.

Währenddessen erinnerte sich das Universum wohl wieder an seine Bewohnerin Katharina König und schickte ein freies Taxi mit leuchtendem Schild um die Ecke. Ich winkte den Wagen heran und stieg ein, ohne Paul eines weiteren Blickes zu würdigen. Nachdem ich dem Fahrer meine Adresse genannt hatte, zückte ich das Handy. Zwei Nachrichten beendeten diesen furchtbaren Tag.

Eine sandte ich an Jule:

Du hattest recht. Ich fahre.

Die zweite verschickte ich an meinen Chef:

> Habe mich entschieden, den Auftrag anzunehmen. Bitte senden Sie mir die erforderlichen Unterlagen per Mail.

Bei dem Wort »Mail« schlug ich mir mit der flachen Hand vor die Stirn. Ich hatte meinen Laptop im Auto vergessen. Danke für nichts, Paul! Noch mal umzudrehen und dem Verräter ins Gesicht zu sehen kam auf keinen Fall infrage. Ich hatte das Handy, alles Weitere würde sich schon finden. Ändern ließ es sich ohnehin nicht mehr.

Zaghaft stahl sich bei dem Gedanken an die bevorstehende Herausforderung ein kleines Lächeln in meine Mundwinkel.

5

Ich schlang die Arme um meinen Oberkörper und trat von einem Bein auf das andere. Wie lange war es her, dass ich zum letzten Mal auf einem Bahnsteig gefroren hatte, noch dazu so früh am Morgen? Damals hatten die Zahlenplättchen der Anzeigetafel über meinem Kopf im Minutentakt geklackert. Heute verursachte die Digitalanzeige keine Geräusche mehr. Die Verspätungen waren trotzdem geblieben.

Kurz überlegte ich, ob mich ein Coffee-to-go aufwärmen würde. Angesichts meines Misstrauens gegenüber den hygienischen Bedingungen der Bahnhofsumgebung sah ich dann aber doch lieber davon ab. Für einen Aufenthalt in einem Café reichte die Zeit nicht, da ich vor der Taxifahrt zum Bahnhof dringend die Haare hatte glätten müssen. Prioritäten waren das A und O im Leben.

In diesem Moment hätte ich ein Königreich für meinen Audi gegeben. Die Sitzheizung hochdrehen, mich in die Polster fallen lassen und dem Klang der Musikanlage lauschen …

Stattdessen schepperte eine Durchsage aus dem Lautsprecher und riss mich aus meinen Gedanken: »*Meine Damen und Herren, auf Gleis siebzehn fährt ein der ICE nach Emden-Hauptbahnhof über Münster und Rheine. Abfahrt 8:02 Uhr. Heute zwanzig Minuten später. Grund dafür ist eine Verspätung aus vorheriger Fahrt. Achtung, Zugbetrieb. Halten Sie Abstand von der Bahnsteigkante und betreten Sie den gekennzeichneten Bereich erst nach Halt des Zuges.*«

Das Bremsgeräusch des einfahrenden Zuges schmerzte in meinen Ohren. Kaum hatten sich die Türen geöffnet, rannten die Menschen um mich herum los, als hätten sich bei einem

Pferderennen die Startboxen entriegelt. Ich zerrte meinen wenig kooperativen Trolley hinter mir her. Mehrfach drohte ich diesem eigenwilligen Gepäckstück lautlos die Kündigung unserer Freundschaft an.

Eingekeilt in einem Bienenstock voller Menschen ignorierte ich die Informationen des Wagenstandanzeigers und flüchtete in den nächstbesten Waggon. Offenbar ein verbreitetes Phänomen, denn der Mittelgang war verstopft mit Fahrgästen, die in entgegengesetzte Richtungen unterwegs waren. Alle murmelten Entschuldigungsfloskeln und bemühten sich, Frontalzusammenstöße zu vermeiden.

Erleichtert schob ich schließlich die Verbindungstür in die erste Klasse auf und suchte nach der Sitznummer des Online-Tickets. Ich hangelte mich an den Lehnen entlang, während meine Augen über die Zahlenanzeigen an den Gepäckfächern glitten und zum guten Schluss am Ziel hängen blieben. Das Problem war nur, dass der Schluss nicht gut war.

Auf der von mir gewünschten Sitzgelegenheit hatte sich ein Anzugträger mittleren Alters niedergelassen. Der richtete trotz mehrmaligen Räusperns meinerseits sein Augenmerk unbeirrt weiter auf das vor ihm ausgebreitete Ersatzbüro aus Laptop und Unterlagen. »Entschuldigen Sie bitte«, sprach ich ihn höflich an, »Sie sitzen auf meinem Platz.«

Keine Reaktion.

Ich verfluchte Paul, der mir diesen ganzen Schlamassel hier überhaupt eingebrockt hatte. Das half leider wenig, außer dass es meine Laune zusätzlich verschlechterte.

Versuch Nummer zwei. »Junger Mann, Sie sitzen auf meinem reservierten Platz. Würden Sie so freundlich sein und sich einen anderen freien Sitz suchen?«

Er hob den Kopf im Zeitlupentempo. Offenbar gehörte er zu der Spezies »Platzhirsch«, deren Exemplare davon ausgingen, dass die Welt sich hauptsächlich um sie drehte.

»Junge Frau«, er musterte mich eingehend, »das hier ist

ganz sicher nicht Ihr Platz. Wenn Sie mich also bitte nicht weiter stören würden … Wie Sie sehen, bin ich sehr beschäftigt.«

Inzwischen stellte die ältere Dame neben mir ungeniert ihr Hörgerät lauter, und ich registrierte, wie der Fahrgast hinter mir seine Zeitung raschelnd zusammenfaltete.

Wortlos hielt ich dem Platzhirsch mein Handy unter die Nase. Immer schön die Contenance bewahren.

»Was soll das werden? Möchten Sie mit mir die Kontaktdaten austauschen? Sagen Sie das doch gleich.« Ein Platzbesetzer mit Sinn für Humor.

Mit äußerster Beherrschung zog ich das Telefon zurück und las ihm den Bildschirminhalt in der Geschwindigkeit eines Erstklässlers vor: »*S-i-t-z-p-l-a-t-z-n-u-m-m-e-r.*« Ich atmete tief durch und zählte in Gedanken bis drei. Dabei fiel mein Blick nacheinander auf das Display und die Gepäckablage über ihm. Ein Zahlendreher. Mist! Das Blut schoss mir ins Gesicht. Der Platzhirsch besetzte keineswegs meinen Platz.

Mir blieben genau zwei Handlungsoptionen. Ich entschuldigte mich oder zog die Angelegenheit durch. Um einen kläglichen Rest an Würde zu wahren, entschied ich mich für Letzteres. »Die Klügere gibt nach«, stellte ich fest.

Der Platzhirsch, das Hörgerät und vermutlich auch die Zeitung hinter mir starrten mich an.

Ich starrte mangels Alternativen zurück, bevor ich mein Gepäck eine Reihe weiter zerrte und mich auf den korrekten Platz plumpsen ließ. Das Gesicht notdürftig hinter dem Handy versteckt, überprüfte ich den Eingang einer Nachricht aus der Kanzlei.

So langsam war es an der Zeit, dass Frau Schmidt mir die Daten der gebuchten Unterkunft mitteilte. Fehlanzeige. Nichts Neues, abgesehen von Pauls Versuchen einer Kontaktaufnahme, die ich allesamt ungelesen löschte. Das Tippgeräusch hinter mir, das der Platzhirsch beständig erzeugte, verstärkte die Sehnsucht nach meinem eigenen Laptop.

Der Schaffner lenkte mich ab. Einmal durch die Schiebetür in unseren Waggons marschiert, fixierte er mich wie eine Zielscheibe und steuerte auf meinen Platz zu. »Fahrkartenkontrolle.«

Vielleicht hatte ich ja ein typisches Schwarzfahrer-Gesicht, das ihn dazu veranlasste, sich genau meine Fahrkarte anzuschauen. Ich wählte auf dem Display die gewünschte Ansicht. Nicht auszudenken, wenn ich statt des Laptops das Handy vergessen hätte.

Er schaute unter seiner Dienstmütze hervor und nickte zufrieden. »Vielen Dank. Ein Hinweis für die Dame: Beim nächsten Mal nach Einnahme des Sitzplatzes auf unserer App den Reisebeginn bestätigen. Die Information erscheint auf meinem Bordcomputer, und die Kontrolle entfällt.« Er tippte sich an die Mütze und setzte seinen Marsch fort.

Glück gehabt. Kein Schwarzfahrer-Gesicht, sondern nur aus der Übung. Da mir nichts Besseres einfiel, lud ich die besagte App herunter und hielt Ausschau nach weiteren bahnbrechenden Neuigkeiten. Siehe da, mit einem Klick wurden Getränke und Snacks aus dem Bordrestaurant an den Platz geliefert.

Im Vertrauen auf die hygienische Bordküche und weil mein Koffeinspiegel auf einen historischen Tiefstand zusteuerte, eilte wenig später eine freundlich lächelnde Zugfee mit einem Cappuccino durch den Gang. Das wiederholte sie auf Knopfdruck mit dem gleichen Gesichtsausdruck ein weiteres Mal.

In dieser Hinsicht teilte sie die Kernkompetenz von Frau Schmidt. Leider, was unsere Sekretärin betraf, wie sich erneut herausstellte, deren einzige nennenswerte Fähigkeit. Ein nochmaliger Blick auf meine Nachrichten hatte mir weiterhin genau nichts offenbart. Ich versuchte es mit einem Anruf, ehe ich zum Schluss noch in Greetsiel unter einer Brücke campieren musste.

Das Freizeichen tutete an meinem Ohr, bis ich kurz vor einem Tinnitus stand. Mit einem Wisch über das Display trennte ich die Verbindung und hinterließ ihr eine Textnachricht. Der Platzhirsch tippte immer noch.

Ich versuchte, mich mit der Aussicht aus dem Fenster abzulenken. Inzwischen war das Grau der Innenstädte des Ruhrgebietes einer grünen Einöde gewichen. Das Wort »Aussicht« beinhaltete normalerweise, dass es etwas zu sehen gab. Hier war plattes Land mit ein paar Kühen, Schafen und den obligatorischen Windrädern obendrauf das Einzige, was vor dem Zugfenster vorbeiflog. Ein Paradies für romantisch veranlagte Menschen.

Leider gehörte ich nicht zu dieser Gruppe. Ich würde mich nicht über einen Fuchs und einen Hasen wundern, die sich an diesem Abend da draußen eine gute Nacht wünschten. Wenigstens erweckte die Einöde nicht den Eindruck, als kündigten sich hier weitere Katastrophen an … sofern Frau Schmidt endlich die Brückenfrage klärte.

Die Zeiger der großen Uhr an der Front des zweiten Bahnhofsgebäudes, vor dem ich mich wiederfand, zeigten halb zwölf. In meinen Pumps stöckelte ich um die Pfützen auf den Pflastersteinen des Vorplatzes und wich gleichzeitig den Fahrrädern aus. Keine leichte Aufgabe, denn es gab hier sehr viele davon. Von den Fahrrädern *und* den Pfützen.

Mit einer Hand lenkte ich den weiterhin unkooperativen Trolley, mit der anderen bändigte ich meine Haare, die der Wind mir ins Gesicht wehte. Ich benötigte dringend ein Taxi, das mich nach Greetsiel chauffierte. Aber alles, was ich entdeckte, war eine historische Dampflok am Rand des Platzes.

Der Wind trieb dunkle Wolken vor sich her. Ich zog den Gürtel um meinen Sommermantel enger. Ein Kleidungsstück, das, laut Aussage der Verkäuferin in der Boutique, maßgeblich zur Verschönerung seiner Trägerin beitrug, bei den Wetterverhältnissen in Emden ansonsten leider gar nichts taugte. Gegen Düsseldorf war das hier Grönland. Blöderweise war dieser Mantel schon das wärmste Teil, das ich eingepackt hatte.

Mit klammen Fingern angelte ich in der Tasche nach meinem Handy, um endlich von Frau Schmidt zu erfahren, wo ich in Greetsiel untergebracht war. Ich zog mit Daumen und Zeigefinger an einer Ecke des Telefons.

Bevor ich es ordentlich zu fassen bekam, erhielt ich hinterrücks einen Stoß, der mich taumeln ließ. Ich gewann das Gleichgewicht so eben noch zurück, aber für das Handy kam jede Hilfe zu spät. Es entglitt mir und versank mit einem lauten Platschen in einer Pfütze zu meinen Füßen.

»Na toll, das hat mir gerade noch gefehlt«, schimpfte ich vor mich hin. Mit spitzen Fingern fischte ich das Telefon aus der nicht gerade sauber wirkenden Wasserlache. Es tropfte aus einem Riss, der sich quer über das Display zog.

»Harrijasses! Entschuldigung. Das habe ich nicht gewollt.« Eine faltige Männerhand hielt von hinten ein Stofftaschentuch in mein Blickfeld.

Ich drehte mich um und sah in das Gesicht eines älteren Herrn, der aus wässrig blauen Augen betreten zurückschaute. Wenige graue Haare lugten unter einer dunkelblauen Kapitänsmütze hervor. Kritisch betrachtete ich das dargebotene Taschentuch.

»Ist noch nicht benutzt.« Er schob seine Hand ein Stück näher heran.

In Anbetracht des vertrauenswürdigen Eindrucks von Stofftuch und Besitzer griff ich zu. Hektisch wischte ich auf dem Display herum und schimpfte dabei weiter: »Ich hoffe für Sie, dass es nicht den Geist aufgegeben hat. Ohne dieses Handy bin ich von der Außenwelt abgeschnitten, verstehen Sie?

Wie soll ich mich sonst mit meiner Kanzlei austauschen? Können Sie denn nicht aufpassen, wo Sie hinlaufen? Überhaupt ist das eine Zumutung mit den ganzen Fahrrädern hier.«

»Ich bin aber auch ein Dösbaddel. Vielleicht funktioniert es ja doch noch?« Hoffnungsvoll sah er zwischen mir und dem Telefon in meiner Hand hin und her.

Ich war inzwischen dazu übergegangen, das Handy zu schütteln. Probeweise tippte ich auf das Display … nichts. »Sieht nicht so aus. Ich erwarte eine wichtige Nachricht von unserer Sekretärin. Und mit ›wichtig‹ meine ich wirklich ›sehr, sehr wichtig‹. Haben Sie denn kein Handy? Gibt es hier wenigstens ein Internet-Café? Einen Münzfernsprecher?« Bei dem letzten Wort kam ich mir vor wie auf einer Zeitreise in die Steinzeit. »Wo soll ich denn jetzt hin, hier mitten im Nirgendwo?«

Er streckte seinen Rücken und schüttelte energisch den Kopf. »Das Nirgendwo heißt Emden und liegt mitten in unserem schönen Oostfreesland. Von der Außenwelt abgeschnitten ist hier niemand. Es gibt sogar einen Hafen.« Er lupfte seine Mütze. »Dann wünsche ich noch eine gute Reise.«

Ein bisschen rührte mich der alte Mann, wie er da so vor mir stand mit seinem abgeschabten braunen Lederkoffer in der Hand und seine Heimat verteidigte. Inzwischen hatte ich kein Gefühl mehr in den Füßen und zitterte in meinem kleidsamen Mantel vor mich hin. Ich lenkte ein. »Warten Sie bitte, so habe ich das nicht gemeint. Ich bin auf dem Weg nach Greetsiel …«

Der Mann hielt in der Bewegung inne, drehte sich wieder um und fiel mir ins Wort. »Ja gibt's denn das? In meine Heimat.« Ein Leuchten huschte trotz des dunkelgrauen Himmels über sein Gesicht. »Die Welt ist klein. Das ist ja gar kein Problem. Wir fahren einfach gemeinsam mit dem Bus weiter. Gleich da vorne ist der Busbahnhof.«

»Moment.« Ich bremste seine Begeisterung. »So einfach geht das leider nicht. Ich habe keine Ahnung, wo ich in Greetsiel unterkommen soll. Außerdem wollte ich mir gerade ein Taxi suchen.«

»Geit neet, gifft neet. Da kann ich mein Missgeschick gleich wiedergutmachen.« Er strahlte mich an. »Bei Grete ist Platz genug. Die guckt sich auch das Telefon an. Und Taxifahren ist sowieso viel zu teuer.«

Natürlich, bei Grete, wo sonst? Und wer fährt heutzutage schon noch Taxi?

»Mein Name ist übrigens Hinrich Lührs. Aber hier oben bei uns sagen wir einfach Hinrich.« Beherzt griff er mit der freien Hand nach meinem Rollkoffer und marschierte los. Erstaunlicherweise kooperierte dieses blöde Teil in seinem Schlepptau zum ersten Mal seit meiner Abfahrt.

Ich öffnete den Mund, schloss ihn aber gleich wieder, als dicke Regentropfen auf mein Gesicht trafen. Und weil ich auf dieser Reise heute auch ohne Regendusche schon genug erlebt hatte, beeilte ich mich, den Anschluss an meinen Koffer nicht zu verlieren. »Katharina König«, rief ich Hinrich zu. Vermutlich sagte man hier oben aber einfach nur Katharina.

6

»*Nächster Halt: Greetsiel, Ankerstraße*«, tönte es aus dem Lautsprecher im Bus.

Fast hatte ich die Hoffnung schon aufgegeben, dass dieser Bus uns jemals ans Ziel befördern würde. Irgendwo zwischen Pilsum und Pewsum war mein Versuch gescheitert, mir die gleichklingenden Namen zu merken, obwohl sich Hinrich alle Mühe gegeben hatte, mich in Heimatkunde zu unterrichten.

In meinen Augen war jeder dieser Orte eine Ansammlung roter Backsteinhäuser, inmitten der allgegenwärtigen, mit Kühen und Schafen bevölkerten grünen Wiesen. Wenigstens grasten die Wollknäuel, die aus der Ferne ausgesehen hatten wie hingepustete Wattebäusche, vor dem linken Busfenster. Wie hatte meine Mutter mir nämlich schon als Kind erklärt: »Schäfchen zur Linken tun Freude dir winken.«

In Höhe eines abwechselnd rot und gelb gestrichenen Leuchtturms, der auf dem in einiger Entfernung liegenden Deich thronte, hatte Hinrich mir erklärt, dass es sich bei dem Turm um eines der Wahrzeichen Greetsiels handele. Seine Augen hatten geglänzt, als er sogar von einem Kinofilm berichtet hatte, der dort gedreht worden war.

Jetzt stieß er mich vom Nachbarsitz aus an. »Komm, Katharina, an der nächsten Haltestelle steigen wir aus. Dann sind es nur noch ein paar Schritte bis zu Grete.«

»Und Sie … äh … du bist sicher, dass ich deiner Grete auch nicht ungelegen komme?«

»Ganz sicher.« Er nickte zur Bestätigung. »Die hat doch in ihrer Pension immer Zimmer frei. Sie wird sich über einen Gast freuen.«

»Wenn du es sagst …« Das Wort »Pension« klang nach der holperigen Anreise wie Musik in meinen Ohren. Abgesehen von gewissen Restzweifeln, die, angesichts der Erwähnung von immer freien Zimmern in dem laut Goldbach so beliebten Urlaubsort, an mir nagten.

Wir hievten unser Gepäck durch die sich öffnende Bustür. Sofort fuhr mir der Wind ins Gesicht und erinnerte mich an die Nähe zur Nordsee. Zum Glück hatte es wenigstens aufgehört zu regnen. Ich drückte mich mit meinem Trolley in die Ecke des Wartehäuschens, hinter dem eine Reihe Fahrräder auf die Rückkehr ihrer Besitzer warteten. Einzelne Fetzen blauen Himmels lugten durch die aufgetürmten Wolkenberge. Ich erspähte ein Lebensmittelgeschäft und einen Bäcker. Die Grundversorgung schien immerhin gesichert zu sein.

Hinrich zog eine altmodische Taschenuhr aus seiner Jackentasche. »Exakt neununddreißig Minuten. Habe ich zu viel versprochen? Auf unsere Buslinie 421 ist Verlass. Weiter geht's, wir wollen doch noch was vom Nachmittag haben.«

»Wir«? Ich für meinen Teil sehnte mich nach einer komfortablen Unterkunft. Und wenn ich ehrlich war, war er, so freundlich er auch zu mir war, in diesem Plan eher nicht vorgesehen.

Ohne mir eine Pause zu gönnen, schritt er voran, und ich stöckelte tapfer hinter ihm her. Der Wind trieb mir die Tränen in die Augen. Die Räder meines Trolleys ratterten über die Fugen der roten Pflastersteine und übertönten das Geschrei der Möwen in der Ferne. Nachdem wir einmal abgebogen waren, verschwanden die wenigen Fußgänger und Radfahrer aus dem Straßenbild.

Mitten auf dem Gehweg blieb Hinrich plötzlich stehen, sodass ich beinahe in ihn hineingelaufen wäre. Als er sich zu mir umdrehte, hob ich entschuldigend die Schultern und schob mir erneut die Haare aus dem Gesicht, die sich zwischen meinen Fingern so gar nicht mehr glatt anfühlten.

»Dieser verdammte Wind«, beklagte ich mich.

Er stellte seinen Koffer ab und kräuselte die Lippen. »Och, das ist doch kein Wind. Nee, bloß eine leichte Brise.«

Weder das eine noch das andere wirkten auf mich besonders einladend.

Wir standen vor einer akkurat getrimmten Rasenfläche. Sie endete an einem Haus aus rotem Backstein. Woraus auch sonst? Dieses Exemplar hob sich durch seinen hohen, abgerundeten und mit weißem Stuck eingefassten Giebel von den umstehenden Häusern ab. In die Fassade war eine Inschrift mit dem weit zurückliegenden Baujahr gemauert. Seine weißen Sprossenfenster mit den in vielen Farben bepflanzten Blumenkästen davor schienen die Besucher zu begrüßen. Neben der grünen, doppelflügeligen Holztür prangte ein Schild mit dem Namen *Haus Grete*.

»Willkommen bei Grete Stöhr!« Mit einer ausladenden Handbewegung zeigte Hinrich auf das Grundstück.

»Das sieht ja ganz … ordentlich aus«, sagte ich um Neutralität bemüht. Es galt die Unschuldsvermutung, bis das Gegenteil bewiesen war. Auch für Haus Grete.

»›Ordentlich‹? Ein echtes Schmuckstück«, schwärmte er, und seine Stimme klang ein wenig entrüstet. »Das Kapitänshaus ist seit Generationen im Besitz von Gretes Familie. Sind alle zur See gefahren. Darum hat sie auch den ollen Käpt'n Stöhr, Gott hab ihn selig, geheiratet. Na ja, so ein richtiger Käpt'n war der auch nicht, nur ein Kutterschipper. Aber ich war ja bloß eine Landratte, die im Hafen gearbeitet hat. Vielleicht wäre sonst alles anders gekommen.« Er legte eine Pause ein, und ein Schatten huschte über sein Gesicht, bevor er sich wieder fasste und fortfuhr: »Rasenmähen ist natürlich Ehrensache für mich, seit Grete nun allein ist.«

»Wie nett von dir! Schön, wenn Nachbarn so zusammenhalten.« Die Gespräche mit den Leuten aus meiner Nachbarschaft hatten sich seit dem Einzug auf ein paar Floskeln beschränkt. Und Frau Lichtenberger klingelte auch nur bei meinen Eltern, wenn sie neuen Tratsch witterte.

Während ich Hinrichs Erzählungen mit einem Ohr weiter lauschte, erhaschte ich eine Bewegung hinter einem der Fenster. Die Gardinen schwangen wie von einem Luftzug bewegt hin und her, obwohl es geschlossen war.

»Ich wohne gleich nebenan. Wir sind beide hier aufgewachsen, Grete und ich. Später haben wir die Häuser von unseren Eltern geerbt. So mok wi dat hier oben.« Er zeigte nach rechts über einen Zaun, auf ein deutlich kleineres rotes Häuschen.

Bevor ich weitere Geheimnisse der norddeutschen Lebensart erfuhr, flog die Tür auf. Wie ein Wirbelwind fegte eine Frau auf uns zu. Ihre grauen Locken hüpften bei jedem Schritt, und eine Schürze wehte um ihre Rundungen.

»Moin, Hinrich. Hast du dir Damenbesuch von deiner Reise mitgebracht?« Sie schielte auf den Trolley zu meinen Füßen und musterte mich mit scharfem Blick.

»Moin, Grete. Bist wohl eifersüchtig?«

Die alte Dame stemmte die Hände in die Hüften und schnaubte.

Ich sah zur Seite, damit die beiden mein Grinsen nicht bemerkten. Vermutlich war unter Nachbarn auch das normal hier oben.

»Weißt du doch, gibt keine andere Frau für mich als dich, mien Leev. Da brauchst du gar nicht durch deine Vorhänge zu spionieren.«

»Ach was, spionieren, ich passe höchstens auf«, erwiderte Grete.

Bevor sie sich weiter hineinsteigerte, fuhr Hinrich fort: »Nee, Grete, das ist Besuch für dich. Die junge Deern habe ich am Bahnhof in Emden umgestoßen. Aus Versehen. Nun ist ihr Handy kaputt, und sie kann die Anschrift der Unterkunft nicht mehr empfangen, in der sie hier eigentlich wohnen sollte. Da habe ich gleich an dich gedacht.«

Das war mein Stichwort. Ich streckte Frau Stöhr eine Hand entgegen. »Katharina König. Ich komme aus Düsseldorf und habe ein paar Tage geschäftlich in Greetsiel zu tun. Ihr Nachbar war so freundlich, mir ein Zimmer in Ihrer Pension anzubieten. Aber falls Sie nichts mehr frei haben, finde ich sicher eine andere Lösung.«

Ihre Miene hellte sich schlagartig auf. »Das sieht dem Dösbaddel mal wieder ähnlich. Wie oft habe ich ihm schon gesagt, er soll endlich mal mit seinen Augen zum Doktor. Na, Hauptsache das Herz schlägt am rechten Fleck.« Sie schüttelte ihre Locken und ergriff meine Hand. »Die Frau Stöhr vergisst du mal gleich wieder. Ich bin Grete. Dann mal rein in die gute Stube, Katharina. Sieht aus, als hättest du das Aufwärmen nötig.«

Sie bedachte mich und meinen kleidsamen Mantel mit einem skeptischen Blick und zog mich samt Trolley im Schlepp hinter sich her. Über die Schulter rief sie Hinrich zu: »Und du hast doch bestimmt noch zu tun, oder?«

»Jo, bin schon weg. Holl di munter, Katharina, Grete!«

Ich hörte seine Schritte, die sich hinter mir entfernten, hatte aber weder Zeit, mich noch mal umzudrehen, noch eine Hand frei, um ihm zu winken. »Vielen Dank für deine Hilfe«, rief ich im Weggehen und wurde von der quirligen Wirtin über den Weg ins Haus gezogen.

Für den Fall, dass sich mir die Definition »Kapitänshaus« von außen nicht vollständig erschlossen hatte, änderte sich das beim Betreten des Flurs von *Haus Grete*.

Unter meinen Füßen knarzten alte Holzdielen. Könnten sie sprechen, so hätten sie sicher einiges an Seemannsgarn zu erzählen. Die Wände waren oberhalb der weißen Holzvertäfelung blau gestrichen und mit allerlei maritimen Erinnerungen dekoriert. Zwischen Seemannsknoten aus dickem Tau und einem antik aussehenden Kompass fanden sich Bilder von Schiffen und verschiedenen Leuchttürmen. Fast hörte ich die Wellen rauschen.

Eine geöffnete Tür auf der rechten Seite erlaubte mir den Blick in einen großen, hellen Raum, der aussah wie ein Frühstücks- und Aufenthaltszimmer. Ein paar Tische mit tadellos gebügelten Decken darauf wurden umringt von passenden Stühlen mit blauen Sitzpolstern. Vor den Fenstern luden ein Sofa mit vielen Kissen und ein Kamin zum Wohlfühlen ein. Ein Schild an der Wand klärte darüber auf, dass es sich um die *Schietwetterecke* handelte. Alte Holzbalken zierten die Decke und verstärkten die behagliche Note des Raumes.

»Gibt es noch viele Gäste außer mir?«, fragte ich mit Blick auf die vorbereiteten Tische.

»Viele Gäste?« Die alte Dame sah mich erstaunt an.

»Ich dachte, weil Hinrich von einer ›Pension‹ gesprochen hat, und dazu das Schild draußen neben der Tür …«

Grete winkte ab. »Seit mein Mann nicht mehr lebt, waren keine Urlauber mehr hier.« Ihre Hand legte sich auf das vergilbte Foto eines Kapitäns vor einem kleinen Schiff, das einen Ehrenplatz in der Mitte des maritimen Sammelsuriums einnahm. »Wir hatten gerade angefangen zu renovieren, wollten hier alles gemeinsam noch mal hübsch machen, weil mein Willem doch auch mit der Fischerei Schluss gemacht hat, und dann ganz plötzlich …« Ihre Augen füllten sich mit Tränen.

»Das tut mir leid«, erwiderte ich mit ehrlichem Mitgefühl.

Grete nestelte ein Taschentuch aus ihrer Schürze hervor und wischte sich über die Augen. »Gefühlsduselei, dabei ist das nun schon bald ein Jahr her.« Entschlossen stopfte sie das Tuch in die Tasche zurück.

»Und Sie …«

»Du«, erinnerte sie mich und schmunzelte.

Daran würde ich mich erst mal gewöhnen müssen. »Und du hältst immer noch alles für Gäste bereit?«

»Manchmal hilft die tägliche Routine. Außerdem liegt Hinrich mir schon lange in den Ohren, dass hier wieder Leben ins Haus muss. Er hat mich sogar als ›Einsiedlerkrebs‹ bezeichnet, der in einem ›leeren Schneckenhaus‹ lebt! Ist das zu glauben?« Sie unterbrach sich kurz, als erwartete sie, dass ich ihre Entrüstung teilte.

Ich verhielt mich vorsichtshalber neutral und unterdrückte ein Schmunzeln.

»Nun hat er es ja geschafft, und du bist hier. Also herzlich willkommen als erster Gast in Gretes Schneckenhaus! Wir beide gehen jetzt erst mal in die Küche, und ich mache uns etwas zu essen. Deinen Mantel kannst du dort aufhängen.« Sie zeigte auf einen messingfarbenen Anker an der Wand und marschierte voraus, durch eine weitere Tür gegenüber dem Speiseraum.

Nachdem mein Mantel an der Schiffsgarderobe seinen Platz gefunden hatte, folgte ich der alten Dame. Eines war mir jetzt schon klar: Grete Stöhrs Vorschläge duldeten keinen Widerspruch.

Ich nahm auf dem blauen Polster einer Eckbank Platz. Sie rahmte einen robusten Esstisch ein, auf dessen Holzplatte augenscheinlich schon einige Mahlzeiten eingenommen worden waren, die aber blank poliert war.

Die Einrichtung hatte nichts mit den Küchenzeilen gemein, die bei Paul oder mir herumstanden. Antik wirkende Schränke aus hellem Holz umgaben einen Gasherd, der das Herzstück des Raumes bildete und auf den so mancher Koch neidisch gewesen wäre. An der großflächigen Abzugshaube über dem Herd baumelten gusseiserne Töpfe und Pfannen. Das Zusammenspiel ließ die Küche einladend und gemütlich wirken.

Grete hatte in der Zwischenzeit meinen Blick bemerkt, der

anerkennend auf dem modernen Gasherd ruhte, an dem sie emsig werkelte. »Unsere erste Investition in die Zukunft«, erklärte sie und fügte wehmütig hinzu, »und auch Willems letzte.«

Schneller, als ich zu Hause je etwas beim Lieferservice bestellt hatte, zauberte Grete zwei Portionen Rührei mit Krabben und stellte die gefüllten Teller auf den Tisch.

Obwohl das Essen nur aus wenigen Zutaten bestand, zerging mir jeder Bissen auf der Zunge. Erst jetzt merkte ich, wie hungrig ich gewesen war. Die Krabben schmeckten nach Salz und Meer und ähnelten dem, was ich bisher unter dieser Bezeichnung gekauft hatte, nicht im Entferntesten. Ich verputzte restlos alles, was Grete auf meinem Teller angehäuft hatte.

»Das war die leckerste Mahlzeit, die ich seit Langem gegessen habe«, lobte ich ihre Kochkünste und hielt mich nur mit Mühe davon ab, den Teller abzulecken.

Sie strahlte. »Mit einem kleinen Klönschnack dabei schmeckt es auch gleich viel besser.«

»Isst du denn sonst immer allein? Nicht vielleicht mal mit Hinrich zusammen? Wenn er den Rasen mäht?« Ich konnte mir nicht verkneifen, bei der Beziehung der beiden noch mal nachzuhaken. Anwaltskrankheit.

»Mit Hinrich, dem mäkeligen Esser? Der soll sich mal schön selbst was kochen.« Sie räumte unsere Teller zusammen. »Wo du jetzt frisch gestärkt bist, schlage ich vor, du läufst erst mal rüber zu Nils' Fahrradverleih.«

»Zum Fahrradverleih? Was soll ich denn da? Ich dachte eher daran, dass du mir mein Zimmer zeigst und ich mich in Ruhe einrichten kann. Ich muss mich auch unbedingt um mein kaputtes Handy kümmern.«

Grete bedachte mich mit einem Blick, als hätte ich die Gezeiten infrage gestellt. »Du brauchst ein ordentliches Fortbewegungsmittel, das steht doch wohl fest. Und unterwegs siehst du auch gleich unser schönes Greetsiel. In der Zwischenzeit bereite ich oben ein Gästezimmer vor.«

»Das können wir doch schnell gemeinsam erledigen. Ich möchte wirklich keine Umstände machen. Und mein Handy würde mir im Augenblick sehr viel mehr nützen als ein Fahrrad.«

Ich versuchte ein letztes Mal, den Bezug des Zimmers zu beschleunigen.

»So weit kommt das noch, dass Gäste hier arbeiten!« Der beleidigte Seitenblick war nur von kurzer Dauer. »Aber wenn das Telefon so wichtig ist, dann werfen wir vorher noch einen Blick darauf. Zeig das gute Stück mal her.« Sie trug das schmutzige Geschirr zur Spüle. Ein weiterer Vorschlag, der keinen Widerspruch duldete.

Im Flur zog ich mein Handy aus der Manteltasche. Oder besser das, was davon übrig war und weiterhin jede Kommunikation mit mir verweigerte. Ich nahm das Gerät mit in die Küche.

Grete unterbrach den eben begonnenen Abwasch und wischte sich die Hände an ihrer Schürze trocken. Nachdem die Lesebrille vom Tisch auf ihre Nase gewandert war, schnappte sie sich mein Telefon. »Hm … sieht gar nicht gut aus.« Ihre Stirn legte sich in Falten.

Wie sie so dastand und das Handy in alle Richtungen drehte, erinnerte sie mich an eine weibliche Ausgabe von Steve Jobs auf einer seiner legendären Präsentationen.

»Ich denke, da ist nichts mehr zu machen.« Sie beendete ihre Untersuchung, und dieses Mal hatte ich meine Mundwinkel nicht unter Kontrolle, obwohl mir gar nicht nach Grinsen zumute war.

7

Im Handumdrehen hatte Grete ein zerknittertes Blatt Papier und einen Bleistiftstummel aus der Schublade eines Küchenschrankes gezaubert und mich zurück auf die Eckbank gelotst. Dort malte sie mir den Weg zu dem Fahrradverleih dieses besagten Nils auf und schob den Zettel über den Tisch. »Steck den Plan lieber ein. Sicher ist sicher.«

Wir standen beide auf, und ich ließ den Navigationsersatz in meiner Hosentasche verschwinden. *Sie haben ihr Ziel erreicht, Grete.*

»Und grüß Nils von mir. Ein feiner Kerl. Ich kenne ihn schon, seit er so klein war.« Ihre Hände deuteten die Größe einer Puppe an. »Er ist das Patenkind von Hinrich und mir. Mit eigenen Kindern hat das ja bei uns beiden nicht sein sollen. Hat den Fahrradverleih ganz neu aufgebaut, unser Nils, und ist sehr beliebt bei den Gästen. Besonders bei den weiblichen.« Sie zwinkerte mir zu.

Ich hob abwehrend die Hände. Darum war ich eindeutig nicht hier, und dazu die Sache mit Paul … Keine Chance.

Auf dem Weg in den Flur stoppte mich Gretes ausgestreckter Arm. Mit dem Zeigefinger deutete sie auf meine Füße.

Ich folgte den Bewegungen des Fingers wie bei einer Hypnose, blieb aber ratlos.

»Die Schuhe! Damit willst du doch wohl nicht in die Pedale treten?« Sie verdrehte die Augen.

»Nicht?« Genau das hatte ich vorgehabt. Ich begutachtete die dunkelblauen Pumps mit den hohen Absätzen, in denen meine Füße wie üblich steckten. »Was stimmt denn nicht mit denen?«

»Och, das sind prima Schuhe. Und ganz bestimmt würden die unserem Nils auch gut gefallen. Der ist ja nun immer noch Junggeselle, und das, obwohl er schon dreißig Jahre alt ist.« Gretes Blick wanderte zum nackten Ringfinger meiner rechten Hand. »Kannst du dir das vorstellen?«

Konnte ich. »Na ja, in dem Alter haben sich heutzutage doch viele junge Menschen noch nicht festgelegt. So eine Entscheidung fürs ganze Leben will ja gut überlegt sein. Und vorher will man vielleicht auch erst mal Kariere machen«, wiegelte ich ab.

»Karriere. Dumm Tüch. Außerdem ist es ja nicht so, als wäre er keine gute Partie mit seinem Geschäft. Ich möchte wohl meinen, er ist einer der begehrtesten Junggesellen hier oben bei uns. Aber er muss endlich mal Nägel mit Köpfen machen, wenn die Richtige dabei ist. Sonst kann er bald mit Hinrich eine Alt-Herren-WG gründen.« Sie stemmte die Hände in die Hüften. »Fahrradfahren geht mit den Schuhen trotzdem nicht. Also lass uns mal schauen, was sich in deinem schicken Köfferchen noch so findet.« Sie schob mich vor sich her in den Flur.

Ich kniete vor meinem Trolley, während Grete mir über die Schulter schaute. Zum Glück steckte wenigstens ein paar flache Ballerinas darin, die ich triumphierend in die Höhe hielt. »Zufrieden?«

Grete wiegte den Kopf. »Auch nicht optimal, aber fürs Erste werden die wohl gehen, und aussehen tun sie ja auch ganz hübsch.«

Ein Glück. Ich klappte meinen Trolley mit einem Schlag zu und stand auf. Mit einer Hand zog ich den Mantel von der Anker-Garderobe und wechselte gleichzeitig die Schuhe. »Dann mache ich mich mal auf den Weg. Danke für die Hilfe.

Wir sehen uns nachher.« *Jetzt oder nie.* Ich öffnete die Tür und floh hinaus.

Grete winkte mir hinterher. »Bis später, und die Grüße nicht vergessen.«

Das konnte ja heiter werden.

Mein Ziel erkannte ich schon von Weitem an der langen Reihe bunt gemischter Fahrradmodelle, die auf neue Besitzer auf Zeit warteten. Sie standen vor dem Anbau eines Backsteinhauses, der einem Holzschuppen ähnelte und einen eher funktionellen als ansprechenden Eindruck erweckte. Darüber ein Schild mit den Worten *Frerichs, Fahrradverleih* und einem handgemalten Rad. Über diese Werbung hatte ein Marketingexperte sicher ausgiebig nachgedacht.

Von hier aus erkannte ich in der Ferne bereits die bunten Masten der Kutter. Sie schaukelten im Wind. Darüber kreisten die Möwen unter lautem Geschrei.

»Moin, kann ich helfen?« Ein Mann meines Alters eilte auf mich zu. Mittelgroß, mittelblond, mitteldick, in Jeans und Hemd. War das etwa der begehrteste Junggeselle Ostfrieslands? Einen Pluspunkt gestand ich ihm für sein warmes Lächeln zu, das seine geröteten Wangen miteinander verband.

Ich schüttelte ihm die Hand. »Hallo. Ich bin für ein paar Tage hier in Greetsiel, und da ich leider mein Auto nicht dabeihabe, benötige ich ein anderes Fortbewegungsmittel.«

»Da bist du bei mir genau richtig. Ich bin der Chef über die Fahrradflotte hier.« Mit einer ausladenden Handbewegung umfing er sein Territorium. »Du kannst Nils zu mir sagen.«

In der Tat, der berühmt berüchtigte Frauenheld persönlich. »Freut mich, Katharina König. Was würdest du mir denn empfehlen?«

»Das kommt ganz darauf an, was du vorhast. Wir haben E-Bikes für längere Touren und City-Bikes für den kleinen Ausflug zum Bäcker oder Restaurant. Natürlich gibt es auch

Tandems, wenn du mit deinem Partner gemeinsam fahren willst.« Er legte den Kopf leicht schräg und grinste mich an.

Das wüsste er wohl nur zu gerne. »Die kleine Version dürfte reichen. Ich bin nur geschäftlich hier, und das Rad wird hoffentlich nicht übermäßig oft zum Einsatz kommen.«

Er schob mir ein rotes Damenrad entgegen, dessen Sattel davon zeugte, dass es schon so manches Hinterteil über den Deich transportiert hatte. »Wie schade. Warte mal ab, einmal aufgestiegen, wirst du nicht mehr anhalten wollen. Mit dem Wind um die Nase immer geradeaus Richtung Horizont. Du musst nur ein bisschen achtgeben: Der Gegenwind kann hier ganz schön heftig werden. Darum immer schön den Lenker festhalten, damit du nicht vom Kurs abkommst.«

»Das sollte ich wohl hinbekommen. Was kostet das Rad?«

»Kommt drauf an, wie lange du es behalten möchtest. Pro Tag zehn Euro, fünfundvierzig Euro für eine Woche. Bei der Wochenmiete lege ich auch eine gemeinsame Fahrt mit mir drauf, für den Fall, dass du doch Gefallen daran findest.«

An ihm oder am Radfahren? Vom Klischee des wortkargen Ostfriesen war er weit entfernt, von dem eines Frauenhelden leider nicht. »Ich werde wohl keine ganze Woche hier sein, aber ich nehme der Einfachheit halber die Wochenmiete. Kann ich mit Karte zahlen?« Ich hielt ihm die Kreditkarte der Kanzlei vor die Nase.

»Sicher. Wir leben hier ja nicht hinter dem Mond.« Er sah sich die Karte an. »*Kanzlei Goldbach … Anwältin.* Aus Düsseldorf, hm? Alles klar.« Damit drückte er mir den Lenker in die Hand und verschwand im Haus.

Solche Vorurteile war ich gewohnt, und manchmal vereinfachten sie sogar den geschäftlichen Umgang miteinander.

Der Frauenheld wedelte mit einem Zettel, als er wieder herauskam. »Hier haben wir den Mietvertrag. Bitte nur noch schnell deine persönlichen Daten eintragen und die Unterkunft vor Ort. Dann kannst du gleich losfahren.«

Ich steckte die zurückgegebene Karte ein und setzte mich mitsamt dem Zettel und einem Kugelschreiber auf eine Holzbank, damit ich eine Unterlage zum Schreiben hatte. Nachdem alle Daten eingetragen waren, reichte ich Nils das Blatt zurück.

Beim Lesen zuckten seine Mundwinkel plötzlich verdächtig. »Du wohnst bei Grete?«

»Eine lange Geschichte.« Ich winkte ab. »Stimmt was nicht mit Frau Stöhr?«

Er lachte aus vollem Hals. »Mit Grete? Doch, doch. Mit meiner Tante Grete ist alles in Ordnung. Die Frage ist eher, ob mit dir nach deinem Aufenthalt auch noch alles in Ordnung sein wird.«

Ich verstand nur Bahnhof. »Aha.«

»Die liebe Grete hat so ihre Eigenarten. Ich sag mal so: Nur für den Fall, dass du noch Single bist, kannst du sicher sein, dass wir uns wiedersehen werden.« Es fiel ihm sichtlich schwer, nicht schon wieder lauthals loszulachen. »Dann gute Fahrt und bis bald, Katharina König.« Er lehnte sich an die Hauswand und verschränkte grinsend die Arme vor der Brust.

8

Ich schlug alle Ratschläge in den angeblich so gefährlichen ostfriesischen Wind. Niemand kam auf die Idee, einen Vortrag über die korrekte Handhabung eines Fahrrades unter norddeutschen Wetterbedingungen zu halten. Niemand außer Nils Frerichs, dem Frauenflüsterer. Jedes Kind fuhr Rad. Wind hin oder her. Punkt.

Ich schwang mich auf den Sattel meines neuen Gefährts. In Gedanken schweifte ich ab zu dem ebenfalls roten Mädchenrad, mit dem ich durch die Kindheit gedüst war. Mit einer goldenen Schleife verziert, hatte es unter dem Weihnachtsbaum gestanden. Ungeachtet von Schnee und Eis war ich noch am gleichen Abend dick vermummt die Straße entlanggeradelt.

Vermutlich staubte das Rad heute im Keller vor sich hin, zwischen vielen Kartons, die meine Mutter mit *Kindheitserinnerungen* beschriftet hatte.

Ich trat in die Pedale. Dabei versuchte ich, ein möglichst professionelles Gesicht aufzusetzen, löste eine Hand vom Lenker und winkte Nils zu, der immer noch an der Hauswand lehnte. Das Rad schlingerte umgehend, und ich umklammerte die Griffe mit beiden Händen so fest, dass meine Fingerknöchel weiß hervortraten. Die Reifen holperten über das Backsteinpflaster. In wackeligem Slalom umfuhr ich einige Fußgänger, deren graue Haarschöpfe aus paarweise identischen Windjacken hervorlugten.

Ich dankte Grete im Geiste für den Ratschlag, die Büropumps gegen flache Schuhe zu tauschen. Nach einer kleinen Runde, vorsichtshalber außer Sichtweite des Fahrradverleihs, nahmen meine Fingerknöchel langsam wieder Farbe an. Na bitte, Fahrradfahren verlernte man tatsächlich nicht.

Der Wind wehte mir nur leicht ins Gesicht, und ich fröstelte nicht mehr, seit die Sonne den Wettstreit gegen die Wolken gewonnen hatte. Spontan entschied ich mich, doch nicht sofort zurück zur Pension zu fahren, sondern mir erst mal einen Überblick über die Umgebung zu verschaffen. Nichts war unangenehmer, als unvorbereitet zu einer Vertragsverhandlung zu erscheinen.

Zum Glück behinderten jetzt, in der Nachsaison, nur einige wenige Urlauber meine Fahrt durch die engen Gassen. Ich folgte dem Geschrei der Möwen, und nach wenigen Metern sah ich von einer Brücke aus vor mir den Fischerhafen.

Ich bremste, stieg ab und suchte in der Manteltasche mein Handy für ein Foto. Der Griff ins Leere beförderte die Geschehnisse dieses Tages wieder an die Oberfläche meiner Erinnerung. Wider Erwarten verzauberte mich die Aussicht derart, dass ich nicht nur das Foto, sondern sogar meinen Ärger vergaß. Zum ersten Mal seit Langem genoss ich einen Anblick, ohne etwas festhalten oder beweisen zu müssen.

Die Kutter schaukelten mit hochgezogenen Netzen dicht an dicht auf dem vom Wind gekräuselten Wasser. Ihre Farben strahlten im Licht der tiefer wandernden Sonne. Einzelne Fähnchen flatterten an den Masten. Eine leichte Brise trug den Geruch von Salzwasser und Fisch zu mir herauf.

Vom Treiben im Hafen angezogen, schwang ich mich zurück auf den Sattel. Ich schmunzelte bei dem Gedanken daran, was die Kollegen aus der Kanzlei wohl zu meinem zweirädrigen Dienstfahrzeug sagen würden.

Auf dem Weg hinunter an die Hafenkante schwankte das Rad deutlich weniger, und ich nahm Fahrt auf. Vorbei an einer Eisdiele, vor der die Menschen in einer Schlange warteten.

Einige Urlauber saßen schon auf den niedrigen Mauern ringsum und schleckten an ihren Eiskugeln. Dabei schauten sie verträumt in die Ferne oder hielten das Stillleben auf dem Wasser mit ihren Handys fest. Andere begutachteten vor den Andenkenläden oberhalb der Mauern das Angebot an bunten Ansichtskarten und Windspielen. Kinder jagten mit wedelnden Armen hinter den Möwen her, während die Erwachsenen versuchten, ihr Eis vor den frechen Angreifern aus der Luft zu schützen.

Ich war fast unten bei den Fischkuttern angekommen, als ein braun und weiß gefleckter Hund mit einem roten Halstuch meine Aufmerksamkeit fesselte. Er jagte einen bunten Ball, den sich zwei Kinder gegenseitig zuspielten, entschied sich dann aber um und sprang neben mir her. Die kurzen Beinchen berührten kaum mehr den Boden bei dem Versuch, mit meinem Tempo Schritt zu halten. Sein Schwanz wedelte hin und her, und er bellte fröhlich. Ich schaute hinunter in seine dunklen Kulleraugen, bemüht, dem kleinen Kerl mit den Reifen nicht zu nahe zu kommen.

Aus dem Augenwinkel bemerkte ich einen Schatten. Zu spät empfing mein Gehirn das Signal »menschliche Annäherung von rechts«. In dem Moment, in dem ich den Kopf ruckartig in Richtung des Hindernisses drehte, verlor ich die Kontrolle über den Lenker und raste direkt auf einen Mann zu, der den Kai überquerte. Trotz Vollbremsung kippte das Fahrrad um. Ich riss ihn im Fallen zu Boden und landete mit einem Satz auf seinem Körper.

Nachdem die erste Schrecksekunde vorüber war, sondierte ich die Lage. Blaue Augen, die wie Wassertropfen in einem wettergegerbten Gesicht funkelten. Darüber strubbelige blonde Haare, darunter ein blau-weiß gestreiftes Hemd. Er roch nach Meer. Offenbar ein Fischer, der meinen Aufprall auf den harten Boden der Tatsachen freundlicherweise gedämpft hatte.

»Moin!«

Immerhin schien er noch am Leben zu sein. Obwohl sich

sein Körper alles andere als unangenehm anfühlte, rappelte ich mich hastig aus meiner überaus peinlichen Lage auf. Ich klopfte mir den Staub von der Kleidung und stellte durch systematische Bewegungen aller Gelenke sicher, dass sie noch intakt waren.

»Woher ... Ich meine, wieso ... Und der Hund ...«, krächzte ich zusammenhanglos. Die Hitze schoss mir ins Gesicht. Erstaunt über die Wirkung, die dieser fremde Mann auf mich hatte und die selbst meinen sonst so verlässlichen Redefluss zum Erliegen brachte, beendete ich das Gestammel lieber. »Hallo.« Na toll, damit würde ich nun wirklich in keinem Gerichtssaal dieser Welt einen Blumentopf gewinnen.

Inzwischen kam auch mein Gegenüber wieder auf die Beine. Er rückte seine Strickmütze zurecht und hob das Fahrrad auf, ohne sich aus der Ruhe bringen zu lassen. Nach einer kurzen Begutachtung schob er es mir zu.

Ich ergriff den Lenker, immer noch wie hypnotisiert von seinen meerblauen Augen. Unsere Hände berührten sich für den Bruchteil einer Sekunde. Das reichte aus, um einen Stromschlag durch meinen Körper zu senden, der ohne Zwischenstopp das Herz erreichte und es für einen Augenblick stillstehen ließ. In meinem Kopf suchte ich auf ein Neues nach Worten, doch es schien, als hätte der Wind sämtliche Buchstabenkombinationen hinausgeweht. »Alles in Ordnung?« Eine erneute Glanzleistung meiner Kommunikation.

»Jo.«

»Tut mir wirklich leid ...«

Ein weiterer Fischer, der auf einem benachbarten Kutter das Deck säuberte, hielt inne, stützte die Arme auf den Schrubber und rief zu uns herüber: »Na, da ist dem Fiete wohl mal wieder ein weiblicher Fisch ins Netz gegangen, was?« Er lachte mit tiefer Stimme und setzte seine Arbeit fort.

»Jo.« Als wäre damit alles gesagt, drehte sich mein Unfallopfer um und stapfte ungerührt in seinen gelben Gummistiefeln davon.

Verwirrt starrte ich ihm nach. Mit jedem Schritt, den er sich weiter entfernte, gewann ich meine Kontrolle mehr zurück. Dieser Fiete sollte sich bloß nichts einbilden. Ich hatte ihn endlich gefunden, den sturen, wortkargen Ostfriesen, der über seinen Deich nicht hinausguckte. Obwohl der typische Vertreter dieser Gattung in meiner Vorstellung bislang deutlich unattraktiver gewesen war.

Ich schob mein Rad zurück auf die kleine Brücke. Die Kutter waren jetzt alle fest vertäut und schaukelten verlassen auf dem Wasser. Auf dem Deich, der den Hafen begrenzte, standen die Giebelhäuser aus ostfriesischem Backstein wie eingehakt nebeneinander, als könnten sie dem Wind so leichter trotzen.

Ein weiß getünchtes Haus stach hervor. Die blauen Fensterläden leuchteten in der gleichen Farbe wie das Schild des darin befindlichen Restaurants. Gedeckte Tische auf der kleinen Terrasse vor der Tür luden zum Verweilen ein. Einige Gäste hatten bereits daran Platz genommen und genossen ihre Abendmahlzeit.

Mit einem vernehmlichen Knurren übernahm mein Magen das Ruder und lotste mich vor das Lokal. Dort stellte ich das Fahrrad ab und setzte mich an einen freien Tisch. Unauffällig schielte ich auf die Teller der anderen Gäste, bevor ich zur Speisekarte griff. Das Auge aß bekanntlich mit.

»Moin. Was darf ich Ihnen bringen?« Eine freundliche junge Bedienung war herbeigeeilt, um meine Bestellung aufzunehmen.

»Ich hätte gerne Ihre Abendbrotkombination aus Salat, unterschiedlichen Fischfilets und Hausbrot. Dazu ein stilles Wasser.« Der Hinweis auf der Karte – *für unsere kalorienbewussten Gäste* – hatte letztlich den Ausschlag gegeben, nach der üppigen Mahlzeit bei Grete.

»Eine ausgezeichnete Wahl.« Die Frau kritzelte etwas auf ihren Block und flitzte davon.

Die Luft hatte sich inzwischen abgekühlt. Ich wickelte mir die über dem Stuhl bereitgelegte blaue Wolldecke um die Beine und lehnte mich zurück. Keine Flugzeuge, kein Straßenlärm. Nur Wasser, Möwen und Wind.

Ich genoss die Wirkung der ungewohnten Geräuschkulisse. Als ich mich dabei ertappte, auf den Kuttern Ausschau nach einem ganz bestimmten Fischer zu halten, unterbrach die Bedienung zum Glück meine Träumerei mit einem gefüllten Teller.

»Katharina, Katharina«, murmelte ich, nachdem die junge Frau sich wieder zurückgezogen hatte, und schüttelte den Kopf über mich selbst. Seeluft machte offenbar nicht nur hungrig. Der Duft des frisch gebackenen Brotes stieg mir in die Nase. Ich piekste den ersten Bissen auf.

Plötzlich ruckelte unter dem Tisch etwas an der Wolldecke. Vor Schreck ließ ich die Gabel fallen. Einige Köpfe drehten sich bei dem klirrenden Geräusch zu mir herum, wandten sich aber schnell wieder ihrem Essen zu. Ich hob die Tischdecke ein klitzekleines Stückchen an und lugte darunter. Zu meinen Füßen kauerte der kleine Hafenhund.

Mit schräg gelegtem Kopf schaute er mich mit seinen Knopfaugen an. Seine Pfote lag auf meinem Knie.

»Na, wen haben wir denn da, du Streuner?«, flüsterte ich ihm zu, nicht sicher, ob sein Besuch hier erwünscht war. »Wir beide haben eben wohl ein ganz schönes Chaos angerichtet, was?«

Er bewegte seine Pfote an meinem Bein auf und ab, als stimmte er mir zu. Dazu klopfte sein Schwanz im Takt auf den Boden.

Aus der Nähe betrachtet, erkannte ich auf seinem Halstuch ein eingesticktes *F*. Das brachte eine fast vergessene Saite in mir zum Klingen. Die Erinnerung an den weißen Pudel, der eines Abends mutterseelenalleine vor unserer Tür in Angermund gesessen hatte. Ich hatte ihm aufgrund seiner Farbe und seines flauschigen Fells den Namen Flocke gegeben. Wie gern hätte ich ihn damals behalten! Einen Seelenverwandten, dem man seine Geheimnisse anvertraute und der einen bedingungslos liebte.

Aber mein Vater hatte nicht aufgegeben und am Ende Flockes Besitzer über eine Zeitungsanzeige gefunden. Als der vor unserer Tür stand, war der Pudel wie ein Flummi an seinem Herrchen hochgesprungen, während ich bitterlich geweint hatte. Die Haustierdiskussion war im Hause König nie wieder aufgekommen.

Ich streichelte die Pfote meines neuen vierbeinigen Freundes, woraufhin er leise winselte. »Psst. Mach Platz.« Nicht, dass unser Blind Date noch aufflog. »Wie heißt du denn? Vielleicht Flocke?« Ich schaute nach links und rechts, nahm mit den Fingern das letzte Stück Brot vom Teller, schob ein bisschen Fisch darauf und ließ es unauffällig unter den Tisch fallen.

Flocke schnappte sich den Happen und schlang ihn hinunter.

»Du bist aber hungrig, kleiner Mann.« Zumindest sah er männlich aus, verifiziert hatte ich das nicht. Er leckte sich über die Schnauze. Schnell schaute ich mich noch mal um und hielt ihm den letzten Brocken Fisch hin, den er mir aus den Fingern knabberte.

Ein vernehmliches Räuspern ließ mich hektisch auffahren. Wie aus dem Nichts war die Bedienung neben dem Tisch aufgetaucht. »Kann ich Ihnen helfen? Darf es für Sie vielleicht noch etwas sein?« Der skeptische Unterton in ihrer Stimme war nicht zu überhören.

»Nein, danke. Ich würde dann gerne auch zahlen.« Bevor die übrigen Gäste hier anfingen, sich über die Frau am Nebentisch zu wundern, die scheinbar mit sich selbst sprach und Essensbrocken auf dem Fußboden verteilte.

»Selbstverständlich. Ich hoffe es hat Ihnen geschmeckt?«

»Das hat es, vielen Dank«, antwortete ich. Satt und zufrieden verließ ich das Restaurant.

Flocke war derweil genauso unbemerkt, wie er gekommen war, wieder davongeschlichen. Mit einem wehmütigen Seufzen sah ich mich um, aber der kleine Kerl war nirgends mehr zu sehen.

Ich radelte zurück zur Pension. Die rötlichen Strahlen der Abendsonne spiegelten sich in den Fenstern des Hauses. Bald würde die Sonne am Horizont verschwunden sein. Das Fahrrad lehnte ich an die Hauswand. Mein Finger schwebte noch über dem Klingelknopf, als die Tür mit einem Schwung geöffnet wurde. Fast wie zu Hause, nur dass die guten alten Fenster hier die Kamera ersetzten.

»Katharina, endlich! Ich habe mir schon Sorgen gemacht. Nun aber schnell herein. Warst du so lange bei Nils?« Gretes Wortschwall traf mich bereits im Türrahmen.

Ich folgte ihr ins Haus. »Nein, ich ...« Weiter kam ich nicht.

»Hab ich zu viel versprochen? Sicher hat er dir ein gutes Fahrrad gegeben. Du hast ihm doch die Grüße bestellt?«

Mist, das hatte ich vergessen. »Ich habe mir tatsächlich ein Fahrrad bei ihm ausgeliehen und damit ...«

»Na also, ich wusste doch, das wird prima klappen. Hat er vielleicht gleich eine Proberunde mit dir gedreht?« Sie hob die Augenbrauen erwartungsvoll an.

Verflixt noch mal. Ihre Fragen prasselten auf mich ein wie ein Platzregen. Ich hob lachend die Hand und rief: »Stopp.«

Grete öffnete den Mund wie ein Fisch an Land, schloss ihn aber unverrichteter Dinge wieder.

»Ich habe nichts weiter mit Nils unternommen, sondern

bin in den Hafen gefahren und habe dort in einem Restaurant zu Abend gegessen.« Sicherheitshalber fügte ich hinzu: »Alleine.« Mal abgesehen von Flocke.

»Ach nein. Das darfst du aber nicht mehr machen, Katharina. Wir können doch hier gemeinsam essen.« Sie wackelte mit dem Zeigefinger vor meinem Gesicht herum, als schimpfte sie mit einem unartigen Kind. »Dann haben wir auch gleich ein bisschen Klönschnack.«

Für heute war mein Bedarf an Unterhaltung gedeckt. »Ich möchte wirklich keine Umstände machen.«

»Ach was, Umstände! Das ist selbstverständlich.« Sie schob die Unterlippe schmollend vor. »Dann zeige ich dir jetzt dein Zimmer.«

Ich folgte ihr die Holztreppe hinauf, die geradeaus vom Flur in die obere Etage führte, und meine Hand strich über das polierte Geländer. Wie im Erdgeschoß knarzten auch hier oben die Dielen bei jedem Schritt.

Hinter der hellen Tür, die Grete öffnete, lag ein nicht zu großer, aber liebevoll hergerichteter Raum. Der lange Tag und ihre Freude an meinem Besuch hatten mich den auf Dienstreisen gewohnten Hotel-Komfort zumindest für heute abhaken lassen. Morgen war ein neuer Tag.

Das einzelne Bett mit Holzrahmen lud mit kleinen Ankermotiven auf der Bettwäsche zum Wohlfühlen ein. Die passenden Vorhänge waren schon zugezogen, und eine Lampe mit Stoffschirm auf dem wackeligen Nachttischchen tauchte das Zimmer mit den antiken Deckenbalken in ein weiches Licht. Sogar der Trolley wartete bereits vor dem Schrank, der dem alten Kleiderschrank glich, in dem ich mich früher bei meiner Oma so gerne versteckt hatte. Im Gegenzug sah ich über die Tatsache hinweg, dass das Bad auf dem Flur lag. Ich war ja ohnehin Gretes einziger Gast.

»Vielen Dank, Grete! Das hast du wirklich zauberhaft hergerichtet.«

Ihre Mundwinkel wanderten wieder in die Höhe.

»Eine Bitte hätte ich noch. Ich möchte morgen nach Emden fahren, um beim Amtsgericht eine geschäftliche Angelegenheit zu klären. Vielleicht könnte ich zeitig frühstücken, und du rufst mir später ein Taxi? Ohne mein Handy und meinen Laptop bin ich ja leider aufgeschmissen.«

»Wenn es mehr nicht ist … Da kümmere ich mich gleich drum, ich habe auch schon eine Idee.« Sie zwinkerte mir zu.

Das hinterfragte ich jetzt lieber nicht, sondern konzentrierte mich auf meine morgige Aufgabe, die finanzielle Lage dieses verdammten Grundstückseigentümers zu ermitteln. Schließlich war ich nicht zum Vergnügen hier.

Trotzdem mogelte sich beim Einschlafen ganz ohne mein Zutun das Bild eines blonden Fischers mit meerblauen Augen in meinen Kopf.

9

Immer zwei Stufen auf einmal nehmend eilte ich die Treppe hinunter in Richtung Frühstücksraum. Die Seeluft hatte mich in der ersten Nacht bei Grete ausgezeichnet schlafen lassen, und der Blick aus dem Fenster versprach einen sonnigen Tag.

Mein dunkelblauer Hosenanzug hatte die Reise im Koffer ohne nennenswerte Falten überlebt. Die Haare hatte ich nach dem Glätten zu einem Knoten zusammengesteckt, ehe sie erneut vom Winde verweht wurden. Heute würde ich beim Amtsgericht die Eintragungen über Grundschulden und einen möglichen Versteigerungsvermerk für dieses Grundstück ermitteln. Dann sollte der Deal mit dem Eigentümer und den Gläubigern eine reine Formalität sein.

Ich steckte den Kopf durch die Küchentür, aber der Raum war verwaist. Auch im Zimmer gegenüber keine Spur von Grete. Dafür erwartete mich ein gedeckter Tisch mit Brötchen, die den Duft frischen Gebäcks verströmten, selbst gekochter Marmelade in einem liebevoll handbeschrifteten Glas und einer Kanne auf einem Stövchen. Ich hob den Deckel und schnupperte hinein. Definitiv Ostfriesentee. Eine Vase mit bunten Feldblumen rundete das Bild ab.

Ich setzte mich und ließ es mir erst mal schmecken. Der Kandiszucker löste sich mit einem leisen Knistern in der Tasse auf. Zu meinem Glück fehlte nur noch das Taxi nach Emden. Wo steckte Grete bloß? Egal. Klingelte ich eben nebenan und bat Hinrich um den Anruf. Womöglich beschleunigte das die Angelegenheit sogar.

Ich räumte mein Frühstücksgeschirr zusammen und trug es hinüber in die Küche. Einen Augenblick verweilte ich vor dem halb geöffneten Fenster und atmete die salzige Seeluft ein, bis der Wind laute Stimmen zu mir hereintrug. Ich beabsichtigte auf keinen Fall zu lauschen, hätte mir aber die Ohren zuhalten müssen, um das Gezanke zu überhören.

»Fängst du schon wieder davon an? Kannst du die ollen Spööker nicht einfach ruhen lassen?« Unverkennbar die aufgebrachte Stimme von Grete.

»Warum musst du auch so ein Sturkopp sein?« Das klang eindeutig nach Hinrich.

Schnell schlüpfte ich im Flur in meinen Mantel und folgte den Stimmen in den Garten. »Guten Morgen. Ich wollte mich für das leckere Frühstück bedanken und nur kurz nach dem Taxi fragen«, flötete ich in Richtung der beiden Streithähne, die sich links und rechts vom Grundstückszaun aufgebaut hatten.

Grete drehte sich blitzschnell zu mir um, als hätte ich sie bei etwas Verbotenem ertappt. »Moin, Katharina. Ich hoffe, du hast gut geschlafen und was Schönes geträumt? Man sagt ja, was man in der ersten Nacht in einem fremden Bett träumt, erfüllt sich.« Ihre Augen blitzten unter den grauen Locken, wobei ich nicht sicher war, ob aus Ärger über ihren Nachbarn oder aus Neugierde auf den Inhalt meiner Träume.

Ich wich ihrem Blick aus und schob das Bild beiseite, das sich erneut in meine Gedanken mogelte.

Hinrich nickte mir zu und ging in die Hocke, um an irgendwelchen Grashalmen herumzuzupfen.

»Alles bestens. Ich habe geschlafen wie ein Baby … und das Frühstück war ein Traum. Hier auch alles in Ordnung?« Vorsichtig tastete ich mich zum Kern des Problems vor.

»Ja, ja. Alles gut«, sagte Grete, aber ihre Körpersprache strafte ihre Worte Lügen. Sie starrte Hinrich über den Zaun hinweg an und verschränkte die Arme vor der Brust. »Hinrich gräbt nur wieder die ollen Spööker aus.«

»Olle Spööker? Du willst es bloß nicht zugeben. Weißt

doch genau, dass ich recht habe.« Er hörte auf, an den Grashalmen zu zupfen, und richtete sich wieder auf.

Ich hob beschwichtigend die Hände. »Ich weiß zwar nicht, worum es hier geht, aber man kann doch in Ruhe über alles reden. Später vielleicht … am besten nach dem Taxi, ja?« Dieses Haus zu verlassen gestaltete sich verdammt noch mal schwieriger, als durch eine Grenzkontrolle zu kommen.

Grete wandte sich mir zu. »Das ist schon bestellt. Sollte jeden Augenblick hier sein.«

»Wo soll's denn hingehen, dass extra ein Taxi kommen muss? Fährt denn da kein Bus hin?«, fragte Hinrich aus dem Hintergrund.

»Dat geit di gar nix an. So weit kommt das noch, meine Gäste auszuhorchen«, schimpfte Grete.

»Na ja«, versuchte ich abermals zu beschwichtigen, »es ist ja kein Geheimnis. Ich fahre zum Amtsgericht nach Emden. Dort muss ich für meine Kanzlei beim Grundbuchamt eine Einsichtnahme beantragen.«

Offenbar ein Stichwort für Hinrich. »Hast du gehört, Grete? Zum Grundbuchamt … eine Einsichtnahme beantragen …«

»Bin ja nicht taub«, brummelte sie.

»Vielleicht sollte ich da auch mal hingehen«, stichelte Hinrich weiter.

»Die warten da wohl gerade auf Hinrich Lührs!«

Mir war zwar nicht klar, wer diese Information benötigte, aber Anwälte fanden, es schadete nie, die juristische Sachlage zu erläutern. »Wenn er ein berechtigtes Interesse an den Einträgen eines Grundstücks hätte, dann würde das genau genommen schon gehen …«

Offenbar hatte ich in Hinrich einen dankbaren Abnehmer gefunden, denn er fiel mir ins Wort. »Und ob ich interessiert bin! Es geht hier nämlich um mein Grundstück. Einen ganzen Meter hat dein Vater den Lührs abgeluchst, als er diesen Zaun hier gebaut hat, Grete. Und das nur, um klarzustellen, dass ich bei euch nicht mehr erwünscht war.«

Wenn Blicke töten könnten, würde Grete jetzt umfallen. Als wäre er selbst erschrocken von der Schärfe seiner Worte, wiegelte er sogleich ab. »Und dabei brauchen wir doch den Zaun gar nicht mehr.«

Ein Motorengeräusch unterbrach den unseligen Streit.

»Das wird das Taxi sein«, rief Grete und eilte aus dem Garten zur Straße.

Ich nahm den Umweg durchs Haus, um meine Tasche zu holen, nicht ohne Hinrich noch einmal zuzuwinken. Das alles hier ging mich im Grunde ja auch gar nichts an.

Vor der Haustür versuchte ich, die Erscheinung wegzublinzeln, die sich mir bot. Erfolglos. Keine Fata Morgana, sondern Nils Frerichs höchstpersönlich. Der Fahrradverleiher lehnte lässig in einer schwarz-roten Lederkluft an einem Motorrad in der gleichen Farbkombination und pfiff bei meinem Anblick anerkennend.

»So schnell sieht man sich wieder, Katharina König. Die Dame hat ein Taxi bestellt?«

»Ganz genau. Die Betonung liegt auf ›Taxi‹«, gab ich zurück, »und bislang sehe ich hier nichts, was auch nur entfernte Ähnlichkeit mit einem Taxi aufweist.«

»Du hast Glück.« Grete strahlte neben ihm mit der Sonne um die Wette. »Ganz zufällig muss unser Nils auch nach Emden. Da hat er sich angeboten, dich mitzunehmen. Ist das nicht nett?«

Nils zuckte mit den Schultern, und sie nickte bekräftigend.

»Oh nein«, stöhnte ich auf und hob abwehrend die Hände. Keine zehn Pferde bekamen mich auf diesen Feuerstuhl. »Ich habe gar keinen Helm.«

So leicht ließ Nils sich nicht beeindrucken. Ehe ich mich's versah, schaukelte ein zweiter Helm an seinem ausgestreckten Arm.

»Und die richtige Kleidung fehlt mir auch.«

Mit der anderen Hand zauberte er hinter sich eine Lederjacke hervor. »Keine Ausrede mehr.« Er zwinkerte mir zu. »Also los, gib dir einen Ruck, ich beiße auch nicht. Jeans und flache Schuhe wirst du ja haben. Dann kann es losgehen.«

Grete klatschte begeistert in die Hände.

Was hatten hier nur alle immer mit meinen Schuhen? Während in meinem Kopf die Ausreden wie Seifenblasen zerplatzten, gesellte sich Hinrich zu unserer kleinen Ausflugsgruppe.

»Nils, mien Jung, hab ich doch richtig gehört. Schön, dich zu sehen!« Die beiden Männer klopften sich gegenseitig auf die Schultern. »Wo geit di dat?«

Grete kam Nils zuvor. »Er hat zufällig auch in Emden zu tun, und da nimmt er Katharina gleich mit.«

»Das ist aber nett von dir, Nils. Dann braucht Katharina auch ihr Geld nicht für das teure Taxi rauszuwerfen. Hast gut mitgedacht, Grete.« Hinrich nickte ihr anerkennend zu. So schnell wurden aus Streithähnen Verbündete.

Alle gegen eine. Was blieb mir da anderes übrig, als zu kapitulieren? »In Ordnung. Aber nur dieses eine Mal und nur, weil das Grundbuchamt am Mittwoch schon mittags schließt.«

Drei Augenpaare folgten mir, als ich zurück ins Haus schlich, um wenig später in der gewünschten Kleidung wieder herauszukommen. Zum Glück sah mich niemand aus der Kanzlei.

Nils tauschte meine Umhängetasche gegen die Lederjacke. Ich schlüpfte hinein und fühlte mich, als hätte ich das Aufnahmeritual eines Rockerclubs bestanden. Die Jacke passte wie angegossen. Ob er wohl für jede mögliche Beifahrerin die passende Größe vorhielt? Ich griff nach dem Helm und beäugte das Ungetüm.

»Erst mal die Haare aufmachen, sonst wird das nix«, wies Nils mich an und verstaute derweil mein Gepäck in der Packtasche.

Ich zerrte das Haargummi und die zahlreichen Haarnadeln aus der geschäftstauglichen Frisur, für die ich am Morgen immerhin eine halbe Stunde vor dem Spiegel verbracht hatte, steckte alles in die Hosentasche und schob das erste Mal im Leben den Kopf in einen Helm. Zum Glück litt ich nicht unter Platzangst. Planlos fummelte ich mit den Fingern am Kinngurt herum.

»Lass mich mal machen.« Mit wenigen Bewegungen zurrte Nils den Gurt fest und nutzte dabei gleich die Gelegenheit, mir tief in die Augen zu sehen.

Ich klappte das Visier herunter.

Er stieg auf seine Maschine, drehte sich um und klopfte hinter sich auf den Sitz.

Erst im zweiten Anlauf gelang es mir, ein Bein über das Motorrad zu bugsieren, bemüht, ihm nicht zu nahe zu kommen. Mit den Händen suchte ich vergeblich Halt.

»Du musst dich schon an mir festhalten.« Beherzt griff er sich meine Arme und legte sie um seinen Oberkörper.

Ich rückte so weit von ihm ab, wie es möglich war, ohne den Halt zu verlieren. Diese Fahrt war so ziemlich das Gefährlichste, was ich in den letzten Jahren gewagt hatte. Genau genommen fiel mir sogar gar nichts Gefährlicheres ein.

»Bereit?«

Ich nickte.

Hinrich und Grete winkten in friedlicher Eintracht von der Seite.

Nils' Daumen zeigte in die Höhe. Dann klappte er ebenfalls sein Visier herunter und warf die Maschine an. Er beschleunigte das Motorrad, bevor er kurz abbremste.

Ich rutschte auf seinen Rücken und klammerte mich instinktiv an ihn. Das war's wohl mit dem Sicherheitsabstand.

Wir nahmen Fahrt auf, und ich schloss die Augen, beseelt von dem Wunsch, das hier lebend zu überstehen.

Die Fahrgeräusche drangen gedämpft an meine Ohren, während der Wind in jede Pore meiner Kleidung kroch. Ein Gefühl wie Autofahren ohne Blech. Wie Leben ohne Sicherheitsnetz. Also ziemlich genau das Gegenteil von meinem Alltag. Schnell stellte ich fest, dass es unmöglich war, das Gleichgewicht mit geschlossenen Augen zu halten. Ich öffnete ein Auge nach dem anderen und nahm wahr, wie wir an den Bäumen am Straßenrand vorbeiflogen. Mit jeder Kurve krallte ich mich fester in das Leder von Nils' Jacke.

Er schien meine Panik zu bemerken, denn an der nächsten Kreuzung löste er eine Hand vom Lenker und drückte meinen Arm. Sein Kopf drehte sich ein Stück zu mir. »Alles klar? Mach dir keine Sorgen«, rief er durch den Helm. »Je schneller wir fahren, desto stabiler liegt die Maschine auf der Straße.«

Beruhigende Information, gesetzt den Fall, sie würde in meinen Ohren überzeugend klingen. Mit jedem Kilometer, den wir unversehrt zurücklegten, gewann dann aber doch die Zuversicht die Oberhand. Ich lockerte den Griff. Die Landschaft rauschte links und rechts an uns vorüber. Ich stellte mir vor, frei wie ein Vogel durch die Lüfte zu schweben. Kaum freundete ich mich mit dem Gedanken an, war die Fahrt vorbei.

Wir hielten vor einem imposanten roten Gebäude mit auffälligen Türmchen. Ich klappte mein Visier hoch. Was fast wie ein kleines Schloss anmutete, war den Buchstaben über der Eingangstür zufolge das Amtsgericht. Ich kletterte von der Maschine herunter, löste den Kinngurt und zog den Helm ab. Jeder Muskel meiner Kehrseite schrie beleidigt auf, als ich ein wenig in die Hocke ging, um vor dem Rückspiegel an meiner Frisur zu verzweifeln.

Nils befreite seinen Kopf ebenfalls und reichte mir meine

Tasche. »Und, schöne Frau? Angenehme Fahrt gehabt?« In seinen Augen blitzte der Schalk.

»Es war in Ordnung«, antwortete ich vage.

»Das ist doch schon mal ein Anfang. Warte mal ab, wenn wir auf der Rückfahrt so richtig Gas geben …«

»Sehr witzig. Ich könnte mir immer noch ein Taxi rufen«, erwiderte ich und verschränkte die Arme vor dem Körper.

»Das wäre aber schade. Wo wir doch schon so was wie ein eingespieltes Team sind. Wenn dir das Motorrad allerdings so gar nicht zusagt – ich hätte da auch noch einen Freund mit einem Schiff.« Seine Mundwinkel hoben sich zu einem Grinsen. »Also pass auf. Ich erledige ein paar Dinge hier in Emden, wo ich schon mal da bin, und sammele dich danach wieder ein. Wie lange brauchst du?« Er sah mich fragend an.

»Aha. Wenn du schon mal da bist? Ich denke, du musstest sowieso hierher fahren?« Ich zog das Wort »sowieso« in die Länge.

»Schon vergessen, du wohnst bei Tante Grete.« Er zuckte mit den Schultern.

»Das rechtfertigt natürlich alles. Also dann, in einer halben Stunde. Ich warte hier draußen auf dich.«

»Okay, bis gleich.« Er zog seinen Helm wieder auf und brauste davon.

Ich stieg die wenigen Stufen zum Eingang hoch und drückte die schwere Tür auf. Der Innenraum des Gebäudes stand seinem äußeren Erscheinungsbild in nichts nach. Eindrucksvolle Treppenaufgänge mit steinernen Geländern und Stuckbögen an der Decke empfingen mich mit einem Schwall kühler Luft. Das Licht fiel durch hohe Sprossenfenster in den Eingangsbereich und auf die Einlasskontrolle.

Die Beamten hinter dem Sicherheitsglas beäugten argwöhnisch meinen Aufzug, als ich mein Anliegen vortrug. Erst der

Blick auf den Anwaltsausweis entspannte ihre Gesichtszüge, und sie teilten mir die Zimmernummer mit.

Auf meinem Weg in eine der oberen Etagen bedachte ich wie gewöhnlich die Kollegen in ihren Roben mit einem Gruß. Deren Sympathie für eine Rockerbraut, womöglich eine angeklagte Rockerbraut, hielt sich jedoch in Grenzen. Erleichtert klopfte ich schließlich an die Tür, hinter der laut einem kleinen Schild der Beamte namens Herr Düster das Grundbuchamt regierte.

»Herein.«

Ich drückte die Klinke herunter und trat ein. Hinter einem Schreibtisch, auf dem sich neben einem Computerbildschirm die Aktenmappen stapelten, saß ein dürrer Mann mit grauen Haaren.

Seine Augen musterten mich mit flinken Bewegungen durch dicke Brillengläser. »Was kann ich für Sie tun?«

»Guten Tag. Mein Name ist Katharina König. Ich arbeite als Anwältin für die Kanzlei *Goldbach und Partner* in Düsseldorf und möchte gerne einen Antrag auf Grundbucheinsicht stellen.«

»So, so. Das Grundbuch möchten Sie einsehen, Frau Rechtsanwältin König.« Er sagte das in einem Tonfall, als hätte ich ihn um den Verkauf illegaler Drogen gebeten.

Ich kramte die erforderlichen Unterlagen aus meiner Umhängetasche und schob sie ihm samt Anwaltsausweis über den Tisch.

Nach einem kurzen Blick darauf tippte er etwas in die Tasten seines Computers. Er murmelte vor sich hin und fragte dann: »Ich darf doch davon ausgehen, dass ein berechtigtes Interesse Ihrerseits an der Grundbucheinsicht vorliegt?«

»Selbstverständlich. Ich führe Kaufverhandlungen im Namen eines Mandanten unserer Kanzlei.« In meiner Nase kitzelte der Staub, der hier in der Luft lag. Mit Mühe und Not unterdrückte ich einen Niesanfall, der meine Autorität zusätzlich untergraben hätte.

»So, so«, sagte er noch einmal. »Sie führen also bereits Kaufverhandlungen? Dann darf ich wohl außerdem davon ausgehen, dass Sie schon einen entsprechenden Vorvertrag geschlossen haben?«

Die nahmen das aber wirklich sehr genau hier. »Sehen Sie, Herr Düster, dazu bin ich extra persönlich vor Ort, um den passenden Vertrag mit dem Verkäufer auszuarbeiten. Und mit Ihrer Auskunft wird das auch sicher zeitnah gelingen«, antwortete ich im freundlichsten Tonfall, der mir zur Verfügung stand.

»Ich nehme nicht an, dass ich Ihnen die Rechtslage erläutern muss, Frau König?« Er legte die Stirn in Falten und betrachtete mich mit einem Blick, der seinem Namen alle Ehre machte. Vermutlich hielt er mich doch für eine Drogendealerin. »Kein Vertrag, kein berechtigtes Interesse, keine Grundbucheinsicht. Es steht Ihnen frei, gegen diese Entscheidung Beschwerde einzulegen. Auf Wiedersehen, Frau König.« Seine Hand zeigte in Richtung Tür.

Die Erfahrung hatte mich gelehrt, dass Widerspruch in solchen Fällen zwecklos war. Ich raffte meine Unterlagen zusammen und hatte schon die Klinke in der Hand, als er noch mal nachlegte.

»Und, Frau König … Ich glaube nicht an Zufälle. Bitte richten Sie also allen weiteren in Düsseldorf tätigen Anwälten aus, dass ich eine dritte Anfrage für ein und dasselbe Grundstück in einer Woche nicht dulden werde.«

Ich hielt kurz inne. Es gab eine Menge Anwälte in Düsseldorf. Darunter zwei, denen ich nahestand. Sehr nahe. Ein merkwürdiger Zufall, aber auch nicht ausgeschlossen, oder doch? Für einen schnellen Vertragsabschluss sah es im wahrsten Sinne des Wortes düster aus.

10

»Moin, ihr zwei. Gerade recht zur Teetied. Kommt rein.«

Grete winkte uns mit selbst gehäkelten Topflappen aus der geöffneten Tür zu, ehe sie wieder im Inneren des Hauses verschwand.

Nils zuckte mit den Schultern. »Sorry, ist halt nicht das leiseste Fortbewegungsmittel, so ein Motorrad. Aber vermutlich hätte Grete uns sogar ertappt, wenn wir auf nackten Füßen angeschlichen wären. Leider musst du dir jetzt alleine die Zukunft aus den Teeblättern lesen lassen. Auf mich wartet das Nachmittagsgeschäft.«

»Eigentlich heißt es ja ›mitgefangen, mitgehangen‹. Aber in dem Fall mach ich mal eine Ausnahme. Arbeit geht vor. Vielen Dank fürs Mitnehmen. Es war wirklich ein …«, ich überlegte kurz, »… interessantes Erlebnis.« Mit dem Helm und der Lederjacke verschwand auch die Abenteurerin in mir wieder.

»Es war mir eine Ehre. Wenn du mal wieder auf der Suche nach dem Adrenalin-Kick bist, du weißt, wo du mich findest. Ansonsten ist dir Tante Grete sicher gerne behilflich.«

An den Lachfältchen, die sich um seine Augen bildeten, erkannte ich, dass er hinter dem Helm ein Grinsen verbarg. Ich knuffte ihn zum Abschied in die Seite.

Er ließ sein Visier zuschnappen und rauschte auf seiner Maschine davon.

Kopfschüttelnd begab ich mich auf den Weg ins Haus. Kaum war die Tür hinter mir ins Schloss gefallen, hörte ich aus der Küche Gretes Stimme.

»Ich bin hier drüben. Nils, Katharina, kommt rüber und setzt euch zu mir.«

Ich stellte meine Tasche an der Garderobe ab. Mit der Nase voran folgte ich dem Duft des frischen Gebäcks. Wenn das so weiterging mit der Seeluft und dem Hunger, dann erntete ich zu Hause sicher nicht so viele wohlwollende Blicke. Mit Ausnahme des Blickes meiner Mutter.

»Nanu, wo hast du denn Nils gelassen?« Grete saß auf der Eckbank und schaute suchend an mir vorbei zur Tür. In der Mitte des Tisches wartete ein goldgelber Stuten auf hungrige Mäuler. Daneben hielt ein Teelicht eine Kanne Tee – dem Duft nach Ostfriesentee – auf einem Stövchen warm.

»Der musste sich leider schon verabschieden, die Arbeit ruft.« Ich nahm ihr gegenüber Platz.

»Ach, wie schade!« Für einen Augenblick huschte ein Schatten des Bedauerns über Gretes Gesicht. »Immer im Einsatz, der Junge. Wer weiß, wann er wieder die Gelegenheit von so netter Gesellschaft bekommt? Und frischen Krintstuut habe ich auch gebacken, den isst er doch so gerne. Na ja, dann musst du jetzt wohl ein Stück für ihn mitessen. Schadet dir aber nicht.«

Sie ließ den Blick an mir herabgleiten und lud zwei große Stücke des Rosinenstutens auf meinen Teller. Kurz verharrte sie mit dem Messer über dem Stuten, ehe sie zwei weitere Stücke abschnitt und auf ihren eigenen Teller legte. Mit einem Glucksen erklärte sie: »Mein Willem hat immer gesagt, wenn er mich an sich drückt, dann will er nicht die Knochen klappern hören.«

Zwischen uns stand Nils' unbenutztes Gedeck. Offenbar wurde es inzwischen für mich zur Gewohnheit, dass ein Platz leer blieb.

»Nu' mal Butter bei die Fische: Wie war denn der Ausflug nach Emden?« Sie legte ihre Gabel auf den Teller und sah erwartungsvoll zu mir herüber.

»Na ja, eher mittelmäßig erfolgreich.«

Meine Worte ließen sie kurz zusammenzucken, sicher sah sie schon Nils' Felle davonschwimmen.

»Ich habe die Auskunft nicht so einfach bekommen, wie ich mir das vorgestellt hatte. Und dabei wäre es so wichtig für mich, mehr über dieses Grundstück zu erfahren.«

Grete lehnte sich zurück. »Von deiner Arbeit verstehe ich ja nicht so viel, aber lass dir eins von einer alten Frau wie mir gesagt sein: Arbeit gibt es im Leben wie Sand am Meer, aber die Liebe ist selten wie ein Bernstein. Man muss Herz und Augen öffnen, um sie zu finden, und wenn man sie in den Händen hält, darf man nicht wieder loslassen.« Sie wandte den Kopf in Richtung Fenster und fügte kaum hörbar hinzu: »Und man darf sie auch nicht einzäunen.«

Mit einem Seufzer drehte sie sich wieder zurück zu mir. »Also jetzt mal die olle Arbeit beiseite: Wie hat dir denn der Ausflug mit Nils gefallen?«

Die gleiche Befragung wie am heimischen Esstisch und doch völlig anders. Lautete die Anklage zu Hause auf Vernachlässigung der »ollen Arbeit«, wurde mir hier genau das Gegenteil vorgeworfen. »Der war … sagen wir mal, abenteuerlich.«

»Sieh an, nun kommen wir der Sache schon näher.« Sie rückte um den Tisch zu mir auf.

»So eine Motorradfahrt an sich ist halt eben sehr abenteuerlich. Besonders die erste.« Was nicht bedeutete, dass ich unbedingt auf eine Fortsetzung aus war.

»Und weiter?«, drängte Grete.

»Und weiter bin ich froh, unbeschadet wieder hier angekommen zu sein.« Nach kurzem Nachdenken fügte ich hinzu: »Obwohl es zum Schluss auch ein bisschen schön war.«

»Was war denn am Schluss?« Grete hing an meinen Lippen.

»Am Schluss habe ich mich getraut, die Augen zu öffnen.«

»Um Nils anzuschauen?« Grete strahlte.

»Um die Landschaft anzuschauen.«

»Und Nils?«

»Der war wirklich nett und ist auf dem Rückweg extra einen Umweg für mich gefahren, damit ich mir ein neues Handy besorgen konnte und endlich wieder für meine Kanzlei erreichbar bin.« Weil Grete mich nach wie vor nicht aus den Augen ließ, fügte ich sicherheitshalber hinzu: »Und damit ist die Geschichte auch schon zu Ende. Ich werde jetzt nach oben gehen, mein neues Telefon aktivieren und mich wieder dem Ernst des Lebens widmen. Vielen Dank für den Ostfriesentee und den leckeren Stuten, Grete.«

»Da nich für. Und eine Geschichte ist immer erst zu Ende, wenn das Ende auch gut ist. Sonst muss man sie weiter erzählen«, sagte Grete und betrachtete mich eingehend.

In meinem Zimmer entfernte ich mehrere Schichten Plastik und Pappe, bis ich das neue Handy in der Hand hielt. Ich verband es mit der Steckdose und ließ mich auf das Bett plumpsen.

Entgegen meiner sonstigen Gewohnheit hatte ich zu einem blauen Gehäuse gegriffen, weil es mich an die Farbe von Meer erinnerte. Und ein klitzekleines bisschen an die Augen dieses Fiete. Ein farbiges Handy als weiterer Punkt auf der heutigen Abenteuerliste.

Ich griff zu meinem alten Telefon, das wie immer auf dem Nachttisch lag, und pulte die SIM-Karte heraus. Warum waren die Dinger bloß so verdammt klein? Vorsichtig beförderte ich sie an ihren neuen Platz und war endlich wieder mit der Außenwelt verbunden.

Der Nachrichtenton katapultierte mich zurück zum Ernst des Lebens. Mit dem Daumen scrollte ich über die Mitteilungen und entgangenen Anrufe. Als Allererstes löschte ich jede von Pauls Nachrichten. Weder hatte ich meine Meinung inzwischen geändert, noch plante ich das für die Zukunft. Die Liste schrumpfte zusammen.

Mein Vater hatte nur einmal versucht, mich zu erreichen. Die übliche Vorgehensweise von Herrn Dr. König, um zu signalisieren, dass er auf einen Rückruf wartete.

Später.

Zwei einzelne Mitteilungen stachen mir ins Auge. Die eine, man höre und staune, von Frau Schmidt. Ich überflog den Text, in dem sie mir anpries, dass im »ersten Haus am Platze« für mich ein Zimmer reserviert sei. Ich antwortete ihr, sie könne sich die Buchung jetzt sonst wohin stecken. Natürlich in nett, wie es sich gehörte. Gretes Rundumbetreuung als erster Gast im zweiten Haus am Platze abzulehnen wäre mir nach all ihrer Mühe undankbar vorgekommen.

Die andere Mitteilung stammte von Nils. Mein Finger schwebte kurz über dem Display, dann tippte ich darauf und sah mich selbst in voller Montur an seinem Motorrad lehnen. Darunter standen in Großbuchstaben die Worte *Bikergruß an meine Rockerbraut.* Davon abgesehen, dass spontane Fotos nicht sonderlich weit oben auf meiner Beliebtheitsskala rangierten, fragte ich mich, welches die schlimmere Vorstellung war, Rocker oder Braut.

Schmunzelnd speicherte ich das Foto dennoch in der Galerie. Wenn ich mich schon beim Grundbuchamt nicht mit Ruhm bekleckert hatte, dann doch wenigstens in der Bikerszene.

Am Ende gelangte ich zu Jules Kontaktversuchen. Es gab niemanden, der mir hier mehr fehlte als sie. Um diese Zeit war sie für gewöhnlich schon aus der Werbeagentur zu Hause. Ich tippte auf ihren Kontakt bei Facetime.

Ihr Gesicht erschien nach dem ersten Freizeichen. »Kathi, du treulose Tomate! Ich habe schon Albträume, in denen du hilflos in den Nordseewellen treibst. Gleichzeitig starre ich auf den Rhein und warte auf eine Flaschenpost mit einem Hilferuf von dir. Was um alles in der Welt ist los da oben?«

Das Bild war etwas verwackelt, weil meine Freundin die Angewohnheit hatte, mit ihrem Telefon durch die Wohnung zu laufen und nebenbei tausend andere Dinge zu erledigen.

»Es tut mir wirklich leid, Jule. Mein Handy war kaputt, weil Hinrich mich am Bahnhof angerempelt hat. Also, das ist der Nachbar von Grete, bei der ich wohne. Und ich musste mir erst ein Neues besorgen. Aber Nils war so freundlich, einen Umweg zu fahren bei unserer Motorradtour. Also, Nils ist der Fahrradverleiher, musst du wissen, und Gretes Patensohn.«

»Aha.« Am anderen Ende wurde es ungewöhnlich still, und nichts wackelte mehr. »Und warum genau liegst du jetzt noch mal auf einem alten Holzbett inmitten kleiner blauer Anker?«

Anscheinend waren meine Ausführungen doch nicht so selbsterklärend, wie ich angenommen hatte. »Ach, Jule, das ist alles eine lange Geschichte.«

»Ich habe Zeit. Nur morgen früh müsste ich pünktlich bei der Arbeit sein, wenn du das einrichten könntest.« Jules Augen fixierten mich vom Display aus.

Ich erzählte ihr die ganze Geschichte, mit Ausnahme meines kleinen Zusammenstoßes im Hafen. Der war so winzig klein, dass er nicht erwähnenswert war. Redete ich mir ein. Und im Einreden hatte ich Erfahrung.

Als die Sprache auf das Motorradabenteuer kam, kreischte Jule derartig, dass mir um Haaresbreite auch das neue Handy aus der Hand gefallen wäre. »Du hast *was* gemacht? Kathi, du weißt schon, dass man im September keine Aprilscherze macht, oder? Im Leben bist du nicht auf so einen heißen Ofen gestiegen. Gib's zu, das war bloß wegen dem heißen Typen.« Sie gab vor, sich mit der freien Hand den Schweiß von der Stirn zu wischen.

»Jetzt fang du nicht auch noch damit an! Nach der Sache mit Paul habe ich die Nase voll von Typen aller Art. Aber warte mal eben, ich schicke dir ein Beweisfoto.« Der leise Bestätigungston am anderen Ende ließ mich wissen, dass das Foto bei ihr angekommen war.

»Ich fasse es nicht. Hallo, Rockerbraut, wo hast du meine Freundin Katharina König versteckt? Ich hoffe, du hast die Lederjacke behalten, da wird der Schleimer-Paul Augen machen.« Ihre Worte verloren den scherzhaften Unterton. »Apropos ›Paul‹, hast du von dem was gehört?«

»Der hat auch versucht, mich zu erreichen, aber ich habe alle Nachrichten ungelesen gelöscht«, beruhigte ich Jule nicht ohne Stolz in der Stimme. Mir war bewusst, dass sie selbst ein gebranntes Kind war und mir dieses Schicksal gerne ersparen würde.

»Sehr gut, die Nordseeluft scheint wirklich Wunder zu wirken. Wie sind sie denn nun, die echten Ostfriesen? Gibt es nur den heißen Biker, oder bist du auch schon über ein paar Naturburschen gestolpert?« Selbst am Telefon durchschaute sie mich. Zwei Herzen, eine Seele.

Genau in diesem Augenblick erschien der Name eines anderen Anrufers auf dem Bildschirm. »Jule, bleib mal kurz dran. Mein Vater ruft an.« Trotz ihrer verdrehten Augen und des wilden Kopfschüttelns tippte ich auf *Annehmen* und wunderte mich einen Moment lang darüber, dass mein Vater überhaupt ein zweites Mal hinter mir her telefonierte.

»Hallo, Papa, bitte entschuldige, dass ich dich noch nicht zurückgerufen habe, aber mein Handy war defekt, und ich musste erst für Ersatz sorgen.« Angriff war die beste Verteidigung.

»Katharina, das erklärt natürlich alles. Jeder Einwohner Düsseldorfs ist ja darüber im Bilde, dass die Festnetzleitungen seit Tagen großflächig außer Betrieb sind und alle Zufahrtsstraßen in Richtung Angermund gesperrt worden sind.«

»Dann habe ich ja Glück, dass ich gerade nicht vor Ort bin.« Mit dieser Antwort hatte ich mich angesichts des Höflichkeitsempfindens meines Vaters schon weit aus dem Fenster gelehnt. Zum Glück überwog der Überraschungseffekt.

»Was heißt das: ›nicht vor Ort‹?«

»Ich bin für die Kanzlei nach Norddeutschland gefahren, um eine Verhandlung zu führen.«

»Für den neuen Mandanten?«, fragte er.

»Nicht direkt«, antwortete ich.

»Oder hat Goldbach dir das Mandat etwa gar nicht übertragen?« Seine Stimme wurde leiser. Es war nicht so ein Flüsterleise, sondern eher so ein Gefährlich-Leise.

»Wie kommst du darauf?«, versuchte ich, die Stromschnellen wie üblich zu umschiffen.

»Das ist ja nun wirklich nicht besonders schwer, mein Kind. Wenn es nicht gerade um eine neue Pipeline geht, hat ein internationaler Baukonzern an der Nordseeküste wohl nicht viel zu verhandeln.«

»Norddeutschland ist groß, von ›Küste‹ habe ich gar nichts gesagt. Papa, was geht hier vor sich?« Mein Vater hatte viele Fähigkeiten, aber das Hellsehen gehörte eher zu denen meiner Mutter.

»Was soll bei mir vor sich gehen? Das frage ich dich, Katharina. Jetzt mal Butter bei die Fische, Fräulein.«

Offenbar war Fisch mit Butter heute im Angebot. Erst Grete und nun er.

»Ja, okay, ich habe das Mandat nicht bekommen. Stattdessen soll ich für die Kanzlei hier in Greetsiel ein Grundstück für eine Ferienimmobilie kaufen.« Nun war es raus.

Mein Vater maß diesem Auftrag eine erstaunlich große Bedeutung bei. »Karriere ist eben keine Rolltreppe. Wenn du das Mandat nicht bekommen hast, dann warst du einfach nicht die Beste. Das solltest du dringend ändern. So einen kleinen Immobilien-Deal schüttelt eine gute Anwältin wie du doch aus dem Ärmel. In ein paar Tagen bist du wieder hier und zeigst Goldbach, dass auf dich Verlass ist. Alles andere wäre eine absolute Blamage. Notfalls setze ich mich ins Auto und komme dir helfen.«

»Nein, nein, nicht nötig, mach dir keine Sorgen, ich habe alles im Griff«, würgte ich ihn ab. Das hatte mir noch gefehlt. Wie stünde ich denn da, wenn ich nicht mal einen Kaufvertrag alleine zustande brächte? »Ich muss jetzt auch Schluss machen. Jule wartet in der anderen Leitung. Tschüss, Papa, und Grüße an Mama.«

»Ich verlasse mich auf dich«, ermahnte er mich, »mach's gut, Katharina.«

Schnell wechselte ich zurück zu meiner Freundin. Die hatte inzwischen das Handy irgendwo neben sich auf dem Tisch abgelegt, denn ich sah am Rand des Bildschirms, wie sie sich die Nägel lackierte. »Jule, ich bin wieder da. Entschuldige, wenn es was länger gedauert hat.«

Ihr Kopf erschien auf dem Display. »Das kann man wohl sagen.« Acht bereits fertige Finger in allen Farben des Regenbogens schoben sich vor ihr Gesicht. »Was wollte er denn?«

»Ich habe mich nicht gemeldet … Was mache ich denn hier? … Wie geht es im Job voran? … Das übliche Verhör.«

»Du kennst meine Meinung. Ich traue ihm genauso wenig über den Weg wie deinem Paul.«

»Er ist nicht *mein* Paul. War er nie und wird er auch nicht mehr.«

»Gut so. Also machen wir da weiter, wo wir unterbrochen wurden. Was ist nun mit den ostfriesischen Kerlen? Raus mit der Sprache.«

»Bislang bin ich ja nur dreien begegnet. Hinrich, aber der zählt nicht, der ist alt. Nils, den kann man auch nicht mitrechnen. Der ist ein Draufgänger.«

»Und Nummer drei?« Dieses Mal nur drei bunte Finger, die ungeduldig über mein Display zappelten.

»Fiete. Ein Fischer. Der zählt eigentlich auch nicht. Den habe ich aus Versehen mit dem Fahrrad angerempelt. Aber außer ›Jo‹ hat der kein Wort gesagt.«

»Kathi, Kathi. Ein Abenteuer jagt das nächste, und die Männer geben sich die Klinke in die Hand bei dir. Da soll noch mal einer sagen, auf dem platten Land wäre nichts los. Am liebsten würde ich mich ins Auto setzen und mit dir zusammen die Männerwelt in Greetsiel aufmischen.«

Die Vorstellung gefiel mir eindeutig besser als ein Besuch meines Vaters. »Das wäre schön, Jule. Das sollten wir unbedingt machen. Ein anderes Mal. Im Moment bin ich ja nicht zum Vergnügen hier.«

»Leider kann ich auch nicht weg aus der Agentur. Schade. Aber aufgeschoben ist ja nicht aufgehoben. Apropos ›Arbeit‹, was macht dein Auftrag?«

»Erinnere mich lieber nicht dran.« Ich berichtete ihr von der Pleite bei Herrn Düster und der merkwürdigen Anspielung auf eine weitere Anfrage aus Düsseldorf.

Jules Gesicht kam näher. »Mir scheint, auch die Sache mit dem Grundstück entwickelt sich abenteuerlich. Ich sag dir was: Bleib da dran. Also an der Grundstückssache *und* an den Kerlen.« Sie zwinkerte in die Kamera. »Vielleicht versuchst du zu sehr, immer alles perfekt zu machen. Hör doch einfach mal auf dein Bauchgefühl und gib ein bisschen Gas. Es wird schon schiefgehen. Und wenn nicht …« Sie griff neben sich und wedelte mit einer Tafel ihres süßen Allheilmittels vor dem Bildschirm herum.

Obwohl ich selten so optimistisch in die Zukunft sah wie Jule, hatte sie es mal wieder geschafft, mich zum Lachen zu bringen. »Du hast wie immer recht, Jule. Zumindest, was das Grundstück betrifft – die Kerle können mir erst mal gestohlen bleiben. Ich halte dich auf dem Laufenden. Hab dich lieb. Bis bald.« Ich winkte zum Abschluss in die Kamera, und sie schickte mir eine Kusshand zurück.

Ich drehte das Telefon in den Händen, von dessen Bildschirm das vertraute Gesicht meiner Freundin soeben wieder verschwunden war. Inmitten kleiner blauer Anker auf Gretes Bettwäsche wünschte ich mich in diesem Moment zurück in die Zeit, als sich unser Leben wirklich noch von Zucker und Kakao in Tafelform hatte beeindrucken lassen.

»Warum eigentlich nicht?«, murmelte ich zu mir selbst. Mit einem Ruck richtete ich mich auf und schwang die Beine auf den Boden. Ich griff zu meiner Tasche und schlüpfte zurück in die Ballerinas, die ich zuvor achtlos vor dem Bett von den Füßen gestreift hatte.

Ein Blick auf die Uhr zeigte, dass es selbst für dörfliche Verhältnisse noch nicht zu spät für einen Einkauf sein sollte. Ich öffnete die Tür meines Zimmers einen Spaltbreit und lauschte hinunter in den Flur. Alles still. Offenbar war das *Haus Grete* zurzeit verwaist.

Auf leisen Sohlen nutzte ich die Gunst der Stunde und schlich hinaus in Richtung des Lebensmittelladens, den ich gestern bei meiner Ankunft unweit der Bushaltestelle ausgemacht hatte.

Das Geschäft war nicht nur erstaunlich gut besucht um diese Uhrzeit, sondern auch erstaunlich gut sortiert. In ihren Buggys schlafende Kleinkinder und die von der Spätsommersonne geröteten Gesichter der Eltern und Großeltern zeugten von einem aufregenden Urlaubstag, den sie nach ihrem Einkauf mit ein paar ausgesuchten Leckereien in ihren Ferienwohnungen beschließen würden.

Ich hielt auf dem Weg in die Süßwarenecke an einem Drehständer an und stöberte durch die bunten Ansichtskarten. Aus der Vielzahl an Bildern von Leuchttürmen, Seehunden und Nordseestränden wählte ich eine Karte mit dem Foto des Greetsieler Hafens. Eine willkommene Überraschung für meine Mutter und eine Erinnerung an einen turbulenten Vertragsabschluss für mich, wenn ich nächsten Sonntag wieder neben ihr in der Küche stehen und wir gemeinsam auf die Pinnwand schauen würden.

Kurz vor der Kassenzone tauchte ich ein in die zuckersüße Welt, um die ich normalerweise einen disziplinierten Bogen schlug. Mein Blick glitt über das Angebot, dessen Verpackungen in ihrer Farbauswahl den Ansichtskarten in nichts nachstanden, bis er an den Schokoladentafeln hängen blieb.

Ich streckte die Hand aus nach einer Tafel in der Sorte »Zartbitter«, als sich ein muskulöser, sonnengebräunter Arm über meine Schulter hinweg zwischen mich und das Zielobjekt schob. Erschrocken trat ich einen Schritt zur Seite und drehte den Kopf nach hinten.

»Entschuldigung«, murmelte ausgerechnet der sture, wortkarge Ostfriese namens Fiete, der gerade zum zweiten Mal in nur zwei Tagen mit mir kollidierte und davon völlig unbeeindruckt zu einer Tafel »Salted Caramel« griff. Er verschwendete offenbar wenig Zeit auf einwandfreie Umgangsformen.

»Hallo. Na, wenn das kein Zufall ist«, bemühte ich mich trotzdem heute um die gewohnt höfliche Konversation. Zur Sicherheit trat ich noch einen weiteren Schritt zur Seite. Nur für den Fall, dass mein Herz erneut auf die Idee kam, sich außerplanmäßig zu verhalten.

»Ist eben ein kleines Dorf.« Er zuckte mit den Schultern und ließ die Schokolade in seinen Einkaufskorb gleiten.

Ansichtssache. Jule betitelte alle erdenklichen Zufälle mit verträumtem Blick gerne als »Schicksal«. »Hoffentlich ist dir gestern bei dem Zusammenstoß nichts passiert?« Als ich bemerkte, dass ich ihn spontan geduzt hatte, war es schon zu spät. Es hörte sich auch gar nicht falsch an. »Es geht dir doch gut?«

»Jo.«

Erstaunt über die vielen Worte, die trotz seiner Anwesenheit meinen Mund verlassen hatten, gab ich mich bei dem Versuch, ein Gespräch in Gang zu bringen, noch nicht geschlagen und hielt die Zartbitter-Schokolade in die Höhe. »Notfallration. Meine Freundin schwört drauf in komplizierten Lebenslagen.« Ich schielte in seinen Einkaufskorb und lächelte ihn aufmunternd an. »Aber ohne Salz. Wenn alle Stricke reißen, hilft nur eine gehörige Portion Zucker.«

»Mhm.«

Wenn das so weiterging, benötigte ich die Schokolade gleich hier vor Ort. Ich startete einen weiteren Anlauf. »Und du? Was ist dein Geheimtipp für Notlagen?«

Es schien, als zuckte er bei der Frage für einen Sekundenbruchteil zusammen, fing sich aber schnell wieder. »Arbeiten.« Nach einer kurzen Pause fügte er hinzu: »Und Essen.«

Ich lachte. »Eins zu null für dich. Darauf hätte ich auch selbst kommen können. Vielleicht kannst du mir was typisch Norddeutsches empfehlen?« In seinem Korb entdeckte ich neben der salzigen Schokolade einige Konserven und ein Glas Gewürzgurken. Das gehörte hoffentlich nicht zu seinen Empfehlungen.

»Jo. Krabben. Sind wirklich gut.« Seine Gesichtszüge hellten sich bei dem Thema ein wenig auf.

»Das stimmt. Einmal bin ich schon in den Genuss gekommen. Gibt es hier ein Restaurant, wo vielleicht auch welche von dir dabei sind?«

»Vielleicht. Im Fischrestaurant im Ort.«

Gesprächig war definitiv anders. Erstaunlicherweise empfand ich ihn trotzdem nicht als unhöflich. Im Gegenteil. Seine wenigen Worte klangen ehrlich, und irgendetwas an seiner Art ging mir unter die Haut und verursachte ein feines Kribbeln, dem ich mich beim besten Willen nicht entziehen konnte. »Dann will ich dich nicht länger von deinem Feierabend abhalten. Vielleicht sieht man sich ja mal wieder.«

»Jo, kann sein.«

Der Blick in seine klaren blauen Augen erinnerte mich an das Meer. An der Oberfläche unbewegt und spiegelglatt, gleichzeitig darunter eine Tiefe voller Geheimnisse. Ich hoffte insgeheim, er würde noch etwas sagen, um das Gespräch fortzusetzen. Aber er drehte sich um und marschierte zur Kasse.

Nachdem er außer Sichtweite war, beschloss ich kurzerhand, den Notfallvorrat um eine weitere Tafel Schokolade aufzustocken: »Salted Caramel«, für die ganz schwierigen Fälle.

11

Mein Allerwertester bedankte sich am nächsten Morgen auf seine Art für die erneute Einladung auf einen Sattel. Ich biss die Zähne zusammen und beschleunigte mein rotes Dienstfahrrad auf Reisegeschwindigkeit. Im Vorbeifahren winkte ich Hinrich zu, der sich vor dem Haus mit einem anderen Mann unterhielt.

Kurios, dass sich die meisten berufstätigen Menschen über das frühe Aufstehen beklagten! Sobald sie das Rentenalter erreicht hatten, schwärmten sie schon morgens in Gruppen aus, als bekämen sie ihre Rente nur bei persönlichem Erscheinen im Versicherungsgebäude ausgehändigt. Vor Sonnenaufgang, versteht sich.

Der Himmel hatte die Farbe von Blei, doch die Wolken hielten dem Gewicht bislang stand. Angetrieben vom Rückenwind und von Jules Ratschlag, endlich meinem Bauchgefühl zu folgen, gab ich Gas.

Um mich herum erwachte der Ort zum Leben. Auf dem Weg durch die mit rotem Backstein gepflasterten Gassen fuhren Lieferanten im Schritttempo in ihren Kastenwagen an mir vorbei. Der Postbote winkte von seinem Fahrrad aus herüber und rief mir ein fröhliches »Moin« zu. Derweil hielten die Mitarbeiter der Straßenreinigung beim Fegen inne, um uns beide durchzulassen.

Nur vereinzelt mischten sich um diese Zeit Urlauber unter die Passanten. Einige von ihnen trugen Papiertüten mit dem Aufdruck der Bäckerei in der Hand, die mit einem Aufsteller für ein Frühstücksangebot warb. Den Weg hätten sie sich als Gäste in Gretes Schneckenhaus sparen können. Andere führten einen Hund an der Leine oder wurden von ihrem Vierbeiner hinter sich hergezogen.

Kurz musste ich an Flocke zwei denken. Wo der Kleine sich wohl gerade herumtrieb?

In den Gassen schmiegten sich Giebelhäuser aneinander, von denen jedes auf seine Art einen eigenen Charme versprühte. Hier stand ein Blumenkasten mit üppig blühenden, roten Geranien vor dem Fenster, dort eine Bank vor dem Eingang, die zum Verweilen neben einem Pfeife rauchenden Seemann aus Pappmaché einlud. In diesen Häusern hatten Teegeschäfte, Anbieter wetterfester Kleidung und Souvenirläden eine Heimat gefunden. Ihre Blechschilder klapperten an den Fassaden im Wind. Die Schaufenster lagen noch im Dunkeln.

Immer wieder wich ich Möwen aus, die sich unter lautem Geschrei um einzelne Krümel stritten.

Ich hielt kurz an, um den Zettel mit der Wegbeschreibung zu dem eigentlichen Grund meines Aufenthaltes hervorzukramen. Nach dem Telefonat mit Jule am vergangenen Abend hatte ich beschlossen, den direkten Weg zu wählen und mir vor Ort selbst ein Bild von diesem Grundstück zu verschaffen. Nur zu gern hatte mir Grete ein weiteres Kunstwerk mit ihrem Küchenbleistift angefertigt.

Mit einer Hand bewahrte ich das Fahrrad vor dem Umkippen, mit der anderen kämpfte ich gegen das zusammengefaltete Papier. Ehe ich Gretes Kritzeleien entziffert hatte, erfasste eine Windböe den Zettel. So ein Mist! Das Blatt drehte einige Purzelbäume in der Luft und verschwand.

Ich griff nach meinem Handy und tippte aus der Erinnerung die Adressdaten, die Grete mir genannt hatte, in das Display. Leider war der Empfang unterwegs ebenso wechselhaft wie der Wasserstand der Nordsee. Das einzig Verlässliche an ihm war, dass er regelmäßig verschwand. Ich warf das nutzlose Teil zurück in meine Tasche und schaute mich um.

Ein kleines Zeichen mit dem Hinweis auf einen Hotspot

versprach Rettung. Es gehörte zur Touristeninformation, die von einem bunten Schild als *Haus der Begegnung* ausgewiesen wurde.

Hinter der Tür landete ich in einem hellen, großzügigen Empfangsbereich. Zwischen üppigen Grünpflanzen versteckten sich einige Sessel und Tischchen. Eine Schlange von Urlaubern wartete darauf, dass der korpulente Mann in kurzer Hose, der an erster Stelle stand, der Dame hinter dem Tresen wild gestikulierend alle seine Wünsche übermittelt hatte.

Ich nahm auf einem der Sitzmöbel Platz und verband mein Handy mit dem Internet. Perfekt. Während ich mir den Ortsplan einprägte, näherte sich eine weitere Urlauberfee.

»Womit darf ich Ihnen helfen?«, eröffnete sie das Gespräch.

»Danke, sehr freundlich von Ihnen, aber ich habe nur eine stabile Internetverbindung für mein Handy benötigt«, antwortete ich mit einem Lächeln und wandte meine Aufmerksamkeit wieder dem Display zu.

Die Frau mittleren Alters verharrte vor dem Sessel und spulte ihr Programm weiter ab. »Falls Sie nach speziellen Sehenswürdigkeiten oder Ausflugsmöglichkeiten suchen, helfe ich Ihnen sehr gerne.«

Leicht ungehalten legte ich das Handy beiseite. »Herzlichen Dank, aber ich benötige wirklich keine Ausflugsinformationen, denn ich mache hier keinen Urlaub.«

Sie musterte den Sommermantel und die Ballerinas. Ihr Gesichtsausdruck sagte alles, nur nicht, dass sie meine Meinung teilte.

»Ein paar Informationen schaden aber sicher nicht. Warten Sie …« Sie bedeutete mir, sitzen zu bleiben, und eilte hinter den Tresen. Dort öffnete und schloss sie einige Schubladen und kehrte mit einem Stapel von Prospekten zurück, die sie mir in die Hand drückte. »Ein Stadtplan, der Gezeiten- und unser Veranstaltungskalender für diesen Monat. Vielleicht können Sie ja doch das eine oder andere davon gebrauchen.«

Seufzend steckte ich das Sammelsurium in die Tasche, bedankte mich und setzte meinen Weg fort. Ich verließ mich vorerst auf Grete als Wegweiser, und die Nordsee richtete sich ohnehin nach dem Mond.

Der Hafen lag verwaist da. Die Fischerboote waren ausgelaufen, und die Möwen saßen auf den Pfählen, die Köpfe im Gefieder versteckt, als fänden sie ebenso wenig Gefallen am Wind wie ich. Lediglich zwei größere Ausflugsschiffe schaukelten auf den Wellen und warteten auf Passagiere.

Im Vorbeifahren erkannte ich unter den davor wartenden Fahrgästen den Kurze-Hose-Träger aus der Touristeninformation. Der Anblick, wie er sich mit den Händen die nackten Beine warm rieb, ließ mich frösteln. Ich schaute in den Himmel. Die Wolken wirkten nach wie vor schwer beladen. Gas geben konnte tatsächlich nicht schaden.

Vor einer niedrigen Hecke bremste ich das Rad ab, rutschte mit einem Stöhnen vom Sattel und stellte die Füße auf den Boden. Mein Blick glitt über die Sträucher und die rechteckige Wiesenfläche, die sich dahinter versteckte. Eintausendfünfhundert Quadratmeter Erde und Gras, an denen eine Familie, den Gerüchten zufolge die Bank und eine Anwaltskanzlei zerrten. Statt Papier, das ich in farbig vorsortierte Akten heftete, war dies hier ein Streitgegenstand zum Anfassen.

Ich lehnte das Fahrrad an die Hecke und beugte mich über das Grün. Die Grashalme kitzelten an meinen Fingern. Veränderten sich Entscheidungen, wenn Papier lebendig wurde?

Eine Stimme übertönte den Wind, der mir um die Ohren pfiff, und hielt mich davon ab, über diese Frage weiter nachzudenken.

»Hej, dat is Privatgrundstück. Du hest hier nix to söken.«

Ich richtete mich auf und drehte den Kopf in die Richtung, aus der die Stimme gekommen war.

Das Grundstück grenzte an eine alte, aber liebevoll gepflegte Fischerkate aus Backstein. Die roten Dachziegel wurden am Giebel von weißem Holz eingerahmt. Vor dem Haus blühten blaue und rosafarbene Hortensien.

Ein grauhaariger Mann mit einem dichten Bart und einer Pfeife im Mundwinkel lehnte zwischen grünen Fensterläden aus einem weit geöffneten weißen Sprossenfenster. Sein Anblick erinnerte mich an ein bekanntes Gemälde, auf dem genau so ein Seebär abgebildet war. Fehlte nur noch der Regenhut aus dem Bild.

Die Pfeife rückte in seinem Mundwinkel ein Stück beiseite und schaffte Platz für einen weiteren Wortschwall. »Snüffeln bi frömde Lüü? Dat mok wi hier neet so.«

Obwohl ich nur die Hälfte verstanden hatte, erkannte ich am Tonfall, dass er mich nicht zum Tee einlud. Ich lief ein paar Schritte auf das Haus zu. »Entschuldigen Sie bitte die Störung. Es war nicht meine Absicht, Ihnen zu nahe zu treten.«

In Gedanken spulte sich ohne mein Zutun der Paragraf über den Landfriedensbruch ab. Nebenwirkungen des jahrelangen Jurastudiums.

»Hier gifft dat nix to sehn. Moi Dag.«

»Wie gesagt, es tut mir leid, wenn ich Sie belästigt habe. Ich habe mich nur gerade gefragt, ob dieses schöne Grundstück hier neben Ihrem Haus möglicherweise zum Verkauf steht.«

Die Tatsache, dass er seine Pfeife gänzlich aus dem Mund nahm, vereinfachte die Kommunikation erheblich. Er sprach nun sogar Hochdeutsch. Leider wurde der Inhalt dadurch nicht besser. »Daher weht der Wind. Zum Verkauf steht mal gar nix. Ich wüsste auch nicht, was Sie das angeht. Hat Sie wieder einer dieser Immobilienhaie geschickt, die sich hier alles unter den Nagel reißen wollen. Aber nicht mit mir!«

Damit verschwand sein Kopf im Haus, und das Fenster schloss sich mit einem Knall hinter ihm.

Als hätten die Wolken nur auf meinen Tiefpunkt gewartet, öffnete der Himmel genau in diesem Moment seine Schleusen und entlud sich über mir wie eine eiskalte Regendusche.

Ich stieg zurück auf mein Rad und trat in die Pedale, was das Zeug hielt. Das Wasser tropfte in den Kragen dieses verfluchten Sommermantels, der nicht einmal über eine Kapuze verfügte. Als würde es in Düsseldorf nie regnen! Es fiel nur nicht so auf, in einem klimatisierten Büro mit einem Parkplatz in der Tiefgarage. Hier hätte ich sogar den Regenhut aus dem Gemälde aufgesetzt.

Im Vorbeifahren erhaschte ich einen durch den Regen verschwommenen Blick auf das Namensschild neben der Haustür. *Familie Jensen.* Sieh mal einer an, dann war der alte Seebär wohl Jasper Jensen, dem das Grundstück laut Goldbachs Angaben gehörte. Nicht, dass der Mann diese Tatsache abgestritten hätte, aber es verbesserte meine Laune auch nicht. Mein Verhandlungspartner war also einer von denen, die gleich die Streitaxt warfen.

Der Rückenwind war inzwischen zum Gegenwind mutiert und trieb mir den Regen waagerecht ins Gesicht. Ich nutzte die nächstbeste Gelegenheit und flüchtete in ein Bekleidungsgeschäft, dessen gelbe Ostfriesennerze im Schaufenster die Signalwirkung von Rettungswesten hatten. Beim Eintreten klingelte ein Glöckchen über der Eingangstür.

Ich drehte mich einmal um die eigene Achse. Willkommen im Herzen der Modewelt Ostfrieslands, die im Wesentlichen aus wind- und wasserabweisender Funktionskleidung bestand. Während ich noch damit beschäftigt war, den Farbrausch zu verarbeiten, raschelten die Falten eines Vorhangs am anderen Ende des Raumes, und eine Verkäuferin schlüpfte in den Ladenbereich. Ihr Gesichtsausdruck bei meinem Anblick ersetzte jeden Spiegel.

»Harrijasses! Da ist aber jemand mitten in unser bestes Schietwetter geraten«, sagte sie und entschwand erneut in ihre Parallelwelt.

Dieser Jemand fragte sich derweil, was wohl das schlimmste Schietwetter bereithielt, wenn dies nur das beste gewesen war.

Im Handumdrehen hatte der magische Vorhang meine Retterin wieder ausgespuckt, frisch bewaffnet mit einem Handtuch. »Erst mal raus aus dem pladdernassen Mäntelchen und dann schauen wir mal, was wir Trockenes und Schönes im Angebot haben.«

Ich schluckte die Anmerkung herunter, dass die Suche nach wirklich schöner Kleidung hier schnell beendet sein könnte. Über trockene ließ sich reden.

Sie gab mir das Handtuch und nahm den nassen Mantel entgegen.

Ich bedankte mich, löste das Haargummi von meinem Pferdeschwanz und rubbelte mir über den Kopf. Glätteisen gehörten hier oben hundertprozentig zu den Top Ten der Unnützlichkeiten. Es sei denn, man ordnete seine Gedanken damit. Obwohl die vielleicht sogar der Wind ganz nebenbei in Reih und Glied pustete.

Ich wickelte das Handtuch um die Haare, was bedauerlicherweise wenig daran änderte, dass sich rund um meine Füße das Wasser in einer Lache sammelte.

Das war offenbar auch der Verkäuferin nicht entgangen, die inzwischen in ihren geländetauglichen Outdoor-Schuhen einmal an allen Regalen vorbeigewandert war. Zumindest ließ der Berg an Kleidungsstücken auf ihrem Arm das vermuten, dessen Höhe es ihr gerade noch erlaubte, mich darüber hinweg aufmunternd anzulächeln.

Sie steuerte auf einen weiteren Vorhang zu, hinter dem sich wohl so etwas wie die Umkleidekabine verbarg, und signalisierte mir mit der freien Hand, ihr zu folgen.

»Vielen Dank für Ihre Hilfe. Ich gebe zu, dass ich die Wetterverhältnisse hier an der Küste unterschätzt habe.« Das trug jetzt zwar nichts zur Besserung der Situation bei, aber irgendetwas musste ich ja mal sagen.

»Dann mal nix wie rein hier und raus aus den nassen Klüngeln. Nicht, dass wir uns noch den Tod holen.«

Im Zweifel war davon nur eine von uns beiden bedroht. Das war blöderweise ich.

Sie lud die Kleiderauswahl in der Kabine ab und hielt den Vorhang auf, bis ich mich an ihr vorbeigedrückt hatte, um ihn dann hinter mir mit einem energischen »Ratsch« wieder zu schließen.

Da stand ich neben dem kleinen Auswahlberg, der sich auf einem Hocker türmte. Damit waren alle Sitzgelegenheiten belegt. Egal. Ich seufzte kurz auf und schälte mich aus den nassen Klamotten, die an meiner Haut klebten.

Ein dunkelblauer Strickpullover und eine Jeans lachten mich unauffällig aus dem Stapel an. Ich zog sie heraus. Womöglich schadete es nicht, sich den örtlichen Gepflogenheiten ein wenig anzupassen. Der Ratschlag einer Professorin an der Uni hatte seinerzeit gelautet, sich bei Verhandlungen in die Lage des Gegenübers zu versetzen. Vielleicht war der alte Seebär zu einer Jeanshose freundlicher als zu einem maßgeschneiderten Hosenanzug.

Ich ließ die trockenen Sachen gleich an. Den Rest drückte ich der Verkäuferin vor der Kabine samt dem nassen Handtuch wieder in den Arm, worunter ihr Lächeln ein wenig litt.

»Da mein Aufenthalt hier nur kurz ist, wird das ausreichen«, stellte ich klar. »Vielleicht schauen wir noch nach einer wetterfesten Jacke?« Die Klügere gab nach.

Mit einem gezielten Griff zog die Verkäuferin aus allen

möglichen Kleidungsstücken ausgerechnet eine kanariengelbe Allwetterjacke vom Bügel, bei der ich eine Sonnenbrille benötigte.

»Hätten Sie nicht etwas in einer gedeckteren Farbe?«, warf ich vorsichtig in den Raum.

Sie schüttelte den Kopf. »Das tut mir leid. Jetzt zum Ende der Saison ist die Auswahl nicht mehr so groß, und mit so einer schmalen Kleidergröße ist es ohnehin schwierig.« Ihr Blick wanderte von meinen Haarspitzen bis zu den Zehen. »Erst mal reinschlüpfen und dann werden wir schon sehen …«

Ich befürchtete eher, dass mich das Spiegelbild derart blenden würde, dass ich gar nichts mehr sah. Ich warf die Jacke über und wagte einen Blick. Wie ich mich auch drehte, es wurde nicht besser.

»Und?«, fragte die Verkäuferin mit großen Augen.

»Hm.« Ein Kanarienvogel mit den Locken eines Pudels.

Sie fasste das »Hm« als Zustimmung auf und klatschte in die Hände, obwohl es eher als ein »Na ja-Hm« gedacht gewesen war. Damit nicht genug, griff sie hinter sich und präsentierte mir ein Paar Gummistiefel. »Die hier gehören unbedingt zum Rundumschutz für unser Schietwetter dazu. Und sie passen sogar farblich.«

In diesem Fall meinte sie jetzt sicher das schlimme Schietwetter, dem ich bisher entkommen war.

Ich stellte mir vor, in dieser Montur zu Hause aufzukreuzen. Mein Vater ließe sich vor der Kamera den Mitarbeiterausweis der Stadtwerke zeigen, und in der Kanzlei würde aus Angst vor einem Wasserrohrbruch die Evakuierung des Gebäudes eingeleitet. Ach, was sollte es?! Im Zweifel reichte ich die Sachen einfach an Jule weiter, passend zu ihren Regenbogen-Fingernägeln.

»In Ordnung«, stöhnte ich. »Ich nehme beides. Dann brauche ich aber noch ein Paar alltagstaugliche Sneakers; ich kann ja nicht den ganzen Tag in Gummistiefeln herumlaufen.«

Vorsichtshalber sichtete ich selbst das Regal und fand tatsächlich ein Paar Schuhe, die nicht nach Nordsee-Überquerung aussahen.

Meine nassen Klamotten wanderten in eine bunt bedruckte Tüte des Modehauses, die beiden quietschgelben Scheußlichkeiten in eine weitere. Die Sneakers behielt ich gleich an.

An der Kasse zückte ich die Kreditkarte der Kanzlei. Nach kurzer Überlegung hatte ich beschlossen, dass es sich bei dem Einkauf um Dienstkleidung handelte. Ich wollte diesen Kaufvertrag unbedingt abschließen, und wenn ich dafür gezwungen war, persönlich in die Nordsee zu stiefeln. Vielleicht besiegelte man Verträge hier oben eben so. Mit einem Handschlag, während das Wasser bis zum Rand der Gummistiefel schwappte.

In der Zwischenzeit hatte es aufgehört zu regnen. Mit den beiden Tüten in der Hand verließ ich das Geschäft und hängte jeweils eine von ihnen links und rechts an den Fahrradlenker. Dann schob ich los, auf dem gleichen Weg, den ich früher am Morgen gekommen war, nur in umgekehrter Richtung.

Passenderweise auf Höhe des *Hauses der Begegnung* kam mir ein Mann entgegen, der aus der benachbarten Bank auf die Straße getreten war. Zwischen all den Menschen, die inzwischen unterwegs waren, schaute ich ausgerechnet in ein Paar altbekannte meerblaue Augen, die mein Herz gegen jede Vernunft zuverlässig aus dem Takt brachten.

12

Gegen Düsseldorf hatte Greetsiel ungefähr die Größe eines Sandkorns. Das Schicksal hatte leichtes Spiel, uns zum dritten Mal zusammenzuführen.

Nach einem kurzen Zögern spiegelte sich in seinem Gesicht wider, dass er mich ebenfalls erkannt hatte. Er kam auf mich zu. Alles andere wäre auch schwierig gewesen, da ich mit meinem Fahrrad mitten auf dem Gehweg festgewachsen war und den Durchgang blockierte.

Er hatte die Gummistiefel gegen Turnschuhe getauscht. Das gestreifte Fischerhemd war einem sportlichen Poloshirt gewichen und der blonde Dreitagebart akkurat gestutzt. Nicht, dass er in seinen Arbeitsklamotten unattraktiv ausgesehen hätte, nur eben anders. Ungewohnt anders gegenüber den Anzugtypen, die sonst durch mein Leben marschierten. Einzig die Strickmütze war, wie es aussah, ein Teil für alle Lebenslagen.

Je länger ich ihn anblickte, desto wärmer wurde es mir ums Herz. Eine willkommene Abwechslung, vor allem an diesem bislang kalten und misslungenen Tag.

»Moin.« Zu meiner Überraschung grinste er für einen kleinen Moment und zeigte auf das Fahrrad, das ich am Lenker festhielt. »So ist das wohl sicherer für uns alle.« Dann wurde er wieder ernst.

Die Wärme stieg von meinem Herzen in die Wangen hinauf, und das lag nicht an dem neuen Strickpullover. »Hallo. Ich kann mich nur noch mal entschuldigen. Es tut mir ehrlich leid, dass ich dich neulich übersehen habe.«

»Jo.« Die ostfriesische Generalantwort auf alle Fragen.

Angespornt von seinem ersten Lächeln wurde ich mutig. »Vielleicht darf ich dich als kleine Entschädigung zu einer Tasse Kaffee …«, ich korrigierte mich schnell, »… Tee einladen?«

Wie in einer Seifenblase standen wir beide mitten auf dem Gehweg und schauten einander erwartungsvoll an. Die Leute liefen um uns herum. Für einen Augenblick schien die Zeit stillzustehen. Dann platzte die Blase mit einem vernehmlichen Knurren meines Magens. Unangenehm berührt drückte ich mit einer Hand darauf, um das Geräusch zu stoppen.

Er schaute auf seine Armbanduhr. »Gegenvorschlag. Fischimbiss gleich hier um die Ecke? Passt wohl besser.« Ein weiteres Mal hob er für einen Moment die Mundwinkel zu einem verschmitzten Grinsen. Offenbar seine Spezialität, mit der er mich ungeplant und ehrlich ins Herz traf, hatte er doch bislang mir gegenüber eher seine Qualitäten als Emotionsverweigerer zur Schau gestellt.

»Einverstanden.« Ich streckte meine Hand aus. »Ich bin Katharina. Hallo, Fiete.«

Kurz hatte ich den Eindruck, dass er sich verwirrt umschaute. Möglicherweise bildete ich mir das aber nur ein, denn er nahm meine Hand und antwortete: »Jo.«

Ich wendete das Fahrrad zum dritten Mal an diesem Tag und folgte ihm. Bepackt mit meinen Tüten stieg ich hinter ihm die paar Stufen zum Eingang hinauf. Für einen Imbiss war das Lokal erstaunlich gemütlich eingerichtet und lud mit hellem Holz und einem offenen Dachstuhl zum Verweilen ein.

Vor der appetitlich gefüllten Speisetheke im Eingangsbereich warteten einige Urlauber auf eine Stärkung zum Mitnehmen. Der Duft von gebratenem Fisch zog mir in die Nase. Wir ergatterten einen Tisch im hinteren Teil des Gastraums, in dem eine angenehme Ruhe herrschte.

Fiete schob mir die Speisekarte über den blitzblanken

Holztisch zu. »Ich lade dich ein. Altes Sprichwort: ›Dreimal ist Ostfriesenrecht.‹«

»Das war nicht der Plan, aber wenn es Ostfriesenrecht ist, dann muss ich mich wohl geschlagen geben.« So viel Charme hätte ich ihm gar nicht zugetraut. »Kannst du was empfehlen?«

»Krabbenbrötchen«, antwortete er wie aus der Pistole geschossen.

»Hätte ich mir ja denken können.« Ich grinste ihn an. »Klingt aber lecker, dann gerne ein Krabbenbrötchen.«

Er verschwand an die Theke, um unsere Bestellung aufzugeben.

Vor dem Fenster bahnten sich Radfahrer ihren Weg durch eine bunte Urlauberschar aus jungen Familien, deren Kinder ausgelassen um die Möwen herumhüpften, und grauhaarigen Paaren, die das Treiben lächelnd beobachteten.

Im Handumdrehen plumpste Fiete wieder auf seinen Stuhl. »Brötchen kommen gleich. Und eine Überraschung.«

»Ich hoffe mal, es ist eine angenehme Überraschung, von der anderen Sorte hatte ich in den letzten Tagen schon genug.«

Das war mir so herausgerutscht. Normalerweise trug ich das Herz nicht direkt auf der Zunge.

Meine Gedanken wanderten zu Paul. Dem Paul, der nur über seine Leiche mit mir ein Krabbenbrötchen in einem Fischimbiss verspeist hätte. Er bevorzugte japanische Sushi-Restaurants, in denen man einen Haufen Geld ausgab, um nachher nicht satt zu sein.

Nicht so Fiete. Sein Blick ruhte mit ehrlichem Interesse auf mir. »Dann schnack doch mal, Katharina, die keine Überraschungen mag. Welche Laus ist dir im Urlaub über die Leber gelaufen?«

Es fiel mir schwer, seinem Blick standzuhalten, weil sich schon lange niemand mehr die Zeit genommen hatte nachzuhaken, wenn ich nicht bloß bestätigte, dass alles bestens war. »Ich arbeite als Anwältin in einer Düsseldorfer Kanzlei. Leider nicht Ostfriesenrecht, sondern nur Wirtschaftsrecht.«

Seine Mundwinkel zuckten.

»Und eigentlich mache ich gar keinen Urlaub, sondern bin geschäftlich hier.« Nachdem seine Aufmerksamkeit nach wie vor ungebrochen zu sein schien, fügte ich hinzu: »Der Rest ist eine lange Geschichte. Unter anderem bin ich heute einmal komplett nass geregnet, darum das ungewöhnliche Outfit.« Ich zupfte an meinem Pullover.

»Das passt schon.« Eine feine Röte überzog sein wettergegerbtes Gesicht.

»Danke. Ist halt ein bisschen gewöhnungsbedürftig. Aber wer weiß, vielleicht finde ich ja Gefallen am Küstenleben und lasse mich hier nieder. Du hast nicht zufällig das passende Grundstück zur Hand?«

»Nee, mit *dem* Geschäft will ich nix zu tun haben. Dafür gibt's Profis. Wie unseren Makler neben der Bank. Sind hier auch nicht von allen gerne gesehen, die reichen Urlauber mit ihren Ferienhäusern.« Der Ernst kehrte zurück auf sein Gesicht.

Einen von diesen »allen« hatte ich vorhin kennengelernt. »Und was ist dein Geschäft?«

»Krabben fischen.«

»Auch die auf meinem Brötchen?«

Er kratzte sich an der Strickmütze. »Jo, möglich. Gekennzeichnet habe ich die jetzt nicht auf dem Kutter.«

Ich schmunzelte. »Wie ist das so, draußen auf dem Meer? Das stelle ich mir sehr abenteuerlich vor.«

»Nee, mit Abenteuer hat das heute nicht mehr viel zu tun.«

Und dann erzählte er vom täglichen Kampf ums Überleben. Von schwankenden Preisen und Fangmengen, den schwierigen Jahren der Pandemie, von nicht festgelegten

Fangquoten, mangelndem Zusammenhalt unter den Fischern und immer komplizierteren EU-Auflagen. Jeder verlangte eine Scheibe vom Meer.

An seinen ausladenden Gesten und den ungewohnt vielen Worten merkte ich, wie ihn das Thema bewegte.

»Wow«, war das Einzige, was mir dazu einfiel.

Die Bedienung kam mir mit unseren Krabbenbrötchen zu Hilfe, die sie vor uns abstellte. Dazu platzierte sie einen weiteren Teller in der Mitte des Tisches, von dem aus mich ein paar Krabben anschauten, die aussahen, als hätten sie eben erst begriffen, dass sie nicht mehr im Meer schwammen.

Mein Blick wanderte zwischen Fiete und der jungen Frau mit dem frechen blonden Kurzhaarschnitt hin und her.

Sie zwinkerte ihm zu. »Sonst nimmst du sie einfach mit, für den Vielfraß.« Dann wandte sie sich an mich. »Oder haben Sie den kleinen Fiete noch gar nicht kennengelernt?« Lachend bahnte sie sich den Weg zurück an die Theke.

Mir war nicht ganz klar, worauf sie mit dem »kleinen Fiete« anspielte, aber ich vertiefte das Thema lieber nicht. Der große Fiete saß mir auf jeden Fall hier gegenüber. Ob der ein Vielfraß war, würde sich jetzt herausstellen.

Seine Stimme holte mich zurück an den Tisch. »Lass es dir schmecken.« Er biss mit einem krachenden Geräusch in sein Brötchen.

Ich wünschte ihm ebenfalls einen guten Appetit und wickelte mein Brötchen auf der vergeblichen Suche nach Messer und Gabel in die beiliegende Serviette, bevor ich es in die Hand nahm. Wir kauten schweigend. Im Gegensatz zu ihm konzentrierte ich mich darauf, möglichst krümel- und kleckerfrei zu essen.

»Was hat es denn eigentlich auf sich mit dem Ostfriesenrecht, dem ich diese kostenfreie Mahlzeit verdanke?«, versuchte ich zwischendrin, meine Neugierde zu stillen.

Fiete sah von seinem Brötchen auf. »Ein altes Sprichwort.

Das Teetrinken ist bei uns in seinem Ablauf streng geregelt. Nachgeschenkt wird genau drei Mal.«

»Okay, dann kann selbst die Queen hier in Ostfriesland ja noch etwas lernen«, spaßte ich.

»Und?«, fragte er nach dem letzten Bissen und wischte sich die Finger an seiner Serviette ab.

»Sehr gut, wirklich. Daran könnte ich mich gewöhnen. Aber dann bräuchten wir wohl ein paar Krabben im Rhein.« Ich zuckte mit den Schultern.

Dieses Mal schmunzelte er. »Hast du schon mal selbst Krabben gepult?«

Ich schüttelte den Kopf.

»Dann wird es Zeit.« Er kam um den Tisch herum, setzte sich auf den Stuhl neben mir und zog den Teller mit den glotzenden Krabben zu sich heran.

Seine Nähe erzeugte eine Wärme zwischen uns, die meine Körpertemperatur steigerte. Ich atmete seinen würzigen Duft ein, eine Mischung aus Meerwasser und herbem Aftershave.

Er nahm eine der Krabben zwischen die Finger. »Du hältst mit einer Hand den Kopf und fixierst mit der anderen den Schwanz.«

Dazu hatte mich auch noch nie jemand so direkt aufgefordert. Mein Gedankenkino erschwerte mir die Konzentration auf seine Worte zusätzlich.

»Dann drehst du leicht am dritten Wirbel, bis der Panzer aufbricht und ziehst ihn danach vorsichtig ab.« Er reichte mir eine weitere Krabbe rüber.

Ich gab mein Bestes, aber es gelang mir nicht recht. Nachdem mir die fünfte Krabbe aus den Fingern gerutscht war, stöhnte ich auf und schob den Teller beiseite.

So leicht gab Fiete nicht auf. Er reichte mir ein neues Tierchen.

Meine Hände verschwanden wie selbstverständlich in seinen. Obwohl man seinen Fingern die harte Arbeit ansah, waren sie erstaunlich feinfühlig. Gemeinsam mit mir versuchte er, eine Krabbe aus dem Panzer zu befreien. Jede seiner Berührungen verursachte mir einen kleinen Stromschlag, der mir eine Gänsehaut bescherte. An seinem fast unmerklichen Zucken bemerkte ich, dass die Situation auch ihn verwirrte.

Er zog die Finger zurück, als hätte er sich an mir verbrannt. Hastig erhob er sich von seinem Stuhl und brachte einen Sicherheitsabstand zwischen uns. »Jo.« Er rieb die Hände aneinander und schaute aus dem Fenster. »Ich muss dann auch mal wieder, die Arbeit macht sich nicht von allein.« Seine Worte klangen kühl.

Ich versuchte, die Situation zu retten. »Danke für deine Zeit und für den Einblick in das Innenleben der Krabben. Ich weiß nicht, wie lange ich noch hier bin. Vielleicht sehen wir uns noch mal?« Mein Herz würde ihn gerne wiedertreffen, auch wenn mein Kopf das nicht geplant hatte.

»Da nich für. Du weißt ja, wo du mich findest. Mach's gut, Katharina.«

Er erhob sich, und ich sah ihm nach, bis er draußen vor dem Fenster aus meinem Sichtfeld verschwunden war.

Um aus der Herzensangelegenheit wenigstens noch eine Tugend zu machen, besann ich mich vor dem Imbiss auf den Makler neben der Bank, vor der Fiete und ich uns vorhin begegnet waren. Einen Versuch war es wert, und es lag ohnehin auf meinem Rückweg.

Genau wie von Fiete beschrieben erreichte ich kurze Zeit später die beiden Schaufenster des Büros und warf einen Blick auf die Verkaufsfotos der Immobilien. Hauptsächlich Ferienhäuser, verstreut über die ganze Gemeinde Krummhörn. In das eine oder andere Objekt hätte ich mich durchaus verlieben können.

Ich drückte die in der Mitte der Schaufenster liegende Glastür auf und trat in einen Raum, der von zwei gegenüberliegenden Schreibtischen dominiert wurde. An der linken Wand war ein Regal aufgebaut, in dem sich Werbeprospekte für Bauträger und Fertighäuser aneinanderreihten.

An dem direkt davor befindlichen Tisch konzentrierte sich ein Mann, dessen Haaransatz an den Schläfen bereits ergraute, auf seinen Computerbildschirm. Bei meinem Eintreten hob er den Kopf, sprang auf und eilte um den Tisch herum. Mit einer Hand richtete er sein Jackett, mit der anderen schob er mir einen Stuhl auf meiner Seite der Tischplatte zurecht.

»Herzlich willkommen, schön, dass Sie zu uns gefunden haben!« Er deutete mir an, Platz zu nehmen, und setzte sich ebenfalls wieder. »Was kann ich für Sie tun?« In Erwartung meiner Wünsche, stapelte er ein paar verstreute Papiere aufeinander, schob sie beiseite und sah mich an. Dann tippte er sich an den Kopf. »Wie unhöflich von mir! Ich muss mich für mein Benehmen entschuldigen. Darf ich Ihnen etwas anbieten? Tee, Kaffee?«

»Nein, danke. Ich möchte lieber gleich zur Sache kommen.«

»Wunderbar, ich mag zielstrebige Kunden.«

Vermutlich hätte er mich mit dem gleichen Brustton der Überzeugung gemocht, wäre ich mit einem Bild der Villa Kunterbunt hereingeschneit, und vor der Tür stünde anstelle des Fahrrades mein Pferd namens Kleiner Onkel.

»Ich nehme an, Sie sind auf der Suche nach einer Immobilie?« Sein Mund verbreiterte sich zu einem verkaufsfördernden Strahlen.

Blitzmerker. »Das ist richtig. Ich spiele mit dem Gedanken an ein Ferienhaus hier in Greetsiel.«

»Eine gute Wahl. Sie haben Glück, da haben wir ganz aktuell einige sehr schöne Objekte hereinbekommen.« Er nickte zur Bestätigung seiner Worte und tippte auf der Tastatur herum.

»Genau genommen schwebt mir eher ein Grundstück vor,

auf dem ich ein Haus ganz nach meinen Wünschen bauen kann.«

»Ach so.« Seine Finger hielten in der Bewegung inne. »Nun, das wird direkt in Greetsiel schwierig, da Grundstücke hier meistens über einen Bauträger gehandelt werden. Aber auch da gibt es natürlich die Möglichkeit, ganz nach Ihren Wünschen zu bauen.« Er tippte weiter.

»Es sollte schon ein frei verkäufliches Grundstück sein, etwa in der Größe von eintausendfünfhundert Quadratmetern. Haben Sie da wirklich nichts im Angebot?«

»Frei verkäuflich? Bedaure.« Er schüttelte den Kopf. »Aber wir bekommen sehr häufig neue Angebote. Vielleicht möchten Sie mir Ihre Kontaktdaten hinterlassen, Frau ...?«

»König«, vollendete ich seinen Satz.

»Frau König. Für Sie würde ich natürlich eine Ausnahme machen und Ihnen neue Angebote ganz exklusiv zukommen lassen.«

Natürlich, für mich und alle anderen Interessenten. »Leider habe ich gerade keine Visitenkarten zur Hand. Ich schreibe Ihnen aber gerne meine Telefonnummer auf.«

Er schob einen Block und einen Kugelschreiber zu mir herüber. »Wo kommen Sie denn her, wenn ich so neugierig fragen darf?«

»Aus Düsseldorf.« Ich notierte meine Nummer und schob den Block wieder zurück.

Er übertrug die Daten in seine Kartei. Mittendrin stoppte er und sah irritiert vom Bildschirm auf. In seiner Miene spiegelte sich Verwunderung. »Oh.«

Oh, was? Hoffentlich waren Kunden aus Düsseldorf nicht die einzige Ausnahme auf seiner Beliebtheitsskala. »Gibt es ein Problem?«, fragte ich.

»Nein, natürlich nicht. Unser Büro scheint sich in Ihrer Region großer Popularität zu erfreuen. Ich sehe gerade, dass sich erst vor ein paar Tagen ein weiterer Kunde aus Düsseldorf für eine Grundstückssuche in unsere Kundenkartei hat aufnehmen lassen.«

Düsseldorf war groß, die Nordsee eine beliebte Ferienregion, redete ich mir ein. Und trotzdem schlug mein Bauchgefühl Alarm. »Das ist ja wirklich ein Zufall. Die Welt ist klein. Vielleicht kenne ich den Interessenten ja sogar?« Ich legte den Kopf schräg und setzte den Blick auf, mit dem der Dackel einer Mandantin bei jedem Besuch etwas aus der Kanzleiküche abstaubte.

»Da muss ich leider um Ihr Verständnis bitten, aber der Datenschutz unserer Kunden hat für uns oberste Priorität.«

Der Makler schien kein Hundemensch zu sein. Während ich überlegte, wie wohl eine Katze schaute, kam mir der Zufall zu Hilfe.

Das Telefon auf dem Schreibtisch klingelte, und mein Gegenüber nahm das Gespräch mit einem entschuldigenden Schulterzucken an. Aus den Bruchstücken der Unterhaltung schloss ich, dass es sich um eine Rückfrage zu einem Angebot aus dem Schaufenster handelte. Kurz darauf hielt der Makler tatsächlich eine Hand über den Hörer und bat mich flüsternd um einen Augenblick Geduld, bevor er mit dem Mobilteil nach draußen verschwand.

Mein Puls beschleunigte sich. Ich schaute mich um, als wäre die Polizei mir schon auf den Fersen. Dann erhob ich mich unter dem Vorwand, den Prospektständer zu durchforsten. Der Zweck heiligte die Mittel. Ich positionierte mich so vor dem Regal, dass ich aus dem Augenwinkel einen Blick auf den Bildschirm erhaschte. Der Name, der dort über meinem prangte, lautete wahrhaftig *Paul Hartmann.*

Sicher beglückwünscht der Makler mich bei seiner Rückkehr zu einem Auftritt bei der *Versteckten Kamera*, dachte ich. Das tat er aber nicht.

13

Zurück vor Gretes Tür, hatten sich die Gedanken in meinem Kopf zu einem Wollknäuel verknotet, bei dem es unmöglich war, den Fadenanfang herauszufischen.

Auf der anderen Seite des Zauns kämpfte Hinrich mit einem schwertähnlichen Gartengerät gegen undefinierbare Feinde auf seinem Rasen.

»Hallo, Hinrich, schon wieder fleißig?«, rief ich zu ihm hinüber.

»Moin, Katharina, wat mut, dat mut.« Er hielt ein grünes Büschel in die Höhe. »Und du? Die Seeluft scheint dir gutzutun. Sieht man an deiner Gesichtsfarbe.«

»Danke, alles prima.« Die Worte verließen meinen Mund aus Gewohnheit, obwohl sie nur die halbe Wahrheit wiedergaben. Für die ganze Wahrheit fehlte mir die Gewissheit, ob meine beruflichen Ziele und meine persönlichen Wünsche immer noch ein Team waren oder schon Gegner. Ein weiterer Faden im Gedankenknäuel.

Ich winkte über den Zaun, bevor ich meine Tüten durch die Tür bugsierte, die Grete inzwischen geöffnet hatte.

»Och, Katharina, ganz verändert, lass dich mal anschauen«, redete sie wie gewohnt schon im Flur auf mich ein. Dabei blieb offen, ob sie meine Pudellocken oder den Strickpullover meinte. Mit einer Hand bedeutete sie mir, eine Pirouette zu drehen. »So gefällt mir das. Erst drei Tage hier und schon ein richtiges Küstenkind.« Anerkennend nickte sie mir zu und bestaunte mich, als wäre ich ihr soeben zum ersten Mal begegnet. Munter plapperte sie weiter: »Wie war dein Tag? Schietwetter heute.«

»Das habe ich gemerkt, darum auch die neuen Klamotten.«

Ich zeigte mit der Hand an mir herunter.

»Damit muss man hier oben immer rechnen. Ist ja nur Wasser, und der Wind trocknet das schnell.« Sie winkte ab.

»Oder man kleidet sich neu ein und packt die nassen Sachen in eine Tüte.« Ich hielt eine der Einkaufstüten in die Höhe. Unnötigerweise, denn die hatte sie schon an der Tür ins Auge gefasst. »Auf dem Rückweg habe ich einen Fischer wiedergetroffen, mit dem ich schon vorher gesprochen habe.«

Wenn man alle seine Worte nach der Kollision und beim Einkauf zusammenzählte, erfüllten sie mit großer Wahrscheinlichkeit die Kriterien eines Gesprächs.

»Wir haben gemeinsam ein Krabbenbrötchen gegessen, und ich konnte mich aufwärmen«, sagte ich noch.

»Ein Fischer?« Sie riss ihr Augenmerk kurzfristig von den Tüten los.

»Sein Name ist Fiete«, erklärte ich. Hoffentlich stillte ich ihre Neugierde.

»Fiete?« Sie runzelte die Stirn so angestrengt, dass ich ihr Gehirn förmlich arbeiten sah. »Fiete, Fiete, nee, so heißt kein Fischer hier. Bist du sicher?«

»Klar, einer seiner Kollegen hat ihn ja so gerufen.«

»Da muss ich mich gleich mal umhören. Aber tut ja auch nix zur Sache, der Name. Vielleicht triffst du ihn ja noch mal im Hafen. Oder habt ihr euch sogar schon verabredet?«

Die Katze ließ das Mausen nicht.

Da die erhoffte Antwort ausblieb, wandte sie sich lieber wieder den Tüten zu. »Dann gib die nassen Klüngel mal her. Die hänge ich gleich zum Trocknen auf.« Endlich hatte sie einen Grund gefunden, die Einkäufe zu begutachten. Nachdem sie die nassen Sachen zur Seite gestellt hatte, linste sie in den anderen Beutel, klatschte begeistert in die Hände und zog das Kanarienvogelkostüm heraus.

»Ein Ostfriesennerz, und gleich noch die passenden Gummistiefel! Das muss nun aber auch ausgeführt werden.« In ihren Augen blitzte der Schalk eines Grundschülers, der einen Streich plante. »Wie wäre es denn mit einer Wattwanderung?«

Klang so gar nicht verlockend, weil es sich nach Wasser und Matsch anhörte. Komponenten, die weit außerhalb meiner ohnehin eher begrenzten Komfortzone lagen.

»Du wirst es nicht glauben, aber unser Nils, der hat auch eine Zulassung als Wattführer. Der macht ganz bestimmt gerne eine private Führung.«

Oder er hatte rein zufällig im Watt zu tun, nachdem er in Emden ja nun alles erledigt hatte. Aber selbst Nils verwandelte Matsch nicht in Gold. »Ich glaube nicht, dass das etwas für mich ist«, versuchte ich, Gretes Enthusiasmus zu stoppen.

»Das kannst du doch gar nicht wissen, bevor du es nicht ausprobiert hast.« Sie schob die Unterlippe vor.

»Und überhaupt bin ich ja auch nicht zum Vergnügen hier.«

Der Tag hatte meinen Geduldsfaden in die Länge gezogen, und in diesem Augenblick rissen die ersten Fasern. »Ich muss unbedingt diesen Auftrag erledigen, sonst brauche ich zu Hause gar nicht wieder aufzukreuzen.«

Grete ließ die gelben Teile in die Tüte zurückrutschen und legte mir eine Hand auf den Arm. »So schlimm?«

Ich zuckte mit den Schultern, weil mir die Worte fehlten.

Sie zog mich am Unterarm hinter sich her in die Küche auf die Polsterbank. »Abwarten und Tee trinken, das hilft immer.« Mit wenigen Handgriffen zauberte sie eine Kanne Tee und zwei Tassen auf den Tisch. Wie Jules Schokoladen-Notfallvorrat, bloß in flüssig.

»Dreimal ist Ostfriesenrecht«, rutschte es mir beim Anblick der Teekanne heraus.

Grete betrachtete mich mit großen Augen.

Ich schüttelte nur abwesend den Kopf.

»Egal. Dann mal raus mit der Sprache.« Sie füllte meine Tasse auf.

Das heiße Getränk floss wohltuend durch meine Kehle. »Ich arbeite in Düsseldorf als Anwältin und soll hier über den Kauf eines Grundstücks verhandeln. Blöderweise muss ich erst mal die genauen Besitz- und Finanzverhältnisse klären.« Ich erzählte von meinen vergeblichen Bemühungen bei Herrn Düster, dem alten Seebären und dem Makler.

Grete nickte immer wieder verständnisvoll.

Bevor ich bei den merkwürdigen Hinweisen auf Paul ankam, holte mich die Vernunft ein, der ich kurzfristig davongelaufen war. »Warum trage ich bloß neuerdings mein Herz auf der Zunge und erzähle dir das alles?«

»Na, weil ich dich gefragt habe und mich die Antwort wirklich interessiert.« Sie sagte das, als wäre es sonnenklar. Nicht ausgeschlossen, dass es das auch war, in ihrer Welt. »Und wo ist jetzt das Problem?«, fuhr sie mit der ihr eigenen ostfriesischen Gelassenheit fort.

»Ich muss den Besitzer unbedingt an den Verhandlungstisch bekommen. Sonst bin ich beruflich erledigt.«

»Erfolg ist nicht alles im Leben und sollte nie mit Glück verwechselt werden«, fügte sie etwas weniger gelassen hinzu und schenkte sich Tee nach, bevor sie weiterredete. »Wenn es dir aber so wichtig ist, warum hast du mich dann nicht einfach gefragt? Du hast schon ganz recht: Das Grundstück gehört tatsächlich der Familie Jensen, das ist eine alteingesessene Fischerfamilie. Der alte Jensen war nicht immer so wie heute, er und seine Frau Wiebke haben viel mitgemacht. Das ist eine längere Geschichte. Der Sohn ist ein guter Freund von unserem Nils. Hat es auch nicht einfach.« In ihren Augen sammelten sich Tränen.

Das erleichterte die Angelegenheit zwar nicht, warf aber

ein neues Licht auf die blöde Wattwanderung. Womöglich hatte Nils einen Tipp für mich, als Freund der Familie Jensen.

»Überleg es dir doch noch mal mit der Wanderung. Manchmal ist es gut, wenn der Kopf durchgepustet wird. Dann sieht man die Dinge hinterher klarer.«

»Weißt du was, Grete? Vielleicht hast du wirklich recht. Schlimmer kann es ja nicht werden. Also abgemacht, du fragst Nils, ich stapfe durch die Nordsee und lasse mir den Kopf frei pusten.« Blieb nur zu hoffen, dass ich am Schluss nicht noch tiefer im Matsch steckte.

14

Keine vierundzwanzig Stunden später entstieg ich einem Taxi und blinzelte gegen die hoch am Himmel stehende Sonne, die mit aller Kraft versuchte, über den kühlen Wind der nahen See hinwegzutäuschen. Was Grete organisierte, das lief. Davon war unsere Sekretärin, Frau Schmidt, so weit entfernt wie meine Regendusche vom ostfriesischen Schietwetter.

Das Ortsschild, an dem wir vorbeigefahren waren, wies dieses Fleckchen Erde als *Upleward* aus. Hier war das Wattenmeer für Wanderer frei zugänglich. Eine Zusatzinformation aus Gretes Wissensfundus.

In New York wäre ich in meinem Aufzug wie ein Chamäleon mit der Farbe der Mietwagen verschmolzen. In Greetsiel entfiel diese Notwendigkeit, da sich hier erst gar niemand darüber wunderte. Von Düsseldorf sprachen wir lieber nicht.

Bevor ich mich auf das unbekannte Terrain wagte, posierte ich für ein Selfie an Jule. Ein Piepton signalisierte umgehend den Eingang ihrer Antwort. Neben diversen Emojis, unter denen das gelbe Vögelchen eindeutig dominierte, schrieb sie:

> Wie Bibo aus der Sesamstraße. Besorg mir die gleichen Klamotten, und ich bin dabei. Bin quasi schon unterwegs. XOXO.

Typisch Jule. Aber es half alles nichts, es blieb alleine mein Abenteuer.

Im Entengang watschelte ich in den ungewohnten Gummistiefeln über den mit Rasengittersteinen befestigten Parkplatz in Richtung Deich. Von Nils fehlte bislang jede Spur.

Dafür sah ich jemand anderes schon von Weitem oben auf der Krone stehen. Er hatte mir den Rücken zugewandt, und doch begrüßte mein Herz ihn sofort mit einem freudigen Hüpfer. Ich verharrte einen Augenblick am Fuß der Treppe, die vom Parkplatz zu ihm hinaufführte, und rief mich zur Ordnung. Ich war hier nicht zu meinem Vergnügen, sondern weil ich einen Job zu erledigen hatte. Nur deshalb hatte ich mich überhaupt zu diesem Höllenkommando überreden lassen.

So leicht es meinem Kopf zu Hause meistens gefallen war, die Oberhand zu behalten, so schwer fiel es ihm hier, das Herz zu dirigieren. Die gelbe Jacke hatte einen entscheidenden Nachteil gegenüber meiner Business-Rüstung: Sie ließ Gefühle hindurch, wie ein kaputtes Fischernetz. Entschlossen öffnete ich das quietschende Eisentor und stapfte die Stufen den grasbewachsenen Deich hinauf.

Auf der Krone angelangt, klopfte ich ihm zaghaft auf die Schulter.

Fiete drehte sich um und wich einen Schritt zurück.

»Moin, Katharina«, begrüßte er mich mit großen Augen.

»Hallo, so ein Zufall! Ich bin mit Nils Frerichs zu einer Wattwanderung verabredet. Und was treibt dich hierher?«

»Offenbar du.«

»Ich?«

»Jo.«

Ich hatte den Code für die ostfriesische Generalantwort immer noch nicht entschlüsselt.

»Nils hat keine Zeit, darum schickt er mich, eine seiner Touren durchs Watt zu übernehmen. Das kommt gelegentlich vor. Ich wusste nicht, dass du die Kundin bist.« Er zögerte. »Damit sind wir wohl quitt mit den Überraschungen. Geht das für dich in Ordnung?«

Mein Kopf ärgerte sich über die verpasste Möglichkeit, Nils auszuhorchen, der Rest des Körpers sah das völlig anders.

»Ja klar, das ist wirklich nett von dir.« Meine Augen überstrahlten vermutlich selbst das Kanarienvogelkostüm. »Obwohl ich mich natürlich auf Nils' fachkundige Begleitung gefreut habe«, fügte ich darum schnell hinzu und hoffte, es klang etwas weniger verräterisch. »Ich nehme doch an, dass du dich mit dem Watt auskennst?« Blöde Frage an einen Fischer, aber Anwälte sicherten sich naturgemäß gerne ab.

Sein Blick wanderte von meiner quietschgelben Jacke bis hinunter zu den gleichfarbigen Gummistiefeln. »Ich sach mal so: Falls wir uns verlaufen, wird man uns sicher problemlos wiederfinden.«

Er selbst trug neben der unvermeidlichen Strickmütze nur ein T-Shirt, das den Blick auf seine gebräunten, muskulösen Arme freigab. Sein Anblick schlüpfte durch das Loch in besagtem kaputten Fischernetz, was nicht dazu beitrug, mein Herz unter Kontrolle zu bringen. Im Gegenteil.

Ich ließ meinen Blick über das Meer schweifen. Vielmehr über das, was von ihm übrig geblieben war. Denn es gab überhaupt kein Wasser mehr, nichts, nur Watt, so weit das Auge reichte. Die Nordsee war verschwunden. Zurückgelassen hatte sie nur den Wind, der mir ins Gesicht schnitt. Ich starrte auf die unendlichen Weiten von schwarzem Matsch, als könnte ich dort die Antwort auf all meine Fragen finden.

Fiete hatte seine Hosenbeine hochgekrempelt und war barfuß. Die Vorstellung, dass jemand freiwillig mit nackten Füßen da reinmarschierte, bescherte mir eine Gänsehaut.

Entweder beherrschte Fiete das Gedankenlesen, oder mein Gesicht war ein offenes Buch. Er zeigte auf meine Füße. »Ich mein ja nur, es könnte schwierig werden mit den Stiefeln da draußen im Schlick. Im Nu steckt man fest …«

»Das wird schon nicht passieren«, sprach ich mir selbst Mut zu, »das Wattenmeer ist ja kein Moor.«

Er hob seine Augenbrauen ein Stück an. »Dann mal los.«

Ich konzentrierte mich auf den zwischen die Grasflächen

plattierten Pfad und gleichzeitig auf Fiete, der vor mir her marschierte. Über mir kreischten die Möwen, als jagten sie sich gegenseitig. Der Wind blies mir ins Gesicht, und der Geruch erinnerte mich entfernt an die Fangopackung, die ich mir bei der Massage ein einziges Mal hatte aufschwatzen lassen. Irgendwie … komisch eben.

An der Wasserkante angekommen, setzte ich einen Fuß nach dem anderen auf den glitschigen Untergrund. »Fiete«, flehte ich, »bitte, nicht so schnell. Ich möchte auf keinen Fall reinfallen.« Erneut hatte ich den Eindruck, dass er sich verwirrt umschaute, genau wie gestern vor der Bank.

»Was hast du bloß immer mit Fiete?«

»Wieso? Der Fischer auf dem Kutter hat dich doch nach unserem Unfall so gerufen und gefragt, ob dir wieder ein Fisch ins Netz gegangen ist?« Da behaupte noch mal einer, Frauen seien kompliziert!

Zum ersten Mal, seit ich ihm begegnet war, lachte er lauthals. Er stützte die Hände auf seinen Oberschenkeln ab und hörte nicht auf, bis ihm die Tränen aus den Augenwinkeln liefen. »Katharina, Fiete ist mein Hund. Der Lütte war der Grund für deinen Sturz, oder? Du bist dem Hund ins Netz gegangen.«

Der kleine Fiete. Das war mit Abstand der peinlichste Moment, den ich in den letzten Jahren erlebt hatte. Abgesehen von dem Tag, an dem ich zu spät zu meiner ersten Gerichtsverhandlung erschienen war, weil ich mich im Gerichtsgebäude verlaufen hatte. »Ach so«, murmelte ich. Es war das Einzige, was mir auf die Schnelle einfiel.

Fiete hatte sich inzwischen so weit beruhigt, dass er wieder aufrecht stand. Vielmehr der Fischer, bei dem mich nicht nur der Name aus dem Konzept brachte.

»Und wie heißt du wirklich?«

»Ich heiße Jasper.«

Ich reichte ihm die Hand. »Also dann, freut mich, dich

kennenzulernen, Jasper.« Schien hier oben ein verbreiteter Name zu sein. Er hieß genauso wie der alte Seebär.

Er umschloss meine Finger mit seinen und beließ es vermutlich der Einfachheit halber dabei, um mich durch den Schlick zu ziehen. Gemeinsam liefen wir ein Stück weit ins Watt hinein.

Als hätte er mit seiner Berührung einen Schalter umgelegt, kroch mir seine Körperwärme den Arm hinauf und verteilte sich großflächig, bis sie mein Herz erreichte. Wie eine wärmende Decke schützte sie mich vor dem schneidend kalten Nordseewind.

Ich drehte den Kopf zur Seite, um einen heimlichen Blick auf sein Gesicht zu erhaschen. Wir hatten offenbar die gleiche Idee verfolgt. Ich lächelte ihn zaghaft an, was dazu führte, dass seine vom Wind bereits geröteten Wangen noch eine Spur mehr Farbe annahmen und er sich ertappt abwandte.

Jasper hinterließ ein Gefühl der Leere in mir, als er daraufhin seine Hand von meiner löste. Das Wattenmeer erschien mir riesig, und ich befürchtete, die Orientierung zu verlieren, obwohl er nur wenige Meter von mir entfernt lief. Absurd.

Dazu gesellte sich die Sache mit dem Matsch. Je länger wir marschierten, desto anstrengender wurde es. Mit jedem Schritt sanken meine Stiefel tief in den Schlick ein und gaben ein schmatzendes Geräusch von sich. Tapfer kämpfte ich gegen den Sog an und zog die Beine mühsam wieder heraus. Unterwegs stiegen wir über kleinere Priele. Die Ebbe hatte wohl vergessen, aus ihnen das restliche Wasser mitzunehmen.

»Jasper, bitte, ich brauche eine kurze Pause«, keuchte ich.

Er blieb stehen und wartete, bis ich zu ihm aufgeschlossen hatte. Dann trat er hinter mich. »Meine Heimat«, flüsterte er gegen den Wind ganz nah an meinem Ohr. »Da drüben auf der anderen Seite, das ist die holländische Küste. Und in der Ferne, am Horizont, verläuft die Fahrrinne für die großen Pötte.«

Wir standen gemeinsam im Meer, wie Jack und Rose seinerzeit auf der *Titanic.* Seine ausgestreckten Arme schwebten nur Zentimeter neben meinem Körper. Er verharrte in dieser Position. Vielleicht fehlte ihm der Mut, sie um mich zu schließen. In einiger Entfernung erhoben sich ein paar Möwen mit ausgebreiteten Schwingen in die Luft, als folgten sie unserem Beispiel.

Ich atmete tief ein und lehnte mich vorsichtig an Jaspers Brust. Das Pfeifen des Windes und das Geschrei der Möwen rückten in den Hintergrund. An ihrer Stelle hörte ich ein leises Knistern, das sich womöglich von uns beiden auf das Watt übertragen hatte.

Jasper senkte seine Hände vorsichtig auf meine Taille. Ich schloss die Augen und lauschte seinen Atemzügen. Zum ersten Mal im Leben wünschte ich mir, dass alles so blieb, wie es jetzt war, ohne es noch besser machen zu wollen.

Ein vorwitziger Vogel, der dicht über unsere Köpfe hinwegflog, holte mich in die Realität zurück. Sein Geschrei klang, als missbilligte er das Treiben direkt vor seiner Haustür. Ich riss die Augen auf und sah der Küstenseeschwalbe hinterher.

Jasper löste sich abrupt von mir. Er trat neben mich und steckte eine Hand mitten in den Schlick hinein. Beim Herausziehen beförderte er ein längliches Wesen zutage, das zwischen seinen Fingern zappelte. Er hielt es mir vors Gesicht, als wäre das völlig normal, war es aber nicht.

Ich rümpfte die Nase und zuckte zusammen.

»Wattwürmer«, fügte er unnötigerweise hinzu.

Er erinnerte mich an meine Schulzeit, in der die Jungs ihre Nervosität gegenüber uns Mädchen mit albernen Streichen überspielt hatten. Vielleicht war genau das unser Problem. Erwachsene tauschten die Fähigkeit, die Welt mit Kinderaugen zu sehen, viel zu oft gegen den Wunsch nach Perfektion ein. So wie mein Vater. Und so wie ich.

Seufzend schob ich seine Hand beiseite, denn mir war inzwischen aufgefallen, dass der Wurm mein geringstes Problem darstellte. Es war unmöglich, die Wanderung fortzusetzen. Ich hatte unbemerkt den Kampf gegen das Schlickmonster verloren. Meine Stiefel steckten fest, und jede Bewegung endete damit, dass ich ein Stück tiefer einsank.

Jasper hatte das Dilemma auf einen Blick bemerkt, obwohl ich mir alle Mühe gegeben hatte, möglichst unauffällig mit meinen Beinen zu zappeln. Er drehte sich um und brachte die Lage auf den Punkt: »Du steckst in der Wattwurmscheiße.«

»Das sehe ich selbst.« Nie wieder würde ich mir wünschen, dass sich ein Loch im Boden auftat. Paul hätte mich an Jaspers Stelle unter Garantie darauf hingewiesen, dass er es ja hatte kommen sehen. Ich rechnete Jasper hoch an, dass er genau das nicht tat. »Und jetzt?«, fragte ich kleinlaut.

»Ganz einfach.« Er senkte den Blick auf seine bloßen Zehen. »Du musst aus den Stiefeln raus. Es wäre nämlich gut, wenn wir vor der Flut hier wieder weg wären.«

»Oh nein.« Ich schüttelte den Kopf, dass mein Pferdeschwanz von einem Ohr zum andern schwang.

»Ich könnte dich zurück zum Deich tragen«, bot er mir an.

Ein Teil von mir schimpfte mich eine »verwöhnte Prinzessin«. Wegen so ein bisschen Schlick. Der andere Teil fand die Vorstellung, in Jaspers Armen zu liegen, durchaus verlockend und suchte in seinem Gesicht nach der Bestätigung für die Ernsthaftigkeit des Angebots.

»Das war ein Scherz. Zum Schluss stecken wir beide fest«, sagte Jasper leise. Als hätte auch ihm die Idee ein bisschen gefallen.

»Ich muss also wirklich barfuß zurücklaufen?«, fragte ich. Alleine bei dem Gedanken daran erhöhte sich meine Atemfrequenz.

»Keine Sorge. Ich lasse niemanden hängen. Wir machen es so«, schlug er, diesmal zurückhaltender, vor, »du hältst dich an mir fest, und ich ziehe deine Stiefel heraus, damit du wieder zurücklaufen kannst. In Ordnung?«

Das hörte sich nach einem Plan an. Ich hob die Arme und umfasste mit beiden Händen seinen Nacken. Er zog mich aus den Stiefeln zu sich heran.

Ich hatte das Gefühl, bei ihm vor allen Gefahren geschützt zu sein. Unsere Gesichter waren nur Millimeter voneinander entfernt. Sein Atem streifte meine Haut. Wie zwei Magnete zogen mich seine Augen an. Mit seinem Blick erreichte er ohne Umwege meine Seele. Das Herz schlug mir bis zum Hals, als unsere Lippen sich einander näherten.

»Jasper«, flüsterte ich mit zitternder Stimme. Die Zeit stand für einen winzigen Augenblick still, bevor die Schwerkraft uns dazu zwang zu handeln, ohne dass wir den Abstand überwunden hatten.

Er streckte einen Arm vorsichtig hinab, zog meine Stiefel einen nach dem anderen aus dem Watt und ließ mich sanft zurückgleiten. Behutsam verschränkten sich seine Finger erneut mit meinen, während seine Augen sich wortlos meiner Zustimmung versicherten. Gemeinsam traten wir den Rückweg an.

Der Meeresgrund glitzerte im Gegenlicht der Sonne. Ich schirmte die Augen mit der freien Hand ab und schaute zu Jasper. Er sagte nichts und strich leicht mit dem Daumen über meine Haut.

Ohne großen Aufwand marschierte ich durch den Schlick, als hätte er einen Teil seines Sogs verloren. Der Wind kam jetzt von hinten. Ich legte den Kopf in den Nacken und sah den Möwen zu, die ihre Runden über uns drehten. Mit Jasper an meiner Seite fühlte ich mich hier mitten im Meer genauso frei wie sie. Ich suchte nach Worten, um meine Gedanken mit ihm zu teilen – vergeblich. Momente wie dieser bedurften keiner Worte.

Auf halbem Weg beugte sich Jasper plötzlich hinunter und

versteckte beim Heraufkommen den freien Arm hinter seinem Rücken. »Schließ deine Augen und öffne deine Hand.«

Kurz darauf wurde es kalt auf meiner Handfläche.

»Augen wieder auf«, erlöste er mich.

In meiner Hand lag eine geschlossene Muschel in Form eines Herzens.

»Für dich«, sagte er, »als Erinnerung an deine erste Wattwanderung.«

Das einfachste und schönste Geschenk, das ich je bekommen hatte. Es ersetzte alle Worte, die mir gefehlt hatten.

Nachdem wir uns an der dafür vorgesehenen Waschstelle notdürftig mit einem Schlauch abgespritzt hatten, liefen wir zu seinem Auto. Auf dem eigens aufgeschütteten Trockenstrand spielten ein paar junge Leute Beach-Volleyball. Der Kiosk hatte schon geschlossen, und den Parkplatz belegten an diesem Nachmittag nur wenige Fahrzeuge. Die ganze Zeit umklammerte ich die Herzmuschel.

»Und, was glaubst du, welcher ist meiner?«, fragte Jasper mich und blieb stehen.

Ich wiegte den Kopf und kniff die Augen zusammen. Das Rätsel war leicht zu lösen, denn nur ein Nummernschild trug das einheimische Ortskürzel.

Er folgte meinem Blick. »Nicht schummeln.«

»Okay«, scherzte ich, »wir streichen die drei Buchstaben *AUR* aus dem Protokoll, und ich entscheide mich ganz spontan für den silbernen Pick-up in der hintersten Reihe.« Mit dem Finger zog ich kleine Kreise in die Luft und stoppte bei seinem Wagen. »Und ich bitte weiterhin, im Protokoll aufzunehmen, dass ich das Fischernetz auf der Ladefläche nicht in die Überlegungen einbezogen habe.«

Jasper umschloss meine freie Hand und zog mich über den Parkplatz. Er öffnete die Beifahrertür, nahm einen Korb vom Sitz und ließ die Tür hinter mir wieder ins Schloss fallen.

Während er zur Fahrerseite herumlief, schaute ich mich um. Eine Mischung aus Staub, Hundehaaren und leeren Dosen beherrschte den Innenraum. Dazu roch es nach Fisch.

Jasper stieg ein und warf einen Blick in mein Gesicht. Er stellte den Korb zwischen uns ab und zuckte mit den Schultern. »Männerauto.« Damit war für ihn die ganze Geschichte erzählt. Ungeachtet des Chaos präsentierte er mir den Inhalt des Picknickkorbes. Nacheinander öffnete er einige Tupperdosen und förderte belegte Brötchen, Äpfel und eine Thermoskanne heißen Tee zutage. Er hielt mir die Dosen hin. »Greif zu.«

Ich verstaute die Muschel sicher in meiner Hosentasche, entschied mich für ein Käsebrötchen und biss, nachdem wir uns einen Becher Tee geteilt hatten, herzhaft hinein. Ohne eine Serviette war es unmöglich, nicht ins Auto zu krümeln. Mit einem Seitenblick auf Jasper, der just in diesem Moment mit der Hand die Krümel seines Brötchens von der Hose in den Fußraum schnippte, resignierte ich und ließ es mir schmecken.

Wann hatte ich das letzte Mal in einem Auto nach Herzenslust gekrümelt? Ich erinnerte mich an kein einziges Mal. Autopicknicks waren in der Welt von Katharina König bislang nicht vorgesehen gewesen. Wie ich jetzt feststellte, ein dringend änderungsbedürftiger Zustand. Ob sich weitere solcher Zustände fänden, wenn ich weniger planen und mehr leben würde?

»Möchtest du noch Tee, um dich wieder aufzuwärmen?«, fragte mich Jasper, nachdem wir unsere Brötchen aufgegessen hatten.

»Danke«, verneinte ich. In Gedanken fügte ich hinzu, dass seine Nähe das von alleine erledigte.

Im Auto herrschte jetzt Stille. Vermutlich hatte ihn die Flut unserer Gefühle genauso überspült wie mich. Ich versuchte, das Gespräch unverfänglich wieder in Gang zu bringen. »Dein Hund ist wirklich ein liebenswerter kleiner Kerl. Ich habe ihn nach der Sache am Hafen noch einmal wiedergetroffen, beim Abendessen vor einem Restaurant. Er hat sich unter meinen Tisch geschmuggelt und mir ein paar Häppchen abgeluchst. Und ich habe noch das F auf seinem Halstuch bewundert.« Die Verwechslung war mir immer noch peinlich.

»Jo, der Fiete hat ein Näschen für Menschen.« Er nahm seine Strickmütze vom Kopf, drehte sie auf seinem Schoß herum und senkte den Blick. »Katharina, das eben, also überhaupt das mit dir … Nicht, dass du denkst … So was ist mir schon lange nicht mehr passiert. Ich weiß auch nicht …«

Ich streckte einen Arm aus und strich ihm mit den Fingern durch das verstrubbelte blonde Haar.

Jasper griff nach meiner Hand und legte sie zurück auf meinen Sitz. »Ich mag dich wirklich, aber wir sollten das vielleicht langsamer angehen. Ich weiß fast nichts von dir. Und … ich bin nicht so geübt mit dem ganzen Gefühlskram.«

Ich hob sein Kinn mit dem Zeigefinger an und drehte seinen Kopf in meine Richtung. »Jasper, glaub mir, es geht mir genauso wie dir. Dann lass uns das ändern.«

Er schwieg, wandte den Blick aber nicht von mir ab.

»Fangen wir mit etwas Einfachem an.« Mein Finger wanderte von seinem Kinn an sein Ohr. »Zum Beispiel dieser Ohrring hier, der bis jetzt unter deiner Mütze versteckt war. *JJ*, was hat das zu bedeuten?«

Offenbar war das kein ausgesprochen gelungener Anfang, denn er zog die Mütze schweigend wieder über den Kopf, schluckte und sah aus dem Seitenfenster. Meine Finger berührten weiterhin sein Ohr. Nach kurzem Zögern verließen ein paar Worte seinen Mund. »Das ist ein Seemannsohrring. Den tragen Fischer, damit sie im Fall der Fälle daran identifiziert werden können. Außerdem sollte der Gegenwert des Goldes früher auch fern der Heimat ein christliches Begräbnis sichern.«

Okay, das war wirklich kein aufmunterndes Thema. Ich brachte es daher schnell zu einem Abschluss. »Also J wie Jasper und J wie …?«

»Jensen.«

Schlagartig überzog mich ein Frösteln, als hätte jemand einen Eimer mit Eiswasser über mir ausgeschüttet. JJ, Jasper Jensen. Womöglich kannte ich den Eigentümer des Grundstücks längst und hatte mich in dem alten Seebären geirrt?

Nach allem, was ich hier bisher über die Bereitschaft zu Grundstücksverkäufen gelernt hatte, erwartete ich auch von ihm nicht unbedingt Jubelschreie. Das alleine stellte noch kein allzu großes Drama dar. Blöderweise, und das war um Längen dramatischer, war ich im Begriff, ausgerechnet an ihn mein Herz zu verlieren. Ich steckte nicht nur in der Klemme, sondern in einer tiefen Felsspalte. Meine Hand rutschte von seinem Ohr.

Er zuckte zusammen. »Erzähl mir lieber was von dir, Katharina, außer dass du keine Überraschungen magst. Was macht eine Anwältin aus Düsseldorf hier oben bei uns?«

Treffer – Schiff versenkt. Die Stimme der alten Katharina in meinem Kopf warnte: »Sprich mit ihm, jetzt. Die Nordsee wird nicht wärmer, wenn du später reinspringst. Ohne den Kaufvertrag bist du erledigt.« Eine ganz neue Stimme hielt leise dagegen: »Willst du wirklich deine Gefühle verleugnen und ihm das Herz brechen?«

Ich entschied mich für eine unverbindliche Ausrede, etwas, was Anwälten mühelos über die Lippen kam. »Das ist kompliziert.« Nicht die Antwort auf seine Frage, aber wenigstens keine Lüge.

15

Auf der Rückfahrt hatte keiner von uns beiden gesprochen. Das Schweigen gehörte nicht zu der Sorte, bei dem sich zwei Menschen auch ohne Worte verstanden. Im Gegenteil. Die Zwickmühle drückte wie ein zentnerschweres Gewicht auf meine Schultern. Offenbar belastete die Stille auch Jasper, denn er hatte seinen Blick nicht mal an einer roten Ampel von der Straße gelöst. Dabei fehlte ihm bislang jede Ahnung von dem gesamten Ausmaß der Katastrophe. Vor der Pension schaltete er den Motor aus.

Ich räusperte mich und drehte den Kopf in seine Richtung.

Zum ersten Mal seit unserer Abfahrt wandte er sich mir wieder zu. Er legte eine Hand an meine Wange und zog mich so weit zu sich heran, dass wir Stirn an Stirn aneinander lehnten. »Katharina«, flüsterte er in die Stille hinein, »ich brauche ein bisschen Zeit, bitte.«

Ich fühlte die Wärme seiner Hand an meiner Haut, doch dieses Mal schaffte er es nicht, die plötzlich über mein Herz hereingebrochene Kälte zu vertreiben. »In Ordnung. Danke für den wunderbaren Tag, Jasper.«

Wir schauten uns in die Augen. Sekunden verstrichen, die sich wie Stunden anfühlten, bis ich mich von ihm löste. Ich öffnete die Tür und stieg aus. Wie schockgefroren, verharrte ich auf dem Gehweg, bis die Rücklichter seines Pick-ups außer Sichtweite verschwunden waren, bevor ich mir einen Ruck gab und zur Haustür schlich.

Zu meinem Erstaunen verhallte der Gong der Türklingel ganze zweimal ungehört im Haus, ehe die Tür sich endlich öffnete und Grete mich anstrahlte, als käme ich von der Lottogesellschaft mit einem Koffer voller Geld. Sie wischte sich die verschwitzten Locken aus der Stirn. »Katharina, ich habe dich gar nicht kommen hören.«

Jetzt sorgte ich mich wahrhaftig. »Grete? Was ist los? Es ist doch nichts passiert?« Hoffentlich nicht noch eine Frage, deren Antwort ich bereuen würde.

Bereitwillig wie immer platzte sie mit den Neuigkeiten heraus. »Ganz im Gegenteil. Eine Überraschung. Komm mit.«

Den Bedarf an Überraschungen hatte ich heute mehr als gedeckt, aber sie ließ mir keine Wahl. Meine Hand lag noch auf der Türklinke, da stand sie schon auf halber Treppe und winkte mir, ihr zu folgen. Oben angekommen, bat sie mich, die Augen zu schließen.

Ich hörte, wie sich eine Tür leise quietschend öffnete. Nur für den Fall, dass da jetzt Nils als lebende Überraschung auf dem Bett lag, blieb ich bereit zum Rückzug.

»Augen auf«, rief Grete und klatschte in die Hände.

Die geöffnete Tür gab nicht etwa den Blick in mein Zimmer frei, sondern in den Nachbarraum. Mittendrin stand Jule wie ein Fels in der Brandung.

»Jule, du verrücktes Huhn!« Ich schlug mir die Hände vor den Mund und stürzte mich in ihre Arme. Gemeinsam hüpften wir auf der Stelle und nahmen auch Grete mit in unseren Kreis auf.

»Kathi«, stieß Jule nach wenigen Minuten atemlos hervor, »du tust gerade so, als hätten wir uns ein ganzes Jahr nicht gesehen, dabei waren es nur ein paar Tage.«

»Ein paar Tage, in denen so viel passiert ist wie in einem ganzen Jahr«, verteidigte ich meine Wiedersehensfreude. »Wie lange kannst du bleiben?«

»Wenn es nach mir geht, könnt Ihr beide bleiben, solange Ihr möchtet. Platz ist genug, und endlich kommt wieder Leben ins Schneckenhaus«, redete Grete dazwischen. Hoffnungsvoll sah sie zwischen uns hin und her.

»So gerne ich hier das Drei-Mädel-Haus komplettieren würde, muss ich leider schon am Sonntag wieder fahren. Die Arbeit ruft.« Jule zuckte mit den Schultern.

»In diesem Fall sollten wir die Zeit nutzen. Es gibt so viel zu erzählen«, sagte ich.

»Dann lasst euch nicht stören, ihr beiden. Ich bin schon verschwunden. Ihr findet mich in der Küche. Wenn das Essen fertig ist, rufe ich hoch.« Fast zeitgleich fiel die Tür hinter Grete ins Schloss.

»Das nenne ich mal ›Service‹.« Jule plumpste rücklings aufs Bett, bezogen mit einer Kopie der Anker-Bettwäsche meines Zimmers.

»Wie bist du nur auf die verrückte Idee gekommen, mich hier zu besuchen?«, fragte ich.

»Den kleinen blauen Ankern aus unserem Facetime-Gespräch konnte ich einfach nicht widerstehen.« Sie klopfte auf die Matratze.

Ich ließ mich neben sie fallen. »Wie bist du hergekommen? Ich habe den Knallfrosch draußen gar nicht gesehen.« Und Jules giftgrüner Kleinwagen war kaum zu übersehen.

»Den habe ich auf Gretes Anweisung extra hinter dem Nachbarhaus geparkt, bei einem netten älteren Herrn. Wie hieß er doch gleich?«

»Hinrich«, antwortete ich.

»Genau. Außerdem habe ich dir doch heute Vormittag geschrieben, wenn du mir auch solche gelbe Kleidung besorgst, dann komme ich her. Tadaa, hier bin ich. Also, wann starten wir mit deinem heißen Biker zur nächsten Wattwanderung?«

»Gar nicht.«

»Wie: ›Gar nicht‹?« Sie drehte den Kopf in meine Richtung und hob die Augenbrauen fragend an. »Hat er dich im Watt ausgesetzt, oder was?«

»Schlimmer, er ist erst gar nicht erschienen und hat seinen Freund Jasper geschickt.«

»Aha. Und der war nicht so heiß?« Sie stupste mich aufmunternd an.

»Nein, das ist der Fischer, über den ich vor ein paar Tagen im Hafen gestolpert bin.«

»Der Fahrradunfall?« Jetzt pfiff Jule durch die Zähne. »Das Schicksal geht unergründliche Wege. Besser konnte es gar nicht laufen, würde ich sagen. Aber hast du nicht gesagt, der hieß Fiete?« Jules Stirn legte sich in Falten.

»Erinnere mich nicht daran«, stotterte ich. »Das war eine echt peinliche Verwechslung. Ein Fischer hat von seinem Boot aus nach Fiete gerufen, und ich dachte, er meint seinen Kollegen.«

»Meinte er aber nicht?«

»Nee, er hat den Hund gerufen.«

Jule prustete los. Bis sie merkte, dass ich nicht mit einstimmte. »Was ist los? So schlimm war das doch nun auch wieder nicht.« Sie setzte sich auf und lehnte sich mit dem Rücken an die Wand.

Ich blieb, wo ich war. »In diesem Fall ist dein viel gepriesenes Schicksal ein Arschloch. Jasper gehört nämlich möglicherweise das Grundstück.«

»Oh. Das ist … spannend. Aber an sich ja noch kein Problem. Es sei denn … da läuft was zwischen euch. Katharina?« Ihr Blick durchbohrte mich von oben.

»Sagen wir mal, ich finde ihn ganz ansehnlich«, druckste ich herum.

»Ganz ansehnlich, ja?«

Zögernd gab ich weitere Details preis. »Oookay, wir haben zusammen Krabben gepult und Brötchen gegessen.«

»So nennt man das also heutzutage. Wie aufregend.«

»Jule, du bist echt unmöglich. Also gut, wir haben uns fast geküsst, und er hat mir was geschenkt«, sprudelte es im Schnelldurchlauf aus mir heraus. Dabei griff ich in meine Hosentasche und hielt ihr die Herzmuschel hin.

Sie nahm mir die Muschel aus der Hand und betrachtete sie von allen Seiten. »Das ist wirklich ein Problem.« Sie reichte mir das Herz zurück und runzelte die Stirn. »Kathi, du musst mit ihm sprechen. Je länger du wartest, desto schwieriger wird es.«

»Das sagst du so leicht. Was, wenn er dann nichts mehr von mir wissen will?«

»Ich hab's geahnt, da läuft was.« Sie verdrehte die Augen. »Dann gibt es nur eine Lösung. Sag Goldbach, dass du den Deal nicht machst, und hör auf dein Herz.«

Niemand brachte ein Problem mit Ecken und Kanten so auf den Punkt wie Jule. Blöd nur, dass ich mich darin immer noch im Kreis drehte. »Aber dann kann ich die Karriere in der Kanzlei vergessen und brauche meinem Vater nicht mehr unter die Augen zu treten. Und was, wenn Goldbach an meiner Stelle wen anderes herschickt?«

Sie rutschte wieder an der Wand herunter, legte sich neben mich und griff nach meiner Hand. Gemeinsam starrten wir an die Decke mit den alten Holzbalken. »Kathi, man kann nicht alles haben im Leben, zumindest nicht alles auf einmal. Manchmal muss man sich entscheiden, welches der größere Verlust wäre.«

»Ach, Jule, warum kann es denn nicht eine Lösung geben, bei der am Ende niemand etwas verliert?«

»Das nennt man ›Leben‹, Kathi.« Damit stand Jule auf, als hätte sie das *Wort zum Sonntag* beendet. Aber weil es tatsächlich heute erst Freitag war und ich mich – obwohl es sich bereits anfühlte wie eine kleine Ewigkeit – erst vier Tage in Greetsiel aufhielt, hatte sie ein weiteres Ass im Ärmel. Sie kramte in ihrer Reisetasche und präsentierte mir zuerst meinen Laptop, den ich inzwischen gar nicht mehr vermisst hatte.

»Danke.« Ich legte das Gerät achtlos neben mich. »Wie bist du denn an den gekommen?«

»Ganz einfach, ich habe bei deinem Schleimer-Paul geklingelt, ihm gesagt, dass ich zu dir fahre, und das Ding herausverlangt.« Sie wühlte weiter in ihrer Tasche und zog nach diversen Kleidungsstücken, die sie auf einem Haufen auftürmte, einen Briefumschlag hervor. In großen Buchstaben prangte mein Name darauf. »Auch von deinem Schleimer-Paul, angeblich megawichtig, weil du auf seine Nachrichten nicht reagierst. Soll ich den Brief wieder einstecken und später irgendwo verbrennen?«

Ich sprang auf und schnappte nach einer Ecke des Umschlags. »Nein, auf keinen Fall. Bist du verrückt?«

Jule hielt das andere Ende zwischen ihren Fingern und verengte die Augen zu Schlitzen. »Reichen deine Probleme noch nicht aus? Nur zu.« Sie ließ das Papier los.

Der Umschlag lag auf einmal wie ein Stein in meiner Hand. Ich drehte ihn hin und her. Als ich Gretes Stimme aus der Küche heraufschallen hörte, stopfte ich ihn kurz entschlossen in die Nachttischschublade. »Wir verschieben die Entscheidung auf später.«

Zum ersten Mal seit meiner Ankunft waren alle Plätze der Eckbank in der Küche belegt. Grete hatte sogar Hinrich eingeladen. Zur Feier des Tages, wie sie betonte. Was auch immer wir hier feierten. Sie hatte ein hausgemachtes ostfriesisches Fleischgericht mit dem Namen »Snirtjebraten« serviert. Aus dem gleichen Grund. Das schmeckte zum Glück nicht so merkwürdig, wie es hieß.

Jule war in ihrem Element. Sie predigte mir schon seit Langem, wir müssten viel öfter einfach das Leben feiern.

»Na, Hinrich. So lässt du dir das gefallen, mitten unter seute Deerns. Da könntest du dich wohl dran gewöhnen«, stellte Grete mit einem Seitenblick auf ihren Nachbarn fest und schob sich eine weitere Gabel mit Braten in den Mund. Sie strahlte in die Runde, womit für jeden am Tisch klar war, wem das hier eigentlich am meisten gefiel.

Hinrich senkte verlegen den Blick und saugte mit einem Stück Brot die Reste von seinem Teller. »Jo.«

»Ach«, plapperte sie weiter, »bei uns ollen Lüü ist der Zug ohnehin abgefahren.«

»Sag doch so was nicht«, warf Jule ein. »Denk an Udo Jürgens. ›Mit sechsundsechzig Jahren, da fängt das Leben an.‹«

Grete winkte ab. »Es ist, wie es ist. Und dir, mein lieber Hinrich, konnte doch keine nix recht machen. Mich wundert, dass du heute noch gar nicht über das Essen gemeckert hast. Aber für die zwei Hübschen hier, da sollten wir doch die passenden Deckel finden, oder?« Sie zwinkerte ihm verschwörerisch über den Tisch zu.

Jule lachte, ich schüttelte den Kopf. Ihr fehlte die Grete-Erfahrung.

»Wo wir schon beim Thema sind: Wie war es denn überhaupt heute im Watt mit unserem Nils, Katharina?« Gretes Augen ruhten erwartungsvoll auf ihrem nächsten Opfer: mir.

»Das Wattenmeer war da, Nils nicht«, antwortete ich einsilbig.

»Was?«, rief Grete aus und sah vermutlich all ihre Bemühungen im Schlick versinken. »Das sieht ihm aber gar nicht ähnlich. Dann gab es keine Wattwanderung?« Ein Schatten der Enttäuschung huschte über ihr Gesicht.

»Doch, doch, die gab es trotzdem …«, mischte sich Jule ein.

»Ein Freund von Nils hat das übernommen«, unterbrach ich sie und beschwor sie mit Blicken, das Thema ruhen zu lassen.

»Der Junge arbeitet einfach zu viel«, verteidigte Hinrich sein Patenkind. »Aber wenn er einen Freund geschickt hat, dann ist ja alles gut.« Er nickte kaum merklich in meine Richtung, als Zeichen seiner Solidarität mit mir.

Ich lächelte ihn dankbar an.

So schnell warf Grete die Flinte nicht ins Korn, erst recht

nicht, da sie in Jule eine neue Verbündete witterte. »So«, hakte sie prompt nach, »welcher Freund war das denn? Etwa dieser Fiete, den Katharina im Hafen getroffen hat und den niemand kennt?«

»Das war nur eine Verwechslung«, redete ich das peinliche Missgeschick klein, um die Diskussion nicht weiter anzuheizen. Vergeblich.

»Der heißt in Wirklichkeit Jasper, ein Krabbenfischer aus dem Ort«, klärte Jule sie bereitwillig auf.

»Jasper Jensen?« Gretes Stimme klang schrill. »Der Sohn vom alten Johann Jensen, über den wir gestern noch gesprochen haben, wegen des Grundstücks?«

Ich rutschte mit jedem Wort tiefer in die Polster. Der Sohn vom alten Seebär. Damit war die Katastrophe endgültig besiegelt.

»Wenn es hier nicht noch weitere Fischer mit demselben Namen gibt, dann wird er das wohl sein«, bestätigte Jule.

»Da kannst du dir aber mächtig was drauf einbilden, Katharina. Der geht seit der Geschichte bei den Jensens doch kaum mehr aus dem Haus, lebt nur noch für seinen Kutter«, staunte Grete.

»Ich würde mal behaupten, die Sympathie beruht bei den beiden auf Gegenseitigkeit.« Jule lehnte sich zurück und zwinkerte Grete zu.

Ich versuchte es dieses Mal mit einem Blick der bösen Art, aber auch der prallte an Jule ab.

»Wo ist denn das Problem, Kathi?«, beharrte sie stattdessen. »Du musst ihn ja nicht gleich heiraten.«

Das sagte die Richtige. Meine liebe Jule, die jeden Verehrer, der sich ihr näherte, auf Herz und Hochzeitsabsichten prüfte.

In der Beziehung verstand Grete wiederum gar keinen Spaß.

»Das hätte der aber verdient, eine nette Frau, die es Ernst mit ihm meint.«

Ich starrte auf meinen leeren Teller, als würde das helfen, ihren Argusaugen zu entkommen.

Das appellierte offenbar an Gretes Gastgeberehre. »Möchte noch jemand einen Nachschlag? Ehe der Snirtjebraten kalt wird?«, fragte sie und griff nach der Fleischgabel.

Jule deckte mit einer Hand ihren Teller ab. »Danke, ich bin so was von satt. War aber wirklich sehr lecker.«

Hinrich rieb sich über den nicht vorhandenen Bauch. »Für mich auch nicht mehr.« Mit einem hoffnungsvollen Gesichtsausdruck fügte er hinzu: »Wir beide könnten die Reste morgen zusammen essen. Dann könntest du mir auch erklären, was das alles nun mit Johann Jensen und einem Grundstück zu tun hat?«

»Das ist doch ganz einfach, Hinrich. Katharina ist hier, um über einen Grundstückskauf zu verhandeln. Deswegen war sie doch in Emden. Und zwar nicht über *irgendein* Grundstück«, sie senkte die Stimme, »sondern über das neben Jensens Haus.«

Seine Miene verdunkelte sich. »Das ist nicht gut. Gar nicht gut. Da baut der Johann nicht nur einen Zaun um das Grundstück wie dein Vater, sondern gleich eine ganze Mauer.«

»Fängst du nun schon wieder mit diesem Zaun an, Hinrich? Ich kann dir die Reste vom Snirtjebraten auch in eine Tupperdose abfüllen. Zum Mitnehmen«, beschwerte sich Grete.

Der Arme hatte es wirklich nicht leicht. Ich schickte ihm ein aufmunterndes Lächeln.

Jule, die von der Zaun-Geschichte bislang verschont geblieben war, lenkte die Aufmerksamkeit zu meinem Bedauern zurück auf Jasper. »Was ist denn da passiert, bei diesen Jensens, dass der sich so vergräbt?«

Grete und Hinrich schlossen ihre Münder, wie zwei Synchronschwimmer vor dem Untertauchen.

Grete tauchte zuerst wieder auf. »Da fragt ihr den Jasper lieber mal selbst. Hinrich, was meinst du, morgen ist doch das Erntedankfest in der Scheune vom Bauer Eilert. Das ist genau das Richtige für die jungen Leute. Du hörst einfach mal bei Nils nach, ob er den Jasper nicht mitbringt, der kann sich auch ruhig für seine Krabben bedanken. Das kann ja nix schaden.«

»Sollten wir uns da nicht lieber raushalten, Grete? Ich mein ja nur.«

Bei Gretes Blick war jedes weitere Wort überflüssig.

Hinrich drehte sich zu mir und zuckte entschuldigend mit den Schultern.

»Also ist das abgemacht. Ihr beiden tanzt morgen beim Scheunenfest«, stellte Grete fest und klatschte zur Bekräftigung in die Hände.

Die beiden Stimmen in meinem Kopf schienen nur geschwiegen zu haben, um jetzt mit neuer Energie an mir zu zerren. Jule sah zu mir herüber, und ich kannte sie lange genug, um ihren Gesichtsausdruck zu deuten. Sie stand eindeutig auf der Seite der »Du-musst-es-ihm-sagen«-Stimme.

16

Die orange Farbe der Kürbis-Pyramide vor der Scheune lockte schon von Weitem die Besucher des Erntedankfestes an. Sie leuchtete mit den letzten Strahlen der untergehenden Sonne um die Wette. Jule und ich hatten uns untergehakt und sprangen wie früher beim Hüpfekästchen um die Pfützen auf dem Feldweg herum, immer den lauter werdenden Klängen der Partymusik entgegen.

Unterwegs kamen wir an einer Wiese mit parkenden Autos vorbei, die sich dank der Reifenspuren in einen Offroad-Parcours verwandelt hatte. Ich schmunzelte bei dem Gedanken an Paul, wie er unvorbereitet einen seiner glänzenden Lederschuhe aus seinem ebenfalls auf Hochglanz polierten Audi strecken würde. Vorausgesetzt, er hätte diese Wiese ohne sein Navi überhaupt erreicht. Welches Navi kannte denn schon Wiesen?

Eine Figur aus aufeinandergestapelten runden Strohballen mit einem aufgepinselten *Moin* begrüßte uns auf dem Hof. In der leer geräumten Scheune drängten sich schon zahlreiche Menschen auf den Bierzeltbänken. Weitere Grüppchen standen vor dem geöffneten Holztor rund um die aufgestellten Stehtische oder saßen auf den überall herumliegenden Strohballen.

Im hinteren Teil der Scheune hatte die Band ihre Instrumente aufgebaut. Just in diesem Moment pausierten die Musiker, und das Stimmengewirr hatte Gelegenheit, wie Meeresrauschen an meine Ohren zu dringen.

»Also Kathi, auf ins Getümmel! Ich bin gespannt auf deine heißen ostfriesischen Freunde.« Jule stieß mich auffordernd in die Seite. Dann senkte sie die Stimme und legte mir nochmals ans Herz: »Denk dran: Bei allem Spaß, du musst es ihm sagen!«

»Wenn er überhaupt hier ist«, wiegelte ich ab und erntete einen strafenden Blick. Der Gedanke an Jasper verursachte mir eine Gänsehaut. Ob aus Vorfreude oder Angst vor der Stunde der Wahrheit war noch nicht abschließend geklärt.

Jule hielt mir eine Hand hin.

Ich griff zu und ließ mich von ihr zu einigen anderen Partygästen an einen der Stehtische ziehen. Es dauerte nicht lange, bis wir mit den Einheimischen in unserem Alter ins Gespräch kamen. Lachend tauschten wir Geschichten aus der unterschiedlichen Heimat aus. Verbesserung der interkulturellen Kompetenz. Jule hatte uns Getränke von der eigens aufgebauten Cocktailbar besorgt. Wir steckten die Strohhalme in das Glas der jeweils anderen, um zu probieren. Dabei bildeten unsere Arme einen Knoten und riefen weiteres Gelächter hervor.

»Kathi«, brüllte mir Jule direkt ins Ohr, weil in der Zwischenzeit die Musik wieder eingesetzt hatte, »wo hast du bloß die disziplinierte Anwältin gelassen, meine allerbeste Freundin, die mit High Heels und Robe im Gerichtssaal den Gegner das Fürchten lehrt?« Sie musterte mich von Kopf bis Fuß und strubbelte mir durch meine Locken.

»Ach, Jule, die habe ich in Düsseldorf gelassen, und so langsam vermisse ich sie auch immer weniger. Denkst du, du könntest mit ihrer Nachfolgerin befreundet bleiben?« Die Worte entstammten in diesem Moment dem Grund meiner Seele.

Statt einer Antwort legte Jule mir den Arm um die Schultern und zog mich an sich.

Plötzlich klopfte mir jemand auf den Rücken. Erschrocken fuhr ich herum und schaute unmittelbar in das Gesicht des

»begehrtesten Junggesellen Ostfrieslands«, dessen Mundwinkel von einem Ohr bis zum anderen reichten.

»Katharina, so ein Zufall, dich hier zu treffen.« Er zwinkerte und umarmte mich zur Begrüßung.

»Nils, ich nehme an, du hattest zufällig hier zu tun?«, stieg ich auf seinen Scherz ein. Nachdem er mich wieder freigegeben hatte, zeigte ich auf Jule, die unser kleines Geplänkel mit Fragezeichen in den Augen verfolgte. »Darf ich vorstellen, meine beste Freundin Julia. Und das ist Nils, seines Zeichens Herr über die Zweiradflotte Norddeutschlands.«

Ohne die laute Musik hätte ich mit Sicherheit den Groschen bei ihr fallen hören. »Ah, der heiße Biker. Schon viel von dir gehört. Ich bin Jule.« Sie streckte ihm eine Hand entgegen, aber er zog sie ebenfalls kurzerhand an sich.

Er schaute sie an und wackelte mit den Augenbrauen. »Deine Freundin konnte ich leider nicht so ganz begeistern, weder von meiner Maschine noch von mir. Ich hätte also wieder einen Platz frei.«

Netter Versuch, aber da würde er sich an Jule die Zähne ausbeißen. Sie konterte: »Ich trage dich gerne auf meine Warteliste ein. Die gute Nachricht: Du rangierst schon auf Platz einhundertsiebenundzwanzig, es könnte schlimmer sein.«

Er nickte anerkennend. »Touché. Vielleicht darf ich die Damen fürs Erste wenigstens auf einen Cocktail einladen? Ihre Wünsche sind mir Befehl.«

Dagegen war nun wirklich nichts einzuwenden. Wir gaben bei ihm unsere Bestellung auf, und er eilte davon.

»Und, zu viel versprochen?«, fragte ich Jule, sobald er außer Sichtweite war.

»Eher zu wenig. Der ist so heiß, dass man sich die Finger verbrennt, wenn man nicht aufpasst. Also lässt man sie besser gleich davon. Einer von der Sorte, die man nie für sich alleine hat. Hat er deinen geheimnisvollen Fischer denn nun im Schlepptau, oder nicht?«

»Jule, bitte …«, versuchte ich, sie aufzuhalten. Keine Chance.

Kaum war Nils zurück und hatte uns die Gläser gereicht, platzte es auch schon aus ihr heraus: »Wo hast du denn deinen Wattführerkollegen gelassen?«

»Wen?« Er stand im ersten Moment auf der Leitung. »Ah, du meinst Jasper. Der hat mal wieder irgendein Problem mit seinem Kutter. Sein Vater war draußen und musste reinkommen. Katharina muss ihn sehr beeindruckt haben, wenn er den sicheren Hafen nachher wirklich verlässt. Es ist lange her, dass er von seinem Kutter runtergekommen ist und was unternommen hat. Und dann noch gleich so was hier.« Nils zeigte mit einer Hand über die Menge. »Ich hoffe, du weißt das zu schätzen?« Beim letzten Satz sah er mich an, und das Grinsen verschwand kurzfristig aus seinen Mundwinkeln.

Jule übernahm die Antwort. »Und ob. Katharina möchte nämlich unbedingt noch etwas mit ihm bereden.«

Beide starrten in meine Richtung. Ich quittierte das mit einem undefinierbaren Ton, der irgendwo zwischen Zustimmung und Missfallen lag.

Da es draußen immer dunkler und kühler wurde, wechselten wir die Plätze auf eine der Bänke im Inneren der Scheune. Eins musste man Nils lassen, an ihm war ein Alleinunterhalter verloren gegangen. Er erzählte und gestikulierte, dass die Zeit in Windeseile vorbeiflog.

Als ich mich zwischendrin umschaute, schlug mein Herz aus heiterem Himmel einen Purzelbaum. Im geöffneten Scheunentor stand Jasper, die Hände in den Hosentaschen vergraben, und ließ den Blick über die Partygäste schweifen. Ich versuchte, mich zwischen meinen Sitznachbarn rauszuzwängen, aber Nils kam mir zuvor.

»Jasper.« Er winkte mit hoch erhobener Hand über die Menge. »Hier sind wir.« Seine lauten Rufe verleiteten auch einige andere Gäste dazu, sich in Jaspers Richtung umzudrehen.

Mit gesenktem Kopf huschte der um die im Weg stehenden Menschen und drückte sich neben mich auf die Bank, nachdem wir alle ein Stück näher zusammengerückt waren. »Moin.« Er nickte kurz und klopfte zur Begrüßung auf den Tisch. Mehr nicht.

»Hallo, Jasper«, begrüßte ich ihn mit pochendem Herzen. »Schön, dass du vorbeigekommen bist. Darf ich vorstellen, das ist meine beste Freundin Julia aus Düsseldorf.«

Jasper hielt ihr über mich hinweg eine Hand hin, wobei sein Arm meinen Nacken streifte. Sofort stellten sich die feinen Härchen auf meiner Haut auf.

»Moin, Julia, ich bin Jasper.«

»Freut mich, dich kennenzulernen, Jasper. Sag gerne einfach Jule. Das machen alle.« Sie schüttelte seine Hand. »Kathi hat mir schon von dir erzählt. Besonders das Wattenmeer bei eurer Wanderung hat es ihr angetan.« Sie lachte. »Das hätte ich zu gerne gesehen.«

Ich verdrehte die Augen.

»Jo.«

»Vielleicht ergibt sich ja irgendwann noch mal die Möglichkeit?«, fragte Jule.

»Jo, kann sein.«

Offenbar ging Jule angesichts seiner ausufernden Antworten langsam der Gesprächsstoff aus, denn sie verstummte mit einem Seufzer.

Er hatte einen Schutzwall um sich herum errichtet, was auch immer er damit schützte. Für mich hatte er einige wenige Steine entfernt, die mir einen winzigen Blick auf den Menschen hinter der Mauer erlaubt hatten. Auf einen ganz anderen Menschen, dessen Augen glänzten, wenn es um sein Leben auf dem Kutter ging.

Unter dem Tisch suchte seine Hand nach meiner, und ein klitzekleines Lächeln stahl sich in seine Mundwinkel.

Ich blendete die Stimmen und die Musik um mich herum

aus. Es war, als befänden wir uns wieder in dieser Blase, in der nur Platz für uns beide war, und die Welt spielte sich außerhalb der Hülle ab.

Offenbar war das auch Nils und Jule nicht entgangen, die sich vielsagende Blicke zuwarfen.

Nils deutete in Richtung der freien Fläche vor der Band, auf der sich in der Zwischenzeit einige Paare im Kreis drehten. Er stand auf und streckte Jule eine Hand hin. »Darf ich bitten?«

Diese Gelegenheit ließ sich meine Freundin nicht entgehen. Nils zog sie von der Bank hoch, und sie folgte ihm mit federnden Schritten, nicht ohne mir vorher einen eindringlichen Blick zuzuwerfen.

Beinahe schwerelos strich Jasper mit dem Daumen über meinen Handrücken. Gerne hätte ich die Finger mit seinen verschränkt, aber damit riskierte ich, dass er in der Bewegung innehielt. Darum beließ ich es dabei, mich in der Tiefe seiner meerblauen Augen zu verlieren.

Ich versuchte, den Gedanken an das Grundstück in die hinterste Ecke meines Kopfes zu verdrängen, aber er kämpfte sich mithilfe von Jules Warnung immer wieder nach vorne. »Jasper …«, unternahm ich schließlich einen halbherzigen Versuch, mich aus seinem Zauber zu befreien.

Das Vorhaben scheiterte einerseits an der Tatsache, dass zum wiederholten Mal jemand an unseren Tisch kam, um seine Freude über Jaspers Auftauchen mit Schulterklopfen auszudrücken, andererseits an dem steigenden Lautstärkepegel um uns herum. Und ein winziges bisschen an dem wirklich starken Zauber.

Wie es schien, teilte Jasper meinen Wunsch nach einem ungestörten Platz, denn er zog mich kurz entschlossen auf die Füße und lenkte uns aus der Scheune hinaus ins Freie. Hier schnappte er sich einen der herumliegenden kleineren Strohballen und zog mich mit der anderen Hand hinter das Gebäude.

Der Wind war ausnahmsweise eine willkommene Abkühlung nach dem Gedränge in der Scheune. Die Geräusche drangen nur noch gedämpft zu uns herüber.

Jasper legte den Strohballen ab, setzte sich darauf und zog mich auf seinen Schoß.

Tausende kleiner Sterne, die mir zu Hause niemals aufgefallen waren, funkelten am klaren Nachthimmel. Sie schienen zum Greifen nah zu sein. Ich legte den Kopf an seine Brust, und er versenkte sein Gesicht in meinen Haaren. Das fahle Licht des Mondes erhellte seine Konturen nur schemenhaft. Umso intensiver nahm ich ihn mit allen anderen Sinnen wahr.

Ich lauschte seinem Herzschlag und atmete seinen Duft nach Aftershave und Meer ein. Dann hob ich den Kopf, und meine Lippen berührten seine zart wie ein Flügelschlag. Er zögerte nur eine Millisekunde, bevor er den Kuss erwiderte. Ich wagte kaum zu atmen, aus Sorge, er könnte die Berührung beenden. Das Herz schlug mir bis zum Hals. Nur ungern löste ich mich nach einer Weile von seinen Lippen, aber es war unerlässlich, um Atem zu holen.

»Gut, dass wir schon sitzen«, brachte ich mit weichen Knien hervor.

Seine Hände wanderten nach oben und blieben auf meinem Nacken liegen. Ein Schauer durchlief mich, als hätte Jasper mich elektrisiert. Ich sog die Luft ein.

Er schaute mir mit einer Intensität in die Augen, die ich nie zuvor erlebt hatte. Wenn er mich festhielt, konnte ich loslassen. Seine Wange schmiegte sich an meine, und gemeinsam blickten wir in den Sternenhimmel. Er wurde still.

»Woran denkst du?«, flüsterte ich in sein Ohr.

»Wie schön es ist, nicht mehr alleine zu den Sternen aufzusehen.«

Das Gewissen nagte an mir. »Jasper, ich muss dir was erzählen.« Wenn ich jetzt nicht mit der Wahrheit herausrückte, würde ich es heute gar nicht mehr tun.

Er legte mir einen Finger auf die Lippen. »Psst. Vergiss, was ich gestern gesagt habe. Ich weiß nicht, was mit mir los ist, seit ich über dich gestolpert bin. Ich weiß so gut wie nichts von dir. Aber eins weiß ich sicher: Ich will das ändern.« Dann legten sich seine Lippen erneut auf meinen Mund. Seine Hände strichen über meinen Rücken und jagten mir einen weiteren Stromstoß durch den Körper.

Ich seufzte leise und drückte mich noch näher an ihn, sofern das überhaupt möglich war.

»Hier seid ihr«, drang auf einmal Nils' Stimme durch die Dunkelheit. »Ich habe euch schon überall gesucht.«

Ich rückte erschrocken von Jasper ab und strich meine Kleidung glatt. Seine fehlende Wärme ließ mich augenblicklich frösteln, als hätte man mir die Bettdecke weggezogen.

Nils hatte sofort erfasst, was sich hier abspielte. »Ups, störe ich?«

»Jo.« Leicht verärgert fuhr Jasper fort: »Nun hast du uns ja gefunden. Was willst du?«

»Dich fragen, ob ich euch für heute Nacht ein Zimmer anmieten soll«, stieß er hervor und unterdrückte hörbar das Lachen.

Ich war dankbar für die Dunkelheit, denn ich merkte, wie mir die Röte ins Gesicht schoss.

»Was willst du wirklich«, erwiderte Jasper in immer noch knurrigem Tonfall.

»Komm mal runter. Ich muss morgen früh raus und wollte bloß fragen, ob wir gemeinsam zurücklaufen. Oder willst du die Mädels alleine gehen lassen? Soll ja hier einige Wüstlinge unter den Fischern geben.« Erneut hörte man das unterdrückte Lachen heraus.

»Wir gehen gemeinsam.«

»In Ordnung, dann hole ich Jule.« Nils verschwand noch mal in der Scheune.

Jasper hob mein Kinn an. »Es fällt mir schwer, dich jetzt gehen zu lassen. Vielleicht schadet eine Abkühlung aber auch nicht.« Er grinste wissend. »Pass auf: Diese Woche war unser Fischer mit dem Decksmann alleine draußen, weil ich wichtige Termine hatte. Als mein Vater heute übernommen hat, gab es ein technisches Problem, und er musste wieder reinkommen. Solange das nicht repariert ist, können wir nicht auslaufen. Ich kümmere mich nächste Woche darum. Meine Mutter hat die Chance genutzt und ihn gezwungen, ein paar Tage mit ihr wegzufahren.«

Er schmunzelte. Schnell drängte ich die dunklen Wolken beiseite, die sich in meinem Kopf bei dem Gedanken an den alten Seebären vor den Sternenhimmel schoben.

»Am Freitag sind sie wieder hier. Ich bin ab Montag im Hafen. Warum kommst du nicht vorbei? Ich könnte ein bisschen Hilfe gebrauchen.« Nach einer kurzen Pause ergänzte er: »Also wenn du magst.« Nur wenige Zentimeter trennten unsere Gesichter voneinander, und seine Augen funkelten vor Begeisterung mit den Sternen um die Wette.

»Jasper, ich mag dich, also interessiert mich auch dein Leben.« Ich strich ihm über die Wange. »Ich würde dir wirklich gerne helfen, doch ich weiß noch nicht genau, wie lange ich noch hier sein werde. Das hängt von meinem Job ab.«

Selbst die Dunkelheit verbarg den Schatten der Enttäuschung nicht, der über sein Gesicht zog. Die Sterne hatten den Funkel-Wettstreit für sich entschieden. Er ließ mich los und erhob sich.

Dieses verdammte Mandat. Auf keinen Fall wollte ich den Abend mit Jasper ohne die Grübchen in seinen Mundwinkeln beenden, mit denen er mich an seinem Glück teilhaben ließ. Ich stand ebenfalls auf und legte eine Hand auf seinen Arm. »Ich verspreche dir, ich schaue, was sich einrichten lässt.«

Wir traten zu viert den Rückweg durch die Dunkelheit an. Während Jule und Nils sich, unterbrochen von einigen Lachanfällen, angeregt unterhielten, folgten Jasper und ich den beiden still. Immer wieder berührten sich unsere Hände.

Nach einer Weile ließ sich Nils zurückfallen und hielt mich am Arm, um mein Tempo ebenfalls zu drosseln. »Hör mal«, sprach er mit gedämpfter Stimme, sobald Jasper ein Stück entfernt war. »Es tut mir leid, dass ich eben so in euer Date geplatzt bin. Du bist eine tolle Frau, und ich gönne euch beiden und ganz besonders Jasper das Glück.«

»Alles ist gut, Nils.« Er hatte uns überrascht, und nun war er im Bilde. Wir waren keine Teenager mehr. Es gab Schlimmeres.

Ich hatte mich zu früh gefreut. Er blieb stehen und brachte sein Gesicht nah an meines. Seine Stimme glich der gefährlich leisen Variante meines Vaters. »Jasper ist mein bester Freund. Du weißt nicht, was er durchgemacht hat, Katharina. Wenn du ihm das Herz brichst, schwöre ich dir, ich binde dich auf meinem Motorrad fest, und wir rasen über den Nürburgring. Vergiss das nicht.« Er beschleunigte seine Schritte wieder und ließ mich zurück.

Wenn das bloß so einfach wäre! Ich würde sogar zweimal um den Nürburgring rasen, nur um niemanden unglücklich zurückzulassen.

17

Das Wochenende mit Jule war wie im Flug vergangen. Bevor sie am Mittag wieder abfahren würde, nutzten wir die Zeit für eine gemeinsame Fahrradtour. Nils hatte ihr am Morgen trotz seines sonntags geschlossenen Geschäfts ein Rad zur Verfügung gestellt, und ich war heilfroh, dass er nicht auf die Idee gekommen war, uns an seinem freien Tag zu begleiten. Selbst der Wind schien heute Sonntagsruhe zu halten.

Jule radelte einige Meter vor mir her. Ihre roten Locken tanzten im Fahrtwind um ihren Kopf. Wenn ich es doch mal schaffte aufzuholen, kamen ihr die Worte mühelos über die Lippen, obwohl sie gleichzeitig in die Pedale trat. Das Ergebnis eines Lebens ohne Firmenwagen, Aufzug und Tiefgarage. Auch ihr knallgrüner Kleinwagen blieb die meiste Zeit über auf seinem Parkplatz stehen.

Wir fuhren an einem kleinen See vorbei, an dessen Ufer sich ein Holzhäuschen zur Vogelbeobachtung schmiegte. Am Horizont winkte der Leuchtturm vom Deich aus mit seinen roten und gelben Streifen. Laut Hinrich war dies neben den Zwillingsmühlen das berühmteste Wahrzeichen Greetsiels. Hätte ich trotz Windstille zu der Kanarienvogeljacke gegriffen, wären mein Fahrrad und ich das perfekte Match für den Turm.

Unterwegs überholten wir einige Urlauber, die mit ihrer ganzen Familie auf einer Art Rikscha radelten. Über den vier Sitzplätzen flatterte ein gestreiftes Stoffdach. Den roten Gesichtern nach zu urteilen, traten in Wirklichkeit nur die Eltern in die Pedale, während die Kinder sich dahinter ausruhten.

Kurze Zeit später stiegen wir von unseren Rädern ab und

parkten diese in einem Fahrradständer, bevor wir die Stufen zur Deichkrone hinaufstiegen. Von hier oben hatten wir einen grenzenlosen Ausblick über die Weite der Nordsee. Das Einzige, was fehlte, war, dank meines glücklichen Händchens für Ebbe und Flut, die See. Hätte ich mal besser doch durch den Gezeitenkalender geblättert!

So bewunderten wir eben das Watt, das mit ein wenig Sicherheitsabstand deutlich friedlicher wirkte. Zahlreiche Vögel segelten unter lauten Rufen über uns hinweg, um in den Salzwiesen am Rande des Wattenmeeres zu landen.

»Kathi, schau nur, die vielen Schafe!«, rief Jule verzückt aus.

Wir kletterten nacheinander mithilfe einiger Holzstufen über einen Zaun, der die Schafe davon abhielt zu verschwinden. Möglicherweise verhinderte er auch, dass tierliebe Urlauber wie Jule ein Schaf entführten, um es mit nach Hause zu nehmen.

Bemüht, die Hinterlassenschaften der Wollknäuel zu umrunden, spazierten wir auf der Deichkrone in Richtung Leuchtturm. Neben uns rannte ein Vater über die Wiese, um unter den Anfeuerungsrufen seiner Kinder einen Lenkdrachen in die nahezu windstille Luft zu ziehen. Hoffentlich stand ihm am Ende des Tages nicht auch noch die Familienrikscha bevor.

Am Leuchtturm angekommen, las mir Jule die Namen der Verliebten vor, die dem Brauch gefolgt waren und sich mit einem Vorhängeschloss an einem Gitter verewigt hatten. Ihr Gesicht bekam einen verträumten Ausdruck. »Lass uns einen Pakt schließen«, schlug sie vor. »Wenn eine von uns ihren Traummann findet, dann hängt sie hier am Leuchtturm genau so ein Schloss auf.«

»Du weißt schon, dass wir das auch einfach an der Rheinbrücke machen könnten, oder?«, gab ich zu bedenken.

»Ja, aber das ist ja nicht das Gleiche wie an einem Leuchtturm.«

Mir erschloss sich der Unterschied jetzt nicht so direkt, doch ich verkniff mir den Spielverderber.

»Und außerdem bist du schon verliebt, und dein Herzfischer wohnt nicht am Rhein.« Sie formte mit Fingern ein Herz.

Mein Herzfischer. Der Gedanke daran, die nächsten Tagen mit ihm auf seinem Kutter zu verbringen, trieb meinen Puls in die Höhe. »Lass mich raten: Nils konnte seine Klappe nicht halten. Dann wird ja bald halb Greetsiel über uns Bescheid wissen«, beklagte ich mich.

»Da brauchte Nils gar nicht zu petzen. Jeder, der euch nahekommt, müsste bei dem Funkenflug feuerfeste Schutzkleidung tragen.« Sie zog mich ein Stück die Wiese auf der Seeseite des Deiches hinunter, breitete ihre Jacke aus und setzte sich darauf. Dann sah sie zu mir auf und klopfte mit der Hand neben sich in das Gras. »Lass uns mal reden.«

Nachdem ich den Untergrund sorgfältig auf Schafhinterlassenschaften überprüft hatte, legte ich den kleidsamen Sommermantel darauf. Das war das erste Mal, dass dieses Teil einen Zweck erfüllte.

»Mal ehrlich, wie ernst ist das zwischen euch?«, fragte Jule, ohne lange um den heißen Brei herumzureden.

Die Worte stürzten aus meinem Mund, als hätten sie dort nur auf ihren Einsatz gewartet. »Er ist so ganz anders als die Männer, die ich bisher kennengelernt habe.«

»Das würde ich glatt unterschreiben.« Jule pustete sich eine Locke aus der Stirn. »Um es mit seinen Worten zu sagen: ›Jo‹.«

Ich stieß sie freundschaftlich mit der Schulter an. »Es ist schwer zu beschreiben, aber seine Ehrlichkeit und seine Bodenständigkeit ziehen mich einfach in seinen Bann. Das Funkeln in seinen Augen, wenn er über seinen Kutter spricht, ist wie die Eintrittskarte in eine andere Welt für mich.«

Jule runzelte die Stirn. »Ich möchte deine Begeisterung ja nur ungern dämpfen, aber hast du schon mal darüber nachgedacht, dass ihr tatsächlich in sehr unterschiedlichen Welten lebt?«

»Mehr als einmal.« Ich schob den Kopf in den Nacken und beobachtete einige Vögel, die über uns hinwegzogen, bevor ich weitersprach. »Aber da ist einfach diese besondere Verbindung zwischen uns. Wenn er mich anschaut, habe ich das Gefühl, er sieht mich wirklich – so, wie ich bin, mit all meinen Stärken und Schwächen. Er gibt mir das Gefühl, dass alles möglich ist und dass ich genau dort bin, wo ich sein sollte. Als wäre ich ein Schiff und er mein Heimathafen. Ich glaube, ich bin ernsthaft dabei, mich in ihn zu verlieben, Jule.«

»Okay. Und weil das so ist, hast du gestern Abend mit ihm über das Grundstück gesprochen, oder?« Sie drehte den Kopf und nagelte mich mit ihrem Blick fest. Keine Chance, einer Antwort zu entkommen.

Ich brauchte einen Moment, um in dem Durcheinander meiner Gedanken die passenden Worte zusammenzufügen. »Jule, bis letzte Woche hatte ich einen Plan für den Rest meines Lebens, der so geradlinig war wie der Deich, auf dem wir hier sitzen.« Ich zeigte mit der Hand die Deichkrone entlang. »Jasper hat den Deich aufgeweicht.«

»Und das bedeutet jetzt genau was?«, fragte Jule.

»Ich wollte es ihm wirklich sagen, das musst du mir glauben, doch so einfach ist das nicht«, verteidigte ich mich.

»Und worauf wartest du? Dass es einfacher wird? Lernt man das im Jurastudium? Für jedes Problem eine fertige Lösung im Gesetz?«

»Eben nicht. Juristen benötigen den Instinkt eines Terriers auf der Jagd. Von Gefühlen ist da keine Rede. Der Instinkt fehlt mir offenbar. Schwer zu glauben, denn ich bin schließlich die Tochter meines Vaters.«

Jule sah mich an, ohne etwas zu erwidern.

Darum sprach ich weiter: »Ich bin vielleicht kein Terrier, aber dafür bin ich überzeugt, ich kann eine Lösung finden, mit der alle Parteien glücklich sind.«

»Ich hoffe das wirklich von ganzem Herzen für dich, Kathi. Es ist nur so, dass du die Karriere bisher immer vorgeschoben hast, um dich nicht mit deinen eigenen Gefühlen auseinandersetzen zu müssen. Das hat bei deinem Vater geklappt und bei Paul auch. Doch dieses Mal ist die Karriere selbst das Problem. Und deshalb musst du es ihm sagen.«

Ich verschränkte die Arme vor dem Körper. »Aber etwas nicht zu sagen ist nicht das Gleiche, wie die Unwahrheit zu sagen, oder etwa nicht?«

»Darauf erwartest du jetzt nicht wirklich eine Antwort, oder? Du bist meine beste Freundin, solange ich denken kann. Und deshalb will ich nicht, dass du unglücklich wirst. Aber wenn du noch länger wartest, dann wird es ein sehr großes Unglück geben. Du weißt doch, wenn du nicht selbst entscheidest, entscheiden andere für dich. Und ob dir das dann so gefallen wird …«

Ich seufzte. »Jule, manchmal hörst du dich echt an wie ein Spruch auf dem Küchenkalender meiner Mutter.«

Der Wind hatte deutlich zugenommen, seit wir uns gesetzt hatten. Die Schäfchen auf dem Deich grasten unbeeindruckt weiter, aber ihre Kollegen am Himmel legten an Geschwindigkeit zu. Selbst der Lenkdrachen des bemitleidenswerten Vaters flog inzwischen hoch über unseren Köpfen. Wir standen auf und zogen die Jacken wieder an.

»Wir sollten uns auf den Heimweg machen. Ich möchte vor dem Abend zu Hause sein, und du hast einen Deich aufzubauen«, drängte Jule zum Aufbruch.

»Du hast ja recht. Das Problem ist nur, der bislang gerade Deich muss jetzt um eine Kurve führen.«

Ich stand vor dem Haus und sah zu, wie die Rückleuchten von Jules giftgrünem Knallfrosch in Richtung Düsseldorf entschwanden. Zurück blieb, neben mir, der ostfriesische Wind, der mir stetig den Rat zuzuflüstern schien, auf Jule zu hören. Als hätte er sich dazu eine Verbündete gesucht, flog die Tür der Pension auf, und Grete eilte auf mich zu.

»Katharina, schnell, schnell …«

In der Hand hielt sie ein Handy, das sie wie ein Lasso über dem Kopf schwenkte. Mein Handy, wie ich am Klingelton unschwer erkannte. Offenbar hatte ich es eben im Verabschiedungstrubel auf dem Küchentisch vergessen.

»Ist bestimmt wichtig … am Sonntag …«, stieß Grete atemlos hervor.

Ich eilte ihr das letzte Stück entgegen, nahm ihr das Telefon ab und schielte auf das Display. *Claus Goldbach*, stand in schwarzen Buchstaben auf dem hell erleuchteten Bildschirm. Für den war alles wichtig und niemals Sonntag.

»Nu' geh dran, mien Deern, ehe es zu spät ist«, drängte sie mich. Nachdem ich zögerte, legte sie nach: »Wat mut, dat mut.«

Ich atmete einmal tief durch und wischte über das Display. »König.« Meine Stimme zitterte.

»Frau König, ich freue mich, mal wieder Ihre Stimme zu hören, Goldbach hier.«

Grete schien sich neben mir häuslich eingerichtet zu haben. Ich klickte den Lautsprecher weg und drückte das Telefon an mein Ohr. Dabei sah ich sie eindringlich an. Sie verstand den Wink mit dem Zaunpfahl, formte die Lippen zu einem Schmollmund und setzte sich in Bewegung. Im Schneckentempo zurück in ihr Schneckenhaus.

»Herr Goldbach, die Freude ist ganz meinerseits.« Ich hob

die Mundwinkel zu einem Lächeln an. Ein Trick, von dem ich mal irgendwo gelesen hatte. Half angeblich, überzeugender zu klingen. »Was kann ich für Sie tun?«

»In den letzten Tagen hat sich eine gewisse Stille um Sie ausgebreitet. Waren Sie so vertieft in die Feinheiten unseres kleinen Spezialauftrags, oder sollte ich mir Sorgen machen, dass das Bermuda-Dreieck seine Lage in Richtung Nordsee verändert hat?« Ein tiefes Lachen drang an mein Ohr, aber es klang auch eher so, als müsste er den Trick anwenden.

»Ich muss mich entschuldigen. Es gab unterwegs ein technisches Problem mit meinem Handy.« Um nicht ganz so blöd dazustehen, fügte ich schnell hinzu: »Aber das habe ich natürlich inzwischen behoben.«

»Natürlich. Und wie steht es um den Grundstückskauf?« Er räusperte sich. »Ich nehme doch mal an, dass auch da in der Zwischenzeit alle Probleme behoben sind und wir morgen früh hier vor Ort die Details des von Ihnen ausgehandelten Kaufvertrages durchgehen können?«

Ein unangenehmes Schweigen breitete sich zwischen uns aus. Ich verlagerte das Gewicht auf das andere Bein und wechselte das Handy an mein anderes Ohr. Außer dass ich auch auf dieser Seite glasklar hören konnte, wie Goldbach mit den Fingern auf eine Tischplatte klopfte, half es nichts.

»Frau König? Es wird doch nicht wieder ein technisches Problem geben?«

»Nein. Nein, alles in Ordnung«, stotterte ich. »Ich habe die Gespräche mit dem Eigentümer bereits aufgenommen, aber das Ganze ist etwas«, ich suchte nach einem passenden Wort, »kompliziert.« Das »Jo« der Anwälte.

»Das haben juristische Probleme so an sich. Ich nenne es ›das Salz in der Suppe des Anwaltslebens‹.« Sein tiefes Lachen schallte erneut aus dem Lautsprecher.

Das Einzige, was mir blieb, war, ein wenig Zeit zu schinden. »Sie haben natürlich recht. Selbstverständlich gebe ich mein Bestes, um die Angelegenheit so schnell wie möglich zu klären. Allerdings benötigen die Gespräche noch ein wenig Zeit.« In Gedanken fügte ich hinzu: Ziemlich genau eine Woche, um einen alten Krabbenkutter und seinen Besitzer glücklich zu machen. »Wir möchten ja schließlich am Ende auf ein rechtssicheres Vertragswerk zurückgreifen können.« Ich hielt die Hand über das Handy und pustete die Luft aus, die ich angehalten hatte.

Goldbach zögerte mit einer Antwort und entschied sich stattdessen für eine Frage. »Frau König, Sie wissen aber schon, wie ungern ich eine Deadline ändere?«

»Das weiß ich natürlich«, beeilte ich mich, ihm zu versichern. »Ich würde auch nicht darum bitten, wenn es nicht dringend erforderlich wäre.«

»Nun, wenn Sie das sagen, dann verlasse ich mich darauf. Eine Woche. Aber das ist das absolute Maximum.«

Ich ballte meine freie Hand zu einer Siegerfaust. »Vielen Dank, Herr Goldbach, ich weiß Ihr Vertrauen zu schätzen.«

»Und, Frau König«, legte er nach. Seine Stimme klang jetzt so schneidend wie der Wind auf der offenen See. »Sollten Sie mir nicht bis zum Ende der Woche den Abschluss des Deals mitteilen, dann sehe ich mich leider gezwungen, den Kollegen Hartmann mit dem Kaufvertrag zu beauftragen. Und wir möchten ihm doch beide nicht noch zusätzliche Arbeit bescheren, jetzt, da er sich schon um den neuen Mandanten kümmert, oder?«

Meine Faust öffnete sich wieder, und ich wischte mir ein paar Schweißtropfen von der Stirn. Alles, nur das nicht. Wo er doch anscheinend ohnehin schon seine Finger im Spiel hatte. »Natürlich, Herr Goldbach. Sie können sich auf mich verlassen.«

»Gut. Dann hören wir uns Ende der nächsten Woche wieder. Ich wünsche Ihnen noch einen schönen Sonntag, Frau König.«

»Für Sie auch, Herr Goldbach.«

Ich steckte das Handy in die Tasche und hielt mein Gesicht in den Wind. Leise antwortete ich auf sein Flüstern: »Ich kriege das hin. Für mich und für Jasper. Versprochen. Aber hej, bitte dreh dich doch wenigstens in meine Richtung. So ein bisschen Rückenwind wäre doch nicht zu viel verlangt.«

18

Die neue Woche hatte mich beim Aufwachen mit dicken Regentropfen begrüßt, die an meinem Fenster zerplatzt waren. Inzwischen pustete ein kräftiger Wind den Himmel wieder blank. Doch Grete hatte mit ihrer Wetterprognose bei unserem gemeinsamen Frühstück recht behalten. Die ersten grauen Wolken hatten ihren Platz bereits geräumt, und klare blaue Fetzen versprachen einen sonnigen Tag.

Im Hafen herrschte an diesem Vormittag rege Betriebsamkeit. Die Stricke, mit denen die Kutter an den Pollern vertäut waren, knarzten, als die im Wind schaukelnden Boote an ihnen zerrten. Ich lehnte mein Rad an eine der Mauern, setzte mich auf die Steinkante und schaute dem Treiben eine Weile zu.

Der Besitzer des kleinen Andenkenladens schob seine bunte Mischung an Souvenirs vor die Tür, während erste Urlauber einen Blick darauf warfen oder ein spätes Frühstück vor der Hafenkneipe genossen. Dazwischen kurvten einzelne Fahrzeuge, um die Fischer, die auf den Decks umherliefen und das Auslaufen ihrer Kutter vorbereiteten, mit dem nötigen Material zu beliefern.

Fietes Spürnase blieb meine Anwesenheit nicht lange verborgen. Wie ein geölter Blitz schoss er zwischen den Booten hervor, flitzte über den Kai und sprang mit einem Satz auf meine Beine. Er schlug mir vor Freude mit dem Schwanz auf die Knie, während ich mit den Händen die nassen Zuneigungsbekundungen seiner Hundezunge abwehrte. Als wäre ich die Freundin, nach der er sein Leben lang gesucht hatte.

»Na, Fiete«, ich drückte die Nase in sein Fell, »ich hoffe, du bist gekommen, um mir zu helfen. Wir beide müssen deinem Herrchen nämlich heute mal was Wichtiges erklären.«

Der Hund war, wie es schien, nicht der Einzige, der auf mein Eintreffen gewartet hatte. Quer über den Hafenkai folgte ihm Jasper. »Moin, Katharina, schön, dass du da bist!« Er ließ sich neben mir auf der Mauer nieder und streichelte Fiete über den Kopf. Leise fügte er hinzu: »Wenn ich ehrlich bin, haben wir beiden Männer sehr darauf gehofft.«

Unsere Hände trafen sich in dem weichen Fell. Ein sanftes Kribbeln breitete sich in jedem Winkel meines Körper aus. Jasper so nah bei mir zu wissen ließ mich Wind und Wetter vergessen.

Dem Hund schien es bei uns zu gefallen, denn er streckte sich der Länge nach auf unseren Beinen aus. Wie es sich für einen waschechten Matrosen auf vier Pfoten gehörte, spitzte er trotzdem die Ohren. Sicher hatte er mich verstanden und wartete auf das Gespräch.

»Und wem willst du nun was Wichtiges erklären?« Da war es wieder, das verschmitzte Grinsen, das nur seine Mundwinkel so hinbekamen.

»Dir«, antwortete ich.

»Mir? Ich hoffe, ich habe nichts falsch gemacht.« Jasper runzelte die Stirn. »Gib mir noch eine Gnadenfrist. Erst möchte ich dir meine *Heimat* zeigen.« Sein Gesichtsausdruck verwandelte sich in den eines Vaters, der sein Kind betrachtet. Er streckte den Rücken durch und deutete mit Stolz in den Augen auf einen der Kutter, der ein Stück von uns entfernt im Hafenbecken schaukelte.

In großen weißen Buchstaben prangte der Name *Heimat* auf den rot gestrichenen Holzplanken, die mit einem weißen Streifen abschlossen. Daneben war eine Art Nummernschild für Schiffe aufgepinselt. Das bestand laut Jaspers Erklärung aus dem Kürzel *GRE* für »Greetsiel« und einer Ziffernfolge. Er zog mich von der Mauer hoch, woraufhin Fiete von unseren

Beinen sprang und bellend seine aus uns beiden bestehende Herde zusammenhielt.

»Wenn du kein Problem mit Schaukeln hast, dann nehme ich dich mit an Bord und zeige dir, wie die Krabben auf dein Brötchen kommen.«

»Machst du Witze? Ich habe praktisch auf der Schaukel in unserem Garten *gelebt*«, plauderte ich aus dem Nähkästchen und hoffte, dass das zur Seetauglichkeit ausreichte. Solange ich nicht nass wurde, war alles bestens.

Er nahm meine Hand. »Mit der *Heimat* sind schon mein Vater und davor mein Großvater rausgefahren. Während du im Garten geschaukelt hast, sind wir nach der Schule gleich auf den Kutter. Bis meine Mutter uns gezwungen hat, nach Hause zu kommen und die Hausaufgaben zu machen.«

Ein Zustand, den mein Vater mit der Aussage ›Erst die Arbeit, dann das Vergnügen‹ abgestellt hätte. Für den Fall, dass ich in Zukunft eigene Kinder haben würde: Welches Leben wünschte ich mir für sie?

Mich irritierte aber noch etwas anderes an seinen Worten. »Wer ist ›wir‹?«, fragte ich. »Du und Nils?«

Er zögerte einen winzigen Augenblick zu lange, bevor er erwiderte: »Jo, der auch manchmal.«

In seine Augen trat ein verräterischer Schimmer, der so schnell wieder verschwand, wie er aufgetaucht war. Jasper wechselte das Thema. »Mein Vater packt immer noch mit an. Ohne ihn wäre es manchmal schwierig, mit den ganzen Terminen drumherum.«

»Dann sollte ich mich wohl bei deinem Vater dafür bedanken, dass er dich letzte Woche an Land gelassen hat, damit sich unsere Wege kreuzen.« Ich drückte seine Hand. »Deshalb haben wir uns vor der Bank wiedergetroffen. Gehörte der Besucht dort auch zu deinen Terminen?« Dieses Mal war ich entschlossen, mich nicht vom Thema ablenken zu lassen. Ich zog meine Hand zurück und trat einen Schritt beiseite.

»Neugierig bist du wohl gar nicht.« Er streckte den Arm aus und tippte mir mit dem Zeigefinger auf die Nasenspitze. Dann zog er mich zu sich heran, schaute sich zu den Kollegen auf den Decks um und drückte mir hastig einen verstohlenen Kuss auf die Lippen.

Ebenso wie Fiete war er mit einem Satz vom Hafenkai auf das Deck seines Kutters gesprungen, der knapp unterhalb der Mauerkante im Hafenbecken schaukelte. Seine Strickmütze leuchtete wie eine Boje über der Reling. Er streckte mir eine Hand entgegen. »Noch kannst du es dir überlegen«, scherzte er und zwinkerte mir zu.

»Versprochen ist versprochen«, entgegnete ich mutig. Ich ergriff seine Hand und kletterte neben ihn. Das Ausmaß des Versprechens schwante mir beim ersten Schritt auf die Holzplanken des Decks. Das Schwanken des Kutters übertrug sich ohne Umwege auf meinen Magen. Wasser würde hier womöglich das kleinste Problem werden. Einzig die große, warme Hand, die meine schmalen, kalten Finger umschloss, vermittelte mir ein wenig Zuversicht.

»Achtung, rutschig. Bist du bereit?«, versicherte sich Jasper noch mal, bevor er mich losließ.

Ich nahm mir ein Beispiel an Fiete, der mit der Schnauze auf den Planken begeistert umhersauste, und nickte.

»Dann willkommen an Bord meiner *Heimat*, Katharina König!« Sein Blick ruhte auf mir. Die meerblauen Augen glitzerten im Licht der ersten Sonnenstrahlen, die sich den Weg durch die Lücken zwischen den grauen Wolken bahnten.

Damit verstärkte er das Flattern meines Magens zusätzlich, allerdings, im Gegensatz zum Seegang, auf die angenehme Art. Ich atmete einmal tief durch, wobei ich mich bemühte, neben dem Fischgeruch, eine möglichst große Portion Sauerstoff zu erhaschen.

Nachdem ich mich ein wenig an den schaukelnden Untergrund gewöhnt hatte, begutachtete ich die Umgebung. Beeindruckt von Jaspers ungewohntem Redefluss, tauchte ich ein in seine Welt und folgte ihm zwischen Schleppnetzen und Baumkurren in das Ruderhaus. Ich bestaunte die Innenausstattung mit großen Augen. Neben der fast gemütlichen Holzverkleidung der Kabine hatte ich die vielen technischen Geräte nicht erwartet. Ich fühlte mich zurückversetzt an den Tag meiner ersten Fahrstunde.

Jasper schien mir die Überraschung vom Gesicht abzulesen. »Hast du mit was anderem gerechnet?«

»Na ja«, gab ich zu. »Nicht so …« Mir fehlte das richtige Wort, um auszudrücken, wie beeindruckt ich war.

»Nicht so was?«, hakte er nach. »Nicht so modern? Wir Fischer leben auf der Nordsee zwar mit der Anziehungskraft des Mondes, aber nicht hinter dem Mond. Du schmeißt den Motor deines Autos ja auch nicht mehr mit einer Kurbel an.«

Nach einer kurzen Pause, in der wir beide verlegen schwiegen, überbrückten wir die Distanz mit einem gemeinsamen Lachen.

Dann kehrte der Ernst in seine Stimme zurück. »In den letzten Jahren hat sich für uns vieles verändert. Mehrtägige Fangfahrten, technische Anforderungen, neue Gesetze. Er senkte den Blick auf seine Hände und fügte ein wenig leiser hinzu: »Schon mein Opa war Fischer, und mein Vater hat den Kutter damals aufwendig modernisiert für uns.« Er unterbrach sich plötzlich, als hätte er eine geheime Information ausgeplaudert. Dann fing er sich wieder und fuhr fort: »Also für mich, damit wir konkurrenzfähig bleiben.«

Während Jasper mir einige Geräte erklärte, legte ich die Hände um das Steuerrad, dessen Holz von den Jahrzehnten im Griff eines Kapitäns blank gescheuert war. In meinem Kopf formten sich Bilder von Seeleuten mit grauen Bärten und von hohen Wellen, die die Gischt über die Reling spritzen ließen. Ein Hauch des Heimatgefühls, das Jasper hier empfand, streifte mich, und die Buchstaben auf dem Schiffsrumpf erschienen in einem neuen Licht. Wenn nur nicht genau dieses Licht einen weiteren Schatten auf mein Vorhaben werfen würde …

Jasper löste meine Hand vom Steuerrad, umschloss sie mit seiner und zog mich hinter sich her, durch einen Türrahmen zwei Stufen hinunter in einen kleinen Aufenthaltsraum. Der Raum war im Gegensatz zum Ruderhaus sehr funktionell ausgestattet.

Ich rutschte neben Jasper auf eine der zwei mit dunklem Kunstleder bezogenen Bänke, in deren Mitte ein Tisch am Boden verschraubt war. Hinter der Sitzecke endete der Raum mit einer Schlafkoje. Selbst das spärliche Licht, das durch die zwei Bullaugen über meinem Kopf hereinfiel, verbarg nicht, dass die Koje augenscheinlich zugleich als Kleiderschrank und Ersatzteillager diente. Unter dem Tisch hatte es sich Fiete inzwischen bequem gemacht. An der gegenüberliegenden Seite fanden sich eine in die Jahre gekommene Kaffeemaschine, ein kleiner Kühlschrank, ein Spülbecken und eine Kochplatte.

Mein skeptischer Rundumblick war offenbar nicht unbemerkt geblieben. »Gemütlich ist wohl anders.« Er hob die Hände. »Solange es für die Krabben in Küstennähe warm genug ist, betreiben wir häufig nur Tidenfischerei, eine Tagestour rund um die Inseln. Aber wenn es kälter wird, ziehen sich die Krabben zurück in die offene See. Dann bleiben wir auch mal bis zu zweiundsiebzig Stunden draußen, sparen zusätzlich Diesel und können uns hier zwischendurch stärken. Und wir haben ja auch nicht so oft Frauenbesuch an Bord.« Er zuckte mit den Schultern.

Ich hob die Augenbrauen »Vielleicht könntest du ›nicht so oft‹ ein bisschen genauer eingrenzen? Mit wem hast du denn hier schon so alles gesessen?«, neckte ich ihn.

»Da will es tatsächlich jemand ganz genau wissen.« Er gab

seiner Stimme ebenfalls einen humorvollen Unterton, aber der Schatten, der über sein Gesicht huschte, strafte ihn Lügen.

Offenbar hatte ich einen wunden Punkt getroffen. Wie ein Frauenheld erschien er mir ganz sicher nicht, dafür hatte ich schon die Bekanntschaft von zu vielen Exemplaren dieser Sorte gemacht. Womöglich eine Ex-Freundin, die ihn enttäuscht hatte. Verunsichert ruderte ich zurück. »Tut mir leid. Das ist so eine Anwaltskrankheit. Aber eigentlich bin ich ja auch hier, um dir zu helfen. Erst die Arbeit, dann das Vergnügen. Also, was haben wir zu tun?«

»Jo, eigentlich wollte ich ein defektes Kugellager im Maschinenraum austauschen, und du hättest mir das Werkzeug anreichen können.«

»Und uneigentlich?«, fragte ich.

»… habe ich heute Morgen einen Anruf erhalten, dass das passende Ersatzteil nicht vorrätig ist und erst bestellt werden muss. Kommt leider vor bei so alten Schiffen.«

»Hm, das ist wirklich blöd.« Ich stützte den Kopf auf die Hände und überlegte. Plötzlich hatte ich eine Idee und sprang hinter dem Tisch hervor. »Was hältst du davon?« Ich drehte mich einmal im Kreis. »Wir machen aus der Not eine Tugend und kümmern uns in der Zwischenzeit ein bisschen um diesen traurigen Raum hier.« Erwartungsvoll strahlte ich ihn an.

Er legte die Unterarme auf dem Tisch ab, sah zu mir herüber und räusperte sich. »Katharina, dein Tatendrang in allen Ehren, aber das ist hier bloß ein schnöder Aufenthaltsraum. Das Krabbenfischen ist ein raues Geschäft. Hauptsache, der Kutter läuft, und der Fang ist gut. Wie das hier aussieht, interessiert nicht. Und wenn ich zu viel Geld übrig habe, dann weiß ich das schon anderweitig zu verwerten.« Begeisterung klang anders.

»Und deshalb darf es hier nicht ein bisschen nett sein?« Die Enttäuschung ließ meine Stimme dünn klingen. Aber ich gab noch nicht auf. »Wir könnten den freien Tag heute nutzen und ein paar Teile einkaufen. Wirklich nur Kleinigkeiten. Und wenn dein Ersatzteil da ist, dann verschwindest du unten im Maschinenraum, und ich kümmere mich hier oben um alles. Du wirst staunen.«

Er wiegte den Kopf. »Ich weiß nicht.«

Ich rutschte zurück auf die Bank, setzte mich auf seinen Schoß und legte die Hände um sein Gesicht. Eine Mischung aus dem herben Duft des Meeres und einer Portion Duschgel mit dem Geruch nach erfrischender Zitrone stieg mir in die Nase. In meinen Kopf schlichen sich Ideen für diesen Aufenthaltsraum, die von einer Renovierung weit entfernt waren. »Jetzt mal ehrlich. Werkzeug anreichen. Das war doch nur ein Vorwand, mich in deine Nähe zu locken, oder?«

Jaspers Wangen färbten sich deutlich rot, und ich spürte, wie sich ihre Wärme auf meine Hände übertrug.

»Jasper, wenn ich nicht gerne bei dir wäre, dann würde ich jetzt nicht hier sitzen. Ich gebe zu, ich bin in der Beziehung auch nicht gerade ein Vorbild, aber das Leben darf neben der Arbeit auch ein wenig Freude bereiten. Und wer weiß, wenn das hier noch ein bisschen gemütlicher wird, dann gibt es mit mir demnächst vielleicht häufiger Frauenbesuch auf der *Heimat?*«

Seine Hände legten sich um meine Hüften und zogen mich eng an ihn heran. Er versank in meinen Augen und flüsterte: »Das wäre wirklich schön, Katharina.«

Ich senkte den Kopf und verschloss seinen Mund mit meinem. Als seine Zunge sanft über meine Oberlippe glitt, schmeckte ich das Meersalz, das seinen Duft noch unterstrich. Er erkundete vorsichtig meinen Mund, bis er sich von mir löste und mich an seine Brust zog. Ich lehnte an seiner Schulter und genoss für einen Moment die Geborgenheit in seinen Armen, während der Kutter sanft unter uns schaukelte. Dann riss ich mich los.

»Also, heißt das Ja?«

»Wie könnte ich da widerstehen?« Er küsste mich erneut. »Ich hatte in letzter Zeit nicht allzu viel Freude. Ein bisschen Nachhilfe schadet vielleicht nicht.«

19

»Als Erstes brauchen wir Farbe«, übernahm ich wenig später das Kommando mitten in einem der breiten Gänge eines Emdener Baumarktes. Ich marschierte entlang der Hinweisschilder in die passende Abteilung, während Jasper einen der großen Einkaufswagen schob und versuchte, mit mir Schritt zu halten.

Er betrachtete die langen Regale mit unterschiedlichen Farbtönen und kratzte sich an seiner Strickmütze. Dann griff er zu einem Topf weißer Farbe und hievte ihn in den Wagen.

»Weiß?« Ich rollte gespielt verzweifelt mit den Augen. »Was streichen wir, eine Arztpraxis?« Konzentriert schlenderte ich an der Reihe entlang, begutachtete Musterkarten, zog verschiedene Farbtöpfe heraus und entschied mich dann für ein zartes Blau.

Jasper schüttelte den Kopf. »Meinst du nicht, dass ich aus dem Ruderhaus genug Blau sehe?«

»Aber Blau hat nachweislich eine beruhigende Wirkung. Also ist es perfekt für eine Pause«, beharrte ich.

»Wer hat das nachgewiesen? Ein Innenarchitekt in Düsseldorf? Mir fallen nach der Arbeit die Augen zu, egal, ob die Koje blau oder weiß ist.« Er zuckte mit den Schultern.

Ich schluckte und drehte mich enttäuscht zur Seite.

»Jetzt leg doch nicht gleich jedes Wort auf die Goldwaage. Wir schnacken hier bloß manchmal schneller, als wir denken.«

Genau das war nur leider meine Aufgabe, seit ich den ersten Schritt in die juristische Fakultät unserer Uni gesetzt hatte.

Das streifte man nicht mal eben ab. Ich hielt ihm die Musterkarte vor die Nase. »Steht alles hier drauf.«

Er trat neben mich und berührte meine Schulter. »So war das nicht gemeint. Für einen Krabbenkutter ist das nur nicht gerade … üblich«, erwiderte er in dem Versuch, die Wogen zu glätten.

»Dann ist dein Kutter eben der erste. Ich habe extra einen hellen Ton ausgesucht, damit der Raum trotz der kleinen Bullaugen nicht zu dunkel wird.« Erneut wedelte ich mit der Musterkarte. »Außerdem ist das nicht einfach blau, sondern admiralsblau.«

»Das ist natürlich etwas anderes. Das hättest du auch gleich sagen können.« Er knuffte mich in die Seite. »Frieden?« Über meinen Kopf hinweg zog er zwei Töpfe aus dem Regal. »Gib her, wir machen heute blau.«

Zielstrebig steuerte ich weiter in die Textilabteilung. »Das verschlissene alte Kunstleder auf den Sitzbänken würde ich auch gerne austauschen. Vielleicht Dunkelblau, das ist nicht so empfindlich und passt zur Wandfarbe?«

»Oder wir belassen es einfach bei den alten Polstern«, stöhnte Jasper. »›Nur Kleinigkeiten.‹ Deine eigenen Worte.«

Ich sah ihn strafend an. »Auf gar keinen Fall.« Mit den Händen fuhr ich über einige Stoffe.

»Ähm, du weißt aber schon, dass wir uns da mit den nassen und dreckigen Klüngeln draufsetzen? Ein Fischkutter ist keine …« Er stoppte mitten im Satz und schluckte den Rest hinunter.

Ich reimte es mir trotzdem zusammen. Keine Anwaltskanzlei. Aber in diesem Fall hatte er ausnahmsweise recht, und außerdem hatte er sich redlich bemüht. »Ein Punkt für dich«, gab ich zu. »Dann beziehen wir die Bänke aber zumindest mit einem neuen abwaschbaren Stoff.«

»Wer genau ist ›wir‹?« Er hob die Augenbrauen an.

»Lass mich mal machen«, versprach ich im Brustton der

Überzeugung, obwohl dank Jasper in meiner Brust im Moment ein großes Durcheinander herrschte. Zu dem ausgewählten Stoff packte ich noch eine flauschige Decke in den Einkaufswagen. Vorher hielt ich ihm das kleine Schild mit dem Hinweis *maschinenwaschbar* vors Gesicht.

Er beugte sich hinunter und flüsterte mir ins Ohr: »Die Decke geht klar. Für deine Frauenbesuche.« Dabei strich er mir leicht mit einem Finger über den Nacken.

Eine Gänsehaut überzog meinen Körper. Ich sah ihm in die Augen. Das Meerblau verwandelte sich in ein tiefes Ozeanblau und verriet, dass es ihm ähnlich erging. Grund genug, den kleinen Spalt zwischen unseren Welten zu überbrücken.

Entschlossen drehte er den Einkaufswagen und schob ihn in Richtung Kassenzone. »Das war's mit den Kleinigkeiten für heute.«

Unterwegs stolperte ich über ein maritimes Essgeschirr aus robustem Steingut, in das ich mich spontan verliebte.

Jasper verschränkte die Arme und stellte sich schützend vor den Wagen. Er ließ sich mit keinem meiner im Gerichtssaal erprobten Blicke erweichen.

Schließlich klemmte ich mir den Karton unter den Arm und erklärte: »Ich nehme es trotzdem mit. Betrachte es einfach als meinen Beitrag zur Verschönerung. Du darfst dich gerne mit einem selbst gekochten Essen auf den neuen Tellern revanchieren.« Ich strahlte ihn siegessicher an.

»Ich kümmere mich um das Essen und du um das Dessert.« Er zwinkerte mir zu. Wir waren quitt.

Während Jasper auf die Ladefläche des Pick-ups sprang und auslud, hockte ich mich hin, um meinen neuen vierbeinigen Freund zu begrüßen. Fiete, der auf der *Heimat* auf uns gewartet hatte, war über die Reling gehopst und düste zielstrebig auf mich zu. »Hej, mein Süßer. Da bist du ja wieder.« Mit beiden

Händen strubbelte ich durch sein Fell. Sein Schwanz wedelte vor Freude wie ein Propeller.

Die Dieselmotoren der Kutter tuckerten, bereit zum Auslaufen. Das war hier, hatte Jasper mir erklärt, dank der Sielschleuse gezeitenunabhängig möglich. Rechts von mir löste einer der Fischer das dicke Tau vom Poller. Aus dem Augenwinkel bemerkte ich, dass der rothaarige, etwa gleichaltrige Mann mich dabei beobachtete, wie ich Fiete kraulte, der sich inzwischen auf den Rücken gedreht hatte und mir den Bauch entgegenstreckte.

Schließlich richtete sich der Fischer auf. Er hob einen seiner muskulösen Arme, pfiff auf zwei Fingern und übertönte damit das Geschrei der Möwen. »Moin, Jasper. Willst du uns deinen hübschen Fang nicht mal vorstellen?«, rief er über den Kai und nickte mit dem Kopf in meine Richtung.

Neben mir lief Jasper, der inzwischen von der Ladefläche heruntergestiegen war, rot an. Er murmelte etwas Unverständliches und balancierte schützend den Stapel mit unseren Einkäufen vor seinem Gesicht in Richtung *Heimat.* Das half ihm leider wenig, denn die Pfiffe hatten inzwischen die Aufmerksamkeit weiterer Fischer geweckt.

Ein etwas älterer, bärtiger Kollege in einem blau-weiß gestreiften Hemd lehnte an der Reling seines Kutters und feixte: »Jo, Jan, hast recht. Der Jasper hat was im Netz, und es ist kein Plattfisch.« Lachend deutete er auf mich.

Es dauerte nicht lange, bis auch der nächste Fischer auf dem Kai johlend in das Gelächter einstimmte. »Nu geit dat los mit dem Nestbau, Jasper, da können wir dir ein Lied von singen. Frag mal Jan.« Er zeigte auf den rothaarigen Mann neben mir.

Der war um eine Antwort nicht verlegen. »Jo. Wenn das mal kein Liebesnest wird.« Passend dazu formte er einen Kussmund. »Wird auch Zeit für dich, Jasper. Bei dir liegt der Fisch ja schon lange auf dem Trockenen.«

Dieses Mal ertönten die Pfiffe vom Kutter des bärtigen Fischers.

Jasper hatte seine Fracht an Deck befördert, war zurück auf den Kai gesprungen und winkte abwehrend mit der Hand, als müsste er eine lästige Fliege verscheuchen. »Habt ihr nix zu tun, ihr Dösbaddel? Jan, Keno?« Dann wandte er sich an den bärtigen, älteren Fischer: »Und du, Enno? Von dir hätte ich das nun wirklich nicht erwartet.«

Enno sprang über die Reling seines Kutters und stakste zu uns herüber. »Sach mal, Jasper«, sagte er gedehnt und hakte seine Daumen in die Hosenträger, die seine Wathose über dem runden Bauch festhielten. »Wie wär's mit einer Wette?« In seinen Augen blitzte der Schalk. »Wenn du es schaffst, die seute Deern in den nächsten drei Tagen nicht zu vergraulen, dann lassen wir die Hafenolympiade wieder aufleben.«

Die anderen beiden klatschten begeistert in die Hände.

Jasper zog sich neben mir die Strickmütze in die Stirn und schüttelte den Kopf.

»Was ist denn eine Hafenolympiade?«, fragte ich ihn arglos.

Er umfasste meine Hand und zog mich in Richtung Kutter. »Dumm Tüch.«

»Nix da«, warf Enno ein und baute sich vor Jasper auf. »Das ist eine alte Tradition, mit der wir neue Fischersfrauen willkommen heißen.«

»Was habe ich gesagt, dumm Tüch, oder siehst du hier eine neue Fischersfrau?«

»Was nicht ist, kann ja noch werden«, warf der rothaarige Jan ein und wackelte mit den Augenbrauen.

Jaspers Stimme wurde ungeduldig. »Macht euch los jetzt, oder gibt's den Diesel neuerdings gratis?«

Enno wandte sich an mich: »Die Männer schleppen möglichst viele der schweren Fangkisten von Deck, und ihre Frauen pulen Krabben um die Wette. Das bessere Paar gewinnt.«

»Und auf deinen sicheren Sieg schmeißt du eine Runde Köm oder auch zwei … So wie beim letzten Mal.« Jaspers Stimme klang plötzlich brüchig. Er räusperte sich. »Mach Platz, Enno. Sie kann noch nicht mal Krabben pulen.« Er schob Enno zur Seite.

Aus dem Augenwinkel nahm ich wahr, wie sich ein Anflug von Traurigkeit über Jaspers Gesicht legte. So leicht gab ich nicht auf und erklärte die Ehrenrettung von Team Jasper kurzerhand zur Chefsache. »Kann ich wohl.« Ich trat einen Schritt auf Enno zu und hielt ihm die Hand hin. »Willst du rausfinden, welche Eigenschaften der ›Fang‹ mit dem hübschen Namen Katharina sonst noch hat? Dann schlag ein.«

Erstaunt riss der Fischer die Augen auf, ließ aber, ohne zu zögern, seine Hosenträger mit einem schnalzenden Geräusch los und ergriff meine Hand. »So mok wi dat.« An Jasper gewandt fügte er hinzu: »Hätt ich dir gar nicht zugetraut, so eine Deern.« Er schlug ihm auf die Schulter und wies seine Kollegen an: »Jungs, ihr seid Schiedsrichter.«

Jan und Keno brachen erneut in Gejohle aus und sprangen zurück auf ihre Kutter.

Ich hielt Enno zum Abschied meinen gestreckten Daumen entgegen und kümmerte mich um Jasper. Der hatte die Hände vor das Gesicht geschlagen und schüttelte immer wieder den Kopf. Vorsichtig zog ich eine Hand zur Seite und umschloss sie mit meiner. »Na, vielen Dank auch für den Vertrauensvorschuss.« Ich grinste ihn an. »Den vertrockneten Fisch willst du doch wohl nicht auf dir sitzen lassen? Hej, wir beide sind jetzt ein Team. Also streng dich an. Nicht, dass du mich bis dahin noch vergraulst und ohne Frau dastehst.«

Fiete steckte von hinten seine Schnauze zwischen meinen Beinen hindurch und bellte einmal, als stimmte er mir zu.

»Katharina, du weißt nicht, worauf du dich da einlässt.«

20

Direkt hinter der Hafeneinfahrt stieg ich von meinem Fahrrad ab und rettete vorsichtshalber die Papiertüte vom Gepäckträger, aus der es verführerisch nach frischen Brötchen duftete. Da doch die Überraschung nicht den Möwen galt, die wie Geier über mir kreisten, sondern Jasper.

Zusammen mit einem Glas selbst gekochter Marmelade von Grete und ein paar Leckereien, die mir Hinrich aus ihrem Kühlschrank gemopst hatte, plante ich, Jasper mit einem morgendlichen Brunch bei Kräften zu halten. Nicht auszudenken, wenn er bei der Hafenolympiade schwächelte und unter Krabbenkisten begraben wurde! Außerdem war das gemeinsame Essen eine passende Gelegenheit für ein Gespräch.

»Frühstück«, rief ich, nachdem ich an Deck der *Heimat* gehüpft war. Mein Magen schlug einen kleinen Purzelbaum bei den ersten Schritten auf dem schaukelnden Untergrund. Ich betrachtete den leckeren Inhalt des Korbes, der an meinem Arm baumelte, und zweifelte kurzzeitig an meiner Idee.

Von Jasper fehlte jede Spur.

Ich versuchte mein Glück erneut. »Hallo, keiner zu Hause?« Außer dem Geschrei der Möwen und dem Plätschern des Wassers im Hafenbecken blieb es still auf dem Kutter. Die Tür zum Ruderhaus war nicht abgesperrt. Ich beschloss, mich schon mal nützlich zu machen.

Das neue Geschirr wanderte in das kleine Spülbecken und von dort aus auf den Frühstückstisch. Der Duft des frisch gebrühten Kaffees, den ich der altertümlichen Maschine in einem erbitterten Zweikampf abgejagt hatte, lockte endlich auch Jasper und Fiete an.

Die Begrüßung des Vierbeiners fiel deutlich stürmischer aus als die des Zweibeiners. Während der Hund um meine Beine wuselte und mich beinahe zu Fall brachte, beschränkte sich Jasper auf einen Kuss im Vorbeigehen, bevor er sich auf eine der Bänke plumpsen ließ.

Er rieb sich über den Bauch. »Das kann ich heute Morgen gut gebrauchen. Ich habe schon überall herumtelefoniert, aber das Kugellager ist immer noch unterwegs.« Wie in einem Schnelldurchlauf verschwanden zwei belegte Brötchen in seinem ausgehungerten Magen. »Lecker«, murmelte er mit vollem Mund und griff nach seiner Kaffeetasse, um den letzten Bissen hinunterzuspülen. Er zeigte auf meinen leeren Teller. »Die erste Mahlzeit auf See?« Er grinste.

»Das ist es nicht, Jasper. Also nicht nur.« Genau genommen lag mir etwas anderes viel schwerer im Magen.

Er beugte sich über den Tisch und legte mir einen Finger auf die Lippen. »Keine Ausrede. Welche Fischersfrau wollte denn unbedingt Ennos Wette annehmen? Da gehört Seetauglichkeit an erste Stelle.«

In der Zwischenzeit hatte er ein weiteres Brötchen mit Marmelade bestrichen und ließ mich ein paar Mal abbeißen.

Ich kaute gegen den Knoten in meinem Bauch an.

»Schon besser«, sagte er und schaute mir tief in die Augen. Er verschränkte die Finger mit meinen und zog mich um den Tisch herum zu sich herüber. Mit seiner freien Hand strich er leicht wie eine Feder über die Konturen meiner Lippen, bevor er meinen Kopf zu sich heranzog. In Zeitlupe fuhr er mit der Zunge die Spur seiner Finger nach.

»Du hattest da noch etwas Marmelade«, flüsterte er, ohne sich von mir zu lösen. Seine Zunge wanderte weiter, erforschte meinen Mund und spielte fordernd mit meiner.

Sein heißer Atem schmeckte nach einem Hauch Kaffee, nach Erdbeermarmelade und ganz viel Jasper. Die feinen Härchen auf meiner Haut richteten sich nacheinander auf und leiteten die Signale wie eine Kettenreaktion weiter an den Unterleib. Dabei löschten sie unterwegs alle Vorsätze, die mir bis eben schwer im Magen gelegen hatten. Ich schloss die Augen und genoss den besten Kuss, den ich jemals bekommen hatte.

Als wir uns voneinander lösten, lehnte er die Stirn an meine. »Daran könnte ich mich gewöhnen.«

»An das Frühstück oder an das andere?«, neckte ich ihn.

»An beides«, raunte er mit heiserer Stimme.

»Vielleicht könnten wir das als unser Morgenritual beibehalten?«

»Denkst du denn, du könntest das? Katharina, in den letzten Jahren sind einfach schon zu viele Dinge in mein Leben hereingefallen und ohne Vorwarnung wieder verschwunden.« Er lehnte den Kopf zurück und sah mich fragend an.

Ich strich ihm über die Wange. Auf diese Frage gab es keine Patentantwort im Regelwerk meines Lebens.

Er schob mich ein Stück zur Seite und stand auf. »Dann halten wir uns doch erst mal an den Plan.« Mit einer Hand zog er mich hoch und musterte meine Aufmachung. »Schließlich sollst du die schicke Latzhose nicht umsonst angezogen haben.« Sein Mundwinkel hob sich zu einem Grinsen.

»Hat mir Hinrich geliehen«, sagte ich und drehte mich einmal im Kreis.

Gemeinsam räumten wir den Tisch ab und breiteten eine durchsichtige Abdeckplane über den wenigen Möbeln aus. Schmunzelnd nahm ich zur Kenntnis, dass Jasper trotz seiner anfänglichen Abneigung gegen meine Verschönerungspläne über Nacht sogar die Schlafkoje aufgeräumt hatte. Er öffnete den ersten Farbeimer. Mit einem langen Pinsel rührte er in der Farbe. Dann tauchte er den Zeigefinger hinein und tupfte mir einen Klecks auf die Nase. »Admiralsblau«, sagte er. »Steht dir.«

Ich versuchte derweil, die widerspenstige Plane in den Ritzen der Sitzbank zu befestigen. Dabei stellte ich fest, dass sich die Sitzfläche hochklappen ließ. Ich griff hinein, um die Folie einzuklemmen. Mit den Fingern stieß ich auf einen Gegenstand. Auf den Knien rutschte ich zwischen Tisch und Bank und zog das Teil heraus.

Es entpuppte sich als Fotoalbum. Hinter meinem Rücken hörte ich Jasper vor sich hin pfeifen, begleitet von den schmatzenden Geräuschen der Farbrolle auf der Holzverkleidung an der Wand.

Die Ränder des Albums waren vergilbt. Auf dem Deckel standen in goldener Schreibschrift die Worte *Mein Baby*. Ich legte es auf dem Tisch ab und klatschte in die Hände. »Hej, Jasper, schau mal. Das sind bestimmt Babyfotos von dir.«

Jasper drehte sich um, und auf einen Schlag änderte sich seine Gesichtsfarbe in ein Kalkweiß, das noch farbloser war als das Weiß im Baumarkt. Bevor ich die erste Seite des Albums umschlagen konnte, hatte er die Farbrolle in den Eimer fallen lassen, sodass der Boden um ihn herum admiralsblau gesprenkelt war, und seine Hand auf das Album gelegt.

Ich wich erschrocken zurück. »Habe ich was Falsches gesagt?«

Ausdruckslos starrte er mich an. Wobei das nicht ganz den Tatsachen entsprach, denn seine Lippen waren zu einem Strich zusammengepresst. Das Meerblau seiner Augen hatte sich zu einem kalten Stahlblau verwandelt. Er zog das Album an sich und hielt es mit beiden Händen fest. Wir standen uns gegenüber wie zwei Kontrahenten beim Wiegen vor einem Boxkampf.

»Jasper, es tut mir leid«, sagte ich und hob abwehrend die Hände. »Ich wollte nicht neugierig sein. Was ist denn bloß los?«

»Ich möchte nicht darüber reden.« Er legte das Album hinter sich ab und versenkte seine Hände in den Hosentaschen.

Bewegungslos verharrte ich neben der Sitzbank, als der Klingelton von Jaspers Handy den Kampf beendete.

Er stieß die Luft aus und zog das Telefon heraus. »Jo?«

Wäre ich an der Stelle des Anrufers gewesen, hätte ich den Hörer beim Klang seiner Stimme vor Schreck wieder aufgelegt. Offenbar war der Anrufer unerschrockener als ich, denn Jasper grummelte einige weitere Male »Jo«. Dann legte er auf und schnappte sich das Fotoalbum. »Ich muss los.« Nach einer kurzen Pause fügte er hinzu: »Das Kugellager abholen.« Er klopfte sich auf den Oberschenkel, sodass Fiete ihm folgte, der sich während unseres Streites ganz hinten unter dem Tisch verkrochen hatte, und ließ mich stehen. Einfach so.

Ich fiel auf die Sitzbank und starrte die angeblich so beruhigende blaue Farbe an. Das funktionierte leider ebenso wenig wie Abnehmen im Schlaf. Darum entschied ich mich, den Ärger mit dem Pinsel zu bekämpfen. Den Ärger, von dem ich genau genommen gar nicht verstand, womit ich ihn überhaupt verursacht hatte.

Einige Stunden später erstrahlte der Aufenthaltsraum in Admiralsblau, ohne dass sich Jasper wieder hatte blicken lassen. Das äußere Chaos war beseitigt, der Aufruhr in meinem Inneren leider nicht. Als ich nach dem Frühstückskorb griff, zog sich mein Herz zusammen. Für heute war ich mir nicht mehr so sicher, ob wir die Ziellinie gemeinsam durchlaufen oder ob Enno recht behalten und Jasper mich unterwegs vergraulen würde.

»Moin, was darf es denn sein?« Das Gesicht mit dem freundlichen Lächeln unter der burschikosen blonden Kurzhaarfrisur gehörte zu der jungen Frau, die Jasper und mich vor einigen Tagen bedient hatte. Sie stand erneut hinter der Theke des Fischimbisses und kümmerte sich um die Kunden.

»Gerne ein Pfund frische Krabben.« Ich hatte unterwegs

spontan beschlossen, Grete und mir eine Kleinigkeit zum Abendbrot mitzubringen.

»Wir kennen uns doch?«, fragte mich die junge Frau, bevor sie zu einem der Schälchen griff, in denen die Krabben abgefüllt wurden. »Hast du nicht vor Kurzem mit Jasper hinten am Tisch gesessen?«

»Das stimmt. Du hast ein gutes Gedächtnis für Gesichter.«

Sie lachte. »Nee, Jasper kommt bloß so selten hier vorbei. Und ich hab mich gefreut, dass er mal nicht allein unterwegs war. Ich bin übrigens Imke, die Frau von Jan.« Sie fixierte mich über die Theke hinweg, als müsste mir das etwas sagen. Tat es aber nicht. »Die Frau von Jan, dem Krabbenfischer«, fügte sie erklärend hinzu.

Ich zuckte mit den Schultern.

Sie senkte die Stimme und wisperte verschwörerisch: »Die Hafenolympiade.«

Der rothaarige Pfeifer. Ich fasste mir an die Stirn. »Alles klar, jetzt weiß ich, von wem du sprichst. Sorry, da habe ich wohl auf der Leitung gestanden.«

Sie winkte ab.

»Freut mich, ich heiße Katharina. Immerhin scheint der Funkverkehr in Greetsiel störungsfrei zu laufen.« Ich kräuselte die Lippen zu einem Schmunzeln. »Aber im Moment weiß ich ehrlich gesagt gar nicht so genau, ob wir da überhaupt noch mitmachen.«

Imkes Augen weiteten sich. »Auf jeden Fall müsst ihr da mitmachen. Und gewinnen. Gibt kein Zurück mehr. Schon wegen Enno, dem Angeber. Du kannst doch Krabben pulen?«

Meine Hände schwenkten hin und her. »Na ja …«

Imke stellte das Schälchen wieder zurück. »Planänderung. Wir treffen uns bei mir zu Hause. Ich habe in einer Stunde Feierabend.« Sie kritzelte ihre Adresse auf einen kleinen Zettel und drückte ihn mir in die Hand. »Die Krabben bringe ich mit. Wie wir hier sagen: Geit neet, gifft neet.«

Imke wohnte in einem Backsteinhäuschen direkt hinter dem Deich. In dem winzigen Garten vor dem Haus wuchsen bunt gemischte Blumen und Kräuter in einem einträchtigen Durcheinander in die Höhe. Die Haustür schmückte ein Kranz aus Muscheln und getrockneten Gräsern. Daneben verkündete ein handbeschriebenes Keramikschild: *Hier wohnen Jan + Imke.*

Kaum hatte ich geklingelt, öffnete Imke die Tür und umarmte mich zur Begrüßung. »Katharina, schön, dass du gekommen bist. Fenna ist auch schon da. Weibliche Verstärkung ist bei uns Fischersfrauen immer gerne gesehen.«

»Ganz so weit ist es ja noch nicht.« Ich hob abwehrend die Hände.

Sie zog mich durch den Flur in die Wohnküche. Dort hatte es sich eine weitere Frau in meinem Alter auf einem der weiß lackierten Holzstühle bequem gemacht, die rund um einen passenden Tisch standen. In seiner Mitte bildete ein Strauß bunter Wiesenblumen einen Farbklecks in dem ansonsten sehr hell gestalteten Raum. Im Gegensatz zu Imke hatte sie dunkle Haare, die zu einem Pferdeschwanz gebunden waren, und sie überragte ihre Freundin um einen ganzen Kopf. Das sah ich, als sie aufstand.

»Moin, herzlich willkommen bei uns in Greetsiel! Ich bin Fenna, die Freundin von Keno. Den hast du ja schon kennengelernt im Hafen.« Sie war zurückhaltender als Imke und reichte mir die Hand.

»Freut mich, euch beide kennenzulernen. Ich bin Katharina, eigentlich aus Düsseldorf.«

»Und was machst du eigentlich in Düsseldorf?«, fragte Imke.

»Ich bin Anwältin für Wirtschaftsrecht und arbeite in einer großen Kanzlei.«

»Respekt. Da können wir nicht mithalten«, warf Fenna ein.

Imke stieß sie lachend in die Seite. »Ach was. Die kochen

ihre Krabben auch nur in Wasser. Darum ist sie ja heute hier. Was möchtest du trinken? Saft, selbst gemachte Limonade oder einen Prosecco? Die Männer sind auf See, das müssen wir ausnutzen.«

»Gerne selbst gemachte Limonade, das hört sich prima an.«

Imke holte einen großen Krug aus dem Kühlschrank. Durch das Glasgefäß sah man Zitronenscheiben und in Eiswürfeln eingefrorene Blüten schwimmen. Sie verteilte Gläser auf dem Tisch und goss uns ein. Dann stand sie erneut auf und platzierte zwischen uns eine Schüssel, die randvoll mit Krabben gefüllt war. Die kleinen Tierchen schienen mich vorwurfsvoll anzusehen. Mein Enthusiasmus ließ deutlich nach.

Fenna sprach mir Mut zu. »Das ist eigentlich ganz einfach. Hast du schon mal Krabben gepult?«

Ich wiegte den Kopf.

Imke nahm mir die Antwort ab. »Klar. Hat sie. Bei uns im Laden. Jasper hat es ihr gezeigt.«

»Der war bei euch im Laden? Davon hast du mir ja noch gar nichts erzählt.«

»Du musst ja auch nicht alles wissen, Fenna. Sonst schnackst du das gleich an Keno weiter.« Imke wandte sich an mich und raunte verschwörerisch: »Frisch verliebt.«

Fenna stieß sie in die Seite.

»Was denn? Stimmt doch.« Imke lachte. »Wartet mal ab, bis der erste Zauber vorbei ist. Dann kriegt ihr statt einem Kuss einen Wischmopp in die Hand gedrückt, wenn der Kutter einläuft, und könnt die Planken schrubben.« Sie wandte sich erneut an mich: »Butter bei die Fische, Katharina. Hat Jan recht, dass da was läuft bei dir und Jasper? Könntest du dir das wirklich vorstellen? Ein Leben zwischen Ebbe und Flut?«

Ich trank erst mal einen Schluck Limonade. Altbewährtes Rezept, mit vollem Mund brauchte man nicht zu sprechen.

Ihre Frage war berechtigt, aber mir fehlte die Antwort. Ich schluckte. »Die Limonade schmeckt wirklich lecker, Imke.«

Eine zarte Röte überzog Fennas Gesicht. »Du musst da nix zu sagen. Imke ist immer so neugierig.«

»Sagt ausgerechnet die Mitarbeiterin des Social-Media-Marketings von Greetsiel.«

Fenna sandte einen strafenden Blick in Richtung ihrer Freundin. »Auf jeden Fall schön, dass du dich mit Jasper angefreundet hast, Katharina. Er ist einer von den Guten.«

Imke klatschte in die Hände. »Also los, Mädels. Dann sehen wir mal zu, dass Enno und Thea am Ende nicht wieder die Nase vorn haben.« Mehrmals führte sie mir vor, wie man die Krabben aus ihrer Schale befreite.

Wie schon bei Jasper ging mir das Pulen nicht so recht von der Hand. Mit einem Grummeln schob ich den Teller von mir und ließ mich gegen die Stuhllehne sinken. »Ich bin einfach zu blöd.«

Fenna gab dem Teller wieder einen kleinen Schubs in meine Richtung und rutschte mit ihrem Stuhl näher zu mir. »Ach, Quatsch. Du hast nur einfach noch nicht den richtigen Dreh heraus.« Sie nahm sich ein paar der Tierchen und zeigte mir ihren Geheimtrick.

Siehe da, auf einmal war der Knoten geplatzt, und die Krabben flutschten auch bei mir aus der Schale.

»Na bitte, wer sagt's denn? Thea kann sich warm anziehen.« Vor lauter Begeisterung hätte Imke die Krabben beinahe mit dem Inhalt ihres Limonadenglases geflutet.

Fenna zog ihr Handy aus der Hosentasche und wischte ein paar Mal über das Display. Sie legte das Gerät in die Mitte des Tisches und startete mit einem Fingertipp die Stoppuhr. Dabei grinste sie mich an. »Thea hat flinke Finger, dann leg mal los, Katharina.«

Nach einer Weile hatte ich die Menge der gepulten Krabben in der von Fenna vorgegebenen Zeit verdoppelt. Ich wischte mir den Schweiß von der Stirn. Zufrieden betrachtete ich den Haufen auf dem Teller. Das Gefühl konnte durchaus mit einem Sieg vor Gericht mithalten.

Fenna schoss mit meinem neuen Handy ein Foto von mir, wie ich mit gerötetem Gesicht und hochgezogenen Mundwinkeln die Trophäen in die Höhe hielt. Ich leitete es an meine Mutter weiter, zusammen mit einem Kuss-Emoji.

»Dieses Mal finden Enno und Thea ihre Meister.« Imke erhob sich und zog den Teller zu sich herüber. »Das habe ich im Gefühl.«

»Und für Jasper wäre das auch ein Lichtblick, nach dem Unglück beim letzten Mal«, fügte Fenna leise hinzu.

»Wie schön, dass ihr keinen Druck aufbaut«, scherzte ich. »Vielleicht verratet ihr mir auch, nach welchem Unglück Jasper einen Lichtblick braucht?«

Ein Schatten fiel auf das Gesicht der sonst so vorwitzigen Imke.

»Das sieht ihm ähnlich. Er hat nicht mit dir darüber gesprochen?«, hakte Fenna nach.

»Worüber denn?«, fragte ich, und der Vorfall mit dem Fotoalbum blubberte wie Luftblasen im Wasser zurück an die Oberfläche.

Imke hatte sich inzwischen wieder gefangen. »Er wird schon wissen, was er tut. Ich weiß auf jeden Fall eins: Wir kochen jetzt eine Krabbensuppe nach dem Rezept meiner Oma.« Sie zwinkerte mir zu. »Wer weiß, wozu es gut ist. Liebe geht schließlich durch den Magen. Hab ich selbst bei Jan getestet.«

Fenna rollte mit den Augen.

Es wurde ein lustiger Abend, an dem wir dann doch zu später Stunde noch den Prosecco öffneten und beschlossen, am morgigen Tag eine weitere Übungseinheit einzulegen.

Am Ende radelte ich zurück mit dem Gefühl, zwei neue Freundinnen gefunden zu haben.

21

Ich stand an der Reling der *Heimat* und sah hinaus auf die See. Die untergehende Sonne tauchte das Wasser in goldenes Licht.

»Bereit für das Abenteuer?«, flüsterte Jasper mir zärtlich ins Ohr.

»Mehr als bereit«, hauchte ich in den Wind.

Jasper zauberte einen Kompass hinter seinem Rücken hervor und richtete ihn auf der geöffneten Handfläche vor uns aus. »Dann lass uns sehen, wohin das Leben uns führt.« Ich schloss die Augen. Jasper umfing mich mit seinen starken Armen, während der Kutter sanft unter mir schaukelte.

Ein lang gezogenes Hupen unterbrach das leise Plätschern der Wellen. Ich schmiegte mich an Jaspers Brust, um das Geräusch auszublenden. Nach einer kurzen Pause ertönte das Hupen erneut.

Widerwillig öffnete ich die Augen und schrak wie vom Blitz getroffen hoch. Weder schipperte ich auf einem Kutter über die Nordsee, noch ruhte mein Kopf an Jaspers Brust. Stattdessen hatte ich mich in die Bettwäsche mit den kleinen blauen Ankern gekuschelt, bis das Handy auf dem Nachttisch in mahnender Leuchtschrift zehn Uhr anzeigte. Der lange Abend bei Imke und unter Umständen auch ein klitzekleines bisschen der Prosecco hatten dazu beigetragen, dass ich an diesem Mittwochmorgen eher ein später als ein früher Vogel war.

Huuuup.

Mit einem Satz hechtete ich ans Fenster und linste durch einen Spalt in den Gardinen, nur um den Stoff augenblicklich wieder loszulassen. Da draußen erwartete mich kein Geringerer als Jasper höchstpersönlich in seinem Pick-up. Mein Herz setzte für drei Schläge aus. Hoffentlich erübrigte sich damit die bange Frage nach einem weiteren gemeinsamen Tag, die gestern beim Einschlafen den Prosecco-Schutzschild durchbrochen hatte. Immerhin war er hier.

»Katharina, Besu-huch«, flötete Grete von unten zu mir herauf.

»Ich wei-heiß«, rief ich zurück, während ich auf einem Bein ins Bad hüpfte, weil das andere schon zur Hälfte in Hinrichs Arbeitshose steckte. In rekordverdächtiger Zeit hatte ich eine passable Version von mir hergerichtet, wobei der Rekord durch das Fehlen von Glätteisen, Regendusche und Make-up verfälscht wurde. Mit Erstaunen stellte ich fest, dass es mir egal war. Komplett egal.

Auf der Treppe entsperrte ich zwischen zwei Stufen aus Gewohnheit das Handy und checkte die Mitteilungen. Das Herz meiner Mutter unter dem gestrigen Foto ließ meine Mundwinkel in die Höhe wandern. Leider sanken sie bei dem Namen *Paul* über der nächsten Nachricht sofort wieder zurück in den Ausgangszustand. Ich löschte seine Botschaft ungelesen. Trotzdem erinnerte sie mich daran, dass ich selbst eine Mitteilung für Jasper mit mir herumtrug, die darauf wartete, von ihm gelesen zu werden.

Am Fuß der Treppe erwartete mich Grete. In der einen Hand ein Brötchen, die andere in die Hüfte gestemmt. »Na, wohl 'n büschen spät geworden gestern?«

»Hm«, murmelte ich unbestimmt, nahm ihr das Brötchen ab und biss hinein. Kauend schlüpfte ich in meine Schuhe.

»Hach«, seufzte sie, »muss Liebe schön sein.«

»Hm«, wiederholte ich, weil ich jetzt den Mund voll hatte. In Wirklichkeit war es eher ein Hm der Schauen-wir-mal-Sorte. Ich winkte mit dem Rest des Brötchens. »Danke.«

Ehe sie dazu kam, mich weiter auszufragen, war ich schon zur Tür hinaus.

Die Beifahrertür fiel mit einem satten Ton ins Schloss. Ich drehte mich zu Jasper. Wir sahen uns an und schwiegen. Wie ein Flaschengeist waberte das Fotoalbum durch den Innenraum des Wagens. Nach einer gefühlten Ewigkeit öffnete ich das Fenster einen Spalt, um die Stille mit Leben zu füllen und den Geist freizulassen. Ich räusperte mich. »Heute ohne Fiete?« Zugegeben nicht gerade eine Frage, die unter den Top drei der wichtigsten Themen aufgelistet war, aber irgendwer musste ja mal was sagen.

»Jo.«

Mein Herz rutschte eine Etage tiefer und landete auf dem Brötchen. Hoffentlich hatte er nicht die *Reset*-Taste an seiner Gesprächsbereitschaft gedrückt.

»Von wem lässt er sich denn heute knuddeln?«, fragte ich, um ihm eine Brücke zu bauen.

»Von Nils.«

Doppelt so viele Worte wie zuvor. Wir waren auf dem richtigen Weg. »Aha«, sagte ich deshalb und wartete auf weitere Ausführungen. Es kamen aber keine. »Welchem Umstand habe ich es denn zu verdanken, dass du mich heute persönlich abholst?«

»Du bist heute Morgen nicht gekommen.«

»Ich habe verschlafen. Tut mir ehrlich leid.« Ich setzte einen Gesichtsausdruck auf, von dem ich hoffte, dass er reumütig aussah. In Wahrheit tat es mir nicht im Geringsten leid, denn sonst wäre ich nicht schon vor dem Frühstück mit Jasper in den Sonnenuntergang geschippert.

Erstaunlicherweise entspannten sich seine Gesichtszüge. »Ich dachte schon, du kommst meinetwegen nicht mehr.«

Mein Herz schlug einen Purzelbaum. Er hatte mich vermisst. Ich fing seinen Blick auf. »Gäbe es denn dazu einen Grund?«

Er fixierte das Lenkrad und schüttelte den Kopf. »War blöd von mir gestern. Ich wollte dich nicht vergraulen.«

»Wegen der Wette?«, hakte ich nach.

»Nee, wegen mir. Ich hab's ja gesagt, der Gefühlskram ist nicht so meins.« Er hob den Blick wieder in meine Richtung. »Wäre vielleicht besser, wenn wir die schwierigen Dinge erst mal weglassen, einverstanden?«

Grundsätzlich waren wir durchaus einer Meinung, gäbe es da nicht Jules mahnende Worte, die sich von ihrem Parkplatz in der hinteren Gehirnhälfte meldeten. »Jasper, du erzählst mir die Dinge einfach dann, wenn du es für richtig hältst. Ich müsste da allerdings noch eine Sache loswerden.«

Er legte mir einen Finger auf die Lippen. »Lass das mal besser auch erst stecken.«

Ich zögerte. »Wie du meinst.« Ganz wohl war mir dennoch nicht bei der Sache. »Dann fangen wir mit etwas Einfachem an. Was sagst du zu meinem Anstrich?«

Offenbar war Admiralsblau ein Eisbrecher. »Jo. Kann man sich dran gewöhnen.« Der verschmitzte Mundwinkel kehrte zurück.

Ich knuffte Jasper in die Seite. »Ist das die ostfriesische Version von ›gefällt mir‹?«

Das zaghafte Lächeln verwandelte sich in ein breites Grinsen. Er startete den Motor. »Dann geht es heute mit den Sitzbänken weiter? ›Lass mich mal machen‹, deine Worte.«

»So schwierig wird es schon nicht sein«, sagte ich optimistisch, obwohl sich bei dem Gedanken daran ein erster Schweißtropfen auf meiner Stirn bildete. Jasper bedachte mich mit einem wissenden Seitenblick, der einen zweiten Schweißtropfen auf die Reise schickte.

In der Not griff ich nach jedem Strohhalm. Ich gab vor, auf dem Handy meine Nachrichten zu lesen, verdeckte das

Display mit meiner Tasche, stellte den Ton ab und sah mir während der kurzen Fahrt vorsichtshalber ein Video zum Thema an.

Nachdem der Wagen zum Stillstand gekommen war, zog Jasper mit einem Ruck die Tasche beiseite. Ich drehte ertappt den Bildschirm nach unten. »Du kannst jetzt aufhören, dir Videos anzugucken.« Zögerlich drehte ich das Handy wieder um. Er warf einen Blick auf das Standbild und hob amüsiert die Augenbrauen. »Ich erkläre es dir natürlich, und ich habe dir sogar einen Tacker von Hinrich mitgebracht.«

Ich beugte mich zu ihm hinüber und drückte ihm vor Erleichterung einen Kuss auf die Wange.

Er sah mir eine Minute lang in die Augen, dann schob er sein Gesicht näher an meines und tippte nachdrücklich mit dem Finger auf seinen Mund.

Die Arbeitsteilung auf dem Kutter war heute klar geregelt. Jasper werkelte im Maschinenraum an seinem endlich eingetroffenen Kugellager, ich verschönerte die Ruhezone. Nachdem er mir dabei geholfen hatte, die Bänke mit dem Schraubendreher in ihre Einzelteile zu zerlegen, und wir das erste Polster gemeinsam bezogen hatten, blieb ich mit meinen neuen Freunden Schere, Zollstock und Tacker zurück. Zum Glück hatten sich unter den Sitzflächen keine weiteren Geister aus der Vergangenheit versteckt.

»Und, machst du Fortschritte?« Jasper lugte zwischendrin mit seinem Kopf um die Ecke. Angesichts der bereits fertigen Rückenlehnen nickte er anerkennend. »Wenn das so weitergeht, kannst du im Maschinenraum weitermachen, und ich sonne mich auf Deck.«

Ich warf ein Stück Stoff in seine Richtung.

»Du siehst sehr sexy aus in den Arbeitsklamotten, weißt du das?« Er zwinkerte. »Besonders, wenn du wütend wirst.« Offenbar befürchtete er weitere Wurfgeschosse, denn er duckte sich hinter den Türrahmen. Aus seinem Versteck rief er: »Ich mache dir ein Friedensangebot. Wenn du schnell fertig wirst, dann koche ich dir gleich das versprochene Essen. Was sagst du?« Er streckte seine Hand um die Ecke.

Ich griff zu.

Blitzschnell nutzte er die Gelegenheit, zog mich zu sich heran und drückte mir einen raschen Kuss auf die Lippen. Und schon war er wieder im Maschinenraum verschwunden.

Eine gute Stunde später wischte ich mir den Schweiß von der Stirn und betrachtete die fertigen Teile. Mein blaues Wunder.

»Gefällt es dir?«, fragte ich Jasper, als er mir half, alles wieder zu verschrauben.

»Jo, ist schön blau.«

Ich verschränkte die Arme und sah ihn erwartungsvoll an.

»Du bist zu gebrauchen. Besser?«

»Viel besser.« Ich lachte. »Damit habe ich mein Versprechen eingelöst, und du bist an der Reihe. Ich würde sagen, ich sonne mich an deiner Stelle an Deck, und du rufst mich, wenn das Essen fertig ist?«

»Jo, geht klar, Käpt'n. Wünsche einen angenehmen Aufenthalt an Deck.«

Ich verband mein Handy mit den Kopfhörern, tippte die Playlist an und lehnte mich an die Reling. Nach dem Tag in dem spärlich beleuchteten, kleinen Aufenthaltsraum genoss ich die hellen Sonnenstrahlen und den leichten Wind, der mein verschwitztes Gesicht kühlte. Ich beobachtete das Treiben am Kai und die Möwen über mir, die wie ich auf ein leckeres Essen warteten. Wie aufregend musste es erst sein, die Kulisse nicht nur im Hafen, sondern draußen auf See zu erleben?

Als sich eine Hand von hinten auf meine Schulter legte, zuckte ich zusammen. Mein Kopf schnellte so abrupt herum, dass um ein Haar die Kopfhörer über Bord gegangen wären.

»Musst du mich so erschrecken? Ich dachte, du kreierst in der Sterneküche mindestens ein Drei-Gänge-Menü für mich?«

»Alles schon fertig, du brauchst nur noch Platz zu nehmen.«

Ich hatte zwei Lieder von meiner Playlist gehört. Das entsprach ungefähr einer Zeitspanne von sechs Minuten, großzügig bemessen vielleicht sieben. »Bist du sicher?«

»Wie war das? Vielen Dank für den Vertrauensvorschuss?«, neckte er mich. »Im Ernst, setz dich an den Tisch.«

Ich steckte das Handy in die Tasche und folgte ihm. Er hatte zwei Teller des neuen Geschirrs aufgedeckt. Ich rutschte in die Bank. »Apropos ›Vertrauensvorschuss‹, offenbar ist es dir gelungen, mich nicht zu vergraulen. Also, wie sieht der Plan für morgen aus?«

»Katharina, du musst das nicht machen.« Ein Schatten huschte über sein Gesicht.

Ich verschränkte die Arme. »Dein Ernst?«

Er stieß hörbar die Luft aus. »Wie du willst. Die anderen Fischer werden am frühen Nachmittag einlaufen. Ich muss vormittags noch im Maschinenraum arbeiten. Am Freitag muss der Kutter wieder laufen.« Seine Schultern sackten nach unten. »Enno und Thea werden sowieso gewinnen.«

Ich schmunzelte. »Das werden wir ja sehen.«

Jasper balancierte einen dampfenden Topf in die Mitte des Tisches und hob den Deckel ab. »Das Tagesgericht.«

»Erbsensuppe?« Ich hob die Augenbrauen.

Jasper füllte die heiße Suppe auf die Teller. Sie sah aus wie eine gewöhnliche Erbsensuppe. »Das ist nicht irgendeine Erbsensuppe, sondern eine mit meiner Spezialzutat«, betonte er geheimnisvoll. »Probier mal.« Er tunkte seinen Löffel in die Suppe, pustete und führte ihn an meinen Mund. »Und?«

Ich kostete. »Schmeckt … vertraut. Jasper, das ist aufgewärmte Dosensuppe. Nicht, dass du mich auf der Ziellinie doch noch vergraulst.« Mit dem erhobenen Zeigefinger wackelte ich vor seinem Gesicht herum.

»Ich geb's zu, es ist Erbsensuppe aus der Dose. Aber ich habe extra die Gute gekauft und sie mit einer Portion Liebe aufgewärmt.« Dazu setzte er einen Blick auf, von dem ich in Sachen Überzeugungskraft durchaus etwas lernen konnte.

Wir teilten uns die Dose freundschaftlich. Am Ende lehnte ich mich zurück und sah zu, wie Jasper den letzten Rest aus dem Topf kratzte. Die Suppe hatte nicht nur meinen Magen, sondern auch mein Herz erwärmt. Automatisch leckte ich mir über die Lippen. Seit Jasper meinen Weg gekreuzt hatte, waren es die kleinen Dinge, die das Leben liebenswert machten.

»Mach das nicht«, raunte er mir mit gedämpfter Stimme zu.

»Was soll ich nicht machen?«

»Das mit deiner Zunge. Sonst garantiere ich für nichts. Ich bin auch nur ein Mann.« Seine Augenfarbe passte sich dem Dunkelblau der neuen Stoffe an. »Außerdem hast du mir ein Dessert versprochen.«

Ich zog das Handy aus der Tasche und sah auf die Uhr. »Schon so spät?« Ich sah ihn an und schob meine Zunge noch mal spielerisch durch die Lippen. »Wir werden das Dessert leider verschieben müssen. Ich habe noch einen wichtigen Termin.«

Jaspers Mundwinkel sanken nach unten. »Du machst nur Spaß, oder?«

Ich schüttelte den Kopf.

Er ließ sich theatralisch auf die Bank fallen. »Das kannst du nicht machen.«

Ich stand auf, beugte mich über ihn und hauchte ihm zum Abschied einen Kuss auf die Lippen. Dann zwinkerte ich ihm zu. »Ich empfehle als Alternative ein Eis zur Abkühlung, das soll hier wirklich gut sein.«

22

»Bereit für die Herausforderung?« Direkt neben meinem Ohr übertönte Jaspers tiefe Stimme wohltuend das aufgebrachte Geschrei der Möwen. Er hatte sich offenbar von hinten an mich herangeschlichen. »Noch könnten wir einfach behaupten, ich hätte dich vergrault, und uns aus dem Staub machen.«

Ich drehte mich um. Seine Augen funkelten im Sonnenlicht mit dem Wasser um die Wette, das in kleinen Wellen gegen die Kaimauer schwappte.

Eine frische Brise wehte ein paar Strähnen aus meinem Pferdeschwanz und hinterließ einen salzigen Geschmack auf meinen Lippen. Ich stand an der Hafenausfahrt und schirmte die Augen mit einer Hand gegen die Mittagssonne ab. Die Möwen kreisten über den einlaufenden Kuttern, deren Masten am Horizont dem Hafen entgegenschaukelten. Mein Pulsschlag wurde von einer Mischung aus Vorfreude und Nervosität in die Höhe getrieben.

»Hast du aber nicht. Ich bin bereit«, antwortete ich und strahlte Jasper zuversichtlich an.

Er seufzte. »Wie du willst. Ich habe dich gewarnt. Also dann, auf in den Kampf, Katharina!«

Wir umrundeten das Fahrzeug eines dunkelhaarigen Fischhändlers, dessen Haarpracht deutlich eindrucksvoller war als die Muskeln an seinem schlaksigen Körper. Er wartete am Kai darauf, den Fang der ankommenden Fischer entgegenzunehmen.

»Katharina, das ist Eike. Der ist froh, dass er die Kisten heute bis ins Auto geschleppt bekommt.«

»Du sagst es.« Er klopfte Jasper auf die Schulter. »Moin,

Katharina«, wandte sich Eike daraufhin an mich. »Ich hab schon gehört: Du willst es mit Thea aufnehmen, unserer besten Krabben-Pulerin. Na, dann viel Glück.«

»Danke.« Ich nickte ihm zu.

Direkt vor der Reling der *Heimat* hatte Jasper einen kleinen Tisch mit zwei Stühlen aufgebaut. Auf einem davon saß eine Frau in den Fünfzigern. Um ihren Hals schlang sich ein kariertes Tuch. Ihre grau melierten Haare hatte sie praktisch zurückgebunden. Die rosigen Wangen in dem von Lachfalten und dem rauen Klima geprägten Gesicht leuchteten mir herzlich entgegen. Sie sprang auf und schüttelte meine Hand. »Moin, ich bin Thea.«

»Hallo, Thea, ich bin Katharina«, antwortete ich mit ein wenig zittriger Stimme. Thea erweckte den Eindruck, dass sie in ihrem Leben schon einige Krabben gepult hatte.

Sie hielt meine Hand ein wenig länger als nötig gedrückt und flüsterte mir zu: »Die Kerle nehmen sich immer furchtbar wichtig.« Ein Lächeln verband ihre Wangen. »Hab du man einfach 'n büschen Spaß, dann wird das schon.«

Ich lächelte dankbar zurück.

In der Zwischenzeit war Bewegung in das Hafenbecken gekommen. Die Möwen drehten ihre Kreise direkt über unseren Köpfen und lieferten den passenden Begleitgesang zum Tuckern der Dieselmotoren. Geübt steuerten die Fischer ihre Kutter auf die zugewiesenen Liegeplätze.

Enno war der Erste, der über die Reling sprang. Kaum hatte er das Schiff am Poller vertäut, stiefelte er zu seiner Frau. Er begrüßte sie mit einem liebevollen Klaps auf den Allerwertesten. »Moin, Thea. Dass du mir keine Schande machst heute.« Dann wandte er sich an Jasper, der direkt neben mir stand. »Die Deern hat das tatsächlich mit dir ausgehalten. Dann leg dich mal tüchtig ins Zeug.«

Thea sah mich über den Tisch hinweg an und rollte mit den Augen.

Nach ihm legten Jan und Keno an. Wie bestellt eilten zeitgleich ihre Frauen über den Kai. Anders als Thea, liefen die beiden schnurstracks zu ihren Männern und tauschten ein paar Küsse und Neckereien aus. Bei ihrem Anblick berührte ich hinter meinem Rücken verstohlen Jaspers Hand. Trotzdem schlug mein Herz für Enno und Thea. Denn erst die Fähigkeit, ein ganzes Leben zu überdauern, schliff die junge Liebe zu einem wertvollen Diamanten.

»Das sind Imke, Jans Frau, und Fenna, Kenos Freundin«, stellte Jasper mir die beiden vor. Er ahnte ja nicht, dass wir uns längst kannten.

»Hallo, ich bin Katharina«, begrüßte ich meine Verbündeten gespielt arglos. »Freut mich, euch kennenzulernen.«

In einem unbeobachteten Augenblick gewährte mir Imke einen Blick auf ihre hinter dem Rücken gekreuzten Finger, als Zeichen unseres gemeinsamen Geheimnisses.

Keno beendete den Begrüßungsrummel mit einem lauten Pfiff. »Schluss mit dem Klönschnack, nu geit dat los. Sonst werden die Krabben warm.«

Jasper und Enno schüttelten einander die Hände und bauten sich zunächst vor Ennos Kutter auf.

»Auf die Plätze, fertig, los!« Auf Kenos Kommando sprangen die beiden Schiedsrichter zu Ennos Decksmann an Bord, um die gekochten Krabben aus dem Kühlraum an die Kontrahenten weiterzureichen.

Enno und Jasper ließen sich den Fang auf die muskulösen Arme stapeln. Sie kämpften, dass ihnen der Schweiß über die Stirn lief, aber keiner gab nach. Kiste um Kiste schleppten sie auf Eikes Ladefläche. Nachdem Ennos Kühlraum geleert war, zogen die Männer weiter zu Jans Kutter und schließlich zu dem von Keno. Die Frauen feuerten sie vom Rand aus an.

Unser munteres Treiben hatte auch ein paar weitere Fischer und einige Touristen angelockt, die sich unter die Zuschauer mischten. Weiter hinten bei den Ladenbesitzern erblickte ich Grete und Hinrich. Offenbar waren sie wie Mary Poppins auf wundersame Weise vom Wind in den Hafen geweht worden.

Mir tat Enno ein bisschen leid, denn die weiblichen Zurufe galten deutlich öfter Jasper. Deswegen trat ich ein Stück näher an Thea und rief auch ein paar Mal Ennos Namen. Der Gerechtigkeit wegen.

Die Männer lieferten sich ein Kopf-an-Kopf-Rennen. An Kenos Kutter belud sich Enno mit einer besonders schweren Kiste, aber Jasper ließ sich nicht beirren. Als Eike die Türen an der Ladefläche seines Fahrzeugs schloss und davonfuhr, sanken die beiden nebeneinander auf den Boden vor der *Heimat.* Sie atmeten schwer und wischten sich mit den Ärmeln den Schweiß von der Stirn.

Der Wirt der Hafenkneipe, der den Wettbewerb ebenfalls beobachtet hatte, spendierte eine Runde Getränke für die erschöpften Kontrahenten. Zu meinem Erstaunen reichte Jasper den obligatorischen Schnaps an Enno weiter.

Alle Augen richteten sich auf die Schiedsrichter. Schließlich trat Jan vor und verkündete einen Gleichstand. Enno und Jasper reichten einander die Hände. Die Zuschauer klatschten und bildeten einen Kreis um den kleinen Tisch, auf dem Keno soeben die letzte Kiste der gekochten Krabben platzierte.

Mein Puls schoss in die Höhe, als ich gegenüber Thea Platz nahm. Gleichstand bedeutete, die Entscheidung über Sieg oder Niederlage lastete alleine auf mir. Jasper hatte sich aufgerappelt und flüsterte mir ins Ohr: »Egal, wie das hier ausgeht, für mich bist du der beste Gewinn, den ich mir vorstellen kann.«

Das trug leider ganz und gar nicht zur Senkung meiner Pulsfrequenz bei. Thea wackelte wissend mit den Brauen. Ich schloss die Augen und atmete ein paar Mal tief durch. Dann streckte ich den Rücken durch, ergriff Theas Hand und schüttelte sie. Imke und Fenna zeigten mir ihre gestreckten Daumen. Daneben hatte sich Enno aufgebaut, der seine Frau mit einem »Hau rein, Thea« auf seine ruppige Art, aber nicht minder herzlich unterstützte.

»Bereit?«, rief Jan.

»Bereit«, antworteten Thea und ich einstimmig.

Jan klatschte in die Hände und startete die Stoppuhr in der Tischmitte.

Ich begann, so schnell ich konnte, die ersten Krabben zu pulen. Meine Finger flogen über die Schalen. Trotzdem wuchs Theas Krabbenberg deutlich flotter. Mit einem Seitenblick nahm ich wahr, dass Fenna verstohlen mit den Händen ihren Spezialtrick nachstellte. Ich konzentrierte mich und holte langsam auf. Thea biss sich auf die Lippen und gab ebenfalls ihr Bestes.

Mit jeder Krabbe gewann ich an Sicherheit. Wie durch Watte hörte ich die Zurufe der umstehenden Personen und das Geschrei der Möwen, die auf einen Nachtisch hofften.

Die Zeit verging wie im Flug, bis Jan mit der flachen Hand auf die Stoppuhr schlug und rief: »Stopp, Hände weg von den Krabben!«

Ich ließ die letzte Schale fallen und lehnte mich zurück, während Jan und Keno die gepulten Krabben zählten. Imke und Fenna hielten sich an den Händen und starrten gebannt auf ihre Männer. Jasper hatte sich direkt hinter meinem Stuhl postiert. Die Spannung stieg, als Jan und Keno die Köpfe zusammensteckten und im Flüsterton das Ergebnis diskutierten.

Schließlich trat Jan vor und verkündete den offiziellen Ausgang des Wettbewerbs: »Wir haben eine Gewinnerin bei den Frauen.« Es wurde schlagartig still um uns herum. Selbst die Möwen schienen vor Schreck den Schnabel zu halten. »Gewonnen hat … mit einer Krabbe Vorsprung … Katharina!«

Jubel erfüllte den Hafenkai. Ungläubig fragte ich zweimal

bei Jan nach. Ich sah, wie Hinrich sich mit der erstaunten Grete im Kreis drehte.

Thea drückte mich an sich. »Gut gemacht, mien Deern! Wurde auch langsam Zeit für eine neue Krabbenkönigin.« Ihre Umarmung zeigte ihre ehrliche Anerkennung. Sie lief weiter zu ihrem Kutter, auf den sich der entthronte Enno mitsamt einer Schnapsflasche zurückgezogen hatte. Vorher versprach sie, aus den gepulten Krabben eine Krabbensuppe für alle zu kochen.

Ich sah ihr mit großem Respekt hinterher und fand, dass sie den Sieg mindestens so sehr verdient gehabt hätte wie ich.

Imke und Fenna hüpften auf mich zu und umarmten mich gleichzeitig.

»Na dann, herzlich willkommen im Club der Fischersfrauen!«, freute sich Imke.

»Siegerehrung«, rief Keno über die Köpfe hinweg und klatschte in die Hände. Er errichtete ein improvisiertes Podest aus gestapelten Kisten, auf das er Jasper und mich schob. Ausgelassenes Lachen erfüllte die Luft, als Imke nach vorne trat und zwei eigenhändig gebastelte Kronen aus Fischernetzen, Muscheln und bunten Bändern präsentierte, die im Sonnenlicht funkelten.

Jan hob die Hand und bat um Ruhe. »Zeit für die Krönung unseres diesjährigen Krabbenkönigspaares. Darf ich vorstellen, mit nur einer Krabbe Vorsprung, eure Majestäten Jasper und Katharina die Ersten.«

Keno pfiff auf den Fingern. In der hinteren Reihe stimmte Hinrich mit ein.

Ich bückte mich und ließ mir von Imke die Krone auf den Kopf setzen. Jasper trat neben mir von einem Fuß auf den anderen, während er an seiner Strickmütze zupfte. Ich nahm seine Hand, stellte mich auf die Zehenspitzen und raunte ihm ins Ohr: »Egal, was passiert, diesen Tag heute mit dir vergesse ich ganz sicher nie mehr.«

»Versprochen?«, fragte er leise.

»Versprochen«, flüsterte ich.

Langsam zog er die Strickmütze vom Kopf und ließ sich die Krone auf die blonden Haare setzen.

Ich sah ihm tief in die Augen und strahlte ihn an.

»Das ist das Bild des Tages. Genau solche Momente brauchen wir für unsere Social-Media-Seiten, um die Leserinnen und Leser von Greetsiel zu überzeugen«, rief Fenna begeistert und zückte ihr Handy.

Nachdem sie kein Ende fand, schob Jan sich vor sie. »Die Königin hat das letzte Wort.«

Eine ganze Reihe von Augenpaaren sah mich erwartungsvoll an.

Ich platzte spontan mit dem einzigen plattdeutschen Satz heraus, den ich mir gemerkt hatte: »Geit neet, gifft neet.«

Plötzlich zog mich Jasper in seine Arme, und unsere Blicke verschmolzen miteinander. »Danke dafür, dass du heute an meiner Seite warst.« Dann reckte er eine Faust in die Höhe, senkte den Kopf und küsste mich vor allen Zuschauern, mitten auf dem Kai.

Wir saßen an Deck der *Heimat* und schauten hinauf in den Abendhimmel, der wie ein mit Pailletten besetztes Tuch über uns hing. Der Kutter schaukelte sanft auf dem Wasser.

Ich lehnte mit dem Rücken an Jaspers Brust, angenehm eingehüllt von seiner Körperwärme und der neuen Decke, die er um uns gelegt hatte. Nachdem Thea uns alle mit ihrer Krabbensuppe versorgt hatte, war Ruhe eingekehrt im Hafen. Die Möwen hielten Nachtruhe, und nur das gemächliche Plätschern der Wellen an der Kaimauer durchbrach die Stille.

»Es ist schön hier draußen, oder, meine Königin?« Jaspers warmer Atem wehte an mein Ohr, als er sich zu mir herunterbeugte. Er verteilte zarte Küsse auf meinem Nacken.

»Hm.« Seine Lippen hinterließen ein wohliges Prickeln auf

der Haut. »Es ist alles so friedlich, und ich wünschte mir, dass es immer so bleiben könnte.« Ich hob den Kopf und suchte den Himmel heimlich nach einer Sternschnuppe ab, die mir diesen Wunsch erfüllte.

Er schob mir eine Strähne meines Haares aus der Stirn, die der sanfte Wind dorthin gepustet hatte. »Katharina …« Seine Stimme versagte.

Ich ergriff unter der Decke seine Hand und verschränkte die Finger mit seinen.

»Mein Leben ist in den letzten Jahren nicht besonders friedlich verlaufen.«

»Hat das was mit diesem Hafenwettstreit zu tun? Und vielleicht mit Alkohol?«, bohrte ich vorsichtig nach.

Jasper sog die Luft ein, und ich fühlte, wie sich sein Herzschlag beschleunigte.

»Du musst mir das nicht erzählen, wenn du nicht möchtest.« Ich drückte seine Hand. »Aber wenn du jemanden zum Zuhören brauchst, dann bin ich für dich da. Immer, hörst du?«

Seine Muskeln entspannten sich ein wenig. »Du hast es geschafft, mir ein bisschen Frieden zurückzugeben. Es wäre wirklich schön, wenn das so bleiben könnte.« Er streichelte vorsichtig mit dem Daumen über meinen Handrücken. »Aber wir leben in zwei sehr unterschiedlichen Welten.«

»Ich weiß, was du meinst. Doch sieh mal, wir folgen im Grunde den gleichen Werten. Mein Vater erwartet von mir, dass ich seine Fußstapfen ausfülle in der Kanzlei, die schon mein Opa gegründet hat. Und du erfüllst die Erwartungen deiner Familie auf diesem Krabbenkutter. Das Einzige, was unsere Welten trennt, sind ein paar Hundert Kilometer. Nichts, was man mit einem Auto nicht in wenigen Stunden überbrücken könnte.«

»Katharina, niemand in der Familie hat das hier je von mir erwartet. Das war meine ganz persönliche Entscheidung. Weil das hier nicht nur ein Schiff ist, sondern meine Heimat. Und das ist mehr als ein paar auf Holz gepinselte Buchstaben. Das ist ein Gefühl.« Er zog meine Hand an sein Gesicht, hauchte einen Kuss darauf und legte sie auf sein Herz. »Hier drin.«

Ich blinzelte ein paar Tränen weg, schloss die Augen und spürte seinem Herzschlag nach. Dann drehte ich mich zu ihm um und lehnte meine Stirn an seine, ohne die Hand von seinem Herzen zu lösen. »Jasper, ich würde dieses Gefühl gerne mit dir teilen. Mein Schiff könnte von jetzt an häufiger in diesem Hafen festmachen. Und wer weiß, wohin die Reise geht? Vielleicht wird das hier eines Tages auch meine Heimat.«

Ein winziges Lächeln erhellte Jaspers Gesicht. Er zog mich noch näher an sich. »Ich möchte nicht noch mal den Schmerz erleben, dass ein Mensch aus meinem Leben verschwindet und eine Lücke hinterlässt, die nicht so leicht zu füllen ist. Bitte sei ehrlich zu mir, Katharina.«

Seine Worte trafen mein Herz wie feine Nadelstiche. Egal, wie viele Freundinnen ihn vor mir schon verlassen hatten, war das ganz bestimmt nicht meine Absicht. Blöderweise gab es aber außerdem noch dieses Grundstück zwischen uns. Ein Umstand, dessen Erklärung er mehr als verdient hatte.

Unsere Gesichter waren nur Millimeter voneinander entfernt. Sein Blick versank in meinen Augen und landete auf direktem Weg in meiner Seele. Die nötigen Worte dagegen blieben in meinem Mund liegen, als Jasper ihn mit einem leidenschaftlichen Kuss versiegelte.

23

»Aufwachen, du Schlafmütze.«

Ich öffnete nacheinander die Augen und sah direkt in Jaspers Gesicht, das fast noch anziehender auf mich wirkte als der Duft des frisch gebrühten Kaffees, den er mir mit einer Hand zufächelte. Aber nur fast. »Das nenne ich mal Service.« Ich lächelte ihn dankbar an, setzte mich auf und umfasste mit beiden Händen den heißen Becher.

Der Kutter schaukelte deutlich mehr als in den letzten Tagen. Über uns prasselten Regentropfen auf das Holzdach des Ruderhauses.

»Was geht dir durch den Kopf?«, fragte er und setzte sich mit seinem Kaffee neben mich.

»Warum?«

»Du lächelst so schön.« Er lehnte sich zurück und betrachtete mich.

Wir hatten es gestern Abend nicht geschafft, uns zu trennen, nachdem wir bis in die Nacht geredet, gelacht und geschwiegen hatten. In Jaspers Armen war ich mir so sicher vorgekommen wie lange nicht mehr. Ganz anders als bei Paul, für den Nähe gleichbedeutend gewesen war mit Verlangen.

Irgendwann hatte mich Jasper in die Schlafkoje getragen, und wir hatten einfach nur die Wärme und Nähe des anderen genossen. Er hatte mir sachte über den Rücken gestreichelt, bis ich in seinen Armen eingeschlafen war. Jasper war der Mann, der mich zum ersten Mal wirklich ich selbst sein ließ.

Statt einer Antwort legte ich den Kopf an seine Schulter. »Hört sich nicht so an, als würde das heute da draußen ein einladender Tag.« Ich seufzte. »Können wir nicht einfach hier sitzen bleiben? Ich würde gerne auch noch etwas wirklich Dringendes mit dir besprechen, bevor ich mich nächste Woche mal wieder im Büro sehen lassen muss.«

Er drückte mir einen Kuss auf die Locken. »Ganz so romantisch ist das Fischerleben leider nicht. Der Wetterdienst hat für den heutigen Freitag eine Sturmwarnung herausgegeben, und ich muss den Kutter sturmfest machen. Vielleicht fährst du erst mal zu Grete, und wir sprechen später? Bevor das hier so richtig ungemütlich wird.«

Ehe ich seine Frage beantworten konnte, unterbrach ein aufgeregtes Bellen unsere Zweisamkeit. Mit einem Satz sprang Fiete die Stufen herab und landete direkt auf meinem Schoß. Mit seinen nassen Pfoten tapste er mir quer über die Hose, aber er bemühte sich redlich, mit eifrigem Schwanzwedeln alles wieder zu trocknen.

Ich lachte und kraulte ihn hinter den Ohren. »Igitt, Fiete! Du bist so nass wie ein Wischmopp. Ich hoffe, du bist bei Nils nicht ausgebüxt, sondern hast ihn gleich mitgebracht.« Erwartungsvoll drehte ich mich zur Tür.

»Riecht nach frischem Kaffee hier, mien Jung.«

Zu spät erfasste ich, dass nicht Nils, sondern der alte Seebär persönlich hier war. Was dann passierte, lief wie ein Film vor mir ab, bei dem ich mir im Kino die Augen zugehalten hätte.

»Vader, ich will dir jemanden vorstellen, komm mal rüber.« Jasper zog mich von der Koje hoch und schob mich vor sich. Er legte von hinten die Hände auf meine Schultern, was hilfreich war, denn anderenfalls wäre ich womöglich auf der Stelle in Ohnmacht gefallen.

Wie in Zeitlupe zog der alte Seebär seine Pfeife aus dem Mund. »Kiek mol eener an. Die junge Deern auf Grundstückssuche.«

Jasper nahm die Hände von meinen Schultern. Seine Stimme drang wie durch Watte an mein Ohr. »Da blick noch einer durch. Ihr kennt euch?«

»Jo.« Offenbar wurde die ostfriesische Generalantwort vom Vater auf den Sohn vererbt.

»Nur flüchtig«, sagte ich und versuchte, mich an den letzten Rettungsring zu klammern.

Jasper trat hinter mir hervor und sah zwischen seinem Vater und mir hin und her. »Und woher?«

Der alte Seebär kam mir zuvor. »Dat heb ik doch secht, von dem Grundstück.«

»Verstehe ich nicht. Warum sucht sie ausgerechnet bei dir nach einem Grundstück, Vader?«

»Dat is die Deern, von der ik di vertellt heb. Die bi uns für die Immobilienhaie snüffeln weer. Sie will nicht irgendein Grundstück, sie will *dein* Grundstück, Jasper«, stellte sein Vater unmissverständlich klar. An mich gewandt fügte er auf Hochdeutsch hinzu, als wollte er sicherstellen, dass ich jedes Wort verstand: »Das letzte Unglück mit meinem Sohn konnte ich nicht verhindern. Noch eins werde ich nicht zulassen.« Er stopfte sich seine Pfeife wieder in den Mund und stiefelte zurück an Deck.

Ich schaute in Jaspers Gesicht, das den weißen Bettlaken meiner Oma glich. Das Herz pochte mir so laut gegen die Rippen, dass ich befürchtete, die Brust könnte dabei zerspringen.

»Jasper, bitte, lass mich das erklären.«

Er stand mir gegenüber, wie zur Salzsäule erstarrt. »Hat mein Vater recht?«

»Ja … und nein …« Der alte Seebär hatte in die Blase gepiekst, in der wir in den letzten Tagen gelebt hatten. Jetzt war sie geplatzt.

»Und wann wolltest du mir das sagen?« Sein Blick wanderte ins Leere.

»Jetzt bist du ungerecht. Es war doch dein Wunsch, die

schwierigen Dinge erst mal auszuklammern. Ich habe trotzdem versucht, es dir zu sagen, mehrmals. Gerade eben noch, erinnerst du dich? Aber du hast mich immer wieder unterbrochen«, verteidigte ich mich.

»Ungerecht?«, erwiderte er tonlos. »Katharina, ich habe dir vertraut. Wenn es dir wirklich wichtig gewesen wäre, hätten wir einfach reden können.«

»Das ist aber nicht so einfach zu erklären, Jasper. Die Sache ist kompliziert, und, ob du es glaubst oder nicht, ich habe dabei auch an uns gedacht. Ich habe versucht, einen Weg zu finden, bei dem niemand etwas verliert.« Meine Stimme zitterte. »Hast du mir denn alles gesagt?«, hakte ich nach.

Wischte er sich etwa eine Träne aus dem Augenwinkel? »›An uns gedacht‹ ist für dich doch das Gleiche wie ›nur an dich gedacht‹. Du wolltest gar nicht mich, sondern nur das Grundstück. Und dabei hast du keine Ahnung, was dieses Stück Land für mich bedeutet. Sag nie wieder, ich wäre ungerecht. Sag einfach überhaupt nie wieder etwas zu mir.«

Ich stand da, unfähig, mich zu bewegen, als empfinge mein Körper keine Signale mehr von meinem Gehirn.

Jasper wandte sich ohne ein weiteres Wort von mir ab. Selbst Fiete, der bislang still zu meinen Füßen ausgeharrt hatte, stand nach kurzem Zögern auf und verschwand mit hängendem Schwanz.

Was war so falsch daran, alles richtig machen zu wollen?

24

Die Masten der Kutter klapperten bei jedem Windstoß. Ich zog mir die Kapuze über den Kopf. Außer mir hielten sich nur noch einige Fischer im Hafen auf, die ihre Strickmützen ebenfalls tief in die Stirn gezogen hatten. Die Nordsee war bereit, ihre ungastliche Seite zu zeigen. Über die Schulter warf ich einen letzten Blick auf Jaspers Kutter. Ich gehörte nicht hierher. Meine Heimat lag knapp dreihundert Kilometer von mir entfernt.

Damit der Fahrtwind mein Gesicht nicht komplett einfror, schob ich das Fahrrad. Ein leises Geräusch mogelte sich unter den pfeifenden Wind. Erst beim zweiten Hinhören erkannte ich den Klingelton meines Handys. Ich stützte das Rad an der Hüfte ab und zog das Telefon aus der Tasche.

»Katharina? Wo bist du? Ich kann dich kaum verstehen«, ertönte die Stimme meines Vaters aus dem Gerät.

»Hallo, Papa. Das ist der Wind. Ich stehe hier im Hafen. Ein Sturm zieht auf. Warte mal …« Ich stopfte das Telefon unter die Kapuze. »Ist es jetzt besser?«

»Kannst du nicht irgendwo hingehen, wo es nicht so windig ist?«

»Papa, ich stehe direkt an der Küste. Hier ist es überall windig. Es sei denn, ich gehe ins Haus, aber davon hast du mich gerade abgehalten.«

»Dann wird es wohl so genügen müssen. Musst du eben lauter sprechen«, nörgelte er. »Wir haben dich am letzten Sonntag beim Essen vermisst. Dürfen wir dieses Wochenende wieder mit dir rechnen, oder wie lange willst du dich noch da oben herumtreiben? Ging es nicht nur um einen simplen Grundstückskauf?«

Der Sonntagsbraten belegte auf der Liste meiner Probleme aktuell einen der hintersten Ränge. Um den letzten Platz konkurrierte er nur noch mit dem sprichwörtlichen Sack Reis in China. »Nicht jeder Grundstückskauf beziehungsweise seine Abwicklung ist automatisch so einfach, wie er aussieht«, verteidigte ich mich.

»Ich bitte dich, Katharina, du bist doch keine Studentin im ersten Semester. Was kann denn daran so kompliziert sein? Du trägst deine Informationen zusammen, und dann unterbreitest du dem Besitzer ein schriftliches Kaufangebot. Das nimmt er entweder an oder eben nicht. Im letzteren Fall legst du noch mal nach.«

In der Theorie klang das idiotensicher, aber manchmal hielt sich die Praxis nicht an das Drehbuch. »An dem Grundstück hängen Menschen, Papa«, warf ich ein. Gleichzeitig wich ich einem dicken Tau aus, das mir ein Fischer direkt vor die Füße gerollt hatte. Leider vergaß ich dabei das Fahrrad.

Die Stimme meines Vaters übertönte das Scheppern des Aufpralls mühelos. »An dem Grundstück hängen Menschen? Hörst du dir eigentlich selbst zu? Die einzigen Menschen, denen du verpflichtet bist, nennt man gemeinhin ›Mandanten‹, und sie bezahlen dich für deine Arbeit. In diesem Fall ist dein Mandant jemand, für den du dieses Grundstück kaufen sollst. So einfach ist das.«

Ich versuchte, ihm die Zwickmühle zu erklären, in der ich steckte, während ich mit einer Hand das Rad vom Boden hochzog. »Aber das hier ist anders. Ich habe die Menschen, denen das Grundstück gehört, kennengelernt.« Leise fügte ich nach einer kurzen Pause hinzu: »Und sie liegen mir am Herzen.«

Ein übertriebenes Lachen prallte auf mein Trommelfell.

»Großartig. Meine Tochter möchte ihren Job als Juristin gerne gegen den einer Sozialarbeiterin tauschen.«

So aufgebracht hatte ich meinen Vater selten erlebt. Das lag vermutlich daran, dass ich ihm dazu bislang keinen Anlass gegeben hatte.

Er fuhr in einem anklagenden Tonfall fort: »Wenn ich diese Mentalität gehabt hätte, dann wären deine Mutter und du weder in diesem schönen Haus in Angermund zu Hause, noch hätte ich die Kanzlei deines Opas zu dem gemacht, was sie heute ist. Ganz zu schweigen von deiner erstklassigen Ausbildung.«

Eindeutig seine Lebensziele, aber waren es deshalb automatisch auch meine?

»Gab es bei deinen bisherigen Verhandlungen für Goldbach etwa keine gegnerischen Parteien? Und hast du für die schon jemals dein Herz entdeckt?«, fragte er spöttisch.

»Vielleicht hätte ich das getan, wenn ich sie persönlicher gekannt hätte«, antwortete ich mehr mir selbst als ihm.

Ein abschätziges Schnauben drang durch das Telefon.

»Papa, ich bin dir wirklich dankbar für alles, was ich von dir gelernt habe. Aber dieses eine Mal möchte ich es auf meine Art lösen, ohne diese Menschen zu verletzen. Nur weil du mein Vater bist, heißt das doch nicht, dass wir immer einer Meinung sein müssen. Kannst du das nicht verstehen?«

»Und diese Eingebung ist plötzlich vom ostfriesischen Himmel auf dich herabgefallen?«

Darauf schwieg ich lieber, denn die ganze Wahrheit war noch komplizierter.

Er setzte zum finalen Stoß an. »Und, Katharina, wenn du denkst, ich wüsste nicht genau, was da mit diesem Paul läuft, dann täuschst du dich gewaltig, mein Kind. Denk an meinen Rat, niemals Berufliches und Privates zu vermischen. Das ist dein Fehler, und er wird dir noch das Genick brechen.«

»Dr. Wolfgang König, der Alleswisser.«

Das Handy am anderen Ende blieb stumm.

Seit dem denkwürdigen Morgen mit Paul warf mein glatt gebügeltes Leben Falten. Mein Vater war immer derjenige gewesen, der das Bügeleisen sofort zur Hand gehabt hatte. Erst die letzten Tage hatten mir gezeigt, wie viel unbefangener ich mich bewegte, wenn ich nicht ständig darauf achtgab, faltenfrei zu bleiben.

Just in dem Moment, als ich die Hand unter der Kapuze hervorzog, vibrierte es zwischen meinen Fingern. Ohne auf das Display zu schauen, nahm ich das Gespräch an, atmete tief durch und drückte das Handy zurück ans Ohr. »Also gut, Papa, lass uns vernünftig über die Sache reden.« Ich reichte ihm die Hand. Zumindest einen Finger davon.

»Katharina, kannst du mich verstehen? Die Verbindung ist ziemlich schlecht. Ich bin es, Paul. Hör mal, die ganze Sache vor deiner Abreise ist vielleicht nicht ganz so optimal gelaufen«, sprudelte es aus ihm heraus.

Das war nun wirklich die Untertreibung des Jahrhunderts.

»Paul, was willst du?«, fragte ich in dem Tonfall, mit dem ich unerwünschte Werbeanrufer vergraulte.

»Mit dir reden, Katharina.«

»Kein Interesse. Sonst noch was?«, fragte ich.

»Ich kann verstehen, dass du wütend auf mich bist. Hör zu, vielleicht sollten wir dieses Gespräch lieber persönlich unter vier Augen führen, wenn du zurück bist«, versuchte er weiter, mich zu besänftigen.

Die Erfahrung hatte mir gezeigt, wie so ein Vier-Augen-Gespräch mit Paul endete. Und wo. Genau in dem Zimmer, in dem diese ganze Misere ihren Anfang genommen hatte.

Er wechselte das Thema. »Wie geht es denn überhaupt voran mit deinem Auftrag? Goldbach wird langsam ungeduldig und hat mich heute darauf angesprochen. Lange guckt der sich das bestimmt nicht mehr mit an«, warnte er mich.

Die gewährte Woche war um, aber das änderte jetzt auch

nichts mehr. »Dann richte ihm aus, ich arbeite derzeit intensiv am Ausbau meiner interkulturellen Kompetenz«, gab ich zurück.

»Du arbeitest an *was?*«, fragte er entgeistert. »Das soll ich ihm genau so ausrichten? Bist du sicher?«

»Ganz sicher. Mach's gut, Paul.« Ich tippte auf das rote Feld, obwohl er weiterredete. Kurz entschlossen schaltete ich das Handy komplett aus, bevor ich es zurück in die Tasche steckte. Da sich kein Anrufer um meine Antworten scherte, war es überflüssig, mir überhaupt ihre Fragen anzuhören.

Inzwischen glich ich vom Herumstehen und Telefonieren einer Packung Tiefkühlkost. Ich wünschte mich auf dem schnellsten Weg zurück zu Grete, um im Warmen aufzutauen. Aus den Wolken fielen erneut dicke Regentropfen. Ich straffte die Bändchen meiner Kapuze und zog mir die Ärmel der Jacke über die Hände. So verpackt trotzte ich samt Fahrrad dem Gegenwind.

Eine vertraute Stimme ließ mich unter dem Rand meiner Kopfbedeckung hervorlugen.

»Fiete, Fiiieeeteee …« Jasper lief von einem Kutter zum nächsten und brüllte gegen den Wind an. Immer wieder schaute er sich suchend um.

Ich ging ihm ein Stück entgegen und ignorierte seine Bitte, nie wieder mit ihm zu sprechen. »Jasper, kann ich irgendwie behilflich sein? Ist was mit Fiete?«

Er blieb mitten auf dem Kai stehen und starrte mich an, bevor er mir in schneidendem Ton antwortete: »Ich habe deine Hilfe bisher nicht gebraucht, und das bleibt auch in Zukunft so. Fahr einfach zurück in dein piekfeines Zuhause, zu deinem erfolgreichen Job mit lauter noch erfolgreicheren Leuten, wo alles nach deiner Vorstellung läuft.« Er drehte sich um und rief weiter nach dem Hund.

Die Regentropfen hatten sich inzwischen zu Bindfäden zusammengeschlossen und wickelten mich, mithilfe des Windes, von allen Seiten ein. »So ist das nicht«, rief ich ihm hinterher. »Das Leben läuft gerade überhaupt nicht nach meiner Vorstellung. Und ich kann es auch nicht einfach weiterführen wie bisher.« Etwas leiser fügte ich hinzu: »Und du bist der Grund dafür.« Die Worte erreichten ihn nicht, weil der Wind sie mit sich forttrug.

Grete nahm mir an der Tür die Jacke ab, an der das Regenwasser herablief und auf den Boden tropfte.

»Ich habe mir schon Sorgen gemacht, wo du so lange bleibst. Bei dem schlimmen Schietwetter jagt man doch keinen Hund auf die Straße.« Sie runzelte die Stirn.

Hoffentlich hatte sie recht, und es war wirklich kein Hund mehr draußen.

»Hast du geweint?« Sie sah mir prüfend ins Gesicht und strich mir über die nasse Wange.

Zum Glück hatten sich die Tränen unterwegs mit dem Regen vermischt. »Nein«, flunkerte ich, »ist bloß Wasser.« Ich wischte mir mit dem Handrücken über das Gesicht.

»Und was hast du nun da draußen so lange gemacht?«, hakte sie nach. Sie schien mir die Wassernummer nicht so richtig abzukaufen.

»Telefoniert«, erklärte ich ihr.

»Ihr jungen Leute seid doch verrückt. Telefoniert mitten im Sturm. Als ob man das nicht im Haus tun könnte!« Sie schüttelte ihre grauen Locken.

»Wenn du nichts dagegen hast, dann gehe ich hoch und nehme eine heiße Dusche.« Nach der Bekanntschaft mit dem schlimmen Schietwetter ging ich neuerdings mit Duschen aller Art auf Kuschelkurs.

»Mach das. Und wenn du fertig bist, bringe ich dir einen heißen Tee aufs Zimmer.«

Ich stapfte die Treppe hinauf, begleitet von dem Geräusch klappernden Geschirrs aus der Küche.

Frisch geduscht verkroch ich mich unter der Bettdecke und wünschte, ich wäre ein Murmeltier. Dann hielte ich bis zum nächsten Frühjahr Winterschlaf. Ungeachtet der Tatsache, dass sich die Welt da draußen auch ohne mich weiterdrehen würde, streckte ich einen Arm aus meinem Versteck. Mit einer Hand tastete ich mich blindlings bis in die Nachttischschublade vor. Ich griff zu und zog die rechteckige Beute aus Zucker und Kakao in meine Höhle. »Salted Caramel«. Das hier war eindeutig einer der ganz schwierigen Fälle.

Leider blieb der von Jule beschworene Erfolg aus. Im Gegenteil. Die süße Mischung mit der salzigen Note erinnerte mich erst recht an Jasper.

Wie war es ihm bloß gelungen, meine sonst so verlässliche Kontrolle zu durchbrechen? War es möglich, in nicht mal zwei Wochen ein ganzes Leben auf den Kopf zu stellen?

Durch das Oberbett drang ein Klopfgeräusch an mein Ohr. Ich hörte, wie die Tür sich leise quietschend öffnete und wieder schloss. Schritte näherten sich dem Bett, und etwas wurde auf dem Nachttisch abgestellt.

Gretes Gesicht erschien unter der Bettdecke. »So schlimm?«, flüsterte sie mir zu.

Ich nickte. »Schlimmer.«

Sie setzte sich auf die Bettkante und wartete, bis ich mich aufgerichtet hatte. Dann reichte sie mir die Tasse vom Nachttisch.

»Nichts wird so heiß gegessen, wie es gekocht wird«, beruhigte sie mich.

Ich bemühte mich, meine Mundwinkel zu einem Lächeln anzuheben, aber es gelang mir nicht so recht. Darum trank ich lieber Tee.

»Was hat dich denn bloß so aus der Fassung gebracht?« Sie wartete die Antwort erst gar nicht ab. »Der junge Jensen? Ich habe es kommen sehen.«

»Ach, Grete«, seufzte ich. »Ich habe es verbockt. Wenn es

nur um Jasper ginge.« Dann erzählte ich ihr die ganze Geschichte. Von seiner Heimat und von meiner. Und von meinem Versuch, beide zu vereinen. »Und jetzt habe ich Jasper verloren, meinen Vater enttäuscht, und von der Kanzlei spreche ich lieber erst gar nicht. Da brauche ich mich nie mehr sehen zu lassen.«

Grete tröstete mich. »Väter beschützen ihre Töchter. Das war schon immer so. Manchmal verlieren sie dabei das Beste für ihr Kind aus dem Blick und bauen aus Sorge einen Sicherheitszaun um seine Welt. Du musst deinem Vater zeigen, was das Beste für dich ist. Und wenn das Jasper ist, dann hab ein bisschen Geduld mit dem Jungen, Katharina. Er kann nicht so einfach aus seiner Haut, aber das muss er dir selbst erklären. Gib ihm eine Chance.«

Ich krabbelte an ihr vorbei aus dem Bett und zog die Herzmuschel aus meiner Tasche. Mit den Fingerkuppen strich ich über die Oberfläche, bevor ich Grete meinen Schatz auf der geöffneten Handfläche präsentierte. »Die hat er mir geschenkt, vor ein paar Tagen im Watt. Noch nie hat jemand meine Welt so durcheinandergebracht. Dabei war ich bis letzte Woche doch gar nicht unglücklich mit meinem Leben, Grete.«

»Meine liebe Katharina, wenn ich in meinen gesammelten Lebensjahren eines gelernt habe, dann ist es, dass nicht unglücklich zu sein noch lange nicht bedeutet, glücklich zu sein.«

25

Der Regen prasselte gegen die Fensterscheibe meines Zimmers. Ich hörte den Sturm um das Haus toben. Seine Geräusche glichen dem Klagelied eines alten Hausgeistes, und die Fensterläden klapperten im Takt dazu. Ich zog die Bettdecke ein Stückchen höher bis an mein Kinn.

Grete war noch mal hinausgelaufen in das Unwetter, um die Blumenkästen von den Fensterbänken zu nehmen und in Sicherheit zu bringen. Ohne die Nachttischlampe oder das Licht einer Straßenlaterne, das zum Fenster hereinschien, sah ich die Hand vor Augen nicht.

Ich wälzte mich hin und her und versuchte vergeblich, in den Schlaf zu finden. Die Gedanken wirbelten in meinem Kopf herum wie der Wind vor der Tür. Mit einer Hand tastete ich nach der Muschel, die auf dem Nachttisch lag. Ich schloss die Finger darum, fühlte Jaspers Lippen wieder auf meinen und sah in seine meerblauen Augen, in deren Tiefen sich ungelüftete Geheimnisse verbargen. Dazwischen mahnte die Stimme meines Vaters, Berufliches und Privates nicht zu vermischen.

Was, wenn er recht hatte und ich hier tatsächlich auf dem Holzweg wandelte? Zu allem Überfluss kreuzte Paul durch das Kopfkino-Geschehen, in seinem Auto, in dem er sich mit Laura vergnügte. Das Gedankenkarussell drehte sich unaufhörlich weiter, bis ich in einen unruhigen Schlaf fiel.

Das Schrillen der Türklingel riss mich aus meinen Träumen. Ich schlug die Augen auf und benötigte einen Moment zur Orientierung. Immer wieder drang das Geräusch bis in den letzten Winkel des Hauses. Ich schwang die Beine aus dem Bett, legte die Muschel beiseite, mit der ich eingeschlafen war, und tastete vergeblich nach dem Schalter der Nachttischlampe.

Erst das Licht im Flur, das mit seinem spärlichen Schein unter der Tür hindurch den Boden erhellte, wies mir den Weg. Offenbar war ich nicht als Einzige aus dem Schlaf gerissen worden.

»Grete, stopp, wer weiß, wer da an der Tür ist? Ich komme runter«, rief ich ihr von oben zu, kaum dass die Zimmertür hinter mir ins Schloss gefallen war.

»Harrijasses!«, antwortete sie. »Wir sind doch hier nicht in der Großstadt. Es wird ein Nachbar sein, der wegen des Sturms Hilfe braucht.«

»Man kann nie wissen«, beharrte ich. Eine eiserne Regel im Hause König, niemals die Tür zu öffnen, ohne sich vorher zu vergewissern, wer davorstand. Auf halber Treppe hörte ich schon, dass sie meine Warnung in den Wind geschlagen hatte.

»Hinrich, was machst du denn hier mitten in der Nacht?«

»Ein Notfall, Grete, schnell, zieh dich an und komm mit!« Er hielt mit beiden Händen die Kapuze auf seinem Kopf umklammert, an der der Sturm zerrte.

Ein Schwall kalter Luft drang herein und verursachte mir eine Gänsehaut unter meinem dünnen Schlafanzug. »Was ist passiert?«

Grete zog Hinrich in den warmen Flur und schloss die Tür.

»Fiete ist verschwunden«, platzte es aus ihm heraus, und er schob sich die Kapuze vom Kopf. »Jasper hat Nils angerufen. Aber die müssen ja nun alle in den Hafen, um die Taue von den Kuttern zu lockern, weil das Wasser steigt. Darum hat Nils mir Bescheid gegeben, und jetzt …«

Hinrich verstummte und sah mich an, als wäre ihm plötzlich wieder eingefallen, dass ich eine Fremde war. »Fiete ist der Hund von Jasper. Und mit dem Tauelockern ist das so …«, setzte er an.

»Schon gut, Hinrich, ich weiß, wer Fiete ist, den Rest erklärst du mir später mal«, unterbrach ich ihn. Zu der äußeren Kälte gesellte sich ein Gedanke, der auch mein Herz zittern ließ. Der kleine Hund war nach unserem Streit im Hafen davongelaufen. Jasper hatte ihn schon am Nachmittag zwischen den Kuttern gesucht. Es war alles meine Schuld. Nicht nur meine Welt hatte sich verändert, auch ich hatte hier einiges durcheinandergebracht. »Ich komme natürlich mit«, entschied ich deshalb, ohne zu zögern.

Grete winkte ab. »Bei dem Schietwetter? Bleib mal lieber im Haus. Du kennst dich ja ohnehin nicht aus hier.« Sie drehte sich zu Hinrich und wies ihn an: »Und du wartest einen Moment, ich ziehe mir was an.« Damit verschwand sie im Haus.

Ich bewegte mich nicht vom Fleck.

»Du hast gehört, was sie gesagt hat.« Hinrich zuckte mit den Schultern.

»Kommt überhaupt nicht infrage. Ich begleite euch, und damit hat es sich«, stellte ich klar. »Das ist das Mindeste. Außerdem, wozu habe ich denn das ganze Allwetterzeugs gekauft? Ich laufe nur kurz hoch.«

Er schwieg.

»Hinrich, hast du gehört? Ihr wartet auf mich.« Mahnend hob ich einen Zeigefinger vor sein Gesicht.

Er schaute in die Richtung, in die Grete verschwunden war. »Dann aber schnell.«

Von Kopf bis Fuß in meine signalgelbe Einsatzkleidung gehüllt, überholte ich Grete auf dem Weg zur Tür. Die stemmte die Hände in die Hüften und bedachte Hinrich und mich nacheinander mit einem strafenden Blick. Zu meiner Überraschung schluckte sie jeden Kommentar herunter, schob sich die Kapuze über den grauen Lockenkopf und griff an uns vorbei nach der Türklinke.

Kaum hatten wir das Haus verlassen, peitschte mir der Regen wie tausend kleine Nadelstiche ins Gesicht. Der starke Wind riss an meiner Kleidung. Er sang ein Lied von Hoffnung und Angst, das alle anderen Geräusche übertönte. Ich schluckte und konzentrierte mich einzig und allein auf Fiete.

Grete bildete die Spitze des Rettungstrupps und bedeutete uns mit einem Wink, ihr zu folgen.

Hinrich und ich stemmten uns gegen den Sturm, bemüht, den Anschluss nicht zu verlieren. Das Regenwasser floss in Bächen über die Straßen und Wege und umspülte meine Gummistiefel. Die Gullys waren kaum mehr imstande, die Fluten aufzunehmen.

Ich begutachtete einen der vielen Entwässerungsgräben, die Greetsiel in großer Zahl durchzogen. Das vormals kleine Rinnsal darin hatte sich in einen reißenden Strom verwandelt.

Hinrich hatte offenbar meinen erschrockenen Blick in den Graben bemerkt. »Hoffentlich ist Fiete nicht in so einen Kanal geraten!«, brüllte er mir ins Ohr. »Dann ertrinkt er, wenn wir ihn nicht schnell genug finden.«

Die Angst hielt mein Herz im Würgegriff. Unter keinen Umständen durfte dem Hund etwas passieren! Das würde ich mir niemals verzeihen. Ich beschleunigte meine Schritte und holte zu Grete auf. »Wo kann Fiete bloß sein?«, schrie ich gegen den Sturm an.

»Wir laufen erst mal den Weg zwischen dem Hafen und Jensens Haus ab. Vielleicht hat er irgendwo auf Jasper gewartet und wurde unterwegs vom Unwetter überrascht. Wenn er nicht zu Hause ist, bleibt er eigentlich immer in Jaspers Nähe«, rief sie zurück.

Außer er wurde durch einen unnötigen Streit von seinem Herrchen getrennt.

Grete schaute über die Schulter und wartete einen Augenblick, bis Hinrich zu uns aufgeschlossen hatte. Gemeinsam kämpften wir uns weiter vor.

Als wir die Brücke oberhalb des Hafens überquerten, bot sich mir ein vom Regen verschwommenes Bild des spärlich beleuchteten Hafengebietes. Die Flut hatte bereits den Kai überspült. Der Sturm schaukelte die Schiffe wie Spielzeuge hin und her, während die Fischer hektisch zwischen den Kuttern herumliefen und mit den dicken Tauen hantierten. Ausgeschlossen, dass sich Fiete hier noch aufhielt, ohne dass ihn einer der Männer entdeckt hätte. Ein weiteres Stück meiner Hoffnung wehte mit dem Sturm davon.

Nachdem wir die Brücke überquert hatten, erteilte Grete uns neue Kommandos: »Wir teilen uns auf, damit wir nichts übersehen. Hinrich, du suchst da drüben.« Mit wedelnden Händen scheuchte sie ihn zur anderen Straßenseite hinüber. »Katharina, du übernimmst diese Seite.« Sie selbst übernahm die Mitte.

Ich spähte in der Dunkelheit in jeden Winkel der mir zugeteilten Fläche. Da mir der Regen immer wieder die Sicht nahm und meine Augen von dem beständigen Gegenwind brannten, schirmte ich sie notdürftig mit einer Hand ab. Dabei lief mir der Regen in den Ärmel des erhobenen Armes und suchte sich seinen Weg unter meine Kleidung. Ob es auch eine Bezeichnung für diese Steigerung des »schlimmen Schietwetters« gab?

Die Vorgärten und Rasenflächen hatten dem Wind nichts entgegenzusetzen. Sie waren inzwischen überzogen von kleinen Seen. Davor verlief ein weiterer Entwässerungsgraben, in dem das Wasser so laut rauschte, dass es alle anderen Geräusche übertönte.

Ich blieb einen Moment stehen, überwältigt von den Wassermassen, die durch den Graben schossen, an dessen Ende ich ein wenig rechts von mir schemenhaft ein Gitter ausmachte, das den runden gemauerten Eingang in den Kanal sicherte.

Nicht im Traum hatte ich mir unter der heimischen Regendusche diese entfesselte Kraft vorgestellt.

Trotz allen Unbehagens gelang es mir nicht, mich loszureißen von dem Anblick der unkontrollierbaren Naturgewalten. Als hielte ich mir bei einem Horrorfilm die Augen zu und schaute dann doch durch die Finger. Glück im Unglück, denn sonst wäre mir vermutlich die kleine dunkle Gestalt entgangen, die immer wieder unter der Wasseroberfläche verschwand.

Meine Stiefel sanken bei jedem Schritt in den durchweichten Rasen ein. Am matschigen Rand des Grabens fiel ich auf die Knie und kniff die Augen zusammen, um im schwachen Licht einer etwas entfernt stehenden Straßenlaterne besser sehen zu können. Das Wasser näherte sich der Oberkante und hatte das Gitter beinahe überflutet. So nah wie möglich rutschte ich an den Abgrund.

Das rote Halstuch … Fiete! Mit seinen kleinen Pfoten paddelte er gegen die Wassermassen an. Immer wieder wurde sein Köpfchen unter die Oberfläche gezogen. Meine Versuche, ihn mit der Hand am Halsband zu packen, misslangen, da ich ihn nur mit den Fingerspitzen erreichte, ohne selbst Gefahr zu laufen hineinzufallen.

Ich sprang auf und schlitterte zurück zur Straße.

»Hinrich, Grete!«, brüllte ich mehrmals und ruderte wild mit den Armen, bis sie auf mich aufmerksam wurden. »Ich habe ihn gefunden.« Mit der Hand deutete ich in Richtung des Hundes, bevor ich umdrehte, gefolgt von den beiden.

Zu dritt knieten wir auf dem schlammigen Untergrund. Es gelang mir weiterhin nicht, Fiete zu fassen. Ich zog mein Handy aus der Tasche und leuchtete hinunter auf die Wasseroberfläche. Die Erschöpfung stand in seinen dunklen Knopfaugen, mit denen er mich Hilfe suchend ansah. Seine Bewegungen wurden immer langsamer, und sein Kopf blieb mit jedem Untertauchen länger verschwunden.

Egal, ob Jasper je wieder mit mir sprach, er würde Fiete nicht meinetwegen verlieren. Ich drückte Grete das Handy in die Hand, schob meine Jacke in die Höhe und deutete auf den Gürtel der Jeans. »Los, Hinrich, wir haben keine Zeit mehr. Halt mich fest.«

So gesichert, wagte ich es, mich weiter vorzubeugen. Das Wasser schwappte bis an meine Nase. Genau in dem Moment, als ich Fietes Halsband berührte, zog ein Strudel ihn erneut unter die Oberfläche. Ich hielt die Stellung, aber er tauchte nicht wieder auf. Es hatte keinen Zweck. Ich rappelte mich auf und löste Hinrichs Hände von meinem Gürtel.

Grete erkannte sofort, was ich vorhatte, und versuchte, mich am Arm zurückzuhalten. »Nicht, Katharina, das ist viel zu gefährlich! Wir brauchen einen langen Ast, um an den Hund heranzukommen.« Sie wandte ihre Aufmerksamkeit kurz von mir ab und leuchtete suchend über die Rasenfläche.

Ich nutzte den Augenblick und setzte zum Sprung an.

Hinrich war schneller. In letzter Sekunde riss er mich an der Jacke zurück, sodass ich rücklings auf dem Po landete. Er drängelte sich an mir vorbei und ließ sich selbst in den Graben hinabrutschen.

Grete versuchte, ihn mit der freien Hand aufzuhalten, doch er war bereits zu weit unten, und sie griff ins Leere.

Ein ganz klein wenig erleichtert, dass mir der Sprung letztlich erspart blieb, rappelte ich mich auf, nahm Grete das Handy ab, und leuchtete damit in die Dunkelheit hinunter. Für einen Moment sah ich Fietes Kopf auftauchen. »Da drüben, ein Stück weiter rechts von dir«, dirigierte ich Hinrich in die richtige Richtung.

Der geriet bei dem Versuch, zu dem Hund zu gelangen, auf dem glitschigen Untergrund ins Straucheln. Hilflos sahen wir zu, wie er aus unserem Blickfeld verschwand und unterging.

Grete streckte ihre Hand aus. »Hinrich, oh mein Gott!

Hinrich, ist dir was passiert? So sag doch was!« Von unten war nichts zu hören außer dem unheimlichen Rauschen.

Ich leuchtete hektisch die Wasseroberfläche ab. Kein Zeichen, weder von Hinrich noch von Fiete. Ich richtete das Licht seitlich auf Grete, deren weit aufgerissene Augen ins Leere starrten. Die Hände hatte sie vor den Mund geschlagen. Instinktiv packte ich eine ihrer Hände, drückte ihr mein Handy wieder hinein und sprang.

26

Mein Herz setzte für einige Schläge aus, als ich in das Wasser eintauchte. Vielleicht sammelte es auch nur Kraft, um danach umso schneller zu pochen. Ob mir die Kälte oder die Sorge mehr zusetzten, vermochte ich nicht zu sagen. Ich ruderte mit den Armen, bis ich die Orientierung wiedergefunden hatte und meine Füße auf dem Grund des Grabens Halt fanden. Zurück an der Oberfläche, schnappte ich nach Luft.

»Grete! Leuchte hierher! Grete!«, rief ich ihr mehrmals von unten zu, bis sie sich aus ihrer Schockstarre löste. In dem Lichtkegel tauchte Hinrichs Kopf auf.

»Katharina!« Er prustete und spuckte Wasser. Schwankend versuchte er, sich aufzurichten. »… solltest doch nicht … zu gefährlich …« Eine Welle schwappte vor sein Gesicht.

Ich griff ihm unter die Arme und zog ihn hoch, damit er nicht zurück in den Fluten verschwand. »Festhalten«, wies ich ihn an. »Alles in Ordnung bei dir? Kannst du stehen?« Es fiel mir schwer, die Lage zu sondieren, denn das Licht zitterte um uns herum wie Gretes Hand.

»Hinrich!« Ihre Stimme drang durch das Rauschen des Wassers gedämpft an mein Ohr. »Hinrich, geht es dir gut? Ist dir was passiert?« Die Worte verwandelten sich in ein Schluchzen. »Katharina, du musst ihn da rausholen.«

Inzwischen hatte sich Hinrich wieder gefasst. »Alles in Ordnung«, rief er zu Grete hoch. »Mach dir keine Sorgen.«

Das führte dazu, dass sie sich erst recht sorgte, was sich in noch lauterem Schluchzen äußerte.

»Beruhige dich, Grete. Ich bin nur unglücklich mit dem

Fuß ausgerutscht.« An mich gewandt fuhr er fort: »Katharina, du musst mich loslassen und nach Fiete tauchen. Du bist die Einzige, die ihn jetzt noch retten kann.«

Mit einem Schlag kehrte die Sorge um den Hund zurück, die hinter der Angst um Hinrich kurz zurückgetreten war. Ich vergewisserte mich, dass er zurechtkam, bevor ich eine Hand nach der anderen von ihm löste. Er nickte zur Bestätigung.

Ein tiefer Atemzug, dann tauchte ich unter. Meine Arme glitten suchend durch die Dunkelheit. Mit winzigen Schritten näherte ich mich dem Ende des Grabens, bemüht, keinen Zentimeter bei der Suche auszulassen. Zwischendurch holte ich Luft, um ein weiteres Mal unterzutauchen. Das Wasser floss mir durch die Hände, während die Zeit stillzustehen schien.

Endlich ertasteten meine Finger ein Bündel Fell, das vom Wasserdruck gegen das Schutzgitter am Ausgang des Grabens gedrückt wurde. Ich umfasste den kleinen Körper, presste ihn an mich und tauchte auf.

»Ich habe ihn.« Tränen der Erleichterung kullerten über mein ohnehin schon nasses Gesicht, als ich Fiete aus dem Wasser hob. »Grete, komm hier rüber zu mir, damit ich ihn dir herausreichen kann.« Sobald sie nahe genug am Rand kniete, drückte ich ihr den reglosen Hund in die Hände. Das Handy hatte sie auf den Rasen neben sich gelegt, sodass das Licht sie von unten anstrahlte.

Sie umklammerte das Tier und zog es an sich. Ich sah, wie sie den Schal von ihrem Hals wickelte und Fiete damit abrubbelte. Als er sich in ihren Armen schüttelte und bellte, stieß ich mit einem Seufzer die Luft aus. War ich jemals zuvor so erleichtert gewesen? Erst jetzt fiel mir auf, dass ich vor lauter Anspannung das Atmen vergessen hatte.

Ohne Gretes Beleuchtung war es dunkel hier unten. Ich tastete mich zurück zu Hinrich, der sich immer noch an derselben Stelle gegen den Wasserstrom stemmte. »So, Hinrich,

Zeit, hier rauszukommen. Schaffst du es alleine, dich am Rand hochzuziehen?«

»Ich weiß nicht. Ich glaube, mein Fuß ist verstaucht. Er schmerzt, und ich kann ihn nicht belasten«, gab er kleinlaut zurück.

»Wir schaffen das zusammen. Mach dir keine Sorgen«, sprach ich ihm Mut zu. »Wenn Grete dich von oben an den Händen fasst und du dich mit dem gesunden Fuß auf mir abstützt, dann sollte es gehen. So ähnlich wie bei einer Räuberleiter.«

Grete hatte den Hund auf dem Boden abgesetzt und lief am Rand des Grabens auf und ab.

»Grete«, rief ich und lenkte ihre Aufmerksamkeit zurück auf mich. »Hör mir zu. Leg das Handy so hin, dass Hinrich dich von hier aus sehen kann.«

Sie befolgte meine Anweisung.

»Perfekt. Jetzt packst du Hinrich an den Händen und ziehst ihn nach oben, und ich schiebe gleichzeitig von unten. Alles klar?«

Grete kniete sich an die Kante und streckte uns die Hände entgegen. Sie zitterten immer noch.

Ich stützte Hinrich und half ihm an den Rand des Grabens, bis er Gretes Finger zu fassen bekam.

»Achtung, Hinrich, es geht los.« Ein letztes Mal sank ich hinab und packte seinen gesunden Fuß. Ich richtete mich wieder auf. »Grete, jetzt ziehen«, gab ich das Kommando. Gleichzeitig stemmte ich Hinrichs Bein in die Höhe, bis wir es gemeinsam geschafft hatten, ihn aus dem Wasser zu bugsieren.

Dankbar ergriff ich die Hände, die Grete nun mir entgegenstreckte, und kletterte mit letzter Kraft an der aufgeweichten Wand des Grabens empor. Mit einem Platschen landete ich bäuchlings neben Hinrich auf dem überfluteten Rasen. Ich drehte mich auf den Rücken und schloss die Augen. Der Regen prasselte mir ins Gesicht, als sich von der Seite ein nasses

Fellbündel näherte und mir mit der Zunge über die Wange schleckte.

Ich setzte mich auf, zog Fiete auf meinen Schoß und drückte die Nase in sein nasses Fell. Wie schaffte es so ein kleines Wesen, solche großen Gefühle hervorzurufen? Klatschnass saß ich mitten in Ostfriesland. Meine Beine waren so schwer, als hätte ich soeben den Iron-Woman auf Hawaii bestritten. Und doch hatte sich kein Erfolg, den ich bislang errungen hatte, besser angefühlt.

»Danke, Katharina. Ich weiß nicht, wie das hier ohne dich ausgegangen wäre. In dir steckt doch ein echtes Nordlicht. Das leuchtet auch, wenn die Welt ringsherum untergeht.« Hinrich, der sich ebenfalls neben mir aufgesetzt hatte, legte seine kalte, faltige Hand auf meine, drückte sie dankbar und lächelte mich an.

»Weltuntergang« – das war sie, die Bezeichnung für die Steigerung des »schlimmen Schietwetters«. »Und weißt du, Hinrich, was das Beste ist?«, fragte ich ihn.

Er schüttelte den Kopf.

»Nasser können wir nicht mehr werden.« Ich lachte, und er fiel mit ein.

Grete, die um uns herumwuselte und schluchzend ein Stoßgebet nach dem anderen in den aufgebrachten Himmel schickte, blieb abrupt stehen und sah uns an, als hätten wir vollends den Verstand verloren.

Immerhin gelang es uns so ungewollt, sie wieder auf den Boden der Tatsachen zurückzuholen, wo sie das Kommando wie gewohnt an sich riss. »Hinrich, dein Fuß muss im Krankenhaus untersucht werden. Ich rufe den Rettungswagen«, stellte sie klar.

»So weit kommt das noch«, wehrte Hinrich ab. »Wegen so einer Lappalie ins Krankenhaus fahren.« Er tippte sich an die Stirn. »Da ruf mal bloß den Doktor Harmsen an. Er soll mit seinem Auto herkommen und uns nach Hause bringen. Dann kann er mich gleich untersuchen und fertig. Der schuldet mir sowieso noch einen Gefallen.«

»Der alte Quacksalber«, konterte Grete. »Der ist nicht umsonst in Rente. Und dann noch mitten in der Nacht und in dem Aufzug? Kommt nicht infrage, Hinrich, wir fahren ins Krankenhaus.«

»Machst du dir etwa Sorgen um mich, Grete?« Er zwinkerte ihr zu.

Sie winkte ab, aber ihr erneuter Schluchzer erzählte eine andere Geschichte. Zum ersten Mal, seit ich hier war, gab sie nach und tippte auf Ansage von Hinrich die Nummer des alten Dr. Harmsen in mein Handy.

Ich hatte mich bereit erklärt, Fiete bei den Jensens abzuliefern, von deren Haus wir gar nicht weit entfernt waren. Der unvermindert tobende Sturm ließ mich in meinen nassen Klamotten zittern. Die Vorstellung, dass mir der alte Seebär oder gar Jasper selbst die Tür öffnen könnten, tat ihr Übriges dazu. Ich schloss Fiete in die Arme, und wir wärmten uns gegenseitig.

Sobald das Haus in Sichtweite kam, zappelte er sich frei und rannte laut bellend auf die Tür zu. Diese öffnete sich wie auf Kommando, als hätten die Bewohner dahinter schon auf uns gewartet. Eine kleine, zarte Frau trat heraus. Der Hund sprang immer wieder an ihr hoch, bis sie sich zu ihm herunterhockte und ihn an sich drückte. Kleine Pfoten, großes Herz.

Nachdem ich die beiden erreicht hatte, richtete die Frau sich auf und streckte mir die Hand entgegen. Tränen rollten über ihre Wangen. »Hallo, ich bin Wiebke Jensen und das Frauchen dieses Ausreißers. Hast du ihn gefunden? Wo hat er bloß gesteckt?«

»Ja, aber ich hatte Hilfe bei der Suche«, wiegelte ich ab. »Er hat in einem Entwässerungsgraben gesteckt und ist nicht mehr alleine herausgekommen.« Ich ergriff die dargebotene

Hand, mit der die Frau mich kurzerhand an sich zog und in die Arme schloss.

»Wie kann ich dir jemals dafür danken? Er ist uns noch nie weggelaufen. Ich weiß gar nicht, was in ihn gefahren ist«, schluchzte sie an meiner Schulter.

Ich kam mir wie eine Betrügerin vor, denn ich kannte den Grund für sein Ausreißen nur zu genau.

»Was hätten wir bloß ohne unser Fellkind tun sollen?« Sie gab mich frei und sah an mir herunter. »Du meine Güte, du siehst aus, als hätte nicht der Hund in dem Graben festgesteckt, sondern du.«

Ich zuckte mit den Schultern und ersparte ihr die Einzelheiten unserer Rettungsaktion.

»Sicher frierst du. Komm doch erst mal rein. Ich bringe dir trockene Sachen und koche uns einen heißen Tee. Ich habe dich in der ganzen Aufregung auch noch gar nicht nach deinem Namen gefragt. Ich darf doch Du sagen?«

»Klar. Ich bin Katharina. Katharina König«, stellte ich mich vor. Dabei entging mir nicht ihr kaum wahrnehmbares Zögern, bevor sie weitersprach. Sicher hatte der alte Seebär ihr von mir erzählt.

»Vielleicht möchtest du dich zuerst im Bad trocknen?« Sie wartete die Antwort auf die Frage nicht ab. »Ich suche dir ein Handtuch und ein paar trockene Anziehsachen von mir heraus, ehe du dir noch den Tod holst.« Aus einem anderen Zimmer brachte sie wenig später die versprochenen Sachen, drückte sie mir in den Arm und schob mich in Richtung Bad.

Obwohl ich nicht vorgehabt hatte, mich hier häuslich niederzulassen, und jederzeit damit rechnete, dass Jasper oder sein Vater um die Ecke kamen, nahm ich ihre Hilfsbereitschaft gerne an. Abgesehen davon, dass es ihr, trotz meines Namens, eine Herzensangelegenheit zu sein schien, fror ich schlicht erbärmlich.

Als ich wieder herauskam, hatte Wiebke in der Küche den

Tee vorbereitet. Fiete hatte sich auf einer Decke zu ihren Füßen eingerollt. Offenbar hatte er auch ausgiebig gefressen, wie der beinahe leere Napf in der Ecke verriet. »Na, die Sachen passen doch prima«, stellte sie bei meinem Anblick in ihrer Kleidung fest und kommentierte die Tatsache nicht, dass die Knöpfe der Strickjacke offen blieben.

Das hatte ich alles Grete und ihren Kochkünsten zu verdanken. Es war jammerschade, dass sie ihre Pension brachliegen ließ.

»Setz dich doch.« Jaspers Mutter schob mir einen Stuhl am Tisch zurecht und ließ sich selbst auf der gegenüberliegenden Seite nieder. »Du bist also die junge Frau aus Düsseldorf, die bei Grete wohnt. Nun erzähl mal, wie du unseren Fiete gefunden hast.« Bei der Erwähnung seines Namens hob der Hund den Kopf und spitzte die Ohren.

»Vielen Dank erst mal, für die trockenen Sachen und den Tee.« Ich setzte mich. »Das stimmt. Ich bin über Umwege in der Pension von Grete Stöhr untergekommen. Eine lange Geschichte. Grete und ihrem Nachbarn Hinrich ist es auch zu verdanken, dass wir den Hund gefunden haben. Die beiden haben mich mitgenommen auf die Suche, bis wir schließlich an diesem Entwässerungsgraben gelandet sind. Zum Glück ist ja alles noch mal gut ausgegangen.«

Ich hielt die Geschichte bewusst klein, da es mir falsch vorgekommen wäre, mich als Heldin feiern zu lassen, obwohl ich doch die Ursache des ganzen Dilemmas war.

»Na, deinem Aussehen nach zu urteilen, war die Rettung nicht so einfach. Ich hoffe, alle Retter sind wohlauf?«

»Ein verstauchter Fuß bei Hinrich, aber nichts weiter Schlimmes.«

»Herrje, auch das noch«, gab sie erschrocken zurück. »Und das alles nur wegen dem kleinen Ausreißer.« In dem Blick, mit dem sie Fiete bedachte, spiegelten sich die tadelnden Worte nicht wider.

Wir tranken beide einen Schluck Tee, und ich nutzte die Redepause, um mich ein wenig umzusehen. Die Küche war klein, so wie das ganze Haus, strahlte aber die liebevolle Atmosphäre eines Familienmittelpunktes aus. Helle Holzschränke bedeckten eine Wand. Auf der dunklen Arbeitsplatte standen zwei Tassen, auf denen in blauer Schreibschrift die Namen *Johann* und *Jasper* prangten. Das passende Exemplar mit dem roten Namen *Wiebke* hielt die Besitzerin in den Händen.

Der Tisch, an dem wir saßen, harmonierte mit dem Holz der Küchenschränke. An der Wand hinter uns hing eine Collage aus Familienbildern, die das Leben in diesem Haus dokumentierten. Angefangen mit einem Hochzeitsfoto in Schwarz-Weiß, das vermutlich die Großeltern zeigte, über Baby- und Kinderfotos bis hin zu einem aktuellen Bild von Jasper vor seinem Kutter.

Ich stutzte, als mein Blick an einer Aufnahme hängen blieb, auf dem er mit einem identisch aussehenden Jungen abgebildet war. Beide Kinder hielten Schultüten im Arm.

Wiebke war meinem Blick gefolgt. Traurigkeit überzog ihr Gesicht. Sie strich sich mit der Hand durch die kurzen blonden Haare, die von einigen grauen Strähnen durchzogen waren, und schaute mich an. Die blauen Augen hatte Jasper definitiv von ihr geerbt. »Jasper und Jannis, unsere beiden Söhne«, erklärte sie leise.

»Zwei Söhne?« Ich verschluckte mich an meinem Tee und hustete. Jasper hatte nie von einem Bruder erzählt.

»Ja, unsere Zwillingssöhne. Der Unfall ist jetzt schon einige Jahre her, aber manchmal warte ich immer noch darauf, dass die Tür aufgeht und Jannis hereinkommt.« Eine einzelne Träne löste sich aus ihrem Augenwinkel. »Dazu die Angst, dass ich noch jemanden aus meiner Familie verlieren könnte. An solchen Tagen wie heute kommt sie zurück.«

»Das tut mir leid, das … habe ich nicht gewusst.« Ich

senkte den Blick und starrte in meine Teetasse. Jetzt wurde mir einiges klar. Es war, als purzelten die Puzzleteilchen an den richtigen Platz und ergäben ein Bild. Während ich am Himmel nach Sternschnuppen gesucht hatte, hatte Jasper zu dem Stern aufgeblickt, auf dem sein Bruder wohnte. Es hätte gereicht, die Scheuklappen abzunehmen, mit denen ich links und rechts von diesem bescheuerten Kaufvertrag alles ausgeblendet hatte.

»Es sieht Jasper ähnlich, dass er dir nichts davon erzählt hat. Mach dir keine Vorwürfe.« Sie betrachtete mich mit einer unverhofften Wärme, unter der ich noch mehr zusammensank.

Ich trank mir mit einem weiteren Schluck Tee Mut an. »Hör mal, Wiebke. Ich weiß, das mit dem Grundstück und deinem Mann ist denkbar ungünstig gelaufen. Ich möchte hier wirklich niemandem irgendetwas wegnehmen.«

»Ich mische mich nicht in die Geschäfte meiner Männer. Aber ich weiß, dass mein Johann manchmal über das Ziel hinausschießt. Er ist und bleibt nun mal der Kapitän unserer Familie. Das bedeutet für ihn, das Ruder auf stürmischer See besonders gut festzuhalten.« Sie lächelte mich entschuldigend an. »Ich möchte einfach nur, dass Jasper glücklich wird in seinem Leben.« Mit einem Zwinkern fuhr sie fort: »Und eins weiß ich: In den letzten Tagen habe ich Jasper endlich wieder lachen sehen. Ich nehme an, das lag an dir.«

Das Blut, das mir heiß in den Kopf stieg, vertrieb das letzte Frösteln.

»Er fühlt sich bis heute schuldig am Tod seines Bruders. Seitdem versucht er, es wiedergutzumachen, indem er Jannis' Lebensziele zu seinen erklärt hat. In den vergangenen Jahren gab es für ihn nur noch den Kutter. Du bist die Erste, die es geschafft hat, über die Reling zu klettern. Bitte, gib ihm eine Chance. Er ist ein guter Junge.« Sie griff nach meiner Hand.

»Wiebke, nichts würde ich lieber tun, aber dafür muss er mir wenigstens noch ein Mal zuhören.«

Sie nickte bedächtig. »Lass mich mal machen. Mütter haben da ihre ganz eigenen Tricks …«, deutete sie geheimnisvoll an.

Schweigend verharrten wir einen Augenblick, bevor Wiebke ihre Hand aus meiner löste und aufstand. »Und jetzt bringe ich dich schnell mit dem Auto nach Hause, damit du wenigstens noch ein bisschen Schlaf bekommst.«

Die Pension lag bei meiner Ankunft im Dunkeln. Regen und Sturm hatten inzwischen nachgelassen. Grete hatte mitgedacht und den Schlüssel in der Tür stecken lassen. Ich würde unbedingt noch mal ein ernstes Wort mit ihr über dieses Offene-Tür-Ding reden müssen. Auf Zehenspitzen schlich ich mich die Treppe hinauf, um Grete nicht aufzuwecken. Ich hoffte, dass mit Hinrichs Fuß alles in Ordnung war, und verschob meine Fragen auf den nächsten Tag.

Unter der Bettdecke ließ ich trotz bleierner Müdigkeit den Tag noch mal Revue passieren. Der Streit mit Jasper im Hafen, die nächtliche Suche nach Fiete und das Gespräch mit Wiebke. Meine Gedanken schweiften ab in Richtung Düsseldorf, das so weit entfernt zu sein schien wie die Erde vom Mond. Vielleicht war nichts von dem wirklich wichtig, von dem ich es vor dieser Reise immer angenommen hatte.

27

Aus der Küche drangen Stimmen und das Klappern von Geschirr zu mir herauf. Die Sonne schien auf das Bett und kitzelte meine Nasenspitze. Keine Spur mehr von Sturm und Regen, als hätte ich die letzte Nacht nur geträumt. Angesichts der ungewohnten Betriebsamkeit im Haus hüpfte ich aus dem Bett, legte einen Zwischenstopp im Bad ein und folgte dem Duft von frischem Gebäck die Treppe hinunter.

»Guten Morgen, Schlafmütze«, trällerte Grete und strahlte dabei mit der Sonne um die Wette. »Oder soll ich lieber Guten Mittag sagen?«

Der Grund für ihre übersprudelnde Energie war aber vermutlich nicht mein Anblick, sondern eher der eines weiteren Gastes in der Küche. Der saß auf der Eckbank, hatte seinen bandagierten Fuß auf einem Hocker abgelegt und blätterte betont gleichmütig in der *Ostfriesenzeitung.*

»Guten Morgen, ihr beiden.« Ich setzte mich zu Hinrich an den Tisch, auf dem ein noch unbenutztes Gedeck auf mich wartete, und presste die Lippen zusammen, um das Grinsen zu unterdrücken.

»Das ist nur wegen dem Fuß, er kann sich ja drüben nicht alleine versorgen«, erklärte Grete, ohne eine Miene zu verziehen.

»Hm«, gab ich zurück und goss mir Tee ein.

»Dr. Harmsen war auch sehr besorgt. Schließlich ist Hinrich nicht mehr der Jüngste und wäre gestern fast gestorben.« Sie legte eine Hand auf ihr Herz.

Hinrich gab ein entrüstetes Schnauben von sich.

»Sicher«, stimmte ich ihr zu und konzentrierte mich darauf, mein Brötchen aufzuschneiden.

»Nicht, dass du auf komische Gedanken kommst. Natürlich hat er nicht hier übernachtet.« Ihre Locken hüpften um ihren Kopf, den sie schüttelte, um ihre Worte zu bekräftigen.

Jetzt, da sie es sagte ... Bis eben wäre ich gar nicht auf komische Gedanken gekommen.

Hinrich hielt die Zeitung vor sein Gesicht.

»Sieh es doch mal so, Grete. Das hier ist eine Pension. Damit hast du das perfekte Alibi für Männerbesuch, der über Nacht bleibt.« Ich konnte nicht länger an mich halten und prustete los. Auch hinter der Zeitung hörte ich verdächtige Geräusche.

Grete griff nach einem Topflappen und warf ihn in Richtung Tisch. Ich duckte mich, sodass er meinen Kopf um Haaresbreite verfehlte und stattdessen Hinrich die neuesten ostfriesischen Nachrichten aus der Hand schlug.

»Es ist doch nicht zu glauben mit euch. Ich mache mir ernsthaft Sorgen, und ihr veralbert mich.« Grete schickte Hinrich und mir nacheinander einen grimmigen Blick durch den Raum, fiel aber letztlich in unser Lachen mit ein.

Ich schob den Stuhl neben mir nach hinten und klopfte auf die Sitzfläche. »Grete, jetzt setz dich mal hierher zu uns.«

Sie legte widerstrebend den Kochlöffel aus der Hand und folgte meiner Aufforderung.

»Ich finde es wunderbar, dass Hinrich und du das Kriegsbeil begraben habt und hier zusammen am Tisch sitzt. Letzte Nacht konnte ich sehen, wie groß deine Sorgen um ihn waren. Und nur weil ihr jetzt mehr Zeit zusammen verbringt, müsst ihr ja nicht gleich heiraten. Obwohl, man soll ja nie ›nie‹ sagen ...« Ich duckte mich zur Seite, für den Fall, dass sie einen weiteren Topflappen in Reichweite fand.

»So weit kommt das noch«, wetterte sie. Grete blieb eben Grete.

»Bis jetzt habe ich dich ja auch gar nicht gefragt«, gab Hinrich zu bedenken und verschanzte sich wieder hinter seinen Nachrichten.

»Was ist denn nun mit deinem Fuß, Hinrich?«, wechselte ich das Thema, bevor die beiden erneut stritten.

»Ach«, wiegelte er über den Rand der Zeitung hinweg ab, »das ist nichts. Nur eine kleine Zerrung, sagt Dr. Harmsen. In ein paar Tagen bin ich wieder ganz der Alte.«

»Aber nur, wenn du den Fuß hochlegst und wir zu der Nachuntersuchung gehen«, stellte Grete klar.

Hinrich raschelte mit dem Papier. »Dumm Tüch. Hoffentlich erzählt der olle Harmsen jetzt nicht überall die Geschichte rum. Der Dorfschnack fehlt gerade noch.«

»Was haben denn Jensens überhaupt zu Fietes Rückkehr gesagt?«, brachte Grete die Sprache noch mal auf die vergangene Nacht.

»Es war nur Wiebke Jensen zu Hause. Ich weiß nicht, wer glücklicher war, der Hund oder sie«, berichtete ich. »Sie hat mir außerdem von dem Unfall ihres Sohnes erzählt. Schlimme Sache. Davon wusste ich nichts.« Ich schaute in die Runde. »Mir sagt ja keiner was.«

Schweigen.

Hinrich legte die Zeitung beiseite. »So was bindet man ja nicht gleich jedem auf die Nase. Wir mussten dich doch erst mal kennenlernen. Dann haben wir gedacht, dass Jasper das selbst macht. Oder wenigstens Nils.« Er hob entschuldigend die Hände.

»Hat er aber nicht, wobei, ich kann das schon verstehen«, lenkte ich ein. »Da kann man mal wieder sehen, wie schnell so ein Leben vorbei sein kann. Ein Grund, warum ihr euch endlich zusammenraufen solltet. Manchmal muss man Recht einfach Recht sein lassen, es im Ordner mit den Lebenserfahrungen abheften und diesen ganz hinten ins Regal stellen, wo er schweigt.«

»Dann muss Hinrich aber auch aufhören, wegen meinem Vater und dem Zaun zu zanken«, beharrte Grete. So viel zum Thema »Schweigen«.

»Der Zaun«, flüsterte Hinrich. »Da muss ich noch was beichten.«

»Jetzt bin ich aber mal gespannt.« Grete verschränkte die Arme vor der Brust. Bis auf das blubbernde Geräusch des Kochtopfes beherrschte Stille die Küche.

»Weil Katharina das doch erklärt hat mit dem Grundbuchamt und dem berechtigten Interesse.« Er räusperte sich. »Also, ich habe mich da mal erkundigt wegen der Grundstücksgrenze, und dein Vater hatte recht, Grete. Der Zaun verläuft genau auf der Grenze und nicht einen Meter auf meinem Grundstück.« Er senkte den Kopf und fixierte angestrengt den Tisch.

»Also doch«, triumphierte Grete.

»Jo.« Hinrich kannte sie ebenfalls, die ostfriesische Generalantwort auf alle Fragen.

»Umso besser, wenn das nun ein für alle Mal geklärt ist. Dann rein damit in den Ordner und ab ins Regal. Ich mache euch einen Vorschlag. Was haltet ihr davon, wenn wir den Zaun einfach abbauen, bevor ich nach Hause fahre? Um den Waffenstillstand zu besiegeln? Dann wäre mein Aufenthalt hier auch nicht ganz umsonst gewesen.« Fragend schaute ich von einem zum anderen.

Die beiden sahen sich an und zögerten.

»Na los, nun gebt euch mal einen Ruck«, ermutigte ich sie.

Zu meinem Erstaunen war es Grete, die den Anfang machte. »In Ordnung. Aber nur, wenn du dafür noch mal mit Jasper sprichst, Katharina. Nicht, dass das auch dreißig Jahre dauert.«

Ihr Blick verschmolz mit dem von Hinrich.

»Ich gebe mir Mühe, versprochen.« Ich legte meine Hand

auf den Küchentisch, und zwei weitere Hände besiegelten darauf unsere Abmachung.

Plötzlich zog Hinrich seinen Arm zurück. »Aber das geht ja gar nicht. Mit dem Fuß …« Seine Mundwinkel sanken herab, und er deutete auf sein bandagiertes Bein.

Mist, er hatte recht. Ich knetete mit den Fingern mein Kinn. Dann kam mir eine Idee. »Was ist, wenn wir Nils fragen? Ich weiß, er steht auch samstags in seinem Fahrradverleih, aber bestimmt hat er zwischendrin ein Stündchen Zeit, um zu helfen? Für den guten Zweck?«

Grete und Hinrich nickten zustimmend.

»Ich rufe ihn an«, erklärte ich. »Seine Nummer ist in meinem Handy abgespeichert.«

Grete schnalzte mit der Zunge.

Ich zog das Telefon aus der Hosentasche, tippte auf die Nummer und stellte das Gespräch auf Lautsprecher. Das Freizeichen scholl durch die Küche.

»Katharina, du traust dich was, mich anzurufen! Jasper hat mir von der Sache gestern im Hafen erzählt. Ich hatte dich gewarnt. Nürburgring. Du erinnerst dich?« Nils kam sofort auf den Punkt. Vermutlich hatte er meine Nummer und meinen Namen ebenfalls abgespeichert.

Meine beiden Mithörer runzelten die Stirn.

Ich schüttelte leicht den Kopf und legte einen Finger auf die Lippen.

»Wenn du nicht willst, dass ich gleich wieder auflege, dann sag mir, dass das alles nur ein Missverständnis war und du es in Ordnung bringen wirst. Dann könnte ich mit ganz viel gutem Willen vielleicht als Pluspunkt für dich verbuchen, dass du Fiete zurückgebracht hast. Ich höre …«

Der Dorfschnack zog schon seine Runden. »Nils, jetzt halt mal kurz die Luft an«, fuhr ich ihn an, schob aber im Hinblick auf mein Anliegen versöhnlicher nach: »Bitte. Und bevor du mich wegdrückst, es geht gar nicht um mich. Ich sitze hier mit Hinrich und Grete, und wir wollten dich um Hilfe bitten.«

»Hallo, Nils«, gaben sich die beiden Mithörer im Hintergrund zu erkennen. Grete winkte sogar dazu, obwohl Nils sie natürlich nicht sah.

»Dann will ich mal nicht so sein«, ertönte es nachsichtig aus dem Lautsprecher. »Was gibt es denn?«

»Wir drei haben uns überlegt, dass wir den Zaun zwischen den beiden Grundstücken abbauen möchten«, erklärte ich ihm.

»Obwohl der gar nicht an der falschen Stelle steht«, fiel Grete ein, bevor Hinrich sie unterbrach und das Wort ergriff.

»Ich finde das eine prima Idee, mien Jung. Das haben wir alles der Katharina zu verdanken.« Er hob einen Daumen, und ich merkte, wie mir die Röte in die Wangen stieg. Sah Nils natürlich ebenfalls nicht, Letzteres zum Glück.

»Und wo komme ich dabei ins Spiel?«, fragte Nils.

»Hinrich kann ja wegen des verletzten Fußes nur zugucken, deshalb könnten wir ein bisschen Hilfe gebrauchen«, bat ich ihn und hoffte, dass er über seinen Schatten springen würde.

Es blieb zunächst still am anderen Ende der Leitung. Dann antwortete er: »Wenn das so ist, kann ich ja schlecht Nein sagen.«

Hinrich hob erneut einen Daumen in die Höhe, und Grete klatschte in die Hände.

»Im Moment ist aber gerade Hochbetrieb hier. Ich komme am Nachmittag, wenn weniger los ist. Passt das?«

»In Ordnung und … danke, Nils.« Ich atmete erleichtert aus.

»Nicht dafür, Katharina. Aber die andere Sache ist noch nicht vom Tisch, damit das klar ist.«

Er beendete das Gespräch, und ich rechnete ihm die Loyalität gegenüber Jasper insgeheim hoch an. Ich hätte das Gleiche für Jule getan.

Als hätten Hinrich und Grete den Wettergott an ihrer Friedenspfeife mitrauchen lassen, strahlte die Sonne am Nachmittag weiterhin von einem frisch gewaschenen blauen Himmel auf uns herab.

Grete hatte zwei Stühle hinaus in den Garten getragen und Hinrich und seinen Fuß darauf platziert. Der thronte wie ein VIP-Gast in der ersten Reihe und genoss die ungewohnte Aufmerksamkeit. Gerade hatte er Grete zum wiederholten Mal in sein Haus geschickt, um passendes Werkzeug herauszuholen, als von der Straße ein Knattern herüberdröhnte. Kurz darauf lugte ein Kopf um die Ecke des Hauses.

»Nils, mien Jung, schön, dich zu sehen«, rief Hinrich durch den Garten.

»Onkel Hinrich, was machst du denn für Sachen? Kaum lässt man dich mal mit den Frauen allein, passiert so was.« Nils kam näher und klopfte Hinrich auf die Schulter.

»Ach, das ist nichts, aber die beiden Feldwebel zwingen mich, hier zu sitzen«, sagte der und zeigte auf Grete und mich.

Nils drückte seine Patentante an sich. »Zum Glück ist nichts Schlimmeres passiert, und offenbar hatte das Ganze auch ein Gutes. Endlich kommt das olle Ding weg.« Er bewegte den Kopf in Richtung Zaun. »Wenn ihr mich fragt, war das schon lange fällig.«

Im Vorbeigehen nickte er mir zu. »Moin, Katharina.« Die Suppe hatte ich mir selbst eingebrockt.

Nils lief einmal den Zaun entlang und rüttelte an den Pfosten. »Ich sag ja, olles Ding. Der hat nicht mehr viel entgegenzusetzen.«

»Sag an, was sollen wir tun?« Grete stemmte die Hände in die Hüften.

»Ich schlage vor, ich buddele die Pfosten aus, und ihr beiden tragt den ganzen Kram hier vorne auf einen Haufen.«

Er griff nach dem bereitstehenden Spaten. »Dann gebe ich später dem Sohn vom Bauern Eilert Bescheid, der kann das auf seinen Anhänger laden und wegfahren. Alles klar?«

Grete schlug die Hacken zusammen. »Alles klar, Käpt'n.«

Ich nickte und folgte ihr. Stück für Stück trugen wir das letzte Zeugnis eines jahrzehntelangen Streits beiseite.

Plötzlich flitzte ein braun-weiß geflecktes Fellbündel mit einem roten Halstuch laut bellend über den Rasen.

Ich ließ den Zaunpfosten fallen, den ich gerade vor mir hertrug, und kniete mich hin. »Fiete, wo kommst du denn her?« Mit beiden Händen strubbelte ich durch sein blitzsauberes und weiches Fell. »Du bist doch hoffentlich nicht wieder ausgerissen?«

Hinter mir räusperte sich jemand vernehmlich. »Nee, er ist mit mir hier.«

Der Klang seiner Stimme traf mich mitten ins Herz, das abwechselnd vor Freude hüpfte und vor Schreck aussetzte. Diese Mischung verhinderte die Weiterleitung jedes sinnvollen Befehls an meinen Körper, sodass ich unfähig war, mehr zu tun, als den Kopf zu drehen.

Jasper stand ein paar Meter entfernt von mir und versteckte sein Gesicht hinter einem großen Strauß bunter Blumen.

Drei Augenpaare sahen erwartungsvoll zwischen Jasper und mir hin und her.

Er räusperte sich noch mal, bevor er die Sprache wiederfand. »Ich habe von meiner Mutter gehört, was ihr gestern für Fiete getan habt. Darum wollte ich mich bedanken.«

Da ich nach wie vor handlungsunfähig war, übernahm Grete das Kommando. »Das ist aber nett von dir. Und so ein schöner Strauß!«

Jasper machte Anstalten, ihr die Blumen zu überreichen, doch sie hob abwehrend die Hände.

»Die gib mal lieber Katharina. Ohne sie wäre es für Fiete und auch für Hinrich böse ausgegangen. Wir sind sehr stolz auf sie.« Grete reichte mir die Hand und zog mich hoch.

Mir war das Lob unangenehm, denn ohne mein Zögern wäre Hinrich erst gar nicht in dem Graben gelandet.

Der hatte mich von seinem Logenplatz aus durchschaut. »Nun nimm die Blumen ruhig, hast du dir verdient. Es gibt bestimmt nicht viele junge Anwältinnen, die über ihren Schatten springen, um einem kleinen Hund und zwei alten Sturköppen das Leben zu retten.« An Jasper gewandt fügte er hinzu: »Du hättest sie sehen müssen. Und das mit dem Zaun war auch ihre Idee.«

Grete gab mir einen Schubs in Jaspers Richtung.

Die Berührung unserer Hände, als er mir den Blumenstrauß überreichte, erzeugte einen Stromstoß, von dem ich befürchtete, dass alle Umstehenden die Funken für ein Feuerwerk halten könnten.

»Danke, Katharina, du weißt nicht, was mir das bedeutet.«

»Gern geschehen«, krächzte ich. »Ich würde das jederzeit wieder tun.« Unsere Blicke verhakten sich ineinander, bis Grete mich mit einem Händeklatschen zurückholte in die Realität.

»So, Kinder, wenn Jasper auch noch mit anpackt, dann sind wir hier schnell fertig.«

Als wäre der Garten aus einem Standbild erweckt worden, wuselten alle durcheinander.

Gemeinsam standen wir nach getaner Arbeit in einem Kreis um die aufgeschichteten Zaunteile und betrachteten unser Werk. Außer Hinrich, der immer noch auf seinem Stuhl saß, aber einen nicht minder zufriedenen Eindruck machte. Fiete sprang zwischen uns herum und genoss die Streicheleinheiten.

»Was haltet ihr davon, wenn wir noch alle gemeinsam essen?«, fragte Grete in die Runde.

Nils lehnte dankend ab. Die Arbeit rief. Er verabschiedete sich, nicht ohne mir beim Weggehen noch mal ins Ohr zu flüstern, dass er ein Auge auf mich haben würde.

Auch Jasper schlug die Einladung leider aus.

Ich bat ihn, einen Moment vorne bei seinem Auto zu warten, damit ich ihm die Kleidung seiner Mutter mitgeben konnte.

Er lehnte an der Ladefläche des Pick-ups, als ich aus dem Haus trat. Fiete saß bereits im Auto und streckte seine Schnauze aus dem Fenster.

Zwei Menschen, zwischen denen Ungesagtes stand wie eine Glaswand. Wir sprachen gleichzeitig den Namen des anderen aus. Durch das anschließende Lachen bekam das Glas erste Risse.

»Jasper«, fuhr ich fort. »Ich muss mich bei dir entschuldigen. Es war nicht richtig von mir, dir nicht die ganze Wahrheit zu sagen. Aber bitte, du musst mir glauben, es war nicht böse gemeint. Ich wollte einfach niemandem schaden, und das ist komplizierter, als ich dachte. Das mit dir, überhaupt das alles hier hat mein Leben völlig auf den Kopf gestellt.«

Seine Miene spiegelte nicht wider, ob meine Worte ihn erreichten.

»Und außerdem hast du mir auch nicht die ganze Wahrheit gesagt, und so richtig verstehe ich immer noch nicht, was dieses Grundstück damit zu tun hat.«

»Meine Mutter hat mit dir gesprochen«, stellte er in einem Tonfall fest, in dem er sich genauso gut hätte ein Krabbenbrötchen bestellen können.

Ich nickte.

»Okay. Vielleicht habe ich dich ein bisschen voreilig in eine Schublade gesteckt. Und ich habe dir auch nicht alles erzählt. Zufrieden?« Er wich mir mit seinem Blick aus und streichelte Fiete über den Kopf.

Ich sah an seinen zusammengepressten Lippen, wie schwer es ihm fiel, die folgenden Worte auszusprechen.

»Wenn du nur ein Mal mit mir da rausfahren würdest. Dann könntest du verstehen, was Heimat und Familie für mich bedeuten.«

»Warum eigentlich nicht?«, griff ich seinen Vorschlag auf. »Auf einen Tag mehr oder weniger hier oben kommt es jetzt auch nicht mehr an.« Ich war bereit, jede Chance zu nutzen, um Jasper nicht zu verlieren.

Er sah mich an, als hätte ich soeben bekannt gegeben, mit nackten Füßen durchs Watt wandern zu wollen. »Weil du es nicht so mit Wasser hast, darum nicht? Und weil so ein Kutter kein Ausflugsdampfer ist, sondern ein Arbeitsplatz.«

»Dann arbeite ich eben einen Tag lang für dich.« Schlage den Gegner mit seinen eigenen Waffen. »Und Wasser schockt mich seit letzter Nacht sicher nicht mehr.« Ich hielt ihm eine Hand hin. »Also haben wir einen Deal?«

Er zögerte, schlug dann aber ein. »Willkommen im Team, Decksfrau Katharina König! Dein Dienst beginnt pünktlich Montag früh um sechs Uhr. Sonst läuft die *Heimat* ohne dich aus.« Er ließ mich los, stieg in sein Auto und fuhr davon. Bevor er aus meinem Sichtfeld verschwunden war, winkte er noch mal aus dem geöffneten Seitenfenster.

Ich hoffte, dass es mir gelingen würde, auf dem Kutter aus der voreilig aufgezogenen Schublade wieder herauszuklettern.

28

Die Möwen kreischten in der Luft, als beschwerten sie sich über den fremdartigen Kanarienvogel, der in ihrem Revier herumflog. Nachdem ich den gestrigen Sonntag zum ersten Mal seit langer Zeit einfach vertrödelt hatte, war ich heute Morgen noch vor der Sonne in den neuen Tag aufgebrochen und checkte jetzt keine Minute zu spät für meinen Aushilfsjob ein. Pünktlichkeit war ein Hauptbestandteil der Vatermilch, die ich seit frühester Kindheit eingesaugt hatte.

Der Arbeitstag im Hafen war bereits in vollem Gange. Lieferwagen rollten an, und die Fahrer entluden leere Kisten, die sie für den neuen Fang an die Fischer verteilten.

Mit einem Satz sprang ich über einen Schlauch, der mir den Weg versperrte. Aus einem gelben Tanklaster wurde darüber Treibstoff in einen der Kutter gepumpt. Meine Aufmerksamkeit wurde von den ersten auslaufenden Schiffen gefesselt, bis ich Jaspers Stimme hörte.

»Moin, Frau König. Du bist tatsächlich pünktlich gekommen, Respekt.« Er schaute auf seine Armbanduhr und nickte anerkennend. Seine Strickmütze leuchtete über der Reling der *Heimat.* Mit einer Hand half er mir an Bord.

»Decksfrau König meldet sich zum Dienst, Kapitän Jensen.« Ich salutierte mit einem Augenzwinkern. »Was wünschen sich die Fischer vor der Fahrt? Petri Heil?« Im weitesten Sinne handelte es sich beim Krabbenfischen doch um eine Art Angeln, daher erschien mir das angebracht.

Endlich verzogen sich seine Mundwinkel wieder zu diesem verschmitzten Grinsen, das ich in den letzten Tagen so vermisst hatte. Das hier war seine Komfortzone. »Dicke Büddels.«

»Dicke was?« Das hörte sich in meinen Ohren verdächtig nach einem zweideutigen Witz an.

»Dicke Büddels. Dicke Beutel. Wegen der Form der Netze, in denen die Krabben landen«, erklärte er mit einer Miene wie mein Mathe-Lehrer damals am Gymnasium, als er versucht hatte, mir die Differentialrechnung näherzubringen.

»Ah, na dann.« Gewisse Restzweifel blieben bestehen und wurden durch einen weiteren Umstand verstärkt. »Wo bleibt denn die restliche Besatzung?« Ich schaute mich um.

»Im Optimalfall fahren wir zu dritt raus. Zu zweit ist auch in Ordnung, wenn es ein starkes Team ist.« Er zögerte, bevor er weitersprach. »Aber heute ist eine Sonderfahrt. Verrat mich nicht, dass wir grundlos Diesel vergeuden. Na ja, nicht ganz grundlos, ein bisschen was fangen wir hoffentlich, wenn du kräftig mit anpackst.«

Mein Magen schlug einen Salto. Es ließ sich allerdings nicht abschließend zuordnen, ob das eine Folge der Aussicht war, mit Jasper alleine über die Nordsee zu fahren und wobei auch immer kräftig anzupacken, oder bloß ein Hinweis auf die Seekrankheit. »Und wie lange hast du für diese Sonderfahrt eingeplant?«, erkundigte ich mich daher vorsichtshalber.

»So lange, bis dir genug Krabben ins Netz gegangen sind. Also streng dich an, sonst bleibt auch hier an Bord die Küche kalt.« Er kletterte voraus in das Ruderhaus.

Unschlüssig wog ich die nicht besonders präzise Zeitangabe ab und sah mich bereits tagelang Netze auswerfen und einholen, als ein leuchtend oranges Gummi-Ungetüm, mit dem Jasper mir vor dem Gesicht herumwedelte, mich aus meinen Gedanken riss.

»Hej.« Mit den Händen hielt ich das Teil auf Abstand.

»Arbeitskleidung«, sagte er mit ernster Miene. »Es wird nass an Bord, also ab mit dir in die Wathose.«

Ich griff nach dem Teil, hielt es mir vor den Körper und runzelte die Stirn. »Wie viele von mir sollen da reinpassen?«

»Deine Größe war wohl gerade aus. Aber ich bin mir sicher, von allen Decksfrauen hier an Bord bist du die Hübscheste.«

»Jasper, ich bin die einzige Decksfrau hier.«

Er fügte leise hinzu: »Daran würden auch zehn andere Anwärterinnen nichts ändern.«

Ein klitzekleines bisschen von dem Glück der letzten Woche schlich sich auf Zehenspitzen zurück, durchflutete meinen Körper und endete wie von Zauberhand mit einem Lächeln im Gesicht.

Während ich in das Ungetüm von Hose stieg, startete Jasper den Motor. Er sprang noch mal von Bord, löste das dicke Tau und warf es über die Reling, bevor er zurückkam und auf dem Sitz vor dem Steuerrad Platz nahm. Mit einem gleichmäßigen Tuckern verließen wir den Hafen. Der Wind wehte nur mäßig, und das Boot lag stabiler im Wasser, als ich befürchtet hatte.

»Perfekte Wetterbedingungen heute, du scheinst einen guten Draht nach oben zu haben«, sagte Jasper zu mir und reckte einen Daumen in die Höhe.

Je weiter wir rausfuhren, desto mehr vergaß ich den schwankenden Untergrund. Ich ließ die vielen Eindrücke auf mich wirken. Durch die Frontscheiben nahm ich zum ersten Mal bewusst das Naturschauspiel eines Sonnenaufgangs in seiner ganzen Kraft wahr. Die Sonne strahlte wie ein oranger Feuerball, der am Horizont das Meer küsste und seine Farbe in Tausenden kleiner Wellen über das Wasser ausgoss.

Auch nicht eine Millisekunde lang bereute ich es, mein Büro an diesem Morgen gegen diesen Arbeitsplatz getauscht zu haben. Aktenstapel auf einem Schreibtisch, über die hinweg ich auf ein Regal sah, in dem sich weitere Schriftstücke türmten. Der erste Anflug einer Ahnung formte sich, wie erdrückend es für Jasper sein musste, das alles hier auf der Kippe zu wissen.

Er drehte am Steuerrad. »Du bist so still. Woran denkst du?«

»Daran, dass ich nach meiner Rückkehr als Erstes meinen Schreibtisch so rücken werde, dass ich auf den Rhein hinausschauen kann«, antwortete ich.

»Du hast es.« Seine Mundwinkel hoben sich zu einem Lächeln, während sein Blick auf der weiten See vor uns ruhte.

»Was habe ich?«

»Das Meergefühl«, sagte er. »Wer es ein Mal gespürt hat, den lässt es nicht mehr los. So wie Jannis und mich.«

Das Meergefühl. Offenbar eines von vielen Gefühlen, die verborgen in mir geschlummert hatten, bis Jasper sie zum Vorschein brachte.

Ich nahm das Stichwort zum Anlass, das Gespräch auf seinen Bruder zu lenken. Wir unternahmen diese Fahrt schließlich nicht nur, um uns den Sonnenaufgang anzuschauen. »Jasper, wie ist das mit Jannis passiert? Gab es einen Unfall auf dem Kutter? Hatte es irgendwas mit dieser Hafenolympiade zu tun?« Ich sah an der Farbe seiner Fingerknöchel, dass er das Steuerrad fester umklammerte.

»Nein … das war … also …« Er verharrte bewegungslos und starrte ins Leere, bevor das Leben mit einem Ruck in seinen Körper zurückkehrte. Als hätte ich den falschen Stein aus der Wand gezogen, die seine Seele umschloss, und die ganze Mauer damit zum Einsturz gebracht. »Es gab einen Autounfall. Er musste einem überholenden Fahrzeug ausweichen und dann …« Seine Stimme versagte.

Ich legte ihm eine Hand auf den Arm.

Stockend sprach er weiter: »Ich brauchte dringend dieses eine Ersatzteil für den Kutter, wollte am nächsten Tag ganz früh rausfahren, aber ich hatte ausgiebig mit Enno auf die damalige Hafenolympiade angestoßen. Jannis hat aus Prinzip nie etwas getrunken, darum wollte er es für mich besorgen.« Eine Träne rann über seine Wange.

»Jasper, es war ein Unglück. Wir können unserem Schicksal nicht entgehen. Es war nicht deine Schuld.«

»Das sagt sich so leicht.« Er griff sich ans Ohr. »Das Letzte, was mir von ihm geblieben ist.«

Der Ohrring. *JJ* – Jannis Jensen. Ich hatte vermutet, es handele sich um Jaspers Initialen. Dabei war das nur die Spitze des Eisberges.

»Wir hatten noch so viel vor, so viele Träume. Ein Teil von mir ist mit Jannis gestorben. Ich kann nicht zulassen, dass auch unsere Träume begraben werden. Kannst du das verstehen, Katharina?« Er wandte sich mir zu, und sein verzweifelter Blick bohrte sich direkt in meine Seele.

Mit der Hand, die immer noch auf seinem Arm ruhte, strich ich leicht über seine Haut. »Ach, Jasper, ich kann mir wahrscheinlich nicht annähernd vorstellen, wie schwer das für dich sein muss. Sind diese Träume denn wirklich eure Träume gewesen, oder waren es nur die deines Bruders? Er hätte sicher nicht gewollt, dass du sein Leben lebst.«

»Wir hatten ein gemeinsames Ziel, wollten auf unserem Grundstück eine Pension bauen, in der wir die Gäste mit unserem eigenen Fang verpflegen. Ich fahre raus, er kümmert sich um das Geschäft mit den Urlaubern – das war der Plan.« Er zog den Arm von mir weg und drosselte das Tempo des Kutters. »Für das Ziel stehe ich immer noch ein. Es würde unsere finanziellen Probleme lösen und den Fortbestand sichern. Ein zweites Standbein. Aber ich bin Fischer, mein Bruder war der Kaufmann. Die ganze Verantwortung, die Familientradition, das alles lastet jetzt alleine auf mir.« Seine Schultern sackten herab.

Ich nickte. »Das kenne ich.« Wir lebten in zwei Welten, so unterschiedlich wie ein Heißluftballon und ein Airbus. Am

Ende war unser Problem das Gleiche: wohlbehalten wieder auf dem Boden zu landen.

Ehe ich dazu kam, ihm auch meine Situation zu erklären, wischte er sich mit der Hand über die Augen, stand auf und verließ das Ruderhaus. Er winkte mir. »Genug geredet, jetzt wird gearbeitet.«

Ich folgte ihm an Deck, wo er die Schleppnetze ins Wasser ließ und mir die Fangtechnik erklärte. Dann nahm er mit dem Kutter wieder Fahrt auf. Derweil erledigte ich alle Aufgaben, die Jasper mir erteilt hatte, hielt mein Gesicht in den Wind und genoss die ungewohnte Freiheit, bis es Zeit war, die Netze wieder einzuholen. Wie ein Kind an seinem Geburtstag freute ich mich über unseren ersten gemeinsamen Fang.

Ich half Jasper beim Kochen und Verladen der Krabben im Kühlraum, nachdem ich die vielen anderen Meeresbewohner bestaunt hatte, die als Beifang ihre Reise zurück ins Meer antraten. Über uns ein Schwarm kreischender Möwen auf Raubzug, die Hitchcocks Vögeln in nichts nachstanden.

Jasper nickte zufrieden. »Scheint so, als wärst du ein Glücksbringer. Vielleicht solltest du öfters mit rausfahren.«

Ich lachte. »Ob das mal so eine gute Idee ist? Ich bin mir nicht so sicher, ob aus mir ein zweiter Enno wird.«

»Heute schlägst du dich jedenfalls gar nicht schlecht. Wie sieht's aus, geht noch was?«

Ich reckte einen Daumen in die Höhe. Wir warfen die Netze erneut aus, bis ich mich erschöpft auf die Planken fallen ließ.

Jasper hatte einen Topf der gekochten Krabben abgefüllt und wedelte mir mit der Hand den Duft zu.

Erst jetzt hörte ich das Knurren meines Magens, der nach der Arbeit an Deck und der Seeluft seinen Tribut forderte. Ich robbte ein Stück zur Seite. Nicht, dass er mich noch für verfressen hielt, wenn mir bei jedem unserer Treffen der Magen knurrte.

Er lachte bloß. »Wer hart arbeitet, muss auch gut essen. Keine Sorge, ich mag Frauen, die nicht nur das Salatblatt vom Krabbenbrötchen zupfen.«

Ich befreite mich aus der nassen Wathose und folgte ihm in unseren neuen blauen Salon, wo er auf einer Kochplatte in seinem Topf rührte und etwas produzierte, was Fischer vermutlich so aßen an Bord. Immerhin roch es besser, als es aussah. Ich setzte mich an den Tisch.

Jasper stellte zwei Teller vor uns ab und platzierte ein Teelicht dazwischen, ohne es anzuzünden. Wegen der Brandgefahr. Fischerromantik.

»Wow. Das hätte ich dir gar nicht zugetraut.«

Seine ohnehin von der Seeluft geröteten Wangen nahmen bei meinen Worten noch ein bisschen mehr Farbe an, sodass sie sogar durch den Dreitagebart leuchteten. »Dann sind wir quitt. Ich habe dich unterschätzt. Wie du heute hier mit angepackt hast, Respekt! Statt einer Friedenspfeife biete ich dir hiermit offiziell die Friedenskrabbe an. Greif zu.« Er füllte seine Gabel, schob sich die erste Portion in den Mund und kaute zufrieden.

Als wir irgendwann satt vor den geleerten Tellern saßen, griff ich in meine Tasche. Auf der Handfläche streckte ich ihm die Herzmuschel entgegen, die er mir bei unserer Wattwanderung geschenkt hatte.

»Die hast du dabei?« Seine Augen weiteten sich vor Erstaunen.

»Immer, seit dem Tag im Watt«, gab ich zurück und sah ihm direkt ins Gesicht. »Glaubst du an Schicksal, Jasper?«

Er hielt meinem Blick stand, antwortete aber nicht.

»Dieses Grundstück war ein Job für mich, um den ich nicht gebeten hatte. Im Gegenteil. Aber er hat mich hierher geführt. Und dann treffe ich unverhofft auf jemanden, der in kürzester Zeit mein Leben durcheinanderwirbelt wie ein Wasserstrudel. Dass genau du nicht nur dieser Jemand für mich bist, sondern dass dir auch noch genau dieses Grundstück gehört, macht es kompliziert.«

Er schüttelte stumm den Kopf, schloss meine Hand um die Muschel und legte seine darauf. »Lass gut sein. Wir haben beide Fehler gemacht.« Dann zog er mich auf seinen Schoß. Er nahm mir die Muschel aus der Handfläche und platzierte sie auf dem Tisch. »Ich schlage vor, wir machen einfach da weiter, wo wir beim letzten Mal aufgehört haben. Was meinst du?«

Fragend schaute er mich an, während er mir eine Hand um den Nacken legte und meinen Kopf an sich heranzog. Das Meerblau seiner Augen nahm den dunklen Farbton tiefen Wassers an. Er löste meinen Pferdeschwanz aus dem Haargummi und murmelte: »Im Übrigen finde ich diese Locken sehr sexy.«

Mein Herz raste. Ich schloss die Augen und wartete mit leicht geöffneten Lippen auf den Moment, in dem sein Mund auf meinen treffen und er dafür sorgen würde, dass ich alle Bedenken über Bord warf. Als unsere Zungen sich berührten, schmeckte ich es ganz deutlich, das Meergefühl, das uns vereinte.

Jaspers Hände wanderten unter mein Shirt und setzten ihre Reise durch die Kleiderschichten fort, bis sie meine Haut erreichten. Er zog mir die Kleidung über den Kopf und warf sie achtlos beiseite. Seine Küsse wurden fordernder und tasteten sich von meinen Lippen über meinen Hals und meine Schultern hinunter bis zu meinen Brüsten. Sacht umfasste er meinen Oberkörper, lotste mich zu seiner Schlafkoje und legte mich rücklings auf der Decke ab, die er zuvor darauf ausgebreitet hatte.

In diesem Moment war ich einverstanden mit allem, was seine Berührungen versprachen. Mit zitternden Fingern versuchte ich meinerseits, die Knöpfe seines Fischerhemdes zu öffnen. Er half nach und streifte es kurzerhand ab. Der Anblick seines muskulösen Oberkörpers verführte mich endgültig zu Dingen, die selbst die Möwen dazu brachten, unsere Privatsphäre zu achten und abzudrehen.

Irgendwann holte Jasper mich zurück in die Realität, indem er mich sanft auf den Kopf küsste, den ich an seine Brust gelehnt hatte. Er löste seine Umarmung, stützte sich auf den Ellenbogen ab und betrachtete mich.

Mit dem Zeigefinger strich ich über seinen nackten Oberkörper und hinterließ eine Gänsehaut. »Was glaubst du, wie lange man von Luft und Liebe leben kann?«

Er umfasste mein Gesicht mit beiden Händen, und seine Lippen ließen mich erahnen, wie gerne er es ausprobieren würde. »Verhungern würden wir wohl nicht.« Er schmunzelte und zeigte nach draußen auf die Netze. »Das Problem ist eher meine Mutter, die die Küstenwacht informieren würde, bevor wir das herausgefunden haben. Glaub mir.«

Gemeinsam sammelten wir unsere auf dem Boden verstreut liegenden Kleidungsstücke wieder auf und zogen uns an. Das leise Tuckern des Motors kündigte die Rückkehr in den Alltag an.

Ich folgte Jasper hinter das Steuerrad und schmiegte mich an seinen Rücken. Die Wärme seines Körpers hüllte mich ein wie ein sicherer Kokon. Meine Hände verschränkten sich mit seinen um das Holz des Steuerrades. Ich drehte den Kopf zur Seite und presste eine Wange an ihn, bereit, aus dem Kokon zu schlüpfen und meine Flügel auszubreiten. Jasper hatte eine Seite in mir wachgerufen, die sich bislang erfolgreich hinter dem Pflichtbewusstsein versteckt hatte. Eine Seite, die sich nicht immer an Regeln hielt. Die nicht nur das tat, was andere erwarteten.

»Jasper«, sprach ich meine Gedanken aus, »wie wird das weitergehen mit uns?«

Er zog mich an den Händen hinter seinem Rücken hervor. »Sag du es mir. Was ist mit deinem Job?«

»Du hast mir das Meergefühl gezeigt, und das Meergefühl hat mir gezeigt, was Worte niemals geschafft hätten. Es wäre nicht richtig, diese Heimat zu zerstören. Gemeinsam könnten wir das verhindern.«

Jasper schüttelte den Kopf. »Wie soll das gehen? Das Geschäft mit der Fischerei hat in den letzten beiden Jahren weniger abgeworfen als geplant. Darum konnte ich den Kredit für die Modernisierung der *Heimat* zuletzt nicht bezahlen. Das Grundstück dient der Bank als Sicherheit.«

»Warst du deshalb dort, bei der Bank, meine ich?«

Er nickte.

»Ich habe da vielleicht eine Idee«, erklärte ich ihm. »Mein Auftrag lautet, das Grundstück für einen Mandanten der Kanzlei zu kaufen, der darauf ein Ferienquartier errichten will.«

Jasper presste seine Lippen zu einem schmalen Strich zusammen, nachdem diesen ein wütendes Schnauben entwichen war.

Ich legte eine Hand auf seinen Arm. »Jetzt warte doch mal. Das ist doch im Grunde genommen genau das, was dir vorschwebt. Vorschlag: Ich fahre zurück nach Düsseldorf und spreche mit meinem Chef. Vielleicht ist der Mandant bereit, als Investor für dein Projekt aufzutreten, und du kannst nicht nur das Grundstück behalten, sondern musst auch deine Träume nicht begraben. Was meinst du?«

Jasper wiegte skeptisch den Kopf. »Und was wird dein Chef dazu sagen?«

Gute Frage. Entweder es klappte, oder Jasper war nicht nur sein Grundstück los, sondern ich den Job gleich dazu. Von meinem Vater ganz zu schweigen. Was mich betraf, brauchte ich trotz allem nicht lange zu überlegen. »Ganz ehrlich? Ich kann dir nicht versprechen, dass es klappt, Jasper. Aber willst du das Grundstück einfach kampflos aufgeben? Schlimmer kann es doch nicht mehr werden.«

Er presste die Lippen nach wie vor zusammen, und seine Kiefer mahlten.

»Auch für mich ist das nicht einfach. Ich verliere im Zweifel den Konkurrenzkampf gegen meinen Kollegen und enttäusche meinen Vater. Aber das ist eine andere Geschichte, und ich bin bereit, das zu riskieren. Vertraust du mir?«

Seine Gesichtszüge entspannten sich zögerlich, bis er schließlich nickte. »Jo.«

»Und, Jasper, ich will mich nicht von dir verabschieden. Halt mich für verrückt, aber das mit uns ist etwas Besonderes. Ich möchte dir gerne einen Platz in meinem Leben einräumen, und ich wünsche mir, dass ich auch ein Teil deiner Heimat werden darf.«

Jasper öffnete den Mund, schloss ihn jedoch sogleich wieder, ohne wenigstens die ostfriesische Generalantwort herauszulassen.

Das beunruhigte mich jetzt doch ein bisschen.

Seine Lippen brachten die Zweifel umgehend zum Schweigen.

29

In der Ferne ragten über dem Hafen die Masten der wenigen Kutter in den Himmel, die ihre Fangfahrt schon vor uns beendet hatten. Ich zog den Reißverschluss der Jacke bis zum Anschlag hoch und stülpte die Kapuze über den Kopf. Der Wind hatte auf der Rückfahrt aufgefrischt. Die Möwen kreischten. Sie waren offenbar zurückgekehrt, um unserer Privatsphäre persönlich ein Ende zu bereiten. Vielleicht war es aber auch bloß das, was Möwen eben den ganzen Tag lang so machten.

Jasper drosselte das Tempo. Wir tuckerten zwischen den Deichen entlang, von denen immer wieder Menschen herüberwinkten, deren Kleidung um sie herumflatterte. Ich winkte zurück. Dabei kam ich mir vor wie Christopher Columbus bei seiner Rückkehr von der Entdeckung Amerikas. Wenig später passierten wir die Engstelle bei der Hafeneinfahrt. Ich strahlte durch die Scheibe ins Ruderhaus, von wo aus Jasper die *Heimat* sicher in Richtung ihres Liegeplatzes zwischen den anderen Kuttern steuerte.

»Katharina.« Er streckte den Kopf aus der Tür und zeigte auf das dicke Tau, das zusammengerollt an Deck lag. »Wirf das mal zu Eike rüber, damit er uns am Poller festmacht.«

Der schwang seine langen Beine soeben aus der Fahrertür eines am Kai geparkten Lieferwagens, schnappte im Flug zu und befestigte das Tau.

»Moin, Eike«, rief Jasper über meinen Kopf hinweg und reichte schon die erste Kiste mit Krabben an mir vorbei über die Reling.

»Moin, Jasper. Neue Besatzung an Bord?« Eike zwinkerte mir zu und schnappte sich die Kiste.

»Jo.«

Den Rest würde der Dorfschnack erledigen.

»Das war's für heute?«, fragte Eike, nachdem er alle Kisten in seinen Wagen geladen hatte. »Habt wohl den halben Fang schon selbst gegessen. Dann bis morgen.« Er hob zum Abschied eine Hand und stieg in sein Auto. Sein Lachen hallte im Hafen nach.

Es erstarb exakt in dem Moment, als der Lieferwagen sich in Bewegung setzte und die Sicht auf den dahinterliegenden Teil des Kais freigab. Kein Zweifel, wer dort mit verschränkten Armen an seinem schwarzen Audi lehnte. Paul Hartmann. Seine dunkelgraue Anzughose schmiegte sich faltenlos an seinen Körper, trotz der langen Fahrt, die er hinter sich hatte. Die Hemdsärmel hatte er lässig aufgekrempelt. Er schob mit dem Zeigefinger seine Designer-Pilotenbrille ein Stück nach unten und starrte mich über den Rand hinweg an wie eine Marienerscheinung.

Ich hörte Jaspers Stimme neben mir, doch mein Gehirn war unfähig, die Worte zu verarbeiten. Erst als seine Hand meine Schulter berührte, beendete mein Kopf den Stand-by-Modus.

»Hallo, Katharina, bist du noch da? Alles in Ordnung mit dir?«, fragte er, legte mir die Hände um das Gesicht und küsste mich.

»Nein … ja … entschuldige. Was hast du gesagt?«

»Ob wir hier gemeinsam klar Schiff machen und du später noch ein bisschen Zeit für mich hast, bevor du zurückmusst.«

»Ja, ja klar«, antwortete ich mechanisch. Aus den Augenwinkeln beobachtete ich Paul, der sich dem Kutter näherte, bemüht, mit seinen blank polierten, schwarzen Lederschuhen nicht in eine der Wasserpfützen zu treten.

Das war auch Jasper nicht entgangen. »Was starrst du denn die ganze Zeit den Schnösel da drüben an? Sicher wieder einer von den Urlaubern, die meinen, mit Geld könnten sie hier alles kaufen. Und mit der Protzkarre gleich mal bis auf den Kai fahren, als wäre das hier sein Hafen.«

Ich fühlte mich, als säße ich in genau der Protzkarre, raste auf ein Hindernis zu und stellte unterwegs fest, dass das Bremspedal nicht funktionierte. Den einzigen Ausweg, der mir zwischenzeitlich eingefallen war, hatte ich kurzfristig verworfen. Schließlich hätte ich nicht ewig im Hafenbecken untertauchen können. Mir blieb nichts anderes übrig, als zu hoffen, dass ein Airbag den Aufprall dämpfte.

»Katharina?«, fragte Paul, der inzwischen direkt vor dem Kutter stand. Er nahm die Sonnenbrille ab. »Die alte Dame, die das Etablissement führt, in dem du offenbar abgestiegen bist, hat mich hergeschickt. Was um alles in der Welt machst du auf diesem Boot, noch dazu in diesem … Outfit?«

»Hallo, Paul.« Ich räusperte mich, in der Hoffnung, damit das Krächzen aus meiner Stimme zu vertreiben. Leider ohne Erfolg, darum krächzte ich weiter: »Du weißt doch, warum ich hier bin. Die Frage ist eher, warum *du* hier bist.« Ich warf einen Seitenblick auf Jasper.

Der starrte abwechselnd Paul und mich an. »Ihr kennt euch?«, presste er hervor. So leise und präzise, wie ein scharfes Messer durch Gemüse glitt. Nachdem ich nicht sofort antwortete, wiederholte er seine Frage lauter: »Katharina, wer ist der Typ?«

Kein Airbag. »Jasper, das ist Paul, ein Arbeitskollege von mir. Paul, das ist Jasper, der heute so nett war, mich auf seinem Kutter mitzunehmen.« Ich verbarg die Hände in den Jackentaschen, damit niemand das Zittern bemerkte.

Neben mir stieß Jasper, vermutlich angesichts meiner unverbindlichen Wortwahl, verächtlich die Luft aus.

»Der ›Typ‹«, Paul betonte das letzte Wort und zog die Mundwinkel zu einem aufgesetzten Grinsen in die Höhe, »kam wohl gerade noch rechtzeitig, um das Happy End dieser romantischen Kutterfahrt mitzuerleben.«

In meinen Augen sammelten sich heiße Tränen der Wut, die ich mit aller Kraft zurückhielt. »Paul, noch mal: Was willst du hier?«

»Es mag dir vielleicht in diesem Freizeitambiente entfallen sein.« Paul vollführte eine ausladende Bewegung mit seinem Arm. »Das Leben ist nicht romantisch. Du hattest den Auftrag, für *Goldbach & Partner* ein Grundstück zu kaufen. Zur Erinnerung, das ist dein Arbeitgeber.« In Nachdenkerpose kniff er die Augen zusammen und legte einen Zeigefinger an sein Kinn. »Richtig, du hast ja jetzt andere Verpflichtungen. Was man eben so macht als Krabbenkönigin … zum Beispiel, mit dem Krabbenkönig in den Sonnenuntergang schippern.«

»In den Sonnenaufgang«, murmelte Jasper neben mir.

Paul lachte höhnisch und hielt sein Handy in die Höhe. Auf dem Bildschirm prangte das Foto, das Fenna bei der Hafenolympiade von Jasper und mir geschossen hatte. »Mensch, Katharina, der Chef hat dich letzte Woche gewarnt. Also habe ich ihm großzügig angeboten, dem frisch gebackenen Krabbenkönigspaar meine Aufwartung zu machen und nach dem jungen Glück zu sehen. Bei der Gelegenheit kann ich dir auch direkt bei diesem Grundstücks-Deal unter die Arme greifen. So einfach ist das.«

So einfach war das eben nicht.

Jasper hatte unseren Schlagabtausch schweigend beobachtet und versuchte jetzt wohl, das Gehörte zu sortieren. »Was heißt ›ein Arbeitskollege von dir‹, Katharina? Irgendeiner oder der, mit dem Konkurrenzkampf?«

Zögernd gab ich zu: »Genau der.«

Die Spannung wich aus seinem Körper.

»Was ich dir eben gesagt habe, Jasper, das habe ich auch so gemeint. Ich will diese Beförderung nicht mehr um jeden Preis haben.« Zur Bekräftigung meiner Worte zischte ich mit einer Stimme, die das Hafenwasser gefrieren ließ, über die Reling: »Hast du gehört, Paul? Es ist mir scheißegal, ob du der nächste Junior-Partner wirst. Kümmere dich um deinen neuen Mandanten und misch dich nicht in meine Arbeit.«

Dabei ignorierte ich die vorbeigehenden Urlauber, die stehen blieben, als wären sie ebenfalls zu Eis erstarrt. Ich drehte mich wieder zu Jasper um und versicherte ihm: »Was mit dem Grundstück passiert, ist mir aber nicht egal. *Du* bist mir nicht egal. Ich spreche mit meinem Chef, versprochen.«

Jasper legte seine Hand auf meine Schulter und sah mir in die Augen. Seine Finger zitterten.

In mir keimte ein kleines Pflänzchen der Hoffnung auf. Doch Paul zertrat es mit einem einzigen Fußtritt, wie eine weggeworfene Zigarette.

»Ich weiß ja nicht, was du diesem Kerl da neben dir versprochen hast. Aber das dürfte deinem Vater wohl weniger gefallen.« Paul verschränkte die Arme vor der Brust.

»Lass meinen Vater aus dem Spiel, der hat damit nun wirklich gar nichts zu tun«, entgegnete ich und verengte die Augen zu Schlitzen.

Er lachte auf. »Schwierig, wo er doch der Auftraggeber ist.«

Jaspers Hand rutschte von meiner Schulter. »Sag, dass das nicht wahr ist, Katharina. Du willst das Grundstück für deinen Vater kaufen?«

Ein Frösteln durchlief mich. Ich schlang die Arme um meinen Körper. »Natürlich nicht. Also zumindest nicht, dass ich wüsste«, verteidigte ich mich.

»Nicht, dass du wüsstest?« Jaspers Stimme überschlug sich, und er rückte ein Stück von mir ab.

»Es war immer nur die Rede von einem Mandanten, der seinen Namen zunächst aus dem Geschäft heraushalten möchte und deshalb die Kanzlei beauftragt hat. Ich kenne seinen Namen noch gar nicht.« Ich schloss die Augen. War das wirklich möglich? Während ich den Satz aussprach, fügten sich im Kopf die letzten Puzzleteilchen zusammen. Das Aufeinandertreffen mit meinem Vater in der Tiefgarage von Goldbach, seine hellseherischen Fähigkeiten am Telefon zu meinem Aufenthaltsort.

Ich wehrte mich gegen den Gedanken. Schließlich gab es da ja noch Pauls Namen in der Maklerkartei und die weitere Anfrage bei Herrn Düster. Möglicherweise war die von meinem Vater gekommen. Hätte ich doch nur Jules Warnung nicht in den Wind geschlagen und auch ihn von Anfang an zur Rede gestellt! Danach war es bekanntlich zu spät.

»Wer's glaubt«, riss Paul mich aus den Gedanken. Seine Lippen formten sich zu seinem typischen Gewinnerlächeln. »Natürlich wusstest du davon, es hat schließlich schwarz auf weiß in meinem Brief gestanden. Aber wahrscheinlich wirst du uns jetzt weismachen, dass du den gar nicht gelesen hast.« Seine Augen ruhten erwartungsvoll auf mir.

Der Brief. Ich schlug mir mit der flachen Hand vor die Stirn. »Das habe ich wirklich nicht. Der liegt in der Pension in der Nachttischschublade. Ich wollte ihn später lesen, weil ich so wütend auf dich war und mir die gute Stimmung mit Jule nicht verderben wollte. Und dann ist Fiete verschwunden, und ich habe den Brief einfach vergessen.«

Ich drehte mich zu Jasper und streckte eine Hand nach ihm aus. Er zuckte zurück, als wären meine Finger aus glühendem Eisen.

»Jasper, bitte, ich habe das wirklich nicht gewusst. Es ist genau so, wie ich es gesagt habe. Und selbst, wenn der Auftraggeber wirklich mein Vater sein sollte, was sicher nur ein Missverständnis sein kann, dann kläre ich das. Bitte.« Ich hielt ihm die geöffneten Handflächen entgegen und hoffte, er würde zugreifen.

Er zuckte mit den Schultern. »Es wäre nicht das erste Mal, dass du mir nicht die ganze Wahrheit erzählst. Ich weiß nicht, was ich glauben soll.«

Die Spannung zwischen uns war greifbar. Ich zog meine

Hand zurück und hielt mich an der Reling fest, weil es das Einzige war, was mir im Augenblick Halt gab. Das Atmen fiel mir schwer, und es lag dieses Mal nicht am Fischgeruch, sondern an der Sorge, auch die zweite Chance mit Jasper zu vermasseln. Es konnte meine letzte sein.

»Und du hast diesen Brief wirklich nicht gelesen?«, flüsterte er.

Ich schüttelte den Kopf. »Ich möchte dir ehrlich erklären, warum. Bitte hör mir nur einen Moment zu.« Nicht noch einmal wollte ich den richtigen Zeitpunkt für die Wahrheit verpassen.

Paul war schneller. Die Worte, die seinen Mund verließen, stellten den Todesstoß für mich dar. »Und, Katharina, wo wir schon bei den Enthüllungen sind: Es tut mir leid, dass du das mit Laura in den falschen Hals gekriegt hast. Da war wirklich nichts, absolut gar nichts. Wenn ich mit einer Frau ins Bett gehe, dann betrüge ich sie weder mit einer Kollegin noch mit irgendeiner anderen Frau. Das ist für mich Ehrensache.« Er schwieg kurz, bevor er fortfuhr: »Das scheinst du ja etwas lockerer zu sehen.«

Ohne den Halt der Reling hätten meine Beine unter mir nachgegeben. Ich drehte den Kopf in Zeitlupe zu Jasper.

Er sah mich stumm an in Erwartung einer Antwort auf die Frage, die unausgesprochen im Raum stand. Der Schmerz, den ich in seinen Augen sah, versetzte mir einen Stich, als hätte er mit einem Messer mein Herz getroffen. In meinem Kopf suchte ich nach glaubwürdigen Worten, um ihm zu erklären, dass es nur eine Affäre war und dass ich diese längst beendet hatte. Aber mein Mund weigerte sich, auch nur eines davon über die Lippen zu lassen. Darum nickte ich einfach.

Jasper drehte sich um und verschwand unter Deck.

Die Tränen liefen mir über das Gesicht, als hätte jemand eine Schleuse geöffnet. Mit jeder von ihnen tropfte ein Stückchen des neuen Lebens auf die Schiffsplanken, das noch vor einer Stunde zum Greifen nah gewesen war und das jetzt so unendlich weit entfernt schien. Ich kletterte mit letzter Kraft von Bord. Paul reichte mir eine Hand, aber ich schlug sie weg.

»Katharina«, hörte ich plötzlich Jaspers Stimme hinter mir.

Ich drehte mich um und sah ihn an der Reling stehen. In seiner Hand hielt er die Muschel. Unsere Muschel. Hatte sie ihn an die gemeinsamen Momente erinnert? Regungslos verharrte ich auf der Stelle, setzte meine ganze Hoffnung in diese kleine herzförmige Muschel, die mir so viel bedeutete, und traute mich kaum, Luft zu holen.

Er stand da, und der Augenblick kam mir vor wie eine Ewigkeit. Dann holte er aus und warf die Muschel mit Schwung in das Hafenbecken. Seine Worte brannten sich in mein Gedächtnis wie auf eine Festplatte. »Jeder geht dahin, wo er hergekommen ist, und alles hat wieder seine Ordnung.«

30

Ich starrte auf die Wasseroberfläche. Ein Ring aus kleinen Wellen, die nach außen verliefen, war das Einzige, was auf die Stelle hinwies, an der die Muschel versunken war. Kaum mehr sichtbar. Mit einem »Plopp« hatte sich meine Hoffnung in ein paar aufsteigenden Luftblasen aufgelöst. Das Schlimmste dabei war die Erkenntnis, dass ich selbst nicht ganz unschuldig an dieser Katastrophe epischen Ausmaßes war.

Zwei Welten, die aufeinander zugerast waren wie Meteoriten. Es war mir nicht gelungen, ihre Flugbahnen zu kontrollieren, bis sie aufeinanderprallten und in kleinen Stücken auf die Erde regneten. Die Teile, die ich zum Glücklichsein benötigte, versanken unerreichbar im Meer. Die anderen Teile versperrten wie Felsbrocken den Weg zurück in mein altes Leben. Weil eben nicht mehr alles seine Ordnung hatte.

Die Berührung von Pauls Hand auf meiner Schulter zog mich aus dem Gedankenstrudel empor.

»Katharina, ich bitte dich, hör auf.« Er fasste mich am Arm und zog mich mit sich. Dabei lächelte er dem Grüppchen von Schaulustigen, die in einigem Abstand miteinander tuschelten, höflich zu und versicherte ihnen: »Alles in Ordnung, kein Grund zur Sorge.«

Paul öffnete die Fahrertür und angelte eine Packung Papiertaschentücher aus der Seitenablage.

Ich zog ein Tuch heraus, wischte mir die Tränen aus dem Gesicht und putzte mir die Nase. An sein Auto gelehnt knetete ich das Tücherpäckchen in den Händen. Ich starrte auf meine gelben Stiefel, als verrieten sie mir die Antwort auf die alles entscheidende Frage: Wie ging es jetzt weiter?

Ganz das Alphatier, übernahm Paul siegessicher das Ruder. »Ich schlage vor, du steigst erst mal ein, und wir fahren zu dieser alten Frau, bei der du untergekommen bist. Dort entwickeln wir einen Schlachtplan für den Kauf dieses Grundstücks, bei dem wir beide gewinnen. Lass mich mal machen.«

Er zwinkerte mir zu. »Ich habe da vielleicht schon was vorbereitet. Und dann sehen wir zu, dass wir schleunigst nach Hause kommen, um Goldbach das Ganze schmackhaft zu machen. *Never change a winning team.*« Er stupste mich an und grinste dabei. »Das ganze Theater wegen eines Fischers«, den Beruf unterstrich er mit Gänsefüßchen in der Luft, »und einer blöden Muschel, die es hier zu Tausenden gibt, streichen wir aus dem Protokoll. Ich bin ja kein Unmensch.«

Es war, als hätte er mit seinen Worten einen Vorhang beiseitegeschoben. Ausgerechnet hier, mitten zwischen Fischkuttern und Möwen, war von seinem Erfolgsfaktor Charme wenig übrig geblieben. Vielleicht sah man in einer gewohnten Umgebung immer nur das bekannte Bild eines Menschen. Vielleicht sah man überhaupt immer nur das Bild, das man gerne sehen wollte.

Wut flutete meinen Körper und überspülte alle anderen Gefühle. Ich stieß mich von seinem Auto ab und streckte den Rücken durch. »Jetzt hör mir mal gut zu, du Arsch. Du tauchst hier auf und mischst dich ungefragt in meine Angelegenheiten ein. Warum? Ach, richtig, weil du der tolle Hecht bist, der mit einem Fingerschnipsen alles regeln kann. Blöd nur, dass das in diesem Fall überhaupt nicht geklappt hat. Im Gegenteil, du hast alles nur noch komplizierter gemacht als vorher.«

»Ansichtssache …«, setzte Paul zu einer Erwiderung an und baute sich vor mir auf.

Ich brachte ihn mit erhobener Hand zum Schweigen. »Und damit nicht genug, spielst du dich mit deiner unglaublichen Arroganz auch noch auf wie Neptun persönlich. Dabei merkst du gar nicht, dass du bloß ein Trampeltier bist, das die Gefühle seiner Mitmenschen mit Füßen tritt.« Ich funkelte ihn an und bohrte einen Zeigefinger in seine Brust. »Das eine sage ich dir, Paul Hartmann: Wenn die Sache mit meinem Vater nicht stimmt und du da irgendwie mit drinhängst, dann möchte ich nicht in deiner Haut stecken.«

Erstaunlicherweise funktionierte genau in diesem Moment endlich mein Killerinstinkt, denn Paul öffnete den Mund und schloss ihn gleich wieder, wie ein Fisch auf dem Trockenen.

Meine Wut wich Entschlossenheit. Mit beiden Händen stieß ich ihn vor die Schultern. »Setz dich einfach in dein Scheißauto und verschwinde. Und wage es ja nicht, mit Goldbach über mich zu sprechen. Das regele ich ganz alleine, merk dir das.« Ich drehte mich um und ließ ihn stehen.

»Katharina«, hörte ich seine Stimme in meinem Rücken. Der gepresste Klang zeugte davon, wie schwer es ihm fiel, die Contenance zu bewahren.

Ich warf einen letzten Blick zurück. »Ach ja, und die alte Frau, bei der ich, wie du das nennst, ›untergekommen‹ bin, heißt übrigens Grete. Grete Stöhr. Und ihr gehört die Pension *Haus Grete*. Und ob du es glaubst oder nicht, fühle ich mich dort sehr wohl. Auch merken.« Damit stapfte ich erhobenen Hauptes von dannen.

Grete und Hinrich werkelten gemeinsam im Garten.

»Katharina, hier sind wir«, rief Grete von Weitem und ruderte mit den Armen.

Ich verlangsamte meine Schritte. Für einen Moment schloss ich die Augen und atmete tief durch.

»Da bist du ja wieder. Komm, setz dich zu uns.« Sie warf ein blau-weiß gestreiftes Polster auf einen weiteren Gartenstuhl. »Wir sind schon gespannt, wie dein Tag auf hoher See war. Wie ist es denn mit dem Kapitän gelaufen?« Grete grinste hinter vorgehaltener Hand. »Hat dich übrigens dieser schmucke Kollege noch erwischt, der nach dir gefragt hat?«

Stumm sandte ich einen Hilferuf an Hinrich, der sich in Gretes Schatten bedeckt hielt. »Jo.« Leider stoppte meine Version des ostfriesischen Generalpasswortes den Stöhr'schen Wasserfall an Worten kein bisschen.

»Das war ja ein ganz charmanter junger Mann. So höflich und zuvorkommend.«

Ich stand nach wie vor auf dem Rasen und hatte mich nicht vom Fleck gerührt, als Hinrich Grete sanft, aber bestimmt zur Seite schob.

»Nu holl doch mal de Snuut, Grete. Merkst du nicht, dass Katharina gar nichts sagt?« Er fasste mich an der Schulter. »Alles in Ordnung bei dir?«

Ich schüttelte den Kopf.

Augenblicklich schlug Gretes Enthusiasmus ins Gegenteil um. Sie drückte mich auf den Gartenstuhl. »Um Gottes willen. Ist was passiert?«

»Keine Sorge, es ist nichts passiert. Also nicht so, wie ihr denkt.« Wie erklärte man etwas, für das einem selbst die Worte fehlten?

Zwei Augenpaare hafteten gespannt auf mir.

»Es ist kompliziert.« Die Kurzform der Katastrophe.

»Hat der junge Mann etwas damit zu tun?«, fragte Grete.

»Ja, obwohl … eigentlich nein, also schon auch.«

In ihren Augen leuchteten Fragezeichen auf. »Und was bedeutet das für Jasper?« Ihr Tonfall nahm an Schärfe zu.

Ich konnte es ihr nicht verdenken. Das hier oben war nun mal eine eingeschworene Gemeinschaft. »Wir haben uns ausgesprochen. Ich möchte nur das Beste für ihn.« Ich traute mich kaum, sie anzusehen. Mit hängendem Kopf flehte ich: »Bitte, das müsst ihr mir glauben.«

Ich hörte, wie Grete erleichtert die Luft ausstieß …

»Aber, das ist auch kompliziert.«

… und gleich wieder einsog.

Hinrich beendete das Dilemma. Er setzte sich neben mich und legte eine Hand auf meine. »Mien Deern, du musst das nicht erklären. Das ist ganz allein deine Sache. Aber wenn du Hilfe brauchst, sind wir für dich da, oder, Grete?«

Grete nickte zustimmend und fügte hinzu: »Im Leben bleibt selten alles so, wie es ist. Manchmal ist das schlimm, aber manchmal kann es auch ein Glück sein.«

Hinrich fasste mit seiner freien Hand nach Gretes. »Guck uns an. Und das haben wir auch dir zu verdanken.«

Eine Weile verharrten wir schweigend auf unseren Gartenstühlen. Dann durchbrach ich die Stille mit brüchiger Stimme. »Danke für alles. Ich denke, es ist besser, wenn ich wieder zurück nach Düsseldorf fahre.«

Bewusst vermied ich es, »nach Hause« zu sagen. »Vielleicht könntet ihr mir ein Taxi rufen, das mich nach Emden zum Bahnhof fährt.«

»Ich würde dich natürlich gerne noch hierbehalten, aber vielleicht ist es gut, erst mal ein bisschen Gras über die Sache wachsen zu lassen«, erwiderte Grete. »Wann immer du mal wieder in Greetsiel zu Besuch bist, ist in unserem Gasthafen immer ein Liegeplatz für dich reserviert.«

Ich erhob mich und drückte Grete und Hinrich nacheinander, bevor ich nach oben schlich, um meine Sachen zu packen. Unterwegs hielt ich in Jules Zimmer an. Ich setzte mich auf die Bettkante und zog die Nachttischschublade auf. Pauls Brief lag noch genau so darin, wie ich ihn vor ein paar Tagen zurückgelassen hatte. Ich zog ihn heraus und schloss die Schublade. Die Neugierde drängte mich, den Brief zu öffnen. Die Vernunft riet mir, es auf sich beruhen zu lassen.

Ich drehte den Umschlag in meinen Händen und zögerte. Dann riss ich ihn in kleine Stücke, ehe ich es mir womöglich anders überlegte.

Wenig später rutschte ich auf die Rückbank eines Taxis.

Durch die Rückscheibe winkte ich Grete und Hinrich, die sich an der Hand hielten und immer kleiner wurden, bis sie aus dem Blickfeld verschwanden. Ich schloss das Bild in mein Herz ein, froh, wenigstens ein bisschen Glück zurückzulassen. Dann warf ich den Schlüssel über Bord und hoffte, dass der Schmerz mit der Zeit verblassen würde.

Ich zückte mein Handy und tippte eine Nachricht an Jule.

Komme nach Hause.

Wann?

Jetzt.

Jetzt???

Mit dem nächsten Zug. Frag nicht, ich erkläre es dir später.

Ok. Ich hole dich ab.

Nicht nötig. Ich nehme ein Taxi.

Wann?

22.15 Uhr

Sie antwortete mit einem Daumen-hoch-Emoji.

31

Am späten Abend war der Parkplatz vor dem Bahnhof nur spärlich besetzt, sodass mir Jules giftgrüner Knallfrosch sofort ins Auge gesprungen wäre. Tat er aber nicht. Wer um alles in der Welt rechnete denn auch damit, dass ausgerechnet dieser Zug es beim Pünktlichkeits-Wettbewerb der Bahn bis ganz nach oben aufs Siegertreppchen schaffte?

Ich trat von einem Fuß auf den anderen und zog den Gürtel meines Mantels enger um mich. Hätte mir vor zwei Wochen jemand gesagt, dass ich die gelben Scheußlichkeiten so schnell vermissen würde, hätte ich ihm vermutlich einen Vogel gezeigt. Einen Kanarienvogel. Weder Jacke noch Stiefel hatten den Rückweg mit mir gemeinsam angetreten. Im Gegensatz zu mir trotzen sie den Stürmen und waren an der Nordseeküste besser aufgehoben. Ganz wie Jasper gesagt hatte: jeder dorthin, wo er hergekommen war.

Ein Frösteln durchzog mich, obwohl das Wetter nicht mal annähernd Hinrichs Definition einer »leichten Brise« erfüllte. Das einzig Windige hier waren die Gestalten, die sich in Grüppchen vor dem Bahnhofsgebäude versammelt hatten. Ich umklammerte den Griff des Trolleys. Der Asphalt schluckte das fahle Mondlicht. Kein einziger funkelnder Stern stritt mit dem Mond um einen Platz am Himmel.

Vereinzelte Reisende huschten in Richtung Parkplatz und warteten dort auf ihre Mitfahrgelegenheit. Ich war eine von diesen anonymen Gestrandeten. Die Stadtmaus hatte sich in den letzten Tagen in eine Landmaus verwandelt, nur um nun wieder ausgesetzt zu werden in der großen Stadt.

Gerade als ich mit dem Gedanken spielte, der Anziehungskraft eines gelb leuchtenden Taxischildes nachzugeben, näherte sich quer über den Parkplatz ein grünes Fahrzeug und stoppte in der Haltebucht direkt vor mir. Die Fahrertür öffnete sich, und der vertraute rote Lockenkopf erschien oberhalb des Autodachs. Mein Anker in stürmischen Zeiten.

»Mein Gott, Kathi, es tut mir so leid! Ich bin wirklich eine miserable Freundin.« Jule eilte um den Wagen herum und drückte mich an sich. Dann öffnete sie den Kofferraum und schimpfte: »Das ist alles diese blöde Schrottkarre schuld. Da verlässt man sich ein Mal auf sie, und was passiert? Man ist verlassen.«

Sie schüttelte ihre Locken, nahm mir den Koffer aus der Hand und hievte ihn ins Auto. Mit einem lauten Knall schloss sie die Kofferraumklappe. »Der Motor wollte einfach nicht anspringen, nichts zu machen. Zum Glück hatte mein Nachbar von unten ein Ladekabel. Du weißt schon, das ist der mit den vielen Freundinnen.« Sie hielt inne und schaute mich erwartungsvoll an.

Wusste ich das? Ich zuckte mit den Schultern.

»Ist ja auch egal. Jedenfalls hat der mir geholfen, und da bin ich. Ich hoffe, der macht sich jetzt keine Hoffnungen. Also, husch, husch, steig ein.«

Ich ließ mich auf den Beifahrersitz fallen.

Jule klemmte sich hinter das Lenkrad. Bevor sie den Schlüssel ins Zündschloss steckte, drehte sie sich zu mir und fragte: »Wohin fahren wir? Du kannst gerne mit zu mir kommen. Wenigstens das weißt du hoffentlich, oder? Es ist mir zwar ein Rätsel, welche Katastrophe sich in der kurzen Zeit abgespielt haben kann, aber ich will alles wissen. Wirklich alles. Eine Woche, Kathi, bloß eine Woche ist vergangen, seit ich abgefahren bin. Ich dachte eigentlich, die Krabbenkönigin hat ihren König gefunden.« Sie fuhr sich mit den Fingern durch die Haare.

Ich nickte und schüttelte direkt darauf den Kopf.

»Also was nun?«, fragte Jule verwirrt.

»Ja, das weiß ich. Das ist wirklich lieb von dir, Jule. Und nein, ich wäre lieber in meinen eigenen vier Wänden. Nichts gegen dich, doch ich muss jetzt einfach mal für mich sein.«

Zögerlich drehte Jule den Schlüssel im Schloss. »Sicher?«

»Sicher«, bekräftigte ich.

»In Ordnung, aber glaub ja nicht, dass du auf diese Art drum herumkommst, mir alles haarklein zu berichten. Los geht's. Ich fahre, du redest.« Nach zweimal Stottern nahm der grüne Knallfrosch ruckelnd Fahrt auf. »Das eine sage ich dir: Im nächsten Leben will ich auch so einen schicken Audi haben, der ohne Widerworte über die Straßen schnurrt, während ich mich im vorgeheizten Polster des Fahrersitzes lümmele.«

»Ach, Jule, du kannst meinen haben, sogar schon in diesem Leben. Ich will die Protzkarre gar nicht mehr.«

Jule trat so hart auf die Bremse, dass der Sicherheitsgurt mir beinahe die Luft abschnürte. Ich war nicht sicher, ob der vor uns fahrende Wagen sie an der Weiterfahrt gehindert hatte oder vielmehr der Schock über meine Aussage. Zum Glück fuhr kein anderes Auto hinter uns.

»Die Protzkarre?« Sie betonte das letzte Wort ungläubig. »So schlimm?«, fragte sie und gab wieder Gas.

»Schlimmer«, antwortete ich.

»Also raus mit der Sprache, was ist passiert? Wir verzichten auf die Abkürzung durch den Rheintunnel.«

Ich starrte aus dem Seitenfenster in die Dunkelheit und sammelte mich.

Jule trommelte ein wenig auf dem Lenkrad herum und half mir dann, ungeduldig wie sie war, auf die Sprünge. »Also, mein letzter Stand war, dass du dich am Montag mit Jasper im Hafen treffen wolltest, um ihm bei der Reparatur seines Kutters zu helfen.«

»Das habe ich auch gemacht. Und wir haben den Kutter

gleich noch ein bisschen verschönert«, antwortete ich. »Das haben ein paar von seinen Fischerkollegen mitbekommen und gewettet, dass Jasper mich ohnehin vor Abschluss der Arbeiten vergraulen wird.«

»Und, hat er?«

»Hat er nicht. Wir haben die Wette gewonnen, das Ergebnis kennst du von dem Foto.« Bei dem Gedanken an die Hafenolympiade vollführte mein Herz einen kleinen Hüpfer.

»So weit, so gut.« Jule reckte einen Daumen in die Höhe. Dann senkte sie die Stimme und fragte: »Und du hast dich wie geplant mit ihm ausgesprochen, über deinen Auftrag und seine Situation?«

»Ich habe es versucht«, murmelte ich.

»Katharina?« Wenn Jule meinen vollen Namen benutzte, wurde es für gewöhnlich ernst.

»Wirklich Jule, aber Jasper hat mir einfach nicht zugehört. Und dann …«

»Was heißt, er hat dir nicht zugehört?«, unterbrach sie mich. »Hat er sich die Ohren zugehalten?« Sie unterstrich ihre Worte mit der passenden Geste. »Und dann ist ein Wal aus dem Hafenbecken gesprungen und hat ihn unter Wasser gezogen?« Zum Glück hielten wir gerade vor einer roten Ampel, denn sie löste kurz den Gurt und rutschte zur Krönung unter das Lenkrad in den Fußraum, um ihre Worte pantomimisch zu untermalen.

»So ähnlich«, druckste ich herum, »bloß, dass der Wal sein Vater war, der mich als die Frau wiedererkannt hat, die vor seiner Tür herumgeschnüffelt hat wegen des Grundstücks.« Die Versuchung, ebenfalls im Fußraum zu verschwinden, war groß.

Jule schob sich zurück auf den Sitz. »Okay«, sagte sie gedehnt, »die Katastrophe nimmt ihren Lauf.« Das einzige Geräusch, das die Stille im Auto durchdrang, war das Klacken des Blinkers, bis Jule wieder anfuhr. »Und das war's dann?«

»Nicht ganz.« Ich presste die Lippen zusammen, bevor ich weitersprach. »Dann gab es diesen furchtbaren Sturm, und Fiete war auf einmal verschwunden.«

»Welcher Fiete denn nun wieder, und was für ein Sturm?« Verzweifelt hob sie die Hände in die Höhe. Dabei verriss sie das Lenkrad und geriet gefährlich nah ein einen schwarzen SUV, der auf der linken Spur zu einem Überholmanöver angesetzt hatte. Die laute Fanfare des anderen Wagens übertönte Jules Schimpftirade. Sie schlug mehrmals auf den Hupenknopf in der Mitte des Lenkrads. David gegen Goliath.

Nachdem wieder Ruhe herrschte, wandte sie sich an mich: »Boah Kathi, jetzt lass dir doch nicht jedes Wort aus der Nase ziehen und komm mal zur Sache.«

Als wäre es ein Kinderspiel, acht Tage Leben auf zwanzig Minuten Fahrzeit zu komprimieren. Ich gab mein Bestes, damit wir nicht doch noch unter die Räder kamen. »Fiete ist Taspers Hund, du erinnerst dich an die Namensverwechslung? Auf jeden Fall ist der nach unserem Streit im Hafen verschwunden. Als dann abends das große Unwetter losbrach, waren wir alle in Sorge und haben uns aufgemacht, um ihn zu suchen.«

»Und, habt ihr ihn gefunden?«, kürzte Jule meinen Vortrag ab.

»Er hatte sich in einem Kanal verfangen, und ich habe ihn gerettet.«

Ihre Augen weiteten sich ungläubig. »Du hast ihn aus einem Kanal gefischt? So richtig mit Nasswerden?«

»Mit Gretes und Hinrichs Hilfe. Und das war doch das Mindeste, was ich tun konnte. Es war ja irgendwie alles meine Schuld«, flüsterte ich.

»Respekt. Ich staune.«

Und wenn ich eines bestätigen konnte, dann, dass Jule äußerst selten staunte.

»Lass mich raten: Die Heldentat hat Früchte getragen und Jasper dazu bewogen, dich zu begnadigen.«

»Nicht direkt. Ich habe den Hund bei seiner Mutter abgegeben. Die hat mir erzählt, dass Jasper einen Zwillingsbruder hatte, der vor einigen Jahren bei einem Unfall gestorben ist. Und weil der mit dem Grundstück große Pläne hatte, hängt die Familie so daran.« Das alles noch mal laut auszusprechen, verlieh dem Ganzen eine enorme Tragweite. Gänsehaut überzog meine Arme.

Jule schlug sich eine Hand vor den Mund. »Mein Gott, Kathi, das ist ja furchtbar! In diesem Fall gehöre ich zu Team Jasper, auch wenn er dir besser gleich die ganze Wahrheit erzählt hätte. Bitte sag mir, dass es ein Happy End gibt.«

Ich schwieg, bemüht die Tränen zurückzudrängen, die sich hinter meinen Lidern sammelten.

Jule bemerkte das. »Kathi, es gibt doch ein Happy End, oder?«

»Am nächsten Tag habe ich mit Nils' Hilfe den Zaun zwischen den Häusern von Grete und Hinrich abgebaut. Auch an denen ist die Rettungsaktion im Sturm nämlich nicht spurlos vorüber gegangen.« Ich winkte ab. »Andere Geschichte, die aber wenigstens glücklich ausgegangen ist.«

Aus dem Augenwinkel meinte ich zu bemerken, dass sich bei der Erwähnung von Nils' Namen ein Lächeln auf Jules Lippen schlich.

»Mittendrin ist Jasper aufgetaucht, mit einem Blumenstrauß, um sich für Fietes Rettung zu bedanken. Er hat mich eingeladen, ihn auf dem Kutter zu begleiten. Und das habe ich heute Morgen gemacht.« Die Erinnerung an unser Date in der Schlafkoje ließ mir die Röte den Hals heraufkriechen.

Auch das entging Jule nicht. Sie klatschte in die Hände. »Oh, oh, jetzt wird es romantisch.« Ein breites Grinsen zierte ihr Gesicht.

»Wir haben uns ausgesprochen. Es war großartig da draußen, Jule. Das hättest du miterleben müssen.« Ich schloss für einen Moment die Augen und schmeckte das Meergefühl. In meinem Hals bildete sich ein Kloß.

»Was war großartig, das Meer oder Jasper?«

»Beides. Und ehe du mich jetzt weiter löcherst, ja, wir sind uns nähergekommen.« Damit war es raus.

»Näher?«

»Sehr nahe«, murmelte ich, »reicht das?«

Sie nickte zufrieden. »Aber das ist doch wunderbar, Kathi. Ich freue mich für dich … für euch beide. Es war ja auf dem Scheunenfest nicht zu übersehen, dass es gewaltig zwischen euch gefunkt hat. Endlich ein Kerl, der zu dir passt und nicht bloß zu deinen Eltern. Deshalb verstehe ich deine überstürzte Abreise immer noch nicht. Das klingt doch nach ›Ende gut, alles gut‹. Was stört dich jetzt noch? Die Entfernung? Oder war das Näherkommen ein Flop?« Sie stupste mich an.

Ich starrte erneut aus dem Fenster, sammelte Kraft für das Finale. Meine Stimme gehorchte mir erst beim zweiten Anlauf. »Es war perfekt, bis wir in den Hafen eingelaufen sind und … und … Paul dort gewartet hat.«

»Schleimer-Paul?« Jules Stimme nahm den schrillen Klang einer Kreissäge an. »Ich fasse es nicht.«

»Angeblich hat er Goldbach angeboten, nach dem Rechten zu sehen, und sich persönlich um den Grundstücks-Deal zu kümmern. Ganz nebenbei hat er Jasper erklärt, dass ich mit ihm geschlafen habe und dass mein Vater der Auftraggeber für den Grundstückskauf ist.«

Zum zweiten Mal an diesem Abend vollführte Jule eine Vollbremsung. Sie hielt mitten auf der Straße und starrte mich entgeistert an. Dann veränderte sich ihr Gesichtsausdruck. Ich kannte sie lange genug, um ihn zu deuten. Der Habe-ich-es-dir-nicht-gleich-gesagt-Blick. Schweigend sahen wir durch die Frontscheibe auf die Straße, bis wir meine Wohnung erreicht hatten.

Ich durchbrach die Stille als Erste. »Danke, dass du mich gefahren hast. Ich weiß, was du jetzt denkst. Aber ich kann das immer noch nicht glauben. Paul mag ja ein Frauenheld sein, dessen Ego ich angekratzt habe, doch sich deshalb in diesen läppischen Grundstücks-Deal zu mischen, obwohl er längst den großen Fisch an Land gezogen hat? Das würde doch nur Sinn machen, wenn er sich davon persönliche Vorteile verspricht. Und mein Vater … Das ist bestimmt ein Missverständnis.« Ich vermied es, ihr in die Augen zu sehen.

»Und was macht dich so sicher, dass die beiden da hinter verschlossenen Türen nichts am Laufen haben? Kathi, ganz ehrlich: Du bist meine allerbeste Freundin, und ich hab dich wirklich lieb, aber wenn ich Jasper wäre, dann hätte ich spätestens jetzt auch die Nase voll von dir. Du hast in deinem Leben bislang auf einem Karussellpferd gesessen, das dich zuverlässig und planmäßig Runde um Runde weiterbefördert hat. Den Preis für die Fahrkarte hast du mit der Aufgabe deiner Wünsche bezahlt. Das geht vielen Menschen so und ist auch nicht weiter schlimm. Solange man weiß, wann es Zeit ist, die Zügel selbst in die Hand zu nehmen.«

Im Lichtkegel einer Laterne nahm sie mich auf dem Gehweg noch mal in den Arm und flüsterte mir ins Ohr: »Du weißt, wo du mich findest.« Dann stieg sie ein und war weg.

Nachdem die Wohnungstür hinter mir ins Schloss gefallen war, lehnte ich mich mit dem Rücken daran und rutschte langsam zu Boden. Es war dunkel und kalt. Und so still, dass ich meinen eigenen Atem hörte. Ich verbarg das Gesicht in den Händen und ließ all den Tränen freien Lauf, die ich bis zu diesem Moment zurückgehalten hatte. Nach einer Weile raffte ich mich auf, um den Lichtschalter zu drücken. An meiner Situation änderte das wenig. Jetzt war es lediglich hell und kalt.

32

Über den Dächern der Stadt stieg die Sonne auf. Ich klappte meinen Laptop zu und gähnte zum wiederholten Mal. Aus dem Radiolautsprecher versprach die Stimme des Moderators von *Antenne Düsseldorf* den Hörern einen grandiosen Tag.

Ich legte die Stirn in Falten. Gerne würde ich seinen Optimismus teilen, hegte aber gewisse Zweifel, obwohl ich bereits vor einer Stunde begonnen hatte, an meiner Präsentation zu feilen. Hoffentlich war sich die Frohnatur im Sender darüber im Klaren, dass ich ein schwieriger Fall war. Immerhin vertrieb er die Stille aus dem Appartement. Und er hatte mich freundlich daran erinnert, dass es sich um einen Dienstag handelte und die Zeiger der Uhr auf sieben standen.

Keine Ausreden mehr, Zeit zum Aufbruch.

Der Kaffee hatte inzwischen die Temperatur von Eiswasser angenommen. Ich schüttelte mich und kippte den Rest der braunen Flüssigkeit in den Ausguss. So richtig hatte er mir ohnehin nicht geschmeckt. Ob man nach zwei Wochen Koffeinentzug entwöhnt war?

Ich huschte ins Bad, schlüpfte aus dem Schlafanzug und betrat die Duschkabine. Mit einem Seufzer drehte ich das Wasser der Regendusche auf, die im Vergleich zum Schietwetter nicht mehr war als eine Rinnsaldusche.

Nach dem Abtrocknen verband ich das Glätteisen mit der Steckdose und wartete darauf, dass die Aufheizphase endete. Die Frohnatur gab alles. Aus dem Lautsprecher schallte Nirvanas Hit *Come as you are* durch die Räume. Warum eigentlich nicht? Kurz bevor das Lämpchen für die Temperaturanzeige von Rot auf Grün umsprang, zog ich den Stecker wieder heraus und pfefferte den Stab in die nächstbeste Schublade.

Ich schloss die Augen und versuchte, den Wind lebendig werden zu lassen, der mir in der letzten Woche den Kopf zurechtgerückt hatte. Goldbachs Entscheidung für oder gegen das Investorenkonzept hing sicher nicht von meinen Locken ab.

Mit der Aktentasche über der Schulter und dem Laptop in der Hand stand ich kurze Zeit später vor der Glastür des Bürogebäudes im Medienhafen. In der Fassade spiegelte sich das hinter mir abfahrende Taxi. Der Hafen hatte sich zu einem modernen Hotspot Düsseldorfs entwickelt, ohne seine Wurzeln zu verleugnen. Mit ein bisschen Glück würde mir heute das Gleiche gelingen.

Ich drückte mit der Schulter die Tür auf und durchquerte die Eingangshalle, wie ein Gast in meiner eigenen Welt. Normalerweise rauschte dieser Teil des Gebäudes auf dem Weg von der Tiefgarage nach oben ungesehen an mir vorbei.

Im Aufzug betrachtete ich mein Spiegelbild. Ich schüttelte mehrmals den Kopf und widerstand der Versuchung, Haarsträhnen auf der Flucht wieder einzufangen. Als die Türen sich öffneten, streckte ich den Rücken durch und verließ erhobenen Hauptes die Kabine. »Guten Morgen, Frau Schmidt«, grüßte ich die Sekretärin.

Der verrutschte bei meinem Anblick das festgetackerte Lächeln um einige Millimeter. »Guten Morgen, Frau König.« Sie richtete ihre Mundwinkel wieder korrekt aus und fuhr fort: »Willkommen zurück!« Dann leerte sie mein Postfach und drückte mir einen Stapel Umschläge in die Hand. »Es hat sich einiges angesammelt«, entschuldigte sie sich. »Ach, und, Frau König, das Problem mit dem Hotel tut mir wirklich leid. Aber ich konnte ja nicht vorhersehen, dass sie später nicht mehr erreichbar sein würden.«

»Kein Problem, Frau Schmidt. Das Leben kommt, wie es kommt. Manchmal ist das schlimm und manchmal auch ein Glück.«

Die Tackernadeln hatten es heute nicht leicht, ihr Lächeln festzuhalten.

Auf halbem Weg in mein Büro bremste mich ein Stapel Kartons aus. Ich quetschte mich an der Seite vorbei und traf dahinter auf Laura, die Akten und Gesetzbücher in weitere Kisten verpackte.

Sie hielt inne und hob den Kopf. »Katharina. Mit dir habe ich heute gar nicht gerechnet.« Nachdem sie mich einer genaueren Musterung unterzogen hatte, klang sie noch überraschter. »Du siehst irgendwie … anders aus. Ist dein Glätteisen kaputt? Soll ich dir meins leihen?«

»Hallo, Laura. Nein danke, warum?«, antwortete ich. Wie groß wäre ihre Überraschung erst, wenn sie nicht nur vor, sondern auch in meinen Kopf schauen könnte!

Sie zuckte mit den Schultern und leerte das nächste Fach eines Regals aus. »Umso besser, dann kannst du gleich mithelfen.«

Ich bahnte mir den Weg zu meinem Schreibtisch und legte die Taschen ab. »Und wobei genau helfe ich hier mit?« Da wir nicht am Jahreswechsel standen, zu dem grundsätzlich alte Akten ins Archiv verfrachtet wurden, drängte sich die Frage auf, wessen Siebensachen hier verschwanden. Ich taxierte die Regale an den Wänden. Zu meiner Erleichterung klafften zwischen meinen Gesetzbüchern und Ordnern keine größeren Lücken.

Laura trat an mich heran und senkte die Stimme. »Hast du denn das von Paul noch nicht gehört?«

Für einen Moment keimte Hoffnung in mir auf, dass er zur Vernunft gekommen war und seine Karriere in einer anderen Kanzlei fortführte. »Nein, aber du wirst mir sicher gleich erzählen, wohin Paul und seine Unterlagen auf die Reise gehen.«

Laura sah mich mit einem Blick an, als wäre sie eine Polizistin, die eine tragische Nachricht überbrachte. »Na, in sein neues Büro natürlich, jetzt, wo er Junior-Partner ist.«

Bevor das Gesagte Gelegenheit hatte, den Weg in mein Gehirn zurückzulegen, erstrahlte der neue Stern am Kanzleihimmel bereits höchstpersönlich neben seinem Denkmal aus Kartons. Die Tatsache, dass der Stern sich einen Zacken an der Ecke einer Kiste ramponierte, überschattete seinen hellen Schein ein klein wenig.

»Mist, verdammter«, schimpfte Paul und rieb sich das Knie.

Ich unterdrückte ein Grinsen. Schadenfreude war bekanntlich die schönste Freude. Und Freude war hier im Augenblick Mangelware.

»Wie viele Kisten sind das denn noch? Laura, ich suche die Akte für das Meeting um neun. Dringend …« Er ließ sein Bein los und wandte seinen Kopf in Richtung unserer Kollegin, blieb aber unterwegs an mir hängen. »Die Königin höchstpersönlich. Welch seltener Glanz in dieser Hütte. Was verschafft uns die Ehre?«

Ich öffnete den Mund zu einer passenden Antwort, aber er hob eine Hand und kam mir zuvor.

»Sag nichts, du bist gekommen, um beim Umzug in mein neues Büro zu helfen. Sehr nett von dir, du hast was gut bei mir.«

Dann drehte er sich um und erinnerte Laura über die Schulter noch mal an sein Anliegen. »Und bitte die Akte für das Meeting direkt in den Konferenzraum bringen, danke.«

Laura wühlte sich umgehend durch die Kartons.

Ich ließ mich erst mal auf einen Drehstuhl plumpsen und schnappte nach Luft. Junior-Partner. Er hatte meine Abwesenheit tatsächlich eiskalt ausgenutzt.

Laura streckte triumphierend eine Hand mit der gesuchten Akte in die Höhe, um gleich darauf aus dem Büro zu eilen.

Ich nutzte den friedlichen Moment und rückte meinen Schreibtisch vor das Fenster mit Blick auf den Rhein. Genau so, wie ich es mir während der Kutterfahrt mit Jasper vorgenommen hatte. Der Ausblick half mir, mich auf das heutige Ziel zu fokussieren, bis Lauras Stimme in die Stille platzte. Ich drehte mich mit dem Stuhl herum.

»Katharina, der Chef möchte dich sprechen.« Sie stockte. »Seit wann steht denn dein Schreibtisch dahinten am Fenster? Was ist denn heute bloß los mit dir? Egal, auf jeden Fall sollst du zu ihm ins Büro kommen. Und wenn du schon mal in die Richtung gehst, dann könntest du vielleicht gleich etwas bei Paul abladen?« Sie schob mit dem Fuß einen der Kartons zu mir herüber.

Es erschloss sich mir zwar nicht, warum der feine Herr seinen Kram nicht selbst transportierte – er war zum Junior-Partner ernannt worden und nicht zum Bundespräsidenten –, aber für eine Diskussion mit Laura fehlten mir jetzt die Zeit und die Geduld. Vermutlich hätte Steinmeier seine Umzugskartons sogar selbst geschleppt. Mit dem Laptop unter dem Arm schnappte ich mir den von Laura zugewiesenen Karton.

Durch die Glastür sah ich Paul, wie er jede Akte einzeln in seinem neuen Reich drapierte. Ich hatte selbst gesagt, dass ich die Beförderung zur Junior-Partnerin nicht mehr um jeden Preis anstrebte, aber musste es stattdessen ausgerechnet dieser Verräter sein? Ich atmete einmal tief durch, sofern das mit dem Gewicht, das ich vor mir hertrug, überhaupt möglich war, und schob rückwärts mit dem Po die Tür auf. »Nachschub«, stöhnte ich. »Wo darf ich die Kiste abstellen?«

»Direkt hier hinten zu mir ans Regal bitte«, antwortete er, ohne aufzusehen.

Ich positionierte mich neben ihm, drückte den Laptop zur Sicherheit fest mit dem Arm an meinen Körper und ließ den

Karton los, der daraufhin ungebremst auf Pauls rechtem Fuß landete.

Er jaulte auf und zog seinen Fuß unter dem Gewicht hervor. »Hast du sie noch alle? Pass doch auf.« Er hielt sich den Fuß und fluchte.

»Oh, entschuldige bitte, wie ungeschickt von mir.« Ich bedachte ihn mit einem Lächeln, das sich an der Grimasse von Frau Schmidt orientierte.

Er hüpfte auf dem linken Bein bis zu seinem Schreibtisch und lehnte sich an die Kante. »Hör mal, Katharina, ich gebe mir wirklich Mühe, nachsichtig mit dir zu sein. Schließlich ist jeder von uns schon mal durch schwierige Zeiten gegangen.« Seine Miene glich einem Beileidsschreiben. »Aber du solltest lernen, Beruf und Privatleben zu trennen.«

Ich kämpfte um Beherrschung. Meine Hände klammerten sich so fest um den Laptop, dass die Fingerknöchel weiß hervortraten. Die Schweißflecken auf Pauls Hemd zeigten mir, dass auch er längst nicht so abgebrüht war, wie er vorgab. »Ich erinnere dich nur ungern daran, dass die Zeiten erst schwierig wurden, nachdem du aufgetaucht bist. Offensichtlich hat dich das aber nicht daran gehindert, dein Ziel zu verfolgen.«

»Du hast recht, Katharina. Ich verfolge ein Ziel, und das hier«, er breitete die Arme aus, »ist ein Teil davon. Nicht jeder will in einer albernen gelben Jacke mit einem bärtigen Kapitän auf einem alten Kutter über die Weltmeere kreuzen. Oder bist du vielleicht bloß neidisch, dass nicht du in diesem Büro sitzt? Dass ich der Bessere von uns beiden bin?«

»Weißt du was, Paul? Wenn ich eins in den letzten Tagen gelernt habe, dann, dass es egal ist, ob jemand einen Anzug oder eine gelbe Jacke trägt. Die Kleidung sagt nichts über den Wert des Menschen aus, der darin steckt, und erst recht nichts über seine Ziele. Sie zeigt lediglich, womit der Träger gerade beschäftigt ist. Und du bist das beste Beispiel dafür.«

Damit drehte ich mich auf dem Absatz um. Erleichterung breitete sich in mir aus, und das lag nicht nur daran, dass ich den schweren Karton los war. Dieses Büro befand sich sowieso auf der falschen Gebäudeseite, von der aus man nicht mal den Rhein sah.

Im Gegensatz zu Paul hatte ich von meinen Großeltern gelernt, dass sich wahre Größe darin zeigt, auch einen Menschen gut zu behandeln, der einem nichts mehr nützt. Und genau darum würde ich mich jetzt dafür einsetzen, dass Jasper sein Grundstück behielt, selbst wenn er mich aus seinem Leben verbannt hatte.

Claus Goldbach war der Einzige, der hinter einer Holztür saß. Welcher Chef ließ sich auch schon gerne in die Karten schauen. Ich klopfte.

»Frau König«, begrüßte er mich beim Eintreten und schaute auf seine Armbanduhr, »ich habe schon auf Sie gewartet.« Er thronte in einem schwarzen Ledersessel hinter seinem Schreibtisch, auf dem die neuesten juristischen Zeitschriften aufgeschlagen übereinanderlagen. Im Gegensatz zu den modernen Glas-Elementen der übrigen Räume setzte der Chef auf die Respekt einflößende Dominanz von dunklem Holz. Passend zur Tür. Lediglich den verglasten Blick auf den Rhein hatte er sich nicht nehmen lassen.

»Bitte entschuldigen Sie, Herr Goldbach, aber ich musste Herrn Hartmann noch einige Akten vorbeibringen«, erklärte ich.

Er winkte ab und deutete auf die beiden grau gepolsterten Stühle vor seinem Tisch. »Setzen Sie sich, Frau König.« Über seine Lesebrille hinweg beäugte er mich schweigend.

Ich hockte auf der äußersten Stuhlkante, den Laptop auf dem Schoß.

»Dann sind Sie schon über die aktuellen Änderungen in unserer Kanzleistruktur im Bilde?«, fragte er mich.

Ich nickte.

»Sehr gut«, fuhr er fort. »Ich bitte Sie, wie alle Kolleginnen und Kollegen hier, Herrn Hartmann in seiner neuen Position nach Kräften zu unterstützen. Ich halte ihn für einen sehr fähigen Mitarbeiter, und er hat die Junior-Partnerschaft ohne Zweifel verdient. Trotzdem möchte ich anmerken, dass es mir nicht leichtgefallen ist, Sie nicht zu berücksichtigen, Frau König.«

Er beugte sich nach vorne und lehnte sich mit den Unterarmen auf die Tischplatte. »Bedauerlicherweise hat Ihr Einsatz bei diesem speziellen Immobiliengeschäft nicht ganz meinen Erwartungen entsprochen. Wir sprachen bereits in der letzten Woche telefonisch darüber, Sie erinnern sich vielleicht? Ich hatte mir gerade von Ihnen mehr Fingerspitzengefühl erhofft, wenn Sie verstehen, was ich meine.« Passend dazu klopfte er mit den Fingern zwischen der Fachliteratur auf die Tischplatte.

Ich verstand ihn nicht, antwortete aber trotzdem: »Selbstverständlich, Herr Goldbach.« Ehe er erneut das Wort ergriff, nutzte ich die Chance. »Und genau deshalb würde ich Ihnen gerne erläutern, wieso mein Aufenthalt weder unnötig noch erfolglos war. Ich habe eine kurze Präsentation vorbereitet.«

Ich hielt meinen Laptop in die Höhe. »Darin zeige ich auf, wie wir aus dem Grundstück ein Investitionsprojekt machen, das dem Besitzer vor Ort ein eigenverantwortliches Arbeiten mit der Fläche ermöglicht und gleichzeitig unserem Mandanten eine attraktive Rendite bietet. Wenn ich meinen Laptop kurz mit Ihrem Beamer verbinden dürfte?« Ich schaute ihn fragend an und wartete auf seine Antwort.

»Interessanter Ansatz, Frau König. Und dazu, sagen wir mal, sehr innovativ.« Er betonte das letzte Wort, als handelte es sich um ein zweideutiges Angebot. »Sie haben fünf Minuten.« Er nahm die Lesebrille ab und lehnte sich zurück.

Ich sprang von meinem Stuhl auf, verkabelte den Computer und wartete darauf, dass die Tabellen und Schaubilder an der dafür vorgesehenen weißen Fläche der Wand erschienen. Über die passenden Worte hatte ich seit der Aussprache mit Jasper gegrübelt.

Goldbach spielte mit der Lesebrille in seinen Händen, verzog jedoch keine Miene, bis ich meine Ausführungen beendet hatte. Als die Wandfläche wieder farblos wurde, richtete er sich auf und klatschte ein paar Mal lahm in die Hände.

»Respekt, Frau König. Ich nehme mal zu Ihren Gunsten an, dass sich Ihr Feuereifer nur auf die sachlichen Möglichkeiten dieses Deals bezieht und nicht auf persönliche Interessen. Gewisse Fotos legen den Verdacht leider nahe.« Er stützte die Unterarme auf die Tischplatte und beugte sich vor.

»Das versteht sich von selbst, Herr Goldbach, auch wenn mir meinerseits das Gerücht zu Ohren gekommen ist, dass mein Vater der Auftraggeber dieses Deals sein könnte. Sicherlich ein Missverständnis, obwohl ich ihn am Tag vor meiner Abreise in der Tiefgarage …«

Der Chef schnitt mir das Wort ab. »Das tut absolut nichts zur Sache. Sollten Sie damit Probleme haben, bitte ich Sie, das privat zu klären.«

Worauf er sich verlassen konnte. Ich ließ trotzdem nicht locker. »Ich hoffe, mein Vortrag konnte die Win-win-Situation des Projekts für die Kanzlei verdeutlichen, ohne dass der Vertrag auf der Ausbeutung der unterlegenen Partei aufbaut.«

»Manche sagen ›Ausbeutung‹, andere sagen ›Geschäft‹.« Er schürzte die Lippen. »Und dieses Geschäft, Frau König, ist der Kanzlei durch die Lappen gegangen, denn der Auftraggeber hat sein Mandat infolge Ihrer Verzögerung zurückgezogen.«

Meine Hände zitterten vor Wut über seine Ignoranz.

Goldbach war mit seiner Predigt noch nicht fertig. »Wir sind nicht irgendeine Kanzlei, sondern nehmen für uns in Anspruch, zu den Besten der Branche zu gehören. Dazu gehört, dass wir im Sinne unserer Mandanten agieren, das scheint Ihnen kurzfristig entfallen zu sein.« Er hatte sich von seinem Stuhl erhoben, und seine Stimme dröhnte durch die Stille des Büros. Offensichtlich fiel ihm das selbst auf, denn er nahm wieder Platz und senkte die Lautstärke. »Ich stelle Ihnen eine Frage, Frau König: Wollen Sie weiterhin zu den Besten gehören?«

Der aufgebrachte Goldbach war mir fast lieber als die leise Version. »Das will ich, Herr Goldbach, aber nicht um jeden Preis. Und was spricht gegen ›die Besten und Fairsten‹ der Branche?« Ich hatte alles gegeben.

Er stand auf und stellte sich ans Fenster. Von dort aus winkte er mich zu sich, bevor er die Hände auf dem Rücken verschränkte. »Frau König. Hören Sie auf den Ratschlag eines alten Mannes. Mit Ihrer Einstellung werden Sie sich unter den Juristen keine Freunde machen. Aber Sie sind jung, und ich erkenne ihr Potenzial. Sehen Sie unter uns den Rhein? Er entspringt in der Schweiz. Wie Sie wissen, haben wir dort eine Partnerkanzlei. Ich würde mich mit den Schweizern in Verbindung setzen, um Ihnen dort eine zweite Chance zu verschaffen, quasi eine neue Quelle für Ihre Karriere.« Er sah mich an und lachte über seine eigene Pointe.

Goldbach griff hinter sich auf seinen Schreibtisch zu einem Umschlag. »Natürlich möchte ich Ihrer persönlichen Berufsauffassung nicht im Weg stehen. Für den Fall, dass Sie sich mit unseren Prinzipien nicht länger identifizieren können, ermögliche ich Ihnen die Trennung von *Goldbach & Partner.*« Ohne eine Regung im Gesicht hielt er die braune Versandtasche in die Höhe. »Selbstverständlich ohne jemanden auszubeuten. Das Angebot besteht bis Montag.«

Ich musste mich entscheiden. Das Pflichtgefühl ruderte flussaufwärts gegen den Strom, das Meergefühl folgte dem Rhein flussabwärts.

33

»Hallo, wer ist dort?«, schnarrte die Stimme meiner Mutter aus der Gegensprechanlage.

Ich wartete neben meinem Auto, dessen Scheinwerfer das Tor zum königlichen Anwesen in der Dämmerung beleuchteten. Heute kein Zauber. Meine Mutter stand seit jeher auf Kriegsfuß mit der Kamera. Normalerweise bediente sie das System nur, wenn sie allein zu Hause war. Dabei hatte ich den Besuch an diesem Abend extralange hinausgezögert, um auch meinen Vater anzutreffen.

»Ich bin's, Katharina.« Ich stieg wieder ein und wartete darauf, dass sie das Tor öffnete. Zum Glück parkten die Autos meiner Eltern in trauter Zweisamkeit auf dem Kies. Die Rosen ließen die Köpfe hängen. Ansonsten hatte sich nichts verändert während meiner Abwesenheit, und doch war alles anders.

Die Tür des Wagens war kaum ins Schloss gefallen, als meine Mutter mir entgegengelaufen kam. »Katharina, wie schön! Papa hat gar nicht gesagt, dass du wieder zu Hause bist. Lass dich drücken.« Sie schlang die Arme um mich.

»Hallo, Mama«, murmelte ich an ihrer Schulter. Ich atmete den vertrauten Duft meiner Kindheit ein. Erwachsensein war ein komplizierter Zustand.

»Du siehst müde aus, Kind«, stellte sie eine Armeslänge entfernt fest. »War deine Reise so anstrengend? Du hast beim letzten Sonntagsessen gar nicht erzählt, dass du wegfährst.«

Ihr Blick spiegelte eine Mischung aus Anklage und Enttäuschung wider. Manchmal waren erwachsene Kinder wohl auch für Mütter ein komplizierter Zustand.

»Ein Mandat in der Kanzlei, von dem ich auch erst ganz kurzfristig erfahren habe.«

»Wie dem auch sei. Ich habe Papa schon deine hübsche Karte gezeigt. An die Nordsee sollten wir unbedingt auch mal wieder fahren. Doch du kennst ja deinen Vater. Die Arbeit geht vor. Nun komm aber erst mal rein, es ist frisch geworden, und ich habe mir nur schnell die Strickjacke übergeworfen.« Sie rieb sich die Arme, dann legte sie mir einen davon um die Schultern und zog mich mit sich ins Haus.

Der Flur wurde von den Deckenspots erleuchtet. Die anderen Zimmer lagen im Dunkeln. Nur unter der Tür zum Arbeitszimmer drang ein spärlicher Lichtschein hervor. Ich zog meine Jacke aus und hängte sie auf einen leeren Bügel an der Garderobe.

»Papa arbeitet noch an einer Klage. Ich war in deinem alten Zimmer und habe gelesen.« Einer ihrer Zeigefinger deutete in Richtung Obergeschoss. »Wenn ich gewusst hätte, dass du kommst, dann hätten wir mit dem Abendbrot auf dich gewartet. Aber ich kann dir schnell was in der Küche herrichten, wenn du hungrig bist«, bot sie mir an.

»Nein danke, lass mal, Mama. Ich habe schon gegessen«, flunkerte ich, um ihr die Enttäuschung zu ersparen, dass der Besuch nicht ihr galt.

Als hätte ich den Gedanken laut ausgesprochen, streckte mein Vater den Kopf aus der Tür des Arbeitszimmers. »Stört mich die Stimme der verlorenen Tochter bei der Arbeit, oder täusche ich mich?«

»Also wirklich, Wolfgang, jetzt begrüß Katharina doch erst mal und freu dich, dass sie uns besuchen kommt«, mahnte meine Mutter.

»Hallo, Katharina. Schön, dass du deine Mutter besuchen kommst.«

Wenn Worte zu Waffen wurden. Genau das hatte ich befürchtet nach unserem letzten Streit am Telefon. Nachgeben gehörte nicht zu seinen Kernkompetenzen. Leider.

Meine Mutter schüttelte den Kopf. »Du kennst das ja, wenn Papa in seine Arbeit vertieft ist. Er meint das nicht so. Natürlich freuen wir uns beide, dass du da bist«, beschwichtigte sie. »Lass uns doch nach oben gehen. Dann kann Papa in Ruhe zu Ende arbeiten, und du erzählst mir ein bisschen von der Nordsee. Wie viele Jahre ist es bloß schon her, dass wir das letzte Mal dort waren?« Sie legte einen Finger an die Lippen und schaute in die Ferne.

»Später gerne, Mama, aber zuerst muss ich mit Papa noch etwas Dringendes besprechen«, warf ich ein, weil mein Vater Anstalten machte, sich wieder in seinem Arbeitszimmer zu verkriechen.

Sie seufzte und winkte ab. »Euch ist doch beiden nicht zu helfen. Dann lass ich euch mal in Ruhe Urteile wälzen. Aber du kommst später noch zu mir hoch, versprochen?«

Ich nickte.

Der Türspalt zum Arbeitszimmer vergrößerte sich wieder. »Dann will ich mal nicht so sein, wenn du schon nach meiner Expertise fragst.«

Jeder Mensch hatte eine Achillesferse. Seine war die, um Rat gefragt zu werden.

Er setzte sich an seinen Schreibtisch, ich nahm in dem Ohrensessel in der Ecke Platz, hinter dem eine Stehlampe den Raum in indirektes Licht tauchte. Im Gegensatz zum Wohnzimmer gab es bloß ein einziges Regal, das mit wenigen Büchern und Zeitschriften bestückt war. Hier fand sich nur das, was mein Vater für seine aktuellen Mandate benötigte, der Rest füllte seine Büroräume.

»Was kann ich für dich tun? Nach unserem letzten Telefonat hatte ich nicht den Eindruck, dass dich meine Meinung noch interessiert.« Er faltete die Hände auf der Tischplatte und sah mich abwartend an.

»Papa«, lenkte ich ein, »ich mache den ersten Schritt und bin hier, um ein paar Missverständnisse zwischen uns aus dem Weg zu schaffen.«

»So, so, ›Missverständnisse‹ nennst du das also, meine Bemühungen mit Füßen zu treten? Da bin ich aber gespannt auf deine Erklärung.«

Ich richtete die Beine parallel zueinander aus, nur um danach das eine Bein wieder über das andere zu schlagen. Das hier war das Spielfeld meines Vaters, auf dem er klar den Heimvorteil für sich beanspruchte. »Die Sache ist die …« Ich schluckte, in der Hoffnung, dass es meinem trockenen Mund half, geschmeidiger zu werden für die Worte, die sich darin verkantet hatten. »Dieser Grundstückskauf in Greetsiel hat sich nicht als ganz so einfach herausgestellt, wie ich mir das vorgestellt hatte.«

»Inwiefern?«, hakte mein Vater nach.

»Ich habe die Besitzerfamilie persönlich kennengelernt und von ihren Lebensumständen erfahren. Für sie ist das nicht einfach irgendein Grundstück, sondern eines, auf dem sie die Pläne ihres verstorbenen Sohnes verwirklichen möchten. Ihre Notlage auszunutzen wäre nicht richtig, Papa.«

»Fängst du schon wieder mit diesem sozialen Unfug an?« Die linke Augenbraue hob sich als Zeichen seiner Missbilligung. »Das hatten wir doch schon geklärt.«

»Nicht wir, sondern du hattest das geklärt. Als wäre deine Arbeitsweise die einzig richtige. Warum ist es so schwer zu akzeptieren, dass ich die Dinge anders angehen will? Kannst du mir das mal erklären?« Auf einmal hatte ich im Lichtkegel der Stehlampe das Gefühl, die Verdächtige in einem Verhör zu sein. Ganz so, wie man das aus den Räuberpistolen im Fernsehen kennt. Ich verschränkte die Arme vor der Brust.

»Die Antwort ist ganz einfach, mein Kind.«

»Nämlich?« So wie ich hier saß, wirkte ich vermutlich genau so: wie ein trotziges Kind. Vielleicht war es an der Zeit, das nach all den braven Jahren endlich mal nachzuholen.

»Weil es nicht funktioniert. Das ganze Zeug, das du mir am Telefon vorgehalten hast, war ja offenbar wenig erfolgreich. Sonst wärst du jetzt Junior-Partnerin.« Er presste die Lippen zu schmalen Strichen zusammen.

»Und warum ist das alles schiefgelaufen? Darüber schweigst du dich aus. Ich war so kurz vor einer Lösung, die alle Beteiligten zufriedengestellt hätte.« Mit Daumen und Zeigefinger demonstrierte ich den kleinstmöglichen Abstand. »Und dann ist herausgekommen, dass du hinter diesem ganzen Deal steckst. Ist das so, Papa?«

»Dass ich hinter dem Deal stecke?« Er schnaubte. »Du meinst wohl eher, dass ich dich auf dem Weg zu deiner Beförderung begleiten wollte. Andere wären froh darüber. Die Sache mit diesem Paul an deinem Telefon hat mir keine Ruhe gelassen. Also bin ich gleich am nächsten Morgen zu Claus ins Büro. Und siehe da, es handelte sich tatsächlich um genau den Studenten, der mir bei meinen Gastvorlesungen unangenehm aufgefallen ist.«

»Da kann ich ja wirklich dankbar sein, dass du nicht nur meine Beförderung begleitest, sondern auch gleich noch mein Liebesleben. Mehr kann man wirklich nicht verlangen.« Ich hielt inne und atmete einmal tief durch. Er war immer noch mein Vater.

Ihn schien das jedoch wenig zu stören, denn er setzte seine Rede unbeeindruckt von meiner Entrüstung fort. »Bei der Gelegenheit hat Claus unter anderem von einem günstigen Grundstücksangebot gesprochen. Da haben wir gehandelt. Du wärst auf deiner Reise eine Weile aus der Schusslinie gewesen, ich hätte ein gutes Geschäft gemacht, in dem deine Mutter ganz nebenbei auch noch endlich ihren Nordsee-Urlaub hätte machen können, und Goldbach hätte mit der Vertragsabwicklung auch daran verdient. Und wenn du mit der Zusage des

Eigentümers zurückgekommen wärst, dann wären die Karten für die Junior-Partnerschaft offiziell neu gemischt worden. So sieht das aus, wenn alle was davon haben. Aber das spielt ja nun sowieso keine Rolle mehr. Du kannst beruhigt sein, ich habe den Auftrag längst zurückgezogen.«

Das brachte das Fass zum Überlaufen. Ich erhob mich aus dem Sessel, trat an den Schreibtisch und stützte mich mit den Händen auf der Tischplatte ab.

»Paul hat also wirklich die Wahrheit gesagt. Ich hätte nicht von dir gedacht, dass du so weit gehen würdest …«

»Katharina, dein Problem ist, dass du Berufliches und Privates nicht trennen kannst. Und jetzt willst du mir deine Probleme mit diesem Paul in die Schuhe schieben.« Er stand ebenfalls von seinem Stuhl auf. Unsere Gesichter waren nur wenige Zentimeter voneinander entfernt.

»Vielleicht stelle ich private Dinge im Gegensatz zu dir nicht immer hintan. Und vielleicht geht es gar nicht um alle Menschen, die an dem Grundstück hängen, sondern um einen einzigen Menschen, na und?«, hielt ich ihm entgegen.

»Bislang bist du immer gut damit gefahren, auf mich zu hören. Aber seit du in diesem Dorf warst, erkennt man dich ja nicht mehr wieder. Du wolltest meinen Rat, hier ist er. Wenn du noch über einen Rest Ehrgeiz verfügst, dann nimm das Angebot in der Schweiz an.« Seine Stimme war mit jedem Wort weiter angeschwollen, und zum Abschluss schlug er mit der flachen Hand vor sich auf den Tisch.

Ich zuckte zusammen wie bei einem Stromschlag.

Der Lärm aus dem Arbeitszimmer war offenbar bis in die erste Etage vorgedrungen, denn die Tür öffnete sich, und meine Mutter platzte herein. »Du liebe Güte, was ist nur in euch gefahren?« Bei dem Anblick, wie wir uns wie Kontrahenten in einem Boxring gegenüberstanden, stoppte sie mitten in der Bewegung. Ihre Lippen zitterten, und die Farbe war aus ihrem

Gesicht gewichen. »Ist das denn nötig? Wir sind doch eine Familie.«

»Es tut mir leid, Susanne, aber deine Tochter hat offenbar entdeckt, dass sie sich mit mir als Vater nicht länger arrangieren kann.« Die Worte meines Vaters klangen zwar hart, aber sein Anwaltsgesicht hatte sich dabei in das des alten Mannes verwandelt, der er nun mal war.

»Wolfgang, ich bitte dich, sie ist auch deine Tochter, und sie will doch nur …«

»Lass gut sein, Mama«, fiel ich ihr ins Wort. Dann wandte ich mich an meinen Vater: »Hast du dich eigentlich schon ein einziges Mal gefragt, was meine Wünsche sind? Leider hat es fast dreißig Jahre und eine Reise quer durch Deutschland gedauert, bis ich endlich den Mut hatte, mir das einzugestehen.«

Meine Mutter unternahm einen letzten Vermittlungsversuch. »Also, Katharina, das ist jetzt aber auch ungerecht. Papa hat doch bei allem immer nur an dich gedacht.«

Das folgende Schweigen dröhnte in meinen Ohren.

»Ich würde dann jetzt gerne weiterarbeiten, wenn es recht ist.« Keine Frage, sondern eine Feststellung, mit der mein Vater die Stille durchbrach.

»Tu das, ich muss dann auch wieder«, fügte ich hinzu, drehte mich um und berührte meine Mutter an der Schulter. »Wir reden ein anderes Mal über die Nordsee, Mama. Nicht böse sein.«

Sie lief voraus und warf sich auf halbem Weg an der Garderobe wieder ihre Strickjacke über. »Ich bringe dich noch zum Auto.«

Gemeinsam standen wir vor dem Haus. Die Lampe an der Haustür ließ den Kies zu unseren Füßen leuchten.

»Manchmal seid ihr euch ähnlicher, als ihr denkt. Du beruhigst dich jetzt erst mal, Katharina. Wirst sehen, Papa kriegt sich auch wieder ein. Ich rede später noch mal mit ihm.«

Ich nahm meine Mutter in den Arm, nicht sicher, ob sie

mit den Worten mich oder eher sich selbst trösten wollte. »Mama, hast du dich eigentlich nie gefragt, wie dein Leben ohne Papa verlaufen wäre, ohne das alles hier? Hast du nie bereut, dass du nicht irgendeine eigene Leidenschaft in deinem Leben verwirklicht hast?«

Meine Mutter schob mich ein Stück von sich weg und schaute mir in die Augen. »Ach, mein Kind«, sie streichelte mir über die Wange, »in jedem anderen denkbaren Leben hätte ich dich aber nicht bekommen.«

34

Die wenigen Schäfchenwolken, die über den blitzblauen Himmel zogen, trübten die Sonnenstrahlen nicht. Ich benutzte die Wolkenformationen dazu, mir aus ihnen mit etwas Fantasie die Schafe zu basteln, die zur perfekten Idylle fehlten. Als hätte Jule sie beim Wettergott extra für mich bestellt.

Von meinem Platz auf einer verwitterten Holzbank aus schaute ich den Frachtschiffen hinterher. Sie vermittelten mir wenigstens einen Hauch des Meergefühls, das ich in den letzten Tagen schmerzlich vermisst hatte, während ich wie ein Fisch im Aquarium geschwommen war. Immer im Kreis. Nach wie vor hatte ich mich nicht entschieden, wohin mein eigenes Schiff weiterreisen sollte, nachdem ich den Anker im Medienhafen gelichtet hatte. Dass ich das tun würde, stand nach den Gesprächen mit Goldbach und meinem Vater für mich fest.

Das Zusammentreffen des Wetters mit einem Samstag hatte viele Menschen hierher gelockt. Am gegenüberliegenden Ufer zeichnete sich die graue Skyline der Stadt ab. Auf dieser Seite des Flusses spazierten ihre Bewohner über die grünen Rheinwiesen. Händchen haltende Paare und Eltern, die lachend mit ihren Kindern und den Familienhunden tobten.

Mit dem Daumen klickte ich auf meinem Handy die verpassten Anrufe an. So wie an jedem Morgen in den letzten Tagen. Nur für den Fall …

Die Liste blieb leer. Kein Lebenszeichen von dem Mann, dem das mit uns offenbar nichts mehr bedeutete. Ich scrollte durch den Chat-Verlauf meiner Nachrichten. Auch der las sich in den letzten Tagen übersichtlich. So übersichtlich, dass er nur eine einzige Unterhaltung mit Jule beinhaltete, die ich inzwischen auswendig kannte.

> Sorry. Du hattest recht. Mit allem. Zeit für einen Mädelsabend?

> Gegenvorschlag. Samstag 10 Uhr auf den Rheinwiesen? Ich bringe einen Freund mit :-)

Wo Jule aufkreuzte, fehlte es nicht an frischem Wind. Sie gehörte zu der Sorte Menschen, mit denen das Leben leichter zu ertragen war.

Ich schirmte mit einer Hand die Augen gegen das Sonnenlicht ab und hielt Ausschau nach meiner Freundin. Zugegeben, ein kleines bisschen suchte ich auch die angekündigte Begleitung. Wenn einer das Glück verdient hatte, dann Jule.

Es dauerte nicht lange, bis zwischen den Spaziergängern ihr roter Lockenkopf aufleuchtete. Um sie herum erkannte ich allerdings niemanden, der so aussah, als gehörte er zu ihr. Die Tatsache, dass sie sich in einem Zickzack-Kurs über die Wiese bewegte, und zwar in rasanter Geschwindigkeit, erleichterte meine Suche nicht. Im Gegenteil.

Ich stand von der Bank auf, um einen besseren Überblick zu haben, und traute meinen Augen nicht. Der Grund für Jules eigenwilligen Auftritt hatte vier Beine, kohlrabenschwarzes Fell und zog sie an einer Leine hinter sich her. Für alle Anwesenden im Umkreis von etwa einem Kilometer war der Name dieses neuen Freundes unschwer zu erraten.

»Buddy, Buddy, bei Fuß. Wirst du wohl anhalten. B-u-d-d-y!« Jules Stimme schallte zu mir herüber. Einige Köpfe drehten sich in ihre Richtung, der des Hundes gehörte leider nicht dazu.

Ich lief dem Ausreißer ein paar Schritte entgegen, kniete

mich auf den Boden und breitete die Arme aus. »Hey, Buddy«, rief ich dem Tier zu, »hierher.« Zu meinem eigenen Erstaunen spitzte der Hund die Ohren und schoss auf mich zu. Sein Schwanz bewegte sich, als wäre er ein Propeller, der den Körper antrieb.

»Wow, Kathi«, prustete Jule, nachdem sie mich ebenfalls erreicht hatte. »Ich wusste gar nicht, dass du eine Hundeflüsterin bist.« Sie strich sich mit einer Hand die verschwitzten Locken aus dem Gesicht und plumpste stöhnend neben mir ins Gras. Buddy ließ sich hechelnd neben uns nieder.

»Deinen neuen Freund hatte ich mir allerdings etwas anders vorgestellt. Weniger behaart und mit nur zwei Beinen.«

Wir lachten beide. »Um mit deinen Worten zu sprechen: Es ist mir ein Rätsel, was sich in nur drei Tagen alles ereignen kann. Sogar der Einzug eines neuen Mannes im Hause Wiedemann.«

»Im Hause Wiedemann stimmt schon«, klärte sie mich auf, »allerdings im Hause Wiedemann senior. Wie sagt man so schön: ›Das letzte Kind hat Fell.‹ Jetzt hält Buddy statt uns Mädchen die Eltern auf Trab. Ich bin dieses Wochenende bloß der Hundesitter und habe mir gedacht, du könntest ein bisschen vierbeinige Ablenkung gebrauchen.«

Beim Klang seines Namens sprang Buddy auf, bereit für neue Abenteuer. Jule streichelte ihm über den Kopf. »Meiner Mutter war es einfach zu ruhig im Haus. Darum hat sie meinen Vater so lange bearbeitet, bis er nachgegeben hat. Seine einzige Bedingung war dieses Mal eine männliche Verstärkung.«

Wir erhoben uns wieder von der Wiese. Ich klopfte mir ein paar Grashalme von der Kleidung und hob einen Stock auf, der ein Stück weiter am Boden lag. »Also dann, lass uns mal sehen, was Buddy so draufhat.«

Jule löste die Leine zögernd vom Halsband. »Auf deine

Verantwortung. Die machen zu Hause Hackfleisch aus mir, wenn ich ohne den Hund wieder aufkreuze.«

Ich visierte den Fernsehturm am anderen Ufer an und warf den Stock in hohem Bogen. Buddy rannte so schnell, dass seine Ohren waagerecht flatterten. Wir marschierten ebenfalls los.

»Also, lass hören. Was hat sich in der Zwischenzeit bei dir ergeben?«, fragte Jule. Ihr Blick schweifte immer wieder am Ufer entlang, damit sie den Hund nicht aus den Augen verlor.

»Ach, Jule«, antwortete ich, »hätte ich mal von Anfang an auf dich gehört! Stattdessen war ich eine Marionette an den Fäden von meinem Vater und Paul. Und was ist das Ende vom Lied? Der eine sitzt in seinem neuen Büro mit dem Türschild *Junior-Partner*, und damit nicht genug, hat mich der andere tatsächlich vor seine Geschäfte gespannt.«

Ich atmete einmal tief durch und bückte mich zu Buddy herunter, der mit dem Stöckchen im Maul wieder eingetroffen war. Ich packte das Holz an einem Ende und zog daran. Er hielt dagegen. »Du musst loslassen, aus«, wies ich Buddy an. Sobald er lockergelassen hatte, warf ich den Stock erneut bis an die Wasserkante des Rheins.

»Und nun?«, fragte Jule, während sie neben mir durch den Sandstreifen stapfte, der zwischen Wiese und Wasser verlief.

»Du kennst meinen Vater.« Ich zuckte mit den Schultern. »Der ist nicht wie deiner. Wenn es nach ihm ginge, dann wäre es das Beste für mich, demnächst in der Schweiz an meiner Karriere zu basteln.«

»In der Schweiz?«, rief Jule aus und riss die Augen auf. Ein älteres Ehepaar drehte sich zu ihr um. Sie rückte näher an mich heran und tuschelte mir zu: »Warum denn in der Schweiz?«

»Weil Goldbach mir dieses unglaublich großzügige Angebot unterbreitet hat.« Ich setzte das Angebot mit den Fingern in der Luft in Gänsefüßchen. »Und ich sag's dir gleich: Bis

Montag muss ich mich entschieden haben, sonst darf ich einen noch großzügigeren Aufhebungsvertrag unterschreiben.«

Wir waren inzwischen im Schatten unter der Rheinkniebrücke angekommen. »Vielleicht ist das mit der Schweiz auch gar nicht so verkehrt. Erst mal weg von Goldbach und von meinem Vater samt seiner Kanzlei.«

»So ein Mist«, sagte Jule.

Das konnte sich in diesem Moment wahlweise auf die Schweiz oder aber auch auf das wütende Hundegebell beziehen, das über die Wiese tönte. Im Laufschritt hielt sie auf ein verknotetes Bündel unterschiedlicher Fellfarben zu, das sich dem Wasser gefährlich näherte.

Der Lärm der Hunde wurde vom Geschrei ihrer Herrchen und Frauchen übertönt. Einzelne Fetzen drangen an mein Ohr, aus denen ich die Worte »ungezogen« und »Hundeschule« heraushörte.

Nachdem sich der Tumult gelegt hatte, kehrte Jule quer über die Wiese zurück. Eine Hand hatte das Halsband des armen Buddy gepackt, dem das Wasser aus dem Fell tropfte. Als sie ihn unter der Brücke kurz losließ, um die Leine zu befestigen, schüttelte sich Buddy einmal kräftig. Im Gegensatz zu Jule gelang es mir, rechtzeitig einen Schritt zurückzuspringen.

»Igitt«, schimpfte sie mit dem Hund, der daraufhin kleinlaut den Schwanz zwischen den Beinen einklemmte.

Ich schmunzelte angesichts des Bildes, das die beiden nassen Gestalten abgaben.

»Wir sollten wohl besser umdrehen«, sagte Jule. Und zu Buddy: »Und du Flegel bleibst jetzt an der Leine, das hast du davon.« Auf dem Rückweg setzte sie unser Gespräch fort: »Also, wo waren wir stehen geblieben?«

»In der Schweiz«, antwortete ich.

»Richtig. Erst mal in die Schweiz, Kathi, das ist doch Mist. Du willst dich ja nur vor einer endgültigen Entscheidung drücken. Nimm dir ein Beispiel an Buddy, der ist auch mutig ins kalte Wasser gesprungen. Du hast es doch in Greetsiel schon einmal getan.«

»Das sagt sich so einfach«, wandte ich ein.

»Dass das einfach ist, habe ich nie behauptet. Ich muss das aber trotzdem sagen, weil ich deine Freundin bin. Und weil ich dich da oben erlebt habe. Außerhalb dieses verspiegelten Glaskastens, in dem du hier arbeitest.« Jules Augen blitzten auf. »Und jetzt willst du mir weismachen, dass ein anderer Glaskasten das Richtige für dich ist, nur weil er in der Schweiz steht?« Sie tippte sich an die Stirn. »Ich sage dir mal was: Ich habe gestern zufällig mit Nils telefoniert …«

»Sieh mal einer an, mit Nils«, fiel ich ihr ins Wort, »rein zufällig natürlich. Hast du gehört, Buddy?« Ich hockte mich zu ihm hinunter und strubbelte durch sein nasses Fell.

»Jetzt lenk nicht ab.« Jule zog mich wieder hoch und sah mich an. »Es geht gar nicht um mich. Nils hat mir nämlich erzählt, dass es Jasper ganz genauso geht wie dir. Wie traurig er seit deiner Abreise ist und dass er an manchen Tagen nicht mal mit dem Kutter rausfährt.«

Ich verschränkte die Arme. »Davon merke ich aber nichts. Er hat mich nicht ein einziges Mal angerufen oder mir eine Nachricht geschickt.«

»Du bist doch auch nicht besser, oder hast du dich bei ihm gemeldet?«, fragte Jule nach.

»Warum sollte ich. Er hat mir ja schließlich klipp und klar zu verstehen gegeben, dass ich mich nicht mehr in sein Leben mischen soll.« Meine Arme blieben in Abwehrhaltung, als wären sie vor dem Körper festgewachsen.

Jule stemmte die Hände in die Hüften. »Ich fasse es nicht. Euch ist wirklich nicht zu helfen, euch allen beiden.« Sie fasste mich an den Oberarmen, und ihre Stimme wurde weicher. »Du musst für dich ganz alleine entscheiden, was dich glücklich macht im Leben. Aber wenn du mich fragst, hast du das schon längst getan. Sonst könnte es dir doch egal sein, ob Jasper sich noch mal meldet. Ist es aber nicht. Wenn ich du wäre, dann würde ich den Fang nicht wieder vom Haken lassen.« Sie zwinkerte mir zu.

»Du bist aber nicht ich. Und ich bin nicht wie du, Jule. Ich kann das nicht. Irgendwann die Kanzlei meines Vaters zu übernehmen war mein ganzes Leben lang geplant.« Ich schüttelte ihre Hände ab und drehte mich in Richtung Rhein.

»Erstens hast du den Plan nicht mal selbst entworfen, und zweitens muss man Pläne manchmal anpassen.« Sie zeigte auf die Frachtschiffe. »Denkst du, dass einer von denen sein Schiff mitten in einen Sturm manövriert, weil die Route vorher festgelegt war?«

»Also das kann man doch wohl wirklich nicht vergleichen.«

Ich stapfte weiter.

Jule hielt mich am Ärmel zurück, da wir schon fast wieder an der verwitterten Bank angelangt waren. »Pass auf, Kathi. Wenn du wirklich wegwillst von Goldbach, dann geh. Fang woanders an, gründe deine eigene Kanzlei oder werde von mir aus Panflötenspielerin auf dem Weihnachtsmarkt. Egal, was, du kannst auf mich zählen. Verkauf das dämliche Appartement, zieh zu mir, und wir gründen eine WG. Du und ich. Und wenn du schon immer einem Hund ein Zuhause geben wolltest, dann bring einen mit. Alternativ könnten wir uns auch ab und an dieses Flegeltier hier ausleihen.«

Sie hielt inne und sah mich erwartungsvoll an. »Aber die Ausrede, dass du nicht kannst, lasse ich nicht gelten. ›Ich kann‹ nicht heißt nichts anderes als ›ich will nicht‹.«

Das Erste, was ich sah, als die Wohnungstür hinter mir ins Schloss fiel, war das blinkende rote Lämpchen des Anrufbeantworters im Flur. Es blinkte seit dem Siegeszug des Mobiltelefons äußerst selten. Streng genommen blinkte es nie. Darum schlug mein Bauchgefühl umgehend Alarm.

Ein Anruf meines Vaters war eher unwahrscheinlich, der nutzte grundsätzlich das Handy, damit ihm der Teilnehmer am anderen Ende nicht entkam. Ich erinnerte mich auch nicht, Jasper die Festnetznummer gegeben zu haben. Meine Mutter?

Mit zitternden Fingern drückte ich auf die Wiedergabetaste des Geräts. Die Stimme, die aus dem Lautsprecher brummte, gehörte zu keinem von ihnen.

»Hallo, bin ich dort richtig bei Katharina König?«

Eine Frau im Hintergrund, die einwarf, dass der Anrufbeantworter entgegen seinem Namen nicht antworten würde.

Jetzt fiel bei mir der Groschen.

»Nu' sei doch mal still, Grete. Also, hier spricht Hinrich.

Hinrich Lührs.« Kurze Pause. *»Aus Greetsiel.«*

»Das weiß sie doch, sie ist doch nicht blöd.« Die Stimme aus dem Hintergrund.

»Warum ich anrufe, Katharina: Es geht um Jasper.«

Meine Beine verwandelten sich in Pudding. Ich setzte mich auf den Boden.

»Das ist nämlich so, dass sein Grundstück nun doch zwangsversteigert wird. In sechs Wochen schon, hat das Gericht geschrieben. Wir haben das ja alle nicht gewusst, wie ernst das ist. Das hat er alles mit sich selbst ausgemacht.«

Grete soufflierte erneut: *»Auf den Punkt kommen, Hinrich.«*

»Mach ich doch schon. Der muss das jetzt ganz alleine durchstehen. Grete und ich kennen uns mit dem ganzen Kram doch nicht aus. Und seine Eltern auch nicht. Außerdem können wir da nicht hingehen. Das bricht uns das Herz.«

Offenbar reichte es Grete, und sie übernahm den Hörer. *»Uns ist nur eine eingefallen, die ihm helfen kann. Und das bist du, Katharina. Darum …«*

Die Speicherzeit des Bandes endete und verschluckte den Rest der Worte.

Ich blieb auf dem Boden sitzen, als wäre ich dort verwurzelt, streckte einen Arm aus wie einen Ast, um die Bandansage noch einmal abzuspielen. Und ein zweites Mal. Dann war mir klar, dass es Zeit war, das Ruder in die Hand zu nehmen.

Die Stimmen, die eben noch den Flur erfüllt hatten, als säßen sie hier um mich herum, gehörten zu Menschen, die mir etwas bedeuteten. Die mir gezeigt hatten, worauf es wirklich ankam im Leben, und die mir am Herzen lagen. Insbesondere einer von ihnen, obwohl seine Stimme gefehlt hatte. Er lag mir nicht nur am Herzen, er hatte einen Platz darin.

Egal, ob das etwas zwischen uns ändern würde oder nicht: Es gab nur eine einzige Möglichkeit, ihm das zu zeigen. Ich hatte versprochen, mich dafür einzusetzen, dass er das Grundstück behielt, und das Versprechen würde ich halten. Nachdem weder Goldbach noch mein Vater daran interessiert waren, lag es einzig und allein an mir.

Ich zog mein Handy aus der Tasche und tippte die vermutlich kürzeste Nachricht an Jule, seit wir uns kannten:

Ich will!

Dass es mir gelang, einen Neuanfang zu wagen, und ich dabei tatsächlich das Grundstück vor dem Zugriff Fremder retten konnte, genau das würde ich jetzt beweisen.

35

Mein neues Leben nahm seinen Anfang an einem Montag unter dem Dach eines Wartehäuschens neben einem Haltestellenschild. Das alte Leben trug ich in einem Karton vor mir her. Derweil wartete die »Protzkarre«, wie Jasper sie genannt hatte, im Zwangsurlaub in der Tiefgarage auf einen neuen Besitzer.

Paul hatte es nicht für nötig gehalten, sein Reich zu verlassen. Auch Laura hatte mit Abwesenheit geglänzt, während ich meine Habseligkeiten zusammengepackt hatte. Feiglinge.

Ein letztes Mal hatte ich die Tür geöffnet, neben der, hinter einer kleinen quadratischen Glasplatte, der Name *Claus Goldbach* prangte.

Sein erstaunter Gesichtsausdruck über meine Entscheidung war nicht gespielt gewesen, ebenso wenig wie der Respekt gegenüber meiner Konsequenz. Bis ich auf seine Frage nach den Zukunftsplänen auf den Rhein flussabwärts gedeutet hatte. Er schüttelte den Kopf. Ich nickte. Der Kugelschreiber glitt bei meiner Unterschrift leicht über das Papier des Aufhebungsvertrages. Vieles war falsch gelaufen, aber am Ende empfand ich das hier als so richtig wie schon lange nichts mehr.

Ein Exemplar des Vertrages komplettierte den Karton. Mein Startkapital in ein Leben, in dem ich zum ersten Mal als Fußgängerin mit ungewisser Zukunft an einer Bushaltestelle stand. Erstaunlicherweise beunruhigte mich das überhaupt nicht.

Im Bus suchte ich den nächsten freien Platz, auf den ich meinen Karton balancieren konnte. Direkt hinter dem Fahrer, unter dem Aufkleber mit dem grünen Kreuz über dem Sitz, saß ein Mann, dessen graue Haare bereits eine große Lücke zierte. Seine rechte Hand schaute aus dem Ärmel eines Mantels heraus, den er mit seinem dünnen Körper nicht mehr ausfüllte. Er umklammerte zitternd eine Gehhilfe, die in den Mittelgang hineinragte.

Mit brüchiger Stimme sprach er mich an: »Kommen Sie, junge Frau. Ich rutsche ein Stückchen auf, dann haben wir beide Platz, und Sie können den schweren Karton abstellen.«

Es lag mir fern, dem Mann Umstände zu bereiten, aber er war schon in Richtung Fenster gerückt. Mit einem großen Schritt über die Krücke landete ich auf der Sitzbank, den Karton auf dem Schoß.

»Bloß den ollen Stock könnten Sie vielleicht für mich festhalten, der passt hier nicht in die Ecke.«

Ich nahm ihm das Teil ab.

»Ist alles nix mehr im Alter«, entschuldigte er sich mit einem Schulterzucken. Er zeigte auf den Aufkleber über ihm. »Bin ja schon froh, dass heute wenigstens der Platz hier frei war. Wenn da erst mal jemand sitzt, dann steht der nicht mehr auf, Ausweis hin oder her.«

»Das tut mir leid«, sagte ich, und mein Gewissen erinnerte mich an die Jahre, die ich mit dem Audi von einer Tiefgarage zur anderen gefahren war.

»Und dabei«, fuhr der Grauhaarige fort, »war das kein Spaß mit dem Ausweis, wissen Sie? Unsereins kennt sich ja gar nicht mehr aus mit den vielen Gesetzen. Da braucht man erst einen von den teuren Rechtsverdrehern, und die sind doch an so einem wie mir gar nicht interessiert. Kann man ja kein Geld mit verdienen.«

Ich schmunzelte. »Oh, da haben Sie recht mit dem Bürokratie-Dschungel. Das weiß ich zufällig. Ich bin nämlich eine von den sogenannten ›Rechtsverdrehern‹.«

Der alte Mann musterte mich, dann hoben sich seine Mundwinkel. »Ja, aber Sie sind nicht so eine Halsabschneiderin, die den Leuten nur das Geld aus der Tasche ziehen will. Das sehe ich gleich. Sie sind eine von den Guten. Sie hören den Menschen zu.«

Nach kurzem Zögern nickte ich und antwortete: »Genau das möchte ich tun.« In Gedanken fügte ich hinzu, dass das für mich immer der eigentliche Sinn meines Jura-Studiums gewesen war. Weil ich davon überzeugt war, den Menschen als Anwältin zu Gerechtigkeit zu verhelfen und nicht nur zu noch mehr Reichtum. Auch wenn ich inzwischen gelernt hatte, dass Recht und Gerechtigkeit nicht immer übereinstimmten.

Beim nächsten Halt stieg eine Frau zu. Sie blieb kurz hinter der Fahrertür stehen und drehte ihre Dauerwelle, die einem Topfreiniger aus Stahlwolle glich, in alle Richtungen. Ihr Blick wanderte über die Reihen, auf der Jagd nach einem freien Sitzplatz. Wie ein Greifvogel stürzte sie sich auf die erspähte Beute. Leider folgte ihre Wohlstandsfigur dem Angriffsmodus nicht wie gewünscht. Sie stolperte über die Gehhilfe, und es gelang ihr nur mit letzter Not, sich an einer Sitzlehne festzuhalten und einen Sturz zu vermeiden.

»Können Sie Ihre Krücke nicht bei sich behalten, wo sie hingehört?«, giftete sie mich und den Grauhaarigen an. »Das ist ja lebensgefährlich! Gott weiß, was da hätte passieren können.« Zu allem Übel hatte sie durch die Verzögerung den Wettstreit um den ins Auge gefassten Sitzplatz verloren.

Mein Sitznachbar zuckte zusammen und wurde noch kleiner, als er ohnehin schon war. Ich öffnete den Mund, um Partei für ihn zu ergreifen, da kam mir der Busfahrer zuvor.

»Bitte durchrücken!«

Die Stimme des Fahrers gab der Dauerwelle den Rest. »Und Sie kommt das teuer zu stehen, wenn ich jetzt ohne Sitzplatz während der Fahrt stürze«, wetterte sie und schoss mit ihren Augen über die Schulter einen Giftpfeil in Richtung Fahrer ab.

Der war offenbar Kummer gewohnt und sprach in sein Mikrofon: »Die Mitnahme von Fahrgästen ohne Sitzplatz ist leider nicht gestattet. Bitte setzen Sie sich, oder verlassen Sie das Fahrzeug.«

Die Dauerwelle schloss den Mund und trabte in den hinteren Teil des Busses.

Ich erinnerte mich an eine Vorlesung aus dem Studium, die ich nach großer Begeisterung mit der Zeit wieder aus den Augen verloren hatte. Es hatte sich um Mediation gehandelt, bei der ein Mediator eine einvernehmliche Lösung der Streitparteien vermittelt hatte. Für meinen Vater war das nichts als Geschwätz. Aber ich würde gerne helfen, die Überlastung der Gerichte mit unnötigen Prozessen zu vermeiden. Darum nahm ich mir vor, mich über diese Fortbildung zu informieren.

An der Zielhaltestelle angekommen, verabschiedete ich mich von meiner neuen Bekanntschaft und verließ den Bus. In ein Leben außerhalb des verspiegelten Glaskastens.

Auf den Termin bei der Bank hatte ich nur wenige Tage gewartet, woran mein Name möglicherweise nicht ganz unschuldig war. In der Zwischenzeit hatte ich den Gedanken im Kopf herumgewälzt, wie in der Trommel einer Waschmaschine, aber er war trotz allem nicht eingelaufen. Es blieb dabei. Ich war entschlossen, mich als Bieterin an der Zwangsversteigerung zu beteiligen und persönlich in Jaspers Idee zu investieren. Wenn ich den Zuschlag bekam und er mein Angebot annahm, waren wir Geschäftspartner.

Neben alldem glomm dieses kleine Fünkchen Hoffnung, dass wir den riesigen Berg Geröll, den wir selbst darüber zusammengetragen hatten, aus dem Weg räumen und da weitermachen konnten, wo wir aufgehört hatten. Erst wenn dieser Funken erlosch, war es wirklich dunkel.

Ich benötigte eine Bankbürgschaft oder einen Scheck über die Sicherheitsleistung, die meine eigenen Mittel derzeit nicht hergaben. Mein Herz pochte gegen die Rippen. Aber es war nicht dieses Klopfen, das man wahrnahm, bevor etwas Schreckliches passierte. Es war vielmehr eines von der Sorte, das sich bei einer Herausforderung meldete, an deren Ende man einen Meilenstein erreicht haben würde. Ich fasste den Griff der Aktentasche fester und überschritt die Schwelle des Bankgebäudes.

Nach einer kurzen Orientierung in der Eingangshalle ließ ich die Geldautomaten und Kontoauszugsdrucker hinter mir, ging an den Kundenschaltern vorbei und bog in die Kreditabteilung ab.

Ein Berater eilte um eine Trennwand herum auf mich zu. Nicht das winzigste Staubkörnchen zierte seinen tadellos sitzenden Anzug oder seine Schuhe. Trotz alldem täuschte seine Anpassung an den Dresscode des Hauses nicht darüber hinweg, dass er aussah wie ein Abiturient, der sich für den »Cheftag« der Mottowoche verkleidet hatte.

Ich fragte mich, ob die Berater immer jünger wurden oder ich bloß älter. Sein Händedruck glich dem von Wackelpudding. Bei meinem Vater wäre er spätestens jetzt durch die Abiturprüfung gefallen.

»Frau König«, begrüßte er mich und rückte mir einen Stuhl zurecht. »Herzlich willkommen in unserer Bank! Nehmen Sie doch bitte Platz.« Er selbst setzte sich wieder hinter den Schreibtisch, richtete seinen Stift mit dem aufgedruckten Logo der Bank mittig auf einem unbeschriebenen Blatt aus und faltete die Hände. »Womit darf ich behilflich sein?« Sein Grinsen legte zwei Reihen strahlend weißer Zähne frei und erinnerte an einen Hai. Einen Kredithai.

Die Antwort lag auf der Hand. Jeder Kunde, der hinter

dieser Schattenwand saß, brauchte Geld, sonst hätte er ja die Wand eines Anlageberaters gewählt. Das sagte aber niemand, sondern benahm sich stattdessen so, als benötigte er eben das nicht. Oberstes Gesetz: Die Bank verteilte nur Geld an Menschen, die selbst genug davon hatten.

»Ich würde gerne eine Immobilie ersteigern«, eröffnete ich das Gespräch, »um diese als Renditeobjekt zu verpachten. Bedauerlicherweise sind alle meine finanziellen Ressourcen aktuell in anderen Investitionen gebunden.« Die klitzekleinen Beschönigungen hakte ich unter »gesetzeskonformer Auslegung« der Tatsachen ab.

Der Hai schwieg bedeutungsvoll, als wäre er mit einem solchen Anliegen nie zuvor konfrontiert worden. Dann tippte er auf der vor ihm liegenden Tastatur herum und starrte konzentriert auf den Bildschirm. »Nun, Frau König, da kann unser Haus sicher behilflich sein. Über welche Summe müssten Sie denn kurzfristig verfügen, und wie schätzen Sie die Rendite-Chancen der infrage stehenden Immobilie ein?«

Ich öffnete meine Aktentasche, in der eine Kopie der Grundstücksunterlagen steckte, die Hinrich mir nun aufgrund der anberaumten Zwangsversteigerung ganz offiziell im Grundbuchamt besorgt hatte. Pech für Herrn Düster. Einmal auf dem Schreibtisch ausgebreitet, erklärte ich daran die Sachlage. Von dem geplanten Bau einer Pension und der Verköstigung der Gäste mit dem regionalen Fang aus dem familieneigenen Fischereibetrieb. Ich beteiligte mich mit dem Grundstück als stille Gesellschafterin an dem Vorhaben. Mit jedem Wort, das ich aussprach, verstärkte sich meine Zuversicht in das Projekt und die Überzeugung, auf dem richtigen Weg zu sein.

Am Ende des Vortrags runzelte der Nachwuchs-Banker die Stirn. Er drehte das Blatt zu mir herum, das er in der Zwischenzeit mit einer ganzen Reihe von Zahlen beschrieben hatte. Großen Zahlen, die mir nicht fremd waren, für die ich aber nie alleine in der Verantwortung gestanden hatte.

Als wäre das ein weiteres ungeschriebenes Gesetz, tat ich das, was man eben auf diesem Stuhl so tat. Ich nickte und sagte mit zuversichtlichem Gesichtsausdruck: »Anhand der Marktanalyse, die ich in der letzten Woche vor Ort erstellt habe, denke ich, das sollte sich rechnen.«

Der Hai strich das Papier säuberlich glatt, tippte erneut etwas in seinen Computer und zog daraufhin ein weiteres Blatt aus dem Drucker neben sich. Er schob es in meine Richtung. »Sicher haben Sie Verständnis dafür, Frau König, dass sich unser Haus trotz Ihres guten Namens an die Formalitäten halten muss.« Er räusperte sich verlegen. »Nur für den unwahrscheinlichen Fall, dass Ihr Objekt wider Erwarten doch nicht die berechnete Rendite abwirft.«

»Sicher«, antwortete ich, ohne genau zu wissen, worauf er hinauswollte.

Er tippte mit dem Stift auf das neue Blatt. »Deshalb würde ich Sie bitten, uns diese Arbeitgeberbestätigung unterschreiben zu lassen. Wie gesagt, eine reine Formalität.«

Im Geiste schlug ich mir vor die Stirn. Wie blöd konnte man sein? »Genau genommen befinde ich mich gerade …« – denk nach Katharina! – »… in der Phase eines beruflichen Umbruchs.« Das Erstbeste, was mir einfiel.

»Ich verstehe«, antwortete er. »Sie werden in die Kanzlei König einsteigen. Das ist natürlich umso besser, dann wird ja ein Telefonat mit dem werten Herrn Vater zur Bestätigung ausreichen.« Er deutete auf das Mobilteil neben sich. »Möchten Sie, dass wir das sofort erledigen?«

Dummerweise – oder glücklicherweise, ganz, wie man es nahm – verstand er eben nicht. Ich rutschte auf der Sitzfläche meines Stuhls hin und her. »Die endgültige Ausgestaltung der familiären Situation ist noch nicht ganz spruchreif.« Ein Schweißtropfen rann unter der weißen Bluse an meinem Rücken hinab. »Möglicherweise werde ich auch eine eigene Kanzlei gründen, quasi als eine Art Ableger. Diversifikation, Sie verstehen?«

Jetzt verstand er nicht mehr. Er lehnte sich mit den Unterarmen auf die Tischplatte. Sein Tonfall büßte ein paar Grad an Wärme ein. »Frau König, vielleicht sollten wir dann mit dem Abschluss unserer Geschäftsverbindung bis zur Klärung dieser …«, er pausierte, offenbar auf der Suche nach einem unverfänglichen Wort, »… Situation warten?«

Der Schweißtropfen bekam Gesellschaft. Die Sicherheitsleistung finanzierte ich zur Not mit der Abfindung von Goldbach, aber was, wenn ich den Zuschlag erhielt? »Das wäre sehr ungünstig, angesichts der einmaligen Gelegenheit.«

Der Jüngling verzog das Gesicht, als brächen seine Weisheitszähne unter Schmerzen durch. »Wenn das so ist, Frau König, dann können Sie unserem Haus vielleicht neben dem Grundstück noch eine andere adäquate Sicherheit zur Verfügung stellen?« Er fuhr mit einem Finger über seinen Bildschirm. »Ich sehe gerade, dass Sie im Besitz einer von Ihnen selbst bewohnten Immobilie hier vor Ort sind?«

Ich hatte nie zuvor ein Casino besucht, aber ich vermutete, dass der Adrenalinstoß, der durch meine Adern fuhr, vergleichbar war mit dem bei einem All-in-Einsatz. Man schob den Rest der Jetons, die einem geblieben waren, zentimeterweise in Richtung des Croupiers. Jederzeit bereit, die Hand zu stoppen, bis es kein Zurück mehr gab. »In Ordnung, beziehen Sie das Appartement ein und bereiten Sie die entsprechenden Verträge vor.« Im Gegensatz zum Roulette würde ich allerdings ein paar Wochen warten müssen, bis ich sah, wohin die Kugel rollte.

Die Gesichtszüge meines Beraters hellten sich auf, als hätte ich ihm soeben mitgeteilt, dass er die Abiturprüfung bestanden hatte. Er schüttelte mir die Hand. »Wunderbar, Frau König. Dann melden wir uns bei Ihnen, wenn alles zur Unterschrift vorbereitet ist. Ich wünsche Ihnen viel Erfolg bei Ihrem Projekt.«

Als mich das Bankgebäude zusammen mit einer Welle weiterer Kunden wieder ausgespuckte, die, ohne zu zögern, die Straße entlangeilten, erinnerte ich mich an die Geschichte von Momo. Meine Mutter hatte viele Abende neben mir gelegen und vorgelesen, wie Beppo dazu aufrief, die Straße in einzelne Besenstriche zu unterteilen. Einen Strich nach dem anderen abzuarbeiten, bis man am Ende den ganzen Weg gefegt hatte. Den ersten Schritt hatte ich geschafft, jetzt galt es, den Fokus auf den nächsten zu legen.

Mein Versprechen gegenüber Jasper war die eine Sache, in meinem Leben aufzuräumen eine andere. Ich würde mich um die Mediatoren-Fortbildung kümmern und um die Gründung einer eigenen Kanzlei. Nichts gegen Jule, aber anderenfalls gesellte sich zu dem nicht vorhandenen Auto und dem fehlenden Job als Krönung die Wahl zwischen Obdachlosigkeit und einem WG-Zimmer.

36

6 Wochen später

Dunkle Wolken trieben über den ohnehin schon grauen Himmel von Emden. Ich zitterte. Trotz der Winterjacke, mit der ich mich gegen das norddeutsche Schietwetter gerüstet hatte, kroch die eisige Luft während des kurzen Fußweges von Jules geliehenem Auto zum Eingang in jede meiner Poren.

Der Rückenwind wehte mich in das rote Backsteingebäude des Amtsgerichtes. Ich passierte die Eingangskontrolle an diesem Tag ohne Lederjacke, dafür mit einem Rucksack voller Respekt. Respekt vor dem Bieterverfahren und einem möglichen Wiedersehen mit Jasper. Seit meiner Abreise herrschte zwischen uns Funkstille. Außer Hinrich hatte ich mit niemandem über meinen Plan gesprochen und ihn auf seine Schiffermütze schwören lassen, dass er unser Geheimnis für sich behielt.

Auf dem Weg durch die Gerichtsflure huschte ich am Grundbuchamt vorbei. Die Tür war geschlossen. Auf ein Wiedersehen mit Herrn Düster konnte ich gut und gerne verzichten.

Im Sitzungssaal waren die wenigen Stühle bereits zum großen Teil besetzt. Mein Herz raste wie ein Ferrari. Ich hangelte mich von einem Gesicht zum nächsten, in der Hoffnung, in Jaspers Augen zu sehen, und gleichzeitig voller Angst, dass er sie vor mir verschloss.

Der Rechtspfleger ordnete am Kopfende des Raumes seine Unterlagen. An der Seite unterhielten sich zwei Anzugträger, deren Aussehen eine Verwandtschaft zu dem Kredithai meiner Bank nahelegte. Vermutlich handelte es sich um die Haie des Gläubigerrudels. Weiter hinten, zwischen den potenziellen Bietern, entdeckte ich tatsächlich ein bekanntes Gesicht. Der Makler aus dem Büro in Greetsiel, dessen Computer ich undercover ausspioniert hatte, blätterte in einem dünnen Hefter; wahrscheinlich handelte es sich dabei um das Wertgutachten des Grundstücks.

Mein Blick blieb an der letzten Stuhlreihe hängen. Fast hätte ich ihn nicht erkannt. Versteckt hinter dem Rücken eines anderen Bieters, zusammengesunken, den Kopf in den Händen vergraben. Jasper war so mit sich selbst beschäftigt, dass er mich nicht bemerkte.

Mein Ferrari-Herz legte eine Vollbremsung hin. Ein Teil von mir sehnte sich danach, zu ihm zu laufen, ihn in den Arm zu nehmen und ihm zu sagen, dass alles wieder in Ordnung kommen würde. Ein anderer Teil war versucht, den Raum still und heimlich zu verlassen, um nicht mitansehen zu müssen, wie er unter der Situation litt, an der ich nicht unbeteiligt war.

Ich legte meine Zweifel an die Leine und bahnte mir den Weg durch die Stuhlreihe. Ohne ein Wort setzte ich mich auf den freien Stuhl neben ihm und berührte zaghaft seinen Arm.

Mitten aus seinen Gedanken gerissen zuckte er zusammen und sah zu mir auf. In seinen Augen flackerte ein Hauch von Hoffnung auf. Doch der Funken erlosch so schnell, wie er aufgeglommen war, und seine Miene versteinerte. »Katharina«, begrüßte er mich tonlos. »Was machst du hier? Bist du gekommen, um meinen Untergang endgültig zu besiegeln?«

»Jasper«, flüsterte ich, »traust du mir das wirklich zu?« Mein Blick verschwamm von den Tränen, die ich hinter den Lidern zurückhielt. Ich hatte mit seiner ablehnenden Reaktion gerechnet, aber die harten Worte trafen mich wie Speerspitzen. Mit aller Kraft konzentrierte ich mich auf meine Aufgabe, blinzelte die Tränen weg und schluckte gegen den Kloß in meinem Hals an. »Das ist nicht der Grund, warum ich hier bin. Ich bin gekommen, weil ich dir ein Versprechen gegeben habe, und das halte ich.«

Er vergrub den Kopf erneut in den Händen und murmelte etwas von »zu spät«.

Ich beugte mich zu ihm hinunter. »Bitte, hör mir zu«, bat ich ihn leise, »ich bin auf deiner Seite. Solltest du nach dieser Sache hier immer noch an mir zweifeln, dann gebe ich mich geschlagen. Vorher nicht.«

Jasper zeigte keine Reaktion.

Die Stimme des Rechtspflegers, der um Ruhe bat, lenkte meine Aufmerksamkeit nach vorne. Die Gespräche im Saal verstummten. Stille legte sich über den Raum, bis die eben geschlossene Tür sich mit einem Schwung noch einmal öffnete. Nicht nur mein Kopf fuhr herum. Mit einem Lächeln auf den Lippen nickte der Nachzügler entschuldigend in Richtung des Tisches am Kopfende, schaute sich kurz um und hielt dann zielstrebig auf den Makler zu.

Ich sprang von meinem Stuhl auf und schnappte nach Luft, als hätte jemand einen Eimer mit Eiswasser über mir ausgeschüttet. »Paul?«, zischte ich ihm von hinten zu und sah ihn fragend an. Es fehlte nicht viel, und ich wäre über die Sitzreihen geklettert, hätte ihn gepackt und geschüttelt.

Wie in einer einstudierten Choreografie drehten sich die Anwesenden synchron zwischen uns hin und her.

»Der Herr und die Dame, bitte nehmen Sie Platz, damit ich die Versteigerung eröffnen kann.« Mit den Fingerknöcheln klopfte der Rechtspfleger vor sich auf den Tisch und ermahnte uns.

Paul bedachte mich mit seinem altbewährten Gewinnerlächeln, nickte dem Sprecher noch mal zu und setzte sich dann ungerührt neben den Makler. Sie schüttelten einander die Hände und begrüßten sich im Flüsterton.

Steckte tatsächlich mehr hinter Pauls Namen in der Interessenten-Kartei als zufälliges Interesse? Hatte er vielleicht sogar meinen Vater nur vorgeschoben, um von sich selbst abzulenken? Ich verharrte vor dem Stuhl, unfähig, einen einzigen Körperteil zu bewegen, geschweige denn, Jasper ins Gesicht zu schauen. Dem Mann, um dessen Vertrauen ich vor einer Minute erst geworben hatte.

Er war es schließlich, der mich am Arm zurück auf den Sitz zog.

Ich sackte zusammen wie ein Ballon, aus dem die Luft entwich.

»Gib dir keine Mühe, Katharina. Ich sehe, was hier abläuft«, murmelte er direkt an meinem Ohr.

Der Rechtspfleger erläuterte die Versteigerungsbedingungen und gab nähere Informationen über das Grundstück bekannt. Im Amtsdeutsch: das »Versteigerungsobjekt«. Ein Wort, das Jasper einen Teil seines Lebens kostete und gleichzeitig dafür sorgte, dass das Leben in meinen Körper zurückkehrte. Er würde sein Eigentum nicht kampflos verlieren. Ich würde für ihn kämpfen.

Mit dem offiziellen Beginn der Bietstunde gab ich ein erstes Gebot ab. Ich trat an den Tisch des Rechtspflegers vor und wies mich aus. Auf dem Rückweg zu meinem Platz beobachtete ich die anderen Anwesenden. Die Gläubigerhaie notierten sich, was auch immer es zu notieren gab. Nicht ausgeschlossen, dass sie nur auf das Papier kritzelten, damit es wichtig aussah. Paul tuschelte mit dem Makler.

Kaum hatte ich wieder Platz genommen, übertrumpfte ein mir unbekannter Bieter das Gebot und bahnte sich ebenfalls den Weg nach vorne. Noch hielt der restliche Spielraum bis zum Limit meinen Puls in Schach. Ich erhöhte die Summe. Der Kontrahent schüttelte den Kopf.

Stattdessen beteiligte sich ausgerechnet Paul, durchquerte den Saal und hinterließ seine Personalien. Die Gläubigerhaie nickten und kritzelten weiter, während der Makler einen Daumen hob. Pauls Mundwinkel wanderten nach oben, und er strich sich mit einer Geste der Zufriedenheit über die Haare. Der Schleimer-Paul. Jules Erkenntnis erreichte mich zwar spät, aber besser als nie. Was nicht erklärte, warum er hier überhaupt mitbot. In Gedanken überschlug ich erneut meinen finanziellen Spielraum. Dann bot ich ein weiteres Mal.

Endlich wagte ich einen Blick in Jaspers Gesicht. Seine Lippen waren zu dünnen Strichen zusammengepresst und hatten jegliche Farbe verloren. Seine Hände zitterten. Gerne hätte ich nach ihnen gegriffen und sie festgehalten. So wie er auf dem Kutter meine Finger umfasst hatte. Mir blieb nichts anderes übrig, als den Atem anzuhalten und darauf zu hoffen, dass niemand mich überbot. Die für die Bietstunde vorgegebene Zeit von dreißig Minuten näherte sich dem Ende. Ich kaute auf der Unterlippe und sah immer wieder auf die Uhr.

Kurz bevor ich mich schon in Sicherheit wähnte, erhob sich Pauls Hand zum finalen Schlag. Er erhöhte sein Gebot um einen Betrag, der mein Limit überschritt. Ich war raus. Über die Schulter sandte er mir mit seinen Fingern das Victory-Zeichen.

Das blieb auch Jasper nicht verborgen. »Herzlichen Glückwunsch zum neuen Grundstück, Katharina. Eure Taktik ist aufgegangen.«

Jedes Wort, das ich ihm hätte sagen können, wartete noch darauf, erfunden zu werden. Ich sah ihm nach, wie er sich erhob und zur Tür ging. Wie durch Watte hörte ich, dass der Rechtspfleger weitere Gebote erfragte und den finalen Zuschlag ankündigte. Ich sehnte das Ende dieses Tages herbei. Leider hatte der Tag andere Pläne. Er war noch nicht fertig mit mir.

In dem Moment, in dem Jasper nach der Klinke griff, öffnete sich die Tür, und mein Vater erschien auf der Bildfläche. Für einen kurzen Augenblick hatte ich das Gefühl, mich zu drehen, in einer Welt, die längst stillstand. Ich krallte die Finger in den Polsterstoff der Stuhllehne, um an irgendetwas Halt zu finden.

Mein Vater schob Jasper zurück in den Sitzungssaal und schloss die Tür hinter ihnen beiden. Sein Blick wanderte suchend über die Stuhlreihen, blieb kurz an mir hängen und landete schließlich bei Paul.

Ich sah, dass Paul den Kopf zur Tür gedreht hatte. Die beiden Männer starrten sich für einen kurzen Moment unbewegt an, bevor sich Pauls Mundwinkel zu einem siegessicheren Grinsen hoben.

Die Miene meines Vaters blieb reglos. Im Gegensatz zu seiner Hand, die im Bruchteil einer Sekunde für ein Gebot in die Höhe schnellte.

Im Raum erhob sich allseits Gemurmel, bis der Rechtspfleger ein Machtwort sprach: »Ruhe, meine Damen und Herren, ich darf um Ruhe bitten. Nehmen Sie bitte alle wieder Platz, bis auf den gerade hinzugestoßenen Bieter.« Er wandte sich an meinen Vater. »Sie dürfen sich hier vorne ausweisen.«

Aus dem Augenwinkel sah ich, dass alle Farbe aus Pauls Gesicht gewichen war. Obwohl der Makler auf ihn einredete, blieb seine Hand unten.

Die minutengenau protokollierte Zeit der Bietstunde war noch nicht abgelaufen und somit sprach nichts dagegen, dass das Gebot meines Vaters zugelassen wurde. Der Rechtspfleger schaute ein letztes Mal in die Runde, bevor er mit Blick auf die Uhr die Versteigerung beendete. Wie in einem zweitklassigen Fernsehfilm sprach er die Worte: »Zum Ersten, zum Zweiten und zum Dritten.« Fehlte nur der Hammer. Der blieb amerikanischen Filmen vorbehalten.

Der Meistbietende war der Düsseldorfer Anwalt Dr. Wolfgang König. Jetzt Eigentümer eines Grundstücks in Ostfriesland.

37

Im Sitzungssaal breitete sich Aufbruchsstimmung aus. Es war vorbei. Ich hatte verloren. Das Grundstück und Jasper. Ich schüttelte den Kopf, als wäre der ein Sieb, mit dem ich die Dramen dieses Tages aussortieren könnte. Der Erfolg blieb leider aus. Die Katastrophen waren so groß, dass sie nicht durch die Löcher passten. Um sie loszuwerden, war es nötig, sie vorab persönlich zu zerkleinern.

Die Tür wurde geöffnet, und Jasper, der seit dem Auftritt meines Vaters reglos dahinter verharrt hatte, wandte sich zum Gehen. Sobald er aus diesem Saal verschwunden war, würde er auch aus meinem Leben verschwinden.

Die ganze Enttäuschung der letzten Tage verwandelte sich mit einem Schlag in unbändige Energie. Ich eilte zu ihm, packte seinen Arm und hielt ihn zurück. Er versuchte, mich abzuschütteln, aber ich ließ nicht locker.

»Oh nein«, fuhr ich ihn an, »du wirst jetzt nicht einfach abhauen.«

Er drehte sich um, und in seinen Augen flackerte Erstaunen auf. Über meine Wut, den ungewohnten Kommandoton oder einfach nur wegen der unsäglichen Geschehnisse hier.

»Ob du es glaubst oder nicht, bin ich genauso verarscht worden wie du. Ich weiß weder, warum Paul hier ist, noch warum mein Vater das Grundstück ersteigert hat. Aber genau das werden wir herausfinden, Jasper. Wir beide gemeinsam, jetzt und hier.«

Die umstehenden Besucher, die darauf warteten, dass wir den Ausgang freigaben, starrten mich mit einem Auge an. Mit dem anderen behielten sie vorsichtshalber die Fluchtmöglichkeit im Blick.

Mit Fenna an meiner Seite wäre ich morgen vermutlich erneut der Mittelpunkt in den sozialen Medien. *Aufruhr im Amtsgericht. Krabbenkönigin verwandelt Sitzungssaal in Haifischbecken.* Das störte mich im Augenblick nicht im Geringsten. Schade, dass ich die Lederjacke nicht anhatte.

Ich richtete die Aufmerksamkeit zurück auf Jasper, dessen Arm ich immer noch festhielt. »Du setzt dich jetzt hierhin und rührst dich nicht vom Fleck, bis ich meinen Vater und Paul zur Rede gestellt habe. Hast du gehört?« Ich drückte ihn auf den nächstbesten Stuhl und stemmte die Hände in die Hüften.

Entweder brachte er tatsächlich Verständnis auf, oder er fürchtete sich ebenfalls davor, ins Haifischbecken zu geraten. Auf jeden Fall machte er keine Anstalten, seinen Platz wieder zu verlassen, und antwortete: »Jo.«

Selten hatten zwei Buchstaben so viel für mich bedeutet.

Mein Vater war am Bietertisch damit beschäftigt, mit dem Rechtspfleger und den Gläubigerhaien die Formalitäten zu erledigen, deshalb schnappte ich mir zuerst Paul. Der versuchte, sich im Schutz der anderen Besucher hinter meinem Rücken aus dem Saal zu schleichen.

Nicht mit mir! Ich kontrollierte noch mal, dass Jasper nicht davonlief, dann drehte ich mich um.

Paul prallte frontal mit mir zusammen. Er nuschelte eine Entschuldigung und wollte sich an mir vorbeidrängeln.

Mit einem Schritt zur Seite versperrte ich ihm den Weg. Wir standen uns Auge in Auge gegenüber. »Nicht so schnell«, fauchte ich, »wir sind noch nicht fertig miteinander, Paul.«

»Sieh mal einer an.« Mit übertrieben zur Schau gestellter Selbstsicherheit versuchte er, die Oberhand zurückzugewinnen. »Das sind ja ganz neue Töne aus deinem Mund. Wolltest du nicht bis vor Kurzem noch, dass ich verschwinde? Oder habe ich das nur geträumt?« Seine Mundwinkel verzogen sich zu einem anzüglichen Grinsen. »Da habe ich aber schon schönere Sachen von dir geträumt, meine Krabbenkönigin.«

Bislang hatte Jasper das Duell nur beobachtet, jetzt hielt ihn nichts mehr auf seinem Platz. Er sprang auf und ballte die Hände zu Fäusten. Seine Augen blitzten in einem kalten Stahlblau. Ich hörte, wie er die Luft ausstieß. Die Wut darüber, ihn so verletzt zu sehen, und die Erkenntnis, dass seine Gefühle für mich offenbar noch nicht erloschen waren, gaben mir Kraft.

Ich sandte Paul einen Blick zu, als hinge mein Leben davon ab. Dank seines unermüdlichen Trainings erzielte mein Killerinstinkt inzwischen eine Erfolgsquote von annähernd einhundert Prozent. Pauls Grinsen erstarb, und er rückte ein Stück von mir ab.

»Was tust du hier?«, schleuderte ich ihm entgegen.

»Ich nehme an einer Versteigerung teil«, antwortete er, als hielte er mich für blöd.

»Verarschen kann ich mich selbst. Letzte Chance. Warum bist du hier?«

Pauls Körperhaltung nahm die Niederlage vorweg, die seine nachfolgenden Worte bestätigten. »Du willst es wirklich wissen, ja? Okay. Ich habe in der Kanzlei vor dem Meeting wegen des neuen Mandats ein Gespräch zwischen Goldbach und deinem Vater mit angehört. Es ging um dieses Grundstück. Aber das war wirklich reiner Zufall, und ich habe es auch gleich wieder vergessen.«

Mit einem Seitenblick auf Jaspers nach wie vor geballte Fäuste hob Paul abwehrend die Hände. »Aber dann hast du mich eiskalt abserviert. Wegen nichts. Ich habe mir wirklich alle Mühe gegeben, aber ihre Königliche Hoheit hat sich ja nicht mal herabgelassen, auch nur eine einzige Nachricht von mir zu beantworten.« Er schnaubte. »Da habe ich eben doch ein paar Nachforschungen angestellt – und siehe da, dieses

Grundstück hat sich als unerwartete Sahneschnitte erwiesen. Ist doch klar, dass ich mir diese Chance nicht entgehen lassen konnte.«

»Klar.« Ich verschränkte die Arme vor dem Körper. »Dann warst du der Arsch, der sich beim Grundbuchamt erkundigt und mit dem Makler Kontakt aufgenommen hat?«

»Na, na. Jetzt mach aber mal halblang. Ich nenne das eher ›Rundumbetreuung‹. Einer der Abteilungsleiter bei meinem neuen Mandanten hat schon lange von einem schicken Ferienhäuschen an der Nordsee geträumt. Ich habe lediglich meine Kontakte genutzt. Es wäre finanziell ja auch nicht zu meinem Schaden gewesen. Und wir hätten gemeinsam davon profitieren können, wenn du dich nicht mit diesem … diesem …«

Hatte sich Jasper vorher als Zuschauer dieses Schauspiels zurückgehalten, stürmte er jetzt auf die Bühne, das Gesicht vor Zorn gerötet. »Diesem *was*, hm?« Er baute sich vor Paul auf, den er mühelos um einen Kopf überragte, und packte ihn am Revers seines Designer-Jacketts.

Ich schob mich zwischen die Kontrahenten und drückte sie mit beiden Händen auseinander. »Ich darf dich daran erinnern, Paul, dass ein ›gemeinsam‹ nie geplant war und du mit ›wir‹ wohl eher Laura und dich meinst.« Die Hand, die ich gegen Jaspers Brust drückte, verblieb einen Augenblick länger als nötig an ihrem Platz. Sein Brustkorb hob und senkte sich mit jedem Atemzug langsamer. Der Körperkontakt half mir, meine Wut in den Griff zu bekommen.

»Ist ja auch egal«, gab Paul nach. »Der König hat es ja jetzt geregelt für seine Prinzessin, wie immer.« Er lachte bitter auf.

Wie gerufen stieß mein Vater zu unserer kleinen Schauspieltruppe. Er betrachtete die beiden Männer schweigend, bevor er sich Paul vornahm. »Herr Hartmann. Ich freue mich, Sie nach der langen Zeit, die seit meiner Vorlesung vergangen ist, noch einmal wiederzusehen. Es ist mir immer eine Freude zu erfahren, wie sich meine ehemaligen Studenten entwickelt haben.«

Keine Frage, dass sich Paul von der Ansprache gebauchpinselt fühlte und ihm eine Hand entgegenstreckte. »Herr Dr. König, die Freude ist ganz meinerseits.«

Ich kannte meinen Vater besser.

Wie erwartet griff er nicht zu, sondern verschränkte die Arme hinter seinem Körper.

Pauls Hand schwebte unbeachtet in der Luft.

»Herr Hartmann, Herr Hartmann.« Mein Vater schüttelte den Kopf und mimte Bedauern. »Ich würde ja gerne sagen, dass aus Ihnen viel hätte werden können, aber bedauerlicherweise hatte ich das nie erwartet. In einem Gespräch, das ich in den letzten Tagen mit Ihrem Chef geführt habe, hat mich dieser davon unterrichtet, in wessen Auftrag Sie bei dieser Versteigerung tätig sind. Er nannte es eine ›vertrauliche Verabredung mit einem Mitarbeiter des Mandanten‹, den Sie eigentlich als Junior-Partner für die Kanzlei betreuen sollten.«

Mein Vater schnalzte mit der Zunge. »Leider hat Ihr diskreter Deal auf unergründlichen Umwegen den Weg ans Ohr des Geschäftsführers gefunden, dem wiederum die Beziehungen zur Kanzlei doch wichtiger waren als die Verabredung von zwei Möchtegern-Immobilienhaien. Herr Goldbach wird Ihnen bei Ihrer Rückkehr sicherlich die nötige Anerkennung für diese Glanzleistung zollen.« Er klopfte Paul auf den Rücken. »Nehmen Sie es sportlich. Immerhin können Sie mit Fug und Recht behaupten, dass Sie meine nicht vorhandenen Erwartungen vollumfänglich erfüllt haben.«

Die restliche Wut, die in mir brodelte, wich einer Prise Mitleid für Paul, der wie ein geprügelter Hund von dannen schlich, ohne einen Blick zurückzuwerfen. Damit blieben nur wir drei im Sitzungssaal zurück. Der Rechtspfleger schritt auf uns zu und klimperte mit einem Schlüsselbund in seiner

Hand, sodass mein Vater Jasper und mich vor sich her zur Tür hinausschob.

»Ich habe das alles wirklich nicht gewusst«, flüsterte ich Jasper auf dem Weg nach draußen zu. »Paul und ich, das war nie was Ernstes. Und außerdem war das schon vor meiner Abreise für mich beendet, das schwöre ich dir.«

Er blieb stehen. »Und das mit uns, war das für dich was Ernstes?« Die Enttäuschung, die ich an diesem Tag in seinen Augen gesehen hatte, war all der Hoffnung gewichen, die er offenbar immer noch in sich trug und jetzt in diese eine Frage legte.

Ich meinte ihn zu hören, den ersten Brocken Geröll, der von dem Berg fiel, der den Hoffnungsfunken so lange unter sich begraben hatte. Er war noch nicht erloschen.

Mein Vater entzauberte den Moment. »Nachdem wir mit den schlechten Nachrichten durch sind, kommen wir zu den guten.« Er wandte sich an mich. »Claus Goldbach wird sich selbstverständlich von Herrn Hartmann trennen. Und er lässt ausrichten, dass er gerne noch mal mit dir sprechen würde, Katharina. Die Dinge geraderücken. Er mag ja ein harter Hund sein, aber wenn er einen Fehler gemacht hat, dann steht er dazu. So kenne ich ihn.«

»Papa«, versuchte ich, ihn zu bremsen.

»Du musst ja nicht gleich wieder bei ihm anfangen. Aber ein gutes kollegiales Verhältnis war mir immer wichtig. Und wenn du erst mal unsere Kanzlei leitest …«

»Stopp!«, unterbrach ich ihn jetzt deutlicher. »Papa, um das klarzustellen, ich werde weder zu Goldbach zurückkehren noch in die *Kanzlei König* eintreten. Es ist an der Zeit, dass ich endlich meinen eigenen Weg gehe.«

»So, so.« Er stand ein wenig verloren auf dem Gerichtsflur, die Hände vor dem Anzugjackett verschränkt, und musterte zunächst mich und dann Jasper. »Und Sie sind also der Krabbenkönig, dem ich diese neue Tochter zu verdanken habe.«

Jasper hatte aus Pauls Verhalten gelernt und reichte ihm nicht die Hand. Stattdessen setzte er lieber auf Altbewährtes und sagte schlicht: »Jo.«

Ich kam nicht umhin, mir ein Grinsen zu verkneifen. Zwei Männer, die unterschiedlicher nicht hätten sein können. Ein Jurist, der seinen Lebensunterhalt damit verdiente, Worte als Waffen zu benutzen, und der Krabbenfischer, für den ein Wort, das aus zwei Buchstaben bestand, bereits ein Vortrag war.

Ich stellte mich auf Jaspers Seite. Mit den Füßen und mit dem Herzen. »Papa, er hat keinen neuen Menschen aus mir gemacht. Er hat mich einfach zum ersten Mal im Leben ich selbst sein lassen. Weil er mich mag für das, was ich bin, und nicht für das, was ich irgendwann mal sein könnte.«

Etwas leiser sagte ich zu Jasper: »Und ich hoffe, das gilt immer noch.«

Mit seinen Fingern berührte er wie zufällig meine Hand. Mein Herz klopfte genauso stark wie damals, bei unserer allerersten Berührung. Wenn nicht sogar ein kleines bisschen stärker.

Mein Vater winkte ab. »Ich weiß. Deine Mutter hat mir schon den Kopf gewaschen. Und das kommt wirklich selten vor.« Er zuckte mit den Schultern. »Sie hat mir ein Ultimatum gestellt, das mit dir in Ordnung zu bringen. Und ich befürchte, sie meint das wirklich ernst.«

Der große Dr. König schrumpfte vor meinen Augen zu einem kleinen König. Er wirkte beinahe unbeholfen, lockerte seine Krawatte und wischte sich über das Gesicht.

»Junger Mann«, wandte er sich an Jasper, »hören Sie auf die Frauen. Sie entscheiden mit Köpfchen und mit dem Herzen.« Er untermauerte seine Worte, indem er sich an die jeweiligen Körperteile griff. »Ich habe so lange gebraucht, das zu verstehen, dass es beinahe zu spät war.«

Ich verschränkte die Arme vor der Brust und funkelte meinen Vater an. »Das heißt, du ziehst diese ganze Show hier nur ab, um keinen Ärger mit Mama zu bekommen, oder wie darf ich das verstehen?«

»Nein, so war das nicht gemeint. Ihr habt ja beide recht. Du und Mama. Ich gebe zu, dass ich dich von Anfang an zu sehr in die Rolle meiner Nachfolgerin gedrängt habe. Die Rolle war frei, und du warst die perfekte Besetzung. Welcher Vater wünscht sich nicht, etwas aufzubauen, was er an die nächste Generation weitergeben kann? Das war schon bei meinem Vater so, und ich hätte die Tradition gerne fortgesetzt. Dabei habe ich wohl übersehen, was das Beste für *dich* ist. Ich hoffe, du wirst das verstehen, wenn du irgendwann selbst Kinder hast.«

Das bedeutete mehr als eine ausgestreckte Hand. Zum ersten Mal an diesem Tag entspannten sich Jaspers Gesichtszüge, und nach all den Wochen entdeckte ich in seinem Gesicht wieder einen Ansatz dieses verschmitzten Grinsens, mit dem er sich in mein Herz geschlichen hatte. Ich legte eine Hand in seine. Er ließ es geschehen.

»Aber dann verstehe ich nicht, warum du dich hier wieder eingemischt hast?«, fragte ich meinen Vater mit einem letzten Rest von Skepsis in der Stimme. »Ich dachte, du hast dich aus dieser Grundstückssache zurückgezogen.«

Er schüttelte energisch den Kopf. »So war das auch gar nicht geplant. Ganz und gar nicht. Ich habe dir immer erklärt, dass man für seine Fehler einstehen muss, Katharina. Nur deshalb bin ich heute gekommen. Weil ich dir sagen wollte, dass ich stolz auf dich bin.« Er schluckte. »Ich bin sicher, dein Opa würde das ganz genauso sehen.«

Niemals hätte ich für möglich gehalten, diese Worte aus dem Mund meines Vaters zu hören. Vor Freude und Aufregung drückte ich Jaspers Finger so fest, dass er sie aus dem Griff befreite und mit ihnen seinerseits meine Hand umschloss.

»Das hätte ich schon längst tun sollen. Deinen Mut, alles auf eine Karte zu setzen und das hier durchzuziehen, den hätte ich früher nicht gehabt.« Mein Vater wischte sich erneut über das Gesicht. »Und dann habe ich da drin das überhebliche Grinsen dieses Betrügers gesehen, der auf dem besten Weg war, dir alles kaputtzumachen. Da konnte ich einfach nicht anders handeln. Es tut mir leid.«

»Ach, Papa.« Ich löste mich von Jasper und nahm meinen Vater in den Arm. Ein ungewohntes Gefühl. Ich strich über seinen Rücken und spürte, wie die Anspannung aus seinem Körper wich. Wir verharrten eine Weile in dieser Position, bis Jasper die Aufmerksamkeit auf sich lenkte.

»Ja, also«, begann er, »das ist ja alles wunderbar. Nur leider ändert das nichts an meiner Situation. Mein Grundstück gehört Ihnen, Herr Dr. König. Was haben Sie jetzt damit vor?« Er fasste sich ans Ohr und drehte den Ohrring seines Bruders.

»Das Grundstück … Ja … natürlich.« Mein Vater benötigte einen Augenblick, um sich nach dem Gefühlsausbruch zu sammeln. »Meine eigenen Pläne dazu habe ich längst zu den Akten gelegt.« Sein Blick irrte zwischen Jasper und mir hin und her, bevor er an mir hängen blieb. »Weißt du was, Katharina? Ich überlasse das Grundstück dir. Du hast es dir verdient. Betrachte es einfach als Starthilfe auf deinem neuen Weg, wohin auch immer er dich führt.«

»Danke, Papa«, sagte ich und schob ihn ein Stück von mir weg, »aber das geht nicht.«

Er musterte mich verständnislos.

»Sei mir nicht böse. Wir waren uns doch einig, dass du dich von jetzt an nicht mehr einmischst. Du bist der neue Eigentümer, ich bin unterlegen. So ist das Leben.« Ich unterbrach mich und kostete es aus, ihn einmal sprachlos zu erleben, bevor meine Mundwinkel in die Höhe wanderten und ich ihn erlöste. »Das heißt aber nicht, dass du das Grundstück nicht verkaufen kannst. Und möglicherweise kenne ich sogar eine Interessentin.«

Mein Vater zögerte einen Moment, dann hielt er mir eine Hand hin. Ich schlug ein. »Das ist mein Mädchen.«

Ich drehte mich zu Jasper um und strahlte ihn an. »Endlich kannst du euren Plan verwirklichen!« Eine Träne rollte mir die Wange hinab, vor Glück. Ich trat auf ihn zu, aber er hielt mich mit den Händen auf Abstand. Aus unerfindlichen Gründen übertrug sich die Freude nicht wie erwartet auf ihn.

»Auf gar keinen Fall. Wir Jensens haben seit Generationen für uns selbst gesorgt. Almosen haben wir nicht nötig.«

»Nein. Du … Du … verstehst das falsch«, stotterte ich. »Ich bringe das Grundstück als stille Gesellschafterin in dein Unternehmen ein, so richtig mit Vertrag, als offizielle Geschäftspartnerin. Davon profitieren wir beide. Ich erhalte für meine Investition eine Gewinnbeteiligung von dir, und du verfügst über die nötige Sicherheit für einen Bankkredit und kannst endlich den Traum von der Pension verwirklichen. Für deinen Bruder. Und für dich.«

»Das erst recht nicht. Nein.«

Das erst recht nicht? Ich zuckte zusammen und trat einen Schritt zurück. Die Worte knallten über den Flur wie Peitschenhiebe. Als sie verhallt waren, hinterließen sie nichts als Stille zwischen uns.

Mein Vater fand seine Sprache zuerst wieder. »Lassen Sie sich von einem alten Mann wie mir einen Rat mit auf den Weg geben.«

»Papa«, ich legte einen Finger an die Lippen, »nicht mehr einmischen.«

»Das mache ich auch nicht, versprochen. Aber das hier muss ich trotzdem noch loswerden«, beruhigte er mich. Dann konzentrierte er sich wieder auf Jasper, der mit verschränkten

Armen an der Wand lehnte und die Lippen aufeinanderpresste. »Katharina hat mir gezeigt, dass sich Herz und Verstand nicht ausschließen müssen. Darum hat sie für dieses Grundstück alles auf eine Karte gesetzt. Sie und ich, wir mögen aus sehr unterschiedlichen Welten stammen, aber uns eint hoffentlich eine Sache. Die Liebe zu Katharina und der Wunsch, sie glücklich zu machen. Vergessen Sie Ihren Stolz, Herr Jensen, und zeigen Sie ihr, dass Sie das große Risiko wert sind, das sie für Sie eingegangen ist.«

Er strich mir zum Abschied über den Arm. »Und jetzt halte ich mich raus. Der Rest ist ganz allein eure Sache.« Er richtete seine Krawatte und schritt den Flur hinunter. Auf halbem Weg drehte er sich noch mal um. »Ach, und, Katharina, melde dich mal bei deiner Mutter. Du weißt doch, wie schnell sie sich sorgt.«

Ich seufzte. Es würde ein langer Weg werden.

Jasper lehnte weiterhin an der Wand, die Arme in Abwehrhaltung. Seine Miene zeigte keine Regung. Ich griff nach seiner Hand, aber er entzog sie mir und steckte sie in die Tasche seiner Jeans.

»Jasper, bitte, jetzt sei doch nicht so verbohrt! Was kann ich tun, um dich zu überzeugen?«

»Das frage ich dich, Katharina.« Er hob die Schultern. »Läuft das so in deiner Welt? Geld ist kein Problem?«

»Ich kann nur erahnen, wie schwer das alles hier heute für dich gewesen sein muss, aber du weißt, dass das nicht stimmt«, sagte ich in dem Versuch, die Wogen zu glätten. »Wir hatten doch auf dem Kutter darüber gesprochen, dass ich einen Investor suche. Und du warst einverstanden.«

»Richtig«, wandte Jasper ein, »wir hatten über einen Investor gesprochen. Von dir war mit keinem Wort die Rede.«

»Es hat sich aber kein anderer passender Interessent gefunden, also warum nicht ich?« Erfolglos bemühte ich mich, das Zittern meines Körpers unter Kontrolle zu bekommen. »Ich habe mir das sehr gut überlegt, das Risiko abgewogen und mich freiwillig dazu entschieden. Unabhängig davon, was aus uns wird, Jasper. Weil ich an den Erfolg eures Plans glaube.« Etwas leiser fügte ich hinzu: »Aber ich wäre trotzdem gerne mit dir zusammen.«

Er drückte sich von der Wand ab. »Mit jemandem zusammen zu sein bedeutet auch, Verantwortung für den anderen zu übernehmen, Katharina.« In seinen Augen war nichts mehr von dem meerblauen Glanz zu erkennen, der mich so fasziniert hatte. »Seit du weg bist, habe ich an jedem Morgen gehofft, dich wiederzusehen. Ich habe wochenlang mein Handy angestarrt. Jedes Mal, wenn ich in den Hafen eingelaufen bin, habe ich gehofft, dass du dort stehst. Stattdessen haben immer nur die Gläubiger auf mich gewartet. Wie hast du eben zu deinem Vater gesagt? Das ist das Leben, und ich habe verloren. Und ich will nicht dafür verantwortlich sein, dass du auch noch alles verlierst. Das hier ist eine Nummer zu groß für mich. Es tut mir leid, Katharina, ich bin nicht der Richtige für dich.«

Meine Stimme klang verloren auf dem kalten Gerichtsflur. »Doch, Jasper, du bist genau der Richtige. Der Richtige für mich. Für den Menschen, der schon immer in mir geschlummert hat und der ich gerne sein möchte.«

Er vergrub auch die zweite Hand in der Hosentasche und senkte den Kopf. »Leb wohl, Katharina. Glaub mir, es ist besser so. Ich habe schon einem Menschen Unglück gebracht, mehr kann ich nicht ertragen.« Er drehte sich um und ging davon.

Der eisige Wind fror meine tränennassen Wangen ein, als ich durch die Tür ins Freie trat. Ich wankte die wenigen Stufen wie im Blindflug hinunter. Es war verdammt schwer, das Richtige zu tun, ohne dass es in den Augen der anderen falsch aussah. Nicht nur für meinen Vater. Immerhin hatte ich in Greetsiel neue Freunde gefunden und endlich das Verhältnis zu meinem Vater verbessert. Doch egal, wie sehr ich mich auch in positivem Denken übte, pustete jede Böe die Gedanken wieder fort und schaffte Platz für das Bild von Jasper. Dem Mann, der mit einem Knall in mein Leben gestolpert war, mir gezeigt hatte, was wirklich zählte, und sich nun wie ein Schatten bei Tagesanbruch davonschlich.

Mit klammen Fingern kramte ich in der Tasche nach dem Schlüssel für Jules Auto. Zuerst meinte ich, mich verhört zu haben, als der Wind Jaspers Stimme an mein Ohr trug.

»Katharina, warte!«

Ich hielt inne und lauschte.

»Bleib stehen, Katharina, bitte.«

Als ich realisierte, woher die Worte kamen, schaute ich über die Schulter. Auf der obersten Stufe stand Jasper und sah zu mir herunter. »Warum sollte ich«, rief ich ihm zu, nicht sicher, ob ich an diesem Tag noch mehr ertrug.

»Weil mein Bruder gesagt hätte, dass ich ein Dummkopf bin. Und mein Bruder hatte meistens recht. Eigentlich immer.«

»Okay.« Im Zeitlupentempo drehte ich mich um.

»Und weil Grete und Hinrich mir den Kopf abreißen, wenn ich ohne dich zurückkomme.« Er breitete die Arme aus.

Die Verlockung war groß, sich einfach hineinzustürzen. Mein Herz war bereit loszurennen, während der Kopf noch auf den Startschuss wartete. Ich näherte mich einen winzigen Schritt. »Nur deshalb?«

»Na ja …« Er grinste von einem Ohr zum anderen. »Meine Familie mag dich irgendwie auch, seit du Fiete gerettet hast. Und dein Vater hat mir die Hand gereicht. Auch wenn über die Sache mit dem Grundstück das letzte Wort noch nicht gesprochen ist.«

»Das war's?« Mein Widerstand bröckelte, aber ich ließ ihn noch ein wenig zappeln.

»Und weil ich von jetzt an das Meergefühl mit dir teilen will. Jeden Tag.« Er sprang mehrere Stufen auf einmal herunter und hob mich in die Höhe, bevor er meinen Mund mit seinen Lippen verschloss.

Wenn es nach mir ginge, gab es keinen Grund, daran etwas zu ändern, doch Jasper musste noch eine Kleinigkeit loswerden.

Mit seinem Mund an meinem flüsterte er: »Das Wichtigste hätte ich fast vergessen: Weil ich dich liebe, Katharina König.«

Epilog

Die gelbe Jacke strahlte mit der Sonne um die Wette, während meine Stiefel im graubraunen Matsch verschwanden. Der gehörte an diesem Tag nicht zum Wattenmeer, sondern zu einer Bostinknormalen Baugrube. Jasper und ich standen auf der Bodenplatte, die den Mittelpunkt ebenjener Grube bildete. Unserer Grube. Aus dem Vorgarten seiner Eltern winkten uns die Krokusse und Narzissen mit ihren bunten Köpfen zu, als freuten sie sich schon auf die neuen Nachbarn.

Jasper hatte einige Nächte im Schlaf mit den Zähnen geknirscht und mich dann doch das Grundstück von meinem Vater kaufen lassen. Nachdem die Bank Jasper aufgrund dieser Sicherheit den nötigen Baukredit bewilligt hatte, war das Knirschen verstummt. In unserer Grube entstand nun unsere Pension, und die frischen Krabben von der *Heimat* würde ich mir demnächst mit den Gästen teilen müssen.

Auf großen Platten balancierten Grete und Wiebke Jensen das Ergebnis ihres tagelangen Aufenthaltes in der Küche zwischen den Nachbarn und Freunden hindurch. Meine Mutter hatte es sich nicht nehmen lassen, ihrerseits den Geländewagen meines Vaters mit Leckereien zu beladen. Ich grinste in mich hinein bei der Vorstellung, wie er verzweifelt versuchen würde, den Innenraum krümelfrei zu bekommen. Das Problem würde bis heute Abend vermutlich in dem Küstennebel verschwinden, den er sich mit dem Seebär Johann Jensen teilte.

Nils und Jule verfolgten die beiden vierbeinigen Familienmitglieder Fiete und Buddy, die kreuz und quer über den Platz flitzten, um sie vor den Gefahren der Baustelle zu bewahren und gleichzeitig das Büffet vor den hungrigen Hundeschnauzen zu schützen.

Sie alle waren heute hier, um diesen Tag für uns unvergesslich zu machen. Außerdem hatte jeder von ihnen angeboten, uns beim Bau tatkräftig mit seiner speziellen Zauberkraft zu unterstützen, um die Kosten überschaubar zu halten. So wurde aus einer Handvoll norddeutscher Freunde ein Schwarm von Maurern, Malern und Gärtnern. Weil sie an den Erfolg dieses Projektes glaubten und weil sie an uns glaubten.

Das war das Leben, von dem ich bis vor einigen Monaten nicht mal vermutet hatte, dass es mir zu meinem Glück fehlte. Ich hatte sogar den alten Goldbach eingeladen, dem ich das alles genau genommen verdankte. Er hatte abgelehnt. Man musste es ja nicht gleich übertreiben, fand er.

Jasper fing mich mit einem Kuss wieder aus meinen Tagträumen ein. »Hej, woran denkst du?«, flüsterte er mir ins Ohr und drückte mich an sein blau-weiß gestreiftes Fischerhemd.

Ich sog den Geruch nach Meer ein und sah hoch zu den verstrubbelten blonden Haaren, die unter der vertrauten Strickmütze hervorlugten. »An etwas, was Grete mir mal gesagt hat. ›Im Leben bleibt selten alles so, wie es ist. Manchmal ist das schlimm, aber manchmal kann es auch ein Glück sein.‹«

»Dann lass uns mal zusehen, dass wir ein bisschen von dem Glück hier einmauern.« Er öffnete ein Kupferrohr, das er höchstpersönlich zu diesem Zweck bearbeitet hatte und das als Zeitkapsel für den Grundstein diente, den wir heute legten.

Hinrich eilte über die Platte auf uns zu. »Moment, Kinners, ich habe extra die *Ostfriesenzeitung* von heute aufgehoben. Die gehört auf alle Fälle mit rein.« Er steckte das Papier in den Behälter. Dann warf er einige Münzen hinterher. »Und ein bisschen Kleingeld, damit der Finder später weiß, womit wir hier bezahlt haben.«

Jasper lachte. »Wir wollen doch mal hoffen, dass uns so schnell keiner das Dach über dem Kopf wegreißt und den ganzen Kram wieder ausbuddelt.« Dann wurde er ernst und reichte mir seine Hand, die sich kalt anfühlte und fast unmerklich zitterte. »Damit es auch wirklich Glück bringt, muss noch was Persönliches rein.«

Wie auf Kommando verstummten die Gespräche um uns herum. Alle Augenpaare richteten sich auf uns. Selbst Fiete und Buddy hatten sich am Rand der Bodenplatte niedergelassen und spitzten die Ohren.

»Als Erstes möchte ich einem ganz besonderem Menschen danken. Jemandem, der leider heute nicht hier bei uns sein kann.« Seine Stimme versagte, und er wischte sich eine Träne aus dem Gesicht.

Ich streichelte mit dem Daumen über den Rücken der anderen Hand, die mit meiner verschränkt war.

»Jannis«, setzte Jasper erneut an, und sein Blick glitt den Himmel entlang, an dem in diesem Moment sogar die Möwen Ruhe gaben. »Du fehlst mir jeden Tag, seit du … seit du gegangen bist. Ich wünschte, ich könnte dich nur ein einziges Mal da oben besuchen, um dir zu sagen, dass es mir leidtut. Aber das ist unmöglich.«

Aus den Augenwinkeln sah ich, dass Grete und meine Mutter Wiebke in die Mitte genommen hatten und sich an den Händen hielten.

»Und trotzdem«, fuhr Jasper fort, »hast du es sogar von deiner Wolke aus geschafft, die Dinge hier zu regeln. Ohne deine Pläne würde ich hier nicht mit dieser wunderbaren Frau stehen.« Er hielt unsere verschränkten Hände in die Höhe, bevor er mich an sich zog und küsste. »Danke dafür, kleiner Bruder … und ja, ich weiß, ich bin bloß eine Minute älter«, rief Jasper gen Himmel. Er löste den Ohrring mit den Initialen *JJ* aus seinem Ohr und legte ihn in die Zeitkapsel. »Und, Jannis, vielleicht könntest du in Zukunft auch ein bisschen auf dieses Haus achtgeben. Kann ja nix schaden.«

Die Anspannung fiel von den Gästen ab, und die Stille wurde von Gemurmel abgelöst. Imke und Fenna wischten sich verstohlen letzte Tränen aus dem Augenwinkel. Nils klatschte, und es dauerte nicht lange, bis die Umstehenden mit einfielen.

Meine Finger strichen über Jaspers ungewohnt leeres Ohrläppchen. Ich nickte ihm zu, sicher, dass sein Bruder von einer Wolke auf ihn herabschaute und mir zustimmte.

Er legte einen Zeigefinger an seine Lippen. »Ruhe noch mal, bitte. Ihr werdet es nicht glauben, ich will noch was sagen.«

Nils pfiff auf den Fingern, und ein Lachen wogte durch die Menge.

Jasper griff erneut nach meiner Hand, die jetzt deutlich kälter war als seine. »Da gibt es nämlich noch jemanden, dem ich danken möchte.« Er zog mich nah an sich heran. »Und das bist du, Katharina. Ich habe noch nie jemanden getroffen, der so schlecht Fahrrad fährt und mit Gummistiefeln ins Watt marschiert, nur um darin stecken zu bleiben.«

Er hatte die Lacher auf seiner Seite. Ich knuffte ihn in die Rippen.

»Aller Anfang ist schwer«, sagte Jasper und bedachte mich mit seinem verschmitzten Grinsen. »Das wird schon noch werden, weil du nämlich die beharrlichste und mutigste Frau bist, die mir jemals über den Weg gelaufen ist.«

Dieses Mal eröffnete Jule den Applaus.

Ich merkte, wie mir die Hitze in die Wangen schoss.

»Und damit du auch lange genug hierbleibst, um zu üben, habe ich mir zwei Dinge überlegt. Für dich, Katharina, die eigentlich keine Überraschungen mag.«

Meine Hände waren jetzt nicht mehr kalt, dafür vor lauter Aufregung ganz feucht.

»Du sollst wissen, dass du immer einen Platz in meinem Herzen hast, deshalb bin ich noch mal zurück ins Watt.« Er zog eine weitere Herzmuschel aus der Hosentasche, legte sie mir in die Hand und drückte meine Finger darum.

Ich fühlte die kühle Schale, schloss die Augen und spürte das Meergefühl, für das es keine Worte gab.

»Aber von Seeluft und Liebe alleine kannst du ja nicht leben. Ich weiß, wie sehr du dich in den letzten Monaten in deine Fortbildung gekniet hast.« Er stoppte und winkte den Architekten zu sich heran. Der rollte den Bauplan vor uns auf dem Boden aus. »Darum habe ich die Pläne ein bisschen ändern lassen. Wenn du magst, dann könnten wir neben der Pension einen weiteren Bereich mit einem separaten Eingang bauen, mit Platz für deine eigene Kanzlei im Erdgeschoss und unserer gemeinsamen Wohnung darüber.« Dicht an meinem Ohr fügte er hinzu: »Mein Haus steht auf deinem Grundstück, und du lebst in meinem Haus. Beste Voraussetzungen für ein gemeinsames Leben, oder?«

»Jo«, flüsterte ich zurück.

»Sie wird hierbleiben!«, rief er in die Menge, hob mich hoch und drehte sich unter dem Gejohle seiner Fischerkollegen Jan und Keno einmal mit mir im Kreis.

Ich lachte. »Lass mich noch mal runter. Damit das mit dem Herz nicht wieder schiefgeht, würde ich die Muschel gerne mit in die Zeitkapsel legen. Sicher ist sicher.«

Nachdem wir das Kupferrohr unter Beifall verschlossen und in dem Grundstein verstaut hatten, baute Jasper diesen als ersten Stein für unser gemeinsames Leben in die Mauer ein. Als er ihn zum Schluss mit einem Hammer festklopfte, raunte ich ihm zu: »Und ich hätte auch schon eine Idee, wie diese Pension heißen könnte. Wie wäre es mit *Herzfischer?*«

Die Community für alle, die Bücher lieben

Das Gefühl, wenn man ein Buch in einer einzigen Nacht verschlingt – teile es mit der Community

In der Lesejury kannst du

- ★ Bücher lesen und rezensieren, die noch nicht erschienen sind
- ★ Gemeinsam mit anderen buchbegeisterten Menschen in Leserunden diskutieren
- ★ Autoren persönlich kennenlernen
- ★ An exklusiven Gewinnspielen und Aktionen teilnehmen
- ★ Bonuspunkte sammeln und diese gegen tolle Prämien eintauschen

Jetzt kostenlos registrieren: www.lesejury.de

Folge uns auf Instagram & Facebook:
www.instagram.com/lesejury
www.facebook.com/lesejury